Jaci Burton vit dans l'Oklahoma. Lorsqu'elle n'est pas en plein rush pour rendre à temps son prochain roman, elle tente de convaincre son mari de refaire la décoration de leur maison en suivant scrupuleusement les conseils d'une émission de télévision qu'elle adore. C'est également une inconditionnelle des histoires à l'eau de rose, et surtout des happy ends, que vous trouverez dans tous ses romans. Elle a déjà publié plus d'une soixantaine de titres, figurant régulièrement dans la liste des best-sellers du *New York Times* et de *USA Today*.

Du même auteur, chez Milady :

Les Idoles du stade :
1. *La Courbe parfaite*
2. *Le Coup sûr*
3. *Les Règles de l'engagement*
4. *La Ligne de touche*
5. *La Surface de contact*
6. *Le Tour de chauffe*

Jaci Burton

Le Tour de chauffe

Les Idoles du stade – 6

Traduit de l'anglais (États-Unis) par Élodie Coello

Milady Romance

Milady est un label des éditions Bragelonne

Titre original : *One Sweet Ride*

Originellement publié par Berkley Publishing Group.

ISBN : 978-2-8112-1549-1

Bragelonne – Milady
60-62, rue d'Hauteville – 75010 Paris

E-mail : info@milady.fr
Site Internet : www.milady.fr

À Charlie, qui m'accompagne
dans tous les tours de chauffe depuis des années.
Je t'aime.

Remerciements

Un grand merci à toute l'équipe artistique de l'école Berkley. Grâce à vous, mes lecteurs et moi avons le loisir de saliver sur ces magnifiques couvertures.

Mes chers lecteurs,

J'ai toujours été une grande amatrice de stock-car. Rien de tel que des pilotes sexy et des bolides lancés à pleine vitesse, vous ne croyez pas ? Cela étant dit, les modifications apportées à cet univers sont volontaires, afin de mettre la course automobile au service de l'intrigue entre les protagonistes de ce roman.
Bonne lecture !

Jaci

Chapitre premier

Il n'y avait rien de plus efficace pour faire vrombir le moteur de Gray Preston qu'une machine bien huilée, une voiture terminant la course en première place et une charmante demoiselle disposée à l'accueillir à la fin d'une éprouvante journée.

Dommage que ce jour-là, dans le Michigan, le moteur en question ait eu des ratés, envoyant la voiture dans un mur, alors que la ligne d'arrivée n'était plus qu'à trois virages. Deuxième sur le podium, il avait pourtant essayé de rattraper son adversaire, Cal McClusky, avant le drapeau en damier.

Mais ses espoirs s'étaient vite envolés. Tout comme la charmante demoiselle, une certaine Sheila Tinsdale, visiteuse régulière de sa caravane – et de sa couchette – ces trente derniers jours. C'était une blonde platine, sexy et toute en formes généreuses, qui ne lui imposait aucune contrainte et partageait sa passion pour le sexe. Bref, la femme parfaite.

Malheureusement, Sheila n'était pas indifférente à McClusky, et elle ne couchait qu'avec les vainqueurs. Ainsi, le jour où McClusky franchit la ligne d'arrivée alors que Gray venait de se coller dans le mur, Sheila avait filé dans la caravane de McClusky plus vite que la Chevrolet de Gray dans le troisième virage.

Ce n'était pas vraiment une surprise, et Gray ne l'avait pas si mal pris. Enfin, pas trop. Il n'avait aucun sentiment pour Sheila, et les filles comme elle ne manquaient pas autour des circuits automobiles.

En tout cas, pour aujourd'hui, il marquait un zéro pointé. Aucune victoire, une machine bien abîmée et pas de nuit torride pour le réconforter. En plus de quoi il avait perdu deux places au classement et devait à présent retrouver la confiance d'une équipe désabusée. En tant que propriétaire de deux véhicules de la Preston Racing et pilote, au dossard numéro cinquante-trois, il devait assumer de lourdes responsabilités.

Il s'était toujours fixé comme objectif d'aller au bout de ses projets, surtout depuis qu'il avait claqué la porte de sa précédente écurie pour se prendre en main seul, deux ans plus tôt. Il devait encore faire ses preuves, pour lui-même, pour son équipe, pour ses fans, et…

Ce n'était sans doute pas la meilleure chose à faire que de réfléchir aux preuves qu'il devait fournir ni de calculer le prix à payer – au sens propre comme au figuré – s'il venait à échouer.

En considérant le bon côté des choses, il pouvait se dire que la saison venait à peine de commencer : il avait encore le temps de rattraper son erreur d'aujourd'hui.

Il se dirigea vers le stand où son équipe s'affairait autour de sa voiture, il voyait leurs têtes dépasser du capot.

Ian Smart, son chef d'équipe, leva les yeux.

— C'était mauvais, aujourd'hui.

Gray acquiesça. Ian et lui se connaissaient depuis longtemps, depuis que Gray s'était installé derrière le volant d'une voiture de course pour la première fois, avant même de faire carrière.

— C'est peu dire. L'indicateur du niveau d'huile basculait dans le rouge à la fin de la course, j'ai trop poussé la voiture. Mais, bon sang, j'étais si près du but !

Alors que Gray se penchait pour examiner l'état de son moteur, Ian lui donna un petit coup de coude.

— C'est ce qu'il faut faire si tu veux gagner une course, mon vieux. T'y peux rien. La prochaine fois, on les ratera pas.

Ouais, la prochaine fois. Le sentiment que procurait une défaite, il le connaissait bien. Son père étant sénateur, il avait baigné dans les campagnes électorales toute son enfance, depuis les stratégies pour remporter la victoire jusqu'aux cris de ralliement pour se motiver après une défaite.

En revanche, son père n'avait jamais perdu de course. Il aurait été déçu par son fils. Enfin, s'il avait pris le temps de regarder la retransmission de la course, ce qui n'était pas gagné, Gray le savait bien. Mitchell Preston préférerait mourir plutôt que de se rabaisser à regarder une course de voitures à la télévision. Pour lui, ce sport était ingrat et ne méritait pas qu'on s'y intéresse. Cette année, il était en pleine campagne pour une élection cruciale. Cette course à la victoire – qu'il remporterait, Gray en était sûr – l'attirait bien plus que celles de son fils.

Gray avait essuyé bien plus de défaites que son père. D'ailleurs, le grand Mitchell Preston n'en était pas fier. Là encore, il détestait tout ce que Gray entreprenait depuis qu'il avait refusé une bourse à Harvard pour se consacrer aux études de sport dans l'Oklahoma. Un détail qui l'avait royalement excédé.

Au moins, ces pensées avaient l'avantage de le mettre soudain de meilleure humeur.

— Donny ne s'en est pas mal sorti, en revanche. Il a fini douzième.

Gray reporta son attention sur Ian.

— Pas mal, mais il peut faire mieux. Il doit travailler sa concentration. Je lui en toucherai deux mots, et à son chef d'équipe aussi.

La journée n'aurait pas été si mauvaise, finalement. Donny Duncan pilotait la nouvelle voiture que Gray avait intégrée à la Preston Racing pour cette saison. À seulement vingt-quatre ans, Donny avait des progrès à faire, ne courant à ce niveau que depuis deux ans. Mais il était doué et doté d'un excellent instinct. Gray était persuadé qu'en poussant Donny les résultats se feraient vite sentir.

Gray se retourna afin de se rendre à sa caravane, et il remarqua que quelqu'un l'attendait devant la porte.

Pas n'importe quel « quelqu'un ». C'était une femme particulièrement charmante, mais son tailleur et ses talons hauts lui donnaient un air guindé, complètement hors de propos dans un décor sportif. En s'approchant d'elle, il l'examina à loisir.

Une journaliste, peut-être ? Pourtant, les interviews étaient déjà terminées.

Elle retira ses lunettes de soleil et l'observa à son tour.

— Grayson Preston ?

Waouh ! Un véritable canon de beauté. Elle avait des cheveux blond vénitien relevés en une queue-de-cheval soignée, des yeux bleus perçants et une bouche aux lèvres soigneusement recouvertes de gloss. Elle n'était pas du milieu. Et puis personne ici ne l'appelait Grayson. Maintenant qu'il y pensait, il n'y avait que sa mère. Et son père.

— Ouais. Et vous êtes ?

Elle s'approcha, le pas sûr, et lui tendit la main.

— Evelyn Hill. Auriez-vous un moment à m'accorder ?

Pour elle, il avait plus qu'un simple moment. Il lui serra la main et remarqua ses ongles manucurés. Ce n'étaient pas de ces longs ongles que certaines portent comme des griffes. Ceux d'Evelyn étaient courts, sans vernis.

— Bien sûr. Entrez.

Il lui ouvrit la porte de sa caravane et attendit qu'elle grimpe les marches, ce qui lui donna l'opportunité de jeter un coup d'œil à ses jambes sculptées et à son joli fessier. Dommage que sa jupe descende jusqu'aux genoux. D'habitude, les femmes qui venaient sur un circuit portaient des robes bien plus courtes. Et puis elles cherchaient souvent à séduire les pilotes et ne s'habillaient pas comme si elles se rendaient au tribunal.

Elle accéda à l'espace à vivre, et Gray referma la porte.

— Que puis-je faire pour vous, Evelyn ?

Elle se tourna vers lui, lui décochant un sourire professionnel dont elle avait visiblement une parfaite maîtrise.

— Je viens au nom de votre père, le sénateur Preston.

À l'instant même où il appréciait tous ses atouts, fallait-il vraiment qu'elle les gâche en travaillant pour son père ? Au moins, ce dernier avait la délicatesse d'envoyer des missionnaires plus charmants qu'à l'accoutumée. Gray sortit une canette de son frigo.

— Une bière ?

— Oh ! Non, merci.

Il fit sauter la capsule et but une longue gorgée. Décidément, les tours de piste, le désastre et toutes les interviews qui avaient suivi l'avaient assoiffé.

— Vous avez assisté à la course ?

— Pour tout vous dire, oui. Je suis désolée pour l'accident. Heureusement que vous n'avez rien.

Il haussa les épaules.

— Ce n'était pas si grave, fit-il avant de désigner la petite table. Asseyez-vous, Evelyn. Vous êtes sûre de ne pas vouloir boire quelque chose ? J'ai de l'eau et des jus de fruits.

— Non, ça va. Merci quand même.

Quelle politesse ! Elle se glissa dans la cabine et croisa les jambes. Gray se racla la gorge.

— Bon, alors, hum… De quoi mon père veut-il me parler ? Ce doit être urgent puisque vous avez fait la route jusqu'au Michigan sans chercher à m'appeler d'abord.

D'un geste nonchalant, Evelyn chassa une mèche de cheveux derrière son oreille, posa les mains sur la table et riva son regard azur sur celui de Gray.

— Comme vous le savez – enfin, j'espère que vous le savez –, maintenant que le sénateur Preston a quitté la course présidentielle, il a ses chances en tant que candidat potentiel à la vice-présidence cette année.

Il s'adossa à la banquette.

— Je savais qu'il avait quitté la course, mais j'ignorais qu'il concourait pour la vice-présidence. Tant mieux pour lui. Qu'est-ce que j'ai à voir dans tout ça ?

— Il vous serait reconnaissant de le soutenir dans ses efforts.

C'était une première ! Cela faisait des années que son père ne voulait plus entendre parler de lui.

— Ah bon ? Et comment veut-il que je l'aide ?

— Vous êtes parvenu à de grandes choses dans ce sport, monsieur Preston…

— Si vous devez continuer à me parler, Evelyn, je préférerais que vous m'appeliez Gray.

Elle ouvrit la bouche, marqua une pause, puis hocha la tête.

— Très bien, Gray. Comme je disais, vous vous êtes créé un nom dans le milieu de la course automobile, ce qui veut dire que vous avez de nombreux fans. Des fans entièrement dévoués, et aux quatre coins du pays.

Evelyn était vraiment très jolie, et les quelques taches de rousseur parsemées depuis les ailes de son nez jusqu'à ses pommettes ne gâchaient en rien sa beauté sexy ni la sévérité qu'il lisait dans son regard. Mais cette beauté ne parvint pas à distraire son attention du message très clair qu'elle venait lui transmettre de la part de son père.

— J'ai compris. Des fans dévoués dans tout le pays, mais aussi des électeurs à convaincre de voter pour mon père et pour le candidat à la présidence. Si j'accepte, Mitchell Preston partira favori à l'élection de vice-président, et je pourrai l'aider à récolter des votes parmi les sudistes réticents.

Elle ne détourna pas le regard.

— C'est ça.

— Pourquoi est-ce qu'il n'est pas venu me voir quand il était candidat à la présidence ?

— Il l'aurait fait si son mandat s'était poursuivi.

— Ah ! Vous êtes consciente que mon père et moi, on n'est pas vraiment sur la même longueur d'onde, y compris en politique, pas vrai ?

— Je sais beaucoup de choses sur vous, et cela inclut vos penchants. Politiques, en tout cas.

Gray avait envie de rire, mais elle faisait beaucoup d'efforts pour remplir la mission qui lui avait été assignée. Et puis elle n'avait jamais demandé à se retrouver avec le fils de Mitchell Preston, ce pilote prétentieux qui refusait de coopérer.

— C'est surprenant, surtout sachant que je n'ai jamais évoqué publiquement mes penchants – politiques, en tout cas.

Evelyn leva le menton.

— Votre père m'a résumé un peu votre parcours.

À présent, il pouvait rire et ne s'en priva pas, puis il but une longue gorgée de bière avant de rétorquer :

— Sans blague. Mon père ne sait rien de moi. C'est à peine si on s'adresse la parole. Depuis que j'ai hérité de mon grand-père, à mes vingt-cinq ans, il ne peut plus me faire chanter en réclamant tout ce qu'il veut contre la menace de me couper les vivres. Nous n'avons plus aucune raison de nous parler, et je n'ai aucune raison de lui apporter mon soutien.

Son regard se posa sur les mains d'Evelyn, qu'elle tenait si serrées que ses phalanges devenaient blanches.

— Je vois.

Gray se leva.

— Nous avons terminé ?

Elle resta immobile.

— Votre mère vous fait savoir qu'elle apprécierait votre coopération. Elle est désolée de ne pas pouvoir vous en parler de vive voix, mais la campagne lui prend énormément de temps, et, de toute évidence, il est difficile de mettre le grappin sur vous puisque vous êtes sur le circuit toutes les semaines.

Et merde !

— C'est un coup bas, Evelyn.

Son père, il pouvait l'envoyer balader. Mais il aimait profondément sa mère et ferait n'importe quoi pour elle. Enfin, presque n'importe quoi. Sa mère était parfaitement consciente de la mésentente entre son fils et son mari, et elle avait toujours pris des pincettes à ce sujet en prenant soin de ne pas interférer. Mais, pour une raison que Gray ignorait, elle était amoureuse de ce crétin et le soutenait dans sa carrière politique.

Evelyn le regardait avec compassion.

— Je suis désolée. Ce doit être difficile pour vous. Mais votre soutien serait un atout pour la campagne de votre père.

— Mon père n'est qu'un misogyne qui traite les femmes comme des esclaves. Pourquoi travaillez-vous pour ce type ?

Elle esquissa un sourire en coin que Gray, il fallait bien l'admettre, trouva charmant.

— De toute évidence, vous n'avez pas passé beaucoup de temps avec votre père, récemment. Je me trompe ?

— De toute évidence, soit ce vieux grincheux est parvenu à vous embobiner, soit vous êtes vraiment très naïve.

Elle haussa un sourcil.

— Je peux vous assurer, Gray, que je suis tout sauf naïve.

La jeune femme était décidément certaine de tout savoir sur Mitchell Preston. Mais Gray avait grandi à ses côtés et le connaissait mieux que personne. S'il avait pu observer une chose, et à de maintes reprises, c'était la manière dont son père traitait les femmes. D'ailleurs, il était surprenant que des femmes le soutiennent dans sa carrière alors qu'il les considérait comme des sous-fifres, en particulier les jeunes filles crédules et insipides. Et ce salaud avait une chance pour concourir au rang de vice-président ? Son père n'était qu'un crétin autoritaire et incapable de la moindre émotion. Gray ne comprenait pas comment sa mère pouvait le suivre depuis trente-trois ans sans jamais chercher à l'étouffer dans son sommeil ou à lui servir du café empoisonné. Il n'avait jamais compris leur mariage, de toute manière.

— Alors, pouvons-nous compter sur votre coopération ? s'enquit Evelyn.

Son audace le fit éclater de rire. Comment pouvait-elle encore croire qu'il accepterait ?

— Aucune chance. Je vous raccompagne.

L'expression de la jeune femme se figea. Elle devait être habituée à voir les gens baiser les pieds du sénateur. Il n'était pas de ceux-là.

Elle se leva.

— Vous êtes sérieux ?

— Très sérieux. Je suis désolé, Evelyn, mais je ne lèche pas les bottes du sénateur. Vous allez devoir trouver un autre moyen de récolter des votes.

— Vous savez ce que vous ratez, j'espère ? Pensez à la publicité que cela vous ferait, aux nouveaux fans qui vous adoreraient.

— J'en ai déjà plein, mais merci quand même.

Il lui tendit son sac à main et la poussa doucement jusqu'à la porte.

À mi-chemin, Evelyn s'arrêta et se retourna.

— Ce pourrait être l'occasion pour votre père et vous de réparer les pots cassés.

Elle devait penser que tout argument était bon pour le convaincre.

— Mon père connaît mon numéro de téléphone. Et mon emploi du temps. S'il voulait enterrer la hache de guerre, il l'aurait fait depuis des années.

C'est à cet instant qu'il lut la capitulation dans les yeux d'Evelyn.

— Dans ce cas, je suis navrée de vous avoir fait perdre votre temps.

— Vous ne m'avez pas fait perdre mon temps, Evelyn. C'est vous qui avez perdu le vôtre.

Il lui ouvrit la porte et l'accompagna en bas des marches.

Elle se dirigea vers le parking sans se retourner.

Quel dommage qu'elle représente son père ! Evelyn Hill était une créature sublime, et il n'aurait pas dit non à passer un peu plus de temps avec elle. Mais, puisqu'elle était liée au sénateur, Gray ne voulait plus entendre parler de cette femme.

Dans la chambre d'hôtel, Evelyn jeta son sac sur le lit, ôta ses chaussures et se laissa tomber dans le fauteuil. Elle remua les orteils en faisant la grimace.

Fichues chaussures ! Elle prit la télécommande et alluma la télévision, réglée sur une chaîne de sport. Elle n'avait plus la force de zapper et préféra commander un plat à la réception, avant de lever les yeux au ciel devant la rediffusion de la course automobile d'aujourd'hui. Tant pis si ce geste était digne d'une gamine de dix ans, elle tira la langue au beau visage de Gray Preston qui apparaissait à l'écran.

— Crétin, marmonna-t-elle.

Puis elle s'empara de son téléphone afin de vérifier sa boîte mail. Le sénateur lui réclamait des nouvelles. Elle fit la moue.

C'était la première mission d'importance qu'il lui confiait, et elle avait lamentablement échoué.

En levant les yeux, elle aperçut un Gray souriant qui répondait aux questions des journalistes.

À Washington, on lui avait mis des bâtons dans les roues plus d'une fois, mais elle n'avait jamais abandonné la partie. Où était passée sa détermination ? Si elle en était là aujourd'hui, c'était grâce à sa hargne. Elle n'était plus très loin d'obtenir ce qu'elle voulait, son rêve était à portée de main.

Pour cela, elle savait exactement ce qu'elle devait faire.

Elle parcourut son répertoire et sélectionna un numéro, puis esquissa un sourire fier. Si Gray la croyait vaincue par un simple non, il se mettait le doigt dans l'œil. Bientôt, il comprendrait qu'elle était bien plus maligne que cela. Elle n'avait jamais abandonné sans un dernier combat.

— Allô, madame Preston ? Bonjour, c'est Evelyn… Oui, ça va, merci. Mais nous avons un problème. C'est au sujet de votre fils, Gray.

Chapitre 2

Lorsqu'on frappa à la porte, Gray se réveilla d'un sommeil qui promettait pourtant une belle grasse matinée. Il cligna des yeux, poussa un grognement et s'extirpa de son lit. Tandis qu'on tambourinait de plus en plus fort, il enfila un pantalon de jogging et marcha d'un pas lent jusqu'à la porte.

— Une minute, bon sang ! J'arrive.

En ouvrant la porte d'un coup sec, il se jura que, s'il s'agissait de Donny ou de Ian, il leur ficherait un bon coup de pied aux fesses. Il écarquilla les yeux en découvrant sa mère devant lui.

— Maman ? Qu'est-ce que tu fais là ?

— Ça ne t'arrive jamais de décrocher ton téléphone ?

Elle le poussa de côté et entra, devant un Gray consterné.

— Hum… le téléphone ? répéta-t-il en regardant autour de lui, encore étourdi par le sommeil et l'incompréhension. Je ne sais pas où il est. Qu'est-ce que tu fais là ?

Elle le fusilla de ses yeux bruns.

— Je suis là parce que tu refuses de coopérer. Pourquoi avoir dit non à Evelyn ?

De bon matin, la conversation lui en demandait un peu trop. *Evelyn qui ?*

— J'ai besoin d'un café. Je t'en sers un ?

— Il est 10 heures, Grayson. J'ai déjà pris mon café et mon petit déjeuner. Est-ce que tu dormais encore ?

— Ouais, désolé. Laisse-moi faire du café, et je te promets d'être un peu plus réveillé. Assieds-toi, maman.

Il prépara le café, puis lança depuis le couloir :

— Je vais mettre un tee-shirt, je reviens tout de suite.

En secouant la tête, il disparut dans la chambre, où il enfila un tee-shirt, passa par les toilettes et se brossa les dents. Là, il retrouva son téléphone, qu'il avait laissé en vibreur. Quatre appels manqués de sa mère.

Et zut !

De retour dans la cuisine, le café était prêt. Il se servit une tasse.

— Tu veux boire quelque chose ? De l'eau, du thé, du jus de fruits ?

— Non, merci. Assieds-toi et prends ton café.

Ouf, merci, mon Dieu ! La première tasse se vit engloutie comme s'il s'agissait de l'élixir de vie : Gray savait pourquoi sa mère était là. Alors, il s'en servit une autre, et la caféine commença enfin à faire effet. Au moins, il était réveillé.

— Qu'est-ce qui t'arrive ? Tu as pris une cuite après la course ? l'interrogea sa mère.

Il rit doucement.

— Non. Le week-end a été long. Je suis fatigué, le sommeil recharge mes batteries.

Sa mère l'examina un instant. Comme d'habitude, elle était superbe dans sa robe d'été avec ce pull jeté sur les épaules, ses cheveux bruns coupés au carré et qui lui chatouillaient le menton.

— Eh, tu as changé de coiffure ! C'est joli. Je suis content de te voir.

Il se pencha et lui déposa un baiser sur la joue.

Elle ne sourit pas.

— Je n'aurais pas été forcée de venir si tu avais accepté de coopérer.

— Alors c'est ma faute, c'est ça ? Écoute, je suis ravi que papa s'engage dans une nouvelle campagne, mais ça ne m'oblige pas à y participer.

Elle leva les yeux au ciel.

— Ce n'est pas une simple campagne, Grayson. Il s'agit pour ton père de devenir vice-président des États-Unis.

Dans sa tête, Gray voulut préparer une réponse, mais rien ne lui vint.

— Evelyn ne t'a pas dit combien ta participation était importante pour moi ?

— Si, elle me l'a dit. Mais j'ai refusé.

— Je ne te demande pas grand-chose, Grayson. D'habitude, tu sais que je reste en dehors de votre relation conflictuelle. Mais, si ton père travaille dans la politique depuis trente ans, sache que moi aussi. Je l'ai soutenu contre vents et marées, et ce depuis sa toute première campagne électorale. Malgré ce que tu peux croire, c'est un homme bien. Cette année, sans le président actuel qui soutient Cameron, ton père aurait eu toutes ses chances pour l'élection présidentielle. D'ailleurs, si tu veux mon avis, rien n'est encore perdu. Une opportunité unique se présente à lui, et il a travaillé dur pour arriver jusque-là.

La mère de Gray s'emportait avec la passion d'une femme qui avait soutenu son mari chaque jour, chaque mois, chaque année de sa carrière politique. Gray l'écoutait, évidemment. Difficile de faire autrement.

— C'est une opportunité pour moi aussi, une récompense pour le travail d'une vie entière. Je me bats pour une cause, tu le sais, et on me tend une perche en or, Grayson. J'ai enfin la chance de faire entendre ma voix. Tu sais l'importance que j'accorde à l'alphabétisation et à l'éducation des enfants. Si ton père accède au rang de vice-président, le monde entier s'intéressera à ce projet que je défends, je pourrai faire passer mon message à l'échelle internationale et me battre pour obtenir des fonds. Les hommes d'influence se pencheront sur le problème de ces enfants dans le besoin aux quatre coins du monde. Et si, par la grâce divine, ton père accédait à la Maison-Blanche, tu imagines l'attention portée à mon projet.

Elle marqua une pause pendant laquelle elle regarda son fils droit dans les yeux avec une détermination à toute épreuve.

— Si tu ne le fais pas pour lui, fais-le au moins pour moi.

Loretta Preston se transformait en machine de guerre dès lors qu'il s'agissait de défendre une cause à laquelle elle croyait profondément. Pas une seule seconde Gray n'avait pensé à elle et à ce qu'une vitrine nationale représentait pour elle et ses idées. Bien sûr, il avait été trop occupé à se soucier de sa colère contre son père.

Quel égoïste !

Il tendit le bras par-dessus la table pour lui prendre la main.

— Pardonne-moi, maman. Tu sais que papa et moi, c'est une longue histoire. Mais tu sais aussi que je crois en toi et en tes projets. Franchement, c'est toi qui devrais te présenter à l'élection !

Dans un demi-sanglot, Loretta eut un petit rire.

— Ce n'est pas ma tasse de thé, mon chéri. Et puis essaie de ne pas avoir trop d'a priori sur ton père. C'est un homme bien et il se bat pour une juste cause.

— Ouais, peut-être, je ne sais pas. En tout cas, je ferai tout mon possible pour t'aider à réaliser tes rêves.

Sa mère se leva et le prit dans ses bras.

— Merci de croire en moi.

Il n'y avait rien de tel que l'étreinte de sa mère.

— J'ai toujours cru en toi.

Elle s'écarta.

— Tu devrais essayer de croire aussi en ton père. Parle-lui, reprenez contact, tous les deux. Il a changé, tu sais.

— Je ne suis pas sûr de pouvoir te croire. Mais je veux bien aider pour la campagne. Pour toi et uniquement pour toi.

— D'accord, ça me va, concéda sa mère en lui tapotant la joue avec un sourire. Pour l'instant, en tout cas. Mais je suis sûre que tu finiras par voir ton père sous son vrai jour.

Gray avait déjà vu son père sous son vrai jour, il y avait longtemps de cela. Honnêtement, il préférait le laisser dans l'ombre.

Sa mère regarda sa montre.

— Bon, il faut que j'y aille. Je dois être rentrée à Washington avant ce soir. J'appellerai Evelyn pour la prévenir que vous vous reverrez dans la ville de ta prochaine course. (Elle se mit à rire.) Quelle que soit cette ville, d'ailleurs. Je n'arrive plus vraiment à suivre. Mais une chose est sûre : je ne rate aucune de tes courses. Un employé s'occupe de les enregistrer pour moi.

— Merci, ça me touche beaucoup. Et c'est d'accord, je travaillerai avec Evelyn. Elle t'a appelée pour se plaindre de moi, pas vrai ? demanda Gray en l'accompagnant jusqu'à la voiture qui l'attendait devant le portail.

Elle lui prit la main et lui décocha un sourire en coin.

— Évidemment. C'est une tigresse, elle ne lâche pas l'affaire. Heureusement qu'elle travaille pour notre parti.

Gray secoua la tête. Il avait sous-estimé Evelyn : en la mettant dehors, après leur entrevue, il était certain qu'elle ne reviendrait pas à la charge. Sa mère l'embrassa sur la joue et le serra contre elle de nouveau.

— Sois gentil et tiens-toi bien. On se rappelle bientôt. Je t'aime, Grayson.

— Moi aussi, je t'aime, maman.

Il lui fit un signe de la main en regardant la voiture s'éloigner. Avec elle, il avait l'impression de redevenir un petit garçon de huit ans qui avait fait une bêtise. En retournant dans sa caravane, il dressa la liste de toutes les choses qu'il avait à faire avant que l'équipe prenne la direction du Kentucky. Ensuite, il devrait s'occuper du cas d'Evelyn.

Mais pas avant le lendemain. Pour l'instant, il pouvait se consacrer à son emploi du temps sans se soucier d'elle.

Demain, en revanche, Evelyn et lui auraient une petite conversation. Il allait lui expliquer certaines règles à respecter.

Chapitre 3

Evelyn se sécha les cheveux, puis rassembla sa chevelure en queue-de-cheval avant d'apporter la touche finale à son maquillage. Elle enfila un jean et un débardeur, une chemise à manches longues qu'elle sortit de sa valise, et compléta l'ensemble par une paire de bottines.

Lors de la première course, elle s'était beaucoup trop apprêtée. Grave erreur. Le mieux aurait été de se fondre dans la foule : Gray aurait été plus à l'aise, et elle n'aurait pas eu l'impression d'être une bouteille de vin hors de prix au milieu des sodas dans une épicerie. Et puis, avec des talons hauts et un tailleur au centre d'un public de bagarreurs, pour le confort on repassera, sur le plan physique comme émotionnel : tout le monde l'avait observée comme une bête de foire, et à juste titre. Les tailleurs de créateurs n'avaient pas leur place au milieu des bières et des hot-dogs. Elle ne referait pas la même erreur.

Gray Preston n'était pas du tout comme elle l'avait imaginé. Certes, elle avait lu sa biographie complète et regardé toutes les vidéos de ses interviews avant et après chaque course, elle s'était renseignée sur son passé familial auprès de sa mère – avec à l'appui albums de photos d'enfance, de ses études et biographie professionnelle –, mais tout cela ne ressemblait en rien à l'homme qu'elle avait rencontré.

Il était sublime. Encore en sueur et imprégné d'odeur d'essence et d'huile de moteur, avec les cheveux collés au front et dans le cou, et sa combinaison pare-feu ouverte, Gray était l'homme le plus sexy qu'elle ait jamais croisé. Chaque fois qu'il avait posé sur elle son regard brûlant, couleur caramel, elle s'était sentie frémir.

Evelyn n'était pas du genre à fondre devant un bel homme. Washington regorgeait de superbes mâles, et, si elle devait décrire son idéal masculin, il y avait fort à parier que le sujet de ses fantasmes travaillerait dans la politique. Un costume taillé sur mesure dans un immense bureau verrouillé ? Il ne lui en faudrait pas plus pour la séduire. Tout le contraire du type mal rasé, pas soigné et encore recouvert de graisse de moteur, qui rêve d'une course sur circuit plutôt que d'une course à l'électeur. C'est pourquoi elle était persuadée que, si sa libido s'était emballée devant Gray Preston, ce n'était pas dû à son physique d'apollon et à son regard de braise, mais au fait qu'il était sa porte d'accès la plus directe à la Maison-Blanche. Elle n'était pas du genre à craquer pour un homme uniquement pour sa beauté.

Sans compter son caractère buté et peu coopérant qui lui mettait des bâtons dans les roues. Cette mission s'annonçait laborieuse. Sa place était auprès du sénateur Preston, et elle aurait préféré y rester afin de l'aider à décrocher la timbale en novembre, au lieu de lécher les bottes à son fils pour le supplier de les aider à grappiller quelques centaines de milliers de votes supplémentaires, aussi importants soient-ils.

Mais elle était prête à tout pour atteindre son objectif. C'est pourquoi, lorsque son téléphone se mit à sonner et que Gray lui annonça le lieu de leur prochain rendez-vous, elle s'empara de son sac à main, grimpa dans sa voiture de location et parcourut sans hésiter la distance qui la séparait du restaurant.

Il était déjà là et l'attendait devant la porte d'entrée. L'idée de la revoir n'avait pas l'air de l'enchanter, lui non plus.

Tant pis pour lui. Elle avait l'habitude de travailler avec des gens récalcitrants. Son attitude ne l'atteignait pas.

— Bonjour, lança-t-elle en affichant son plus charmant sourire.

Gray hocha la tête et lui ouvrit la porte.

Il voulait la jouer comme ça ? Très bien, elle s'en accommoderait. Il finirait bien par lui adresser la parole.

La serveuse – qui, de toute évidence, reconnaissait le pilote – sourit à Gray, tout en chassant d'un geste majestueux ses cheveux trop volumineux derrière son épaule, avant de les guider d'un pas rapide jusqu'à une banquette au fond du restaurant. Dans les regards qu'elle lançait à Evelyn, celle-ci ne sut dire si elle lisait de l'admiration ou de la jalousie.

— Du café ? proposa la serveuse.

Elle s'appelait Aileen et devait avoir dans les quarante ans.

— Oui. Merci, Aileen. Avec un nuage de lait, répondit Evelyn.

— Même chose pour moi, fit Gray en souriant.

À Aileen, évidemment.

Au moins, Evelyn savait à présent qu'il n'était pas muet.

Ils parcoururent la carte des menus et, lorsque Aileen reparut avec les cafés, ils commandèrent leur petit déjeuner. D'habitude, boire une tasse de café était toujours la première étape de la journée d'Evelyn, avant même de prendre une douche. Puisqu'elle n'avait pas eu le temps ce matin, elle prit rapidement deux gorgées, impatiente que la caféine fasse son effet. Elle le sirota encore avec un soupir de soulagement, puis leva les yeux pour s'apercevoir que Gray l'observait.

— Je peux me passer de café, lança-t-elle, mais, si vous voulez avoir une conversation sérieuse avec moi, je préfère d'abord boire mon petit crème.

— C'est bon à savoir.

Il leva sa tasse, et Evelyn se laissa encore frapper par son regard déconcertant. La façon dont il la regardait droit dans les yeux la mettait décidément… mal à l'aise.

Elle reposa son café.

— Mettons les choses au clair. Je vois bien que je vous énerve.

— Vous avez appelé ma mère.

Le ton de reproche de Gray lui donna envie de sourire. Evelyn aimait beaucoup Loretta Preston, elle était l'une des femmes les plus gentilles, douces et patientes qu'elle ait jamais connues. Elles avaient beaucoup discuté du père et du fils. Au fond d'elle, Evelyn avait espéré que Loretta exerce une certaine influence sur Gray. De toute évidence, c'était le cas. Cette femme était prête à tout pour défendre ses idées et elle n'acceptait pas qu'on lui refuse quoi que ce soit.

— Oui, je l'ai appelée, évidemment. Vous ne m'avez pas laissé le choix.

— Si : je vous ai dit non. C'était une invitation à vous en aller.

Elle sourit.

— C'est mal me connaître : lorsqu'on me confie une mission, je ne fais jamais marche arrière. C'est vous, ma mission, et je n'aurais pas lâché l'affaire avant d'avoir mis tout en œuvre pour réussir. Puisque votre mère a insisté pour que je parvienne à vous convaincre, je me suis dit qu'elle serait un argument de taille pour arriver à mes fins.

Il ne répondit rien.

— Vous n'aimez pas votre mère ?

Gray lui lança un regard noir.

— Si, j'aime profondément ma mère.

— Dans ce cas, je ne vois pas où est le problème.

— Vous avez agi contre mon gré et dans votre propre intérêt.

Evelyn leva les yeux au ciel.

— Les projets de votre mère vous déplaisent tant que ça ?

— Non, bougonna Gray.

— Dans ce cas, vraiment, je ne vois pas où est le problème.

— Visiblement, on n'est pas prêts de trouver un terrain d'entente.

— Moi, ça ne me dérange pas. Est-ce que vous avez réfléchi à un plan d'action ?

Il fronça les sourcils.

— J'ignorais qu'il en fallait un.

— Oh ! Je pensais que votre mère aurait évoqué les objectifs de la campagne.

— Ma mère m'a parlé de ses objectifs à elle et m'a demandé mon aide. C'est tout.

Cela fit sourire la jeune femme.

— Je vois, reprit-il. Vous la connaissez bien, pas vrai ?

— Très bien, admit Evelyn. Nous avons passé beaucoup de temps ensemble ces dernières années, depuis que je travaille pour votre père. Elle mène son monde à la baguette et ne tolère aucune opposition à ses idées.

— En effet, vous avez appris à la connaître, constata Gray. C'est une main de fer dans un gant de velours, vous l'avez remarqué.

— Exact. Sur le plan personnel comme politique, elle complète votre père de la meilleure manière qui soit.

Le regard de Gray resta fixé sur son café.

— Mon père ne la mérite pas.

Evelyn ne maîtrisait pas assez les tenants et les aboutissants de la relation entre Gray et son père pour s'en mêler. On ne lui demandait qu'une chose : travailler avec le fils sur la campagne du père, pas s'immiscer dans leurs dynamiques familiales, à moins qu'elles n'aient une influence sur leurs desseins politiques. Là encore, elle était censée apaiser les tensions, et non pas intervenir, et, par-dessus tout, elle devait faire en sorte qu'il n'y ait aucun débordement.

— Alors, quelle est votre conclusion ? s'enquit-elle.

— Je suppose que nous allons travailler ensemble.

Evelyn ne put cacher son excitation.

— Magnifique. J'ai hâte que nous nous mettions au travail. Vous verrez, Gray, vous ne le regretterez pas.

— Oh, mais je le regrette déjà ! Mais, puisque c'est important pour ma mère, je le fais pour elle.

Peu importait pour qui il le faisait. La seule chose qui comptait pour Evelyn, c'était le succès de sa mission.

— Parfait. Entrons dans le vif du sujet. La première chose à faire sera de nous adapter à votre emploi du temps. Je sais que vous êtes très occupé.

L'arrivée de la serveuse avec le petit déjeuner les força à marquer une pause. L'une entama ses flocons d'avoine et son fruit tandis que l'autre attaquait son plat élaboré à partir d'œufs, de bacon, de pancakes, de pommes de terre sautées et de biscuits.

— Où mettez-vous toutes ces calories ? s'exclama Evelyn, impressionnée.

— Quoi ?

— C'est un gros repas.

— Oh ! Je fais de l'exercice. Et puis les courses me font énormément suer. Il fait presque quarante degrés dans l'habitacle.

— Eh ben ! C'est sûrement très mauvais pour la santé.

Il haussa les épaules.

— On s'y fait.

Pas étonnant qu'il soit grand et bâti comme une statue grecque. Aujourd'hui, il portait un jean et un tee-shirt moulant qui laissait voir ses muscles sculptés.

— Alors c'est comme dans un sauna ?

— Ouais.

— Il faut être en forme pour piloter une voiture de course.

Il termina ce qui lui restait d'œuf au plat et but sa dernière gorgée de jus d'orange.

— On ne contrôle pas une machine de mille trois cents kilos lancée à plus de trois cents kilomètres-heure sans une certaine masse musculaire, chérie.

Ce dernier mot la fit frissonner. Elle s'efforça de l'ignorer.

— Je suppose que vous avez raison, mais je vous avoue que je n'y connais pas grand-chose en course automobile.

— On va devoir y remédier, pas vrai ?

— Sans doute. Mieux je connaîtrai votre environnement et mieux je pourrai vous intégrer à la campagne de votre père.

— On va s'amuser comme des fous, ironisa Gray.

Elle poussa son bol sur le côté et l'examina un instant.

— Je sens comme un doute en vous.

— C'est le moins qu'on puisse dire. Sachez-le : je ferai ce qu'il faut, mais en traînant des pieds.

— Je m'y ferai.

— OK. Je préférais juste vous prévenir.

Elle l'aimait bien, finalement.

— Merci. Bon, quel est votre programme, aujourd'hui ?

— Des réunions avec l'équipe et des tours de formation. Vous pouvez rentrer à Washington.

Evelyn l'observa, perplexe.

— Hum, non ! Vous n'avez pas bien compris les conditions de notre accord.

— Comment cela ? fit Gray, l'air soudain grave.

— Vous êtes ma mission, Gray. Uniquement vous, et ce jusqu'à l'élection. Je serai donc dans vos pattes pendant tout ce temps.

Chapitre 4

Gray avait toujours préféré être sur le terrain, avec son équipe, et ne rien laisser passer sans donner son accord. Son investissement allait jusqu'aux heures passées dans le garage à vérifier lui-même les voitures qui allaient concourir.

Puisqu'ils se retrouvaient dans le Kentucky, Gray pouvait superviser les réunions des deux équipes en lice. Il prenait les choses en main. Après l'accident du dimanche précédent, il avait disséqué chaque boulon de sa machine en compagnie des mécaniciens afin de trouver la faille. Les techniciens chargés du moteur lui assuraient que cela n'arriverait plus, que des mesures seraient prises pour garantir la parfaite maîtrise des moteurs des deux voitures pour la course du week-end.

Pour chaque réunion, Gray se dressait la liste de tous les détails à passer en revue, depuis l'inventaire des pneus jusqu'aux membres à réquisitionner pour la course suivante. Tout le monde assistait aux réunions. C'était obligatoire. Si l'un d'eux ne se présentait pas, il était aussitôt remplacé, que ce soit dans l'équipe ou parmi les mécaniciens.

Après la réunion générale, Donny, l'autre pilote, coupa le groupe en deux. Ses coéquipiers attitrés et lui-même revoyaient la stratégie à suivre pour sa voiture, pendant que Gray en faisait autant avec son chef d'équipe et tous les autres. La réunion se déroula comme prévu. Tout le monde était plus motivé que jamais pour la course.

Gray avait une bonne voiture et il savait qu'il avait ses chances pour cette saison. Donny aussi, mais il se laissait trop facilement distraire. Ce qui rappela à Gray qu'il devait lui parler. Après les tours de piste, il irait le voir en privé pour lui en toucher deux mots.

À la réunion, Donny avait le teint pâle, et Gray pria pour qu'il ne soit pas malade, c'était bien la dernière chose dont il avait besoin. Ce week-end, ses deux voitures devaient assurer.

Il s'approcha de la piste où Donny démarrait pour son entraînement. Petit à petit, le pilote accéléra.

Ah ! Gray devait se tromper. Si Donny était malade, il ne prendrait pas le virage aussi vite. On sentait le contrôle du volant et la précision dans les virages. Une confiance en soi que Gray n'avait encore jamais observée chez le jeune homme.

Impressionnant ! L'un des tours les plus rapides que le jeune ait jamais faits sous les yeux de son mentor. *Bien !* La perfection devait à tout prix être au rendez-vous, car Gray avait investi une grosse somme d'argent dans cette deuxième voiture pour la Preston Racing et il n'avait pas beaucoup de temps à accorder à Donny.

— Il est doué.

Alex Reed le rejoignit pour observer le jeune pilote. Alex s'entraînerait en même temps que Gray, un peu plus tard. Tous les deux se connaissaient depuis leurs premières pistes boueuses, dans l'Oklahoma.

— Ouais. Parfois, il est un peu borné, mais il progresse. Il pourrait devenir vraiment bon.

— Qui n'était pas borné à son âge ? fit remarquer Alex. Rappelle-toi qu'à une époque on ne pensait qu'à deux choses : rouler le plus vite possible et faire la fête.

Gray éclata de rire.

— Ah, c'était le bon temps ! Gagner de l'argent, se prendre la tête pour des détails, tout ça, c'étaient les autres qui s'en souciaient.

Alex lui donna une tape dans le dos.

— Je cours toujours pour une autre écurie, mon gars, ce sont les autres qui s'en soucient. Pas moi. Faire ton trou tout seul, c'est ton choix. Alors assume.

— Salaud !

Avec un rire sonore, Alex s'éloigna. Il revenait de loin. En arrivant dans le milieu, il était plus motivé à décrocher le succès que quiconque. Il avait tout misé sur la course, sur la victoire, parce que c'était tout ce qu'il avait. Au moins, Gray avait eu le choix grâce à ses économies pour assurer ses arrières. Alors qu'Alex avait grandi dans la misère et n'avait réussi sa vie que grâce aux courses. Sans ça, il n'avait rien. Gray ne connaissait pas ce sentiment.

Il reporta son attention sur l'entraînement de Donny.

Au moins, Donny et les courses occupaient toutes ses pensées, et il pouvait arrêter de réfléchir aux paroles d'Evelyn. Quel choc d'apprendre qu'à partir de maintenant et jusqu'à l'élection elle serait dans ses pattes sans interruption !

Comme s'il avait besoin de ça ! Il n'avait donné son accord que pour faire plaisir à sa mère. S'il avait su que cela impliquait d'emmener Evelyn d'une ville à l'autre, il y aurait réfléchi à deux fois.

Pendant les réunions de la matinée, il l'avait complètement ignorée, mais, à présent qu'il observait Donny sur le circuit, il la chercha du regard.

Elle était dans les gradins, occupée à discuter avec d'autres femmes de l'équipe.

Pendant le petit déjeuner, il avait remarqué son changement de style. Une transformation pour le moins surprenante. Dans son tailleur, Evelyn faisait partie de l'univers électoral de son père, aucun doute là-dessus. Il pouvait au moins lui coller cette étiquette. Mais, dans une chemise blanche et un jean moulant qui laissait deviner toutes ses formes, elle appartenait à l'univers des circuits, à son univers à lui. Et cela avait le don de le mettre mal à l'aise.

En réalité, il ne voulait pas qu'elle appartienne à son monde, ça l'arrangerait bien qu'elle soit aussi gênée que lui. Alors qu'il avait l'habitude des femmes qui fréquentent les courses automobiles, cette inconnue le dérangeait par son regard insondable. Et puis c'était une femme politique, ce qui n'arrangeait rien à l'affaire.

Finalement, Donny se gara devant le stand et sortit du véhicule. Gray le rejoignit pour le féliciter, fermement décidé à oublier Evelyn Hill aussi longtemps que possible.

Donny jeta son casque sur le siège conducteur et lui décocha un grand sourire.

— Cette fois, j'ai vraiment pris mon pied, patron !

— C'était du bon travail.

Il fit signe au chef d'équipe de Donny. Ce dernier s'approcha et leur tendit une tablette numérique. Tandis qu'ils s'éloignaient tous les deux, Gray observa les chiffres du tour de son protégé.

— Il faut qu'on parle, déclara-t-il.

Ils prirent la direction de sa caravane.

Evelyn l'attendait, au même endroit que lors de leur première rencontre. Sauf que, cette fois, elle était en jean. La chaleur grimpait, alors elle avait retroussé ses manches longues, ce qui tirait le tissu contre sa poitrine généreuse.

Il sentit son pouls s'emballer. Pour la chasser de ses pensées, c'était mal parti.

— Evelyn Hill, je vous présente Donny Duncan.

— Madame, la salua Donny en lui serrant la main.

— Ravie de vous rencontrer, Donny, dit-elle en souriant, avant de se tourner vers Gray. Si vous êtes occupé, je peux trouver autre chose à faire.

— Non, puisque vous devez rester avec moi, restez. Allez, entrez. Donny et moi, on allait avoir une petite conversation.

Donny observa Evelyn avec curiosité. Il devait se poser des questions. Gray n'avait parlé d'elle à personne, il ne savait pas vraiment comment la présenter. Mais, tôt ou tard, il y serait bien obligé.

— Asseyez-vous, l'invita-t-il.

Evelyn se trouva une place dans un coin au fond de la caravane, tandis que Donny et lui s'installaient à la table.

— Voilà tes chiffres pour l'entraînement de ce matin.

Donny prit la tablette, étudia les tableaux et leva les yeux avant de sourire fièrement.

— Eh ben, je suis doué !

— Attends, ne t'emporte pas trop vite. C'était un bon entraînement, mais ce n'était pas une course. Dimanche, tu es arrivé douzième avec une voiture qui entrait dans le top cinq.

Le sourire de Donny s'évanouit. Il glissa nerveusement les doigts dans ses cheveux blonds et hocha la tête.

— Je sais. J'aurais pu mieux faire. La voiture était parfaite, et tu as raison : j'étais dans les premiers pendant toute la course et je me suis laissé doubler dans les derniers virages. C'est ma faute. J'étais moins concentré. Promis, ça n'arrivera plus.

Difficile de trouver quoi que ce soit à redire, et, puisque Donny était conscient de ses erreurs, Gray n'avait aucune raison d'en rajouter.

— Un bon pilote réfléchira toujours au meilleur moyen de s'améliorer. Puisque tu as déjà fait ce travail-là, je n'ai rien à ajouter. Mais tâche de ne pas recommencer.

— Compris, patron.

— Je t'avais prévu un long discours, Donny. Tu as tout gâché.

Son jeune protégé éclata de rire.

— Désolé. Tu veux que je me plante encore une fois ce dimanche ?

Gray sourit.

— Non, je ne préfère pas.

— OK. Dans ce cas, je vise le haut du podium.

— C'est un bon objectif. Et n'oublie pas : tu n'es pas seul. Une équipe entière est derrière toi pour t'aider à franchir la ligne d'arrivée, alors écoute ce qu'ils ont à te dire. Arrête de n'en faire qu'à ta tête et utilise un peu ton cerveau. Maintenant, file.

Donny se leva maladroitement de la banquette, salua Evelyn et s'en alla.

La jeune femme se leva à son tour afin de s'asseoir en face de Gray. Un effluve de son parfum, subtil et musqué, chatouilla le nez du pilote. Il s'efforça de ne pas se pencher vers elle pour deviner quelle fragrance elle portait, puisque sa présence détournait déjà beaucoup trop son attention.

— Donny travaille pour vous ? se renseigna-t-elle en posant sa mallette sur la table.

— Il pilote la deuxième voiture de la Preston Racing. Je l'ai embauché cette année. Il est jeune mais doué.

— Vous essayez donc de développer cet atout prometteur.

Elle sortit son ordinateur portable de son sac, l'ouvrit et prit des notes. Gray se pencha en avant pour lire l'écran à l'envers.

— Qu'est-ce que vous faites ?

— Je travaille à la correction de votre biographie.

— Pour quoi faire ?

— J'ai déjà reçu quelques commentaires sur vous.

L'agacement le fit serrer les mâchoires.

— Hum ! Des commentaires ? Quels commentaires ?

— Sur les comptes Facebook et Twitter du sénateur.

Puisqu'il gardait le silence, Evelyn l'observa par-dessus l'écran de son ordinateur.

— Il y a un problème ?

— Oui, et il est très gros. Nous allons établir certaines règles avant d'aller plus loin. Règle numéro un : n'écrivez rien à mon sujet, et ne faites aucun lien entre moi et le sénateur sans que je donne mon accord.

Elle s'adossa à la banquette.

— Je croyais qu'on en avait déjà parlé : nous travaillons ensemble. Si je dois passer par vous chaque fois, ça risque d'être compliqué.

— Dans ce cas, ce sera compliqué. Montrez-moi ce que vous avez déjà fait et les articles que vous avez postés.

Elle ne décrocha pas son regard du sien et fronça les sourcils. Bon sang ! Toute cette histoire avait déjà tendance à agacer Gray. Si en plus elle y mêlait les réseaux sociaux, il risquait vraiment de voir rouge.

— Bon, très bien, soupira Evelyn. Donnez-moi une minute.

Elle observa l'écran un instant puis tourna l'ordinateur vers Gray.

— Ce n'est pas grand-chose, une simple annonce disant que le sénateur est heureux de voir son fils se joindre à lui. Ça reste très vague.

Le pilote lut le texte. Ce n'était pas vague du tout. Le lien était direct entre la Preston Racing et les ambitions politiques de son père. Autant crier : « Gray Preston soutient pleinement la politique du sénateur. »

— Bon Dieu, Evelyn ! Ce n'est pas ce qu'on avait conclu, aboya-t-il. (Il se leva et fit les cent pas avant de se tourner vers elle.) Retirez ce message. Tout de suite.

Il sortit en trombe de la caravane, fou de rage.

Sans plus réfléchir, il se dirigea tout droit vers le circuit où l'attendait Ian.

— Tu es en avance.

Grinçant des dents, Gray était près de relâcher toute sa colère sur Ian, mais le pauvre n'y était pour rien.

— J'ai besoin de conduire. Maintenant.

Ian l'observa, consterné, puis lança un regard par-dessus l'épaule du pilote. Ce dernier se retourna et vit Evelyn s'approcher.

Oh, pas elle ! Il refit face à Ian.

— Maintenant. J'ai dit « maintenant » !

— Oui, bon, d'accord, balbutia Ian avant d'appeler l'un de ses coéquipiers par radio. Eh, on peut passer par chez toi ? Gray est pressé.

Une poignée de secondes plus tard, Ian hocha la tête.

— Tu es sûr de toi ?

— Certain.

— Alors enfile ta combinaison. La voiture est prête.

Une fois habillé, Gray monta à bord, attacha sa ceinture et mit son casque.

Le temps d'allumage du moteur lui sembla interminable tellement il peinait à canaliser son trop-plein d'énergie.

Dans sa voiture, Gray avait la piste pour lui, et rien n'était plus efficace pour le remonter à bloc. Lancé à pleine vitesse, le pilote ne pensait à rien d'autre qu'au toucher du bitume et aux réactions de sa machine.

Il n'était jamais aussi bien que derrière son volant. Depuis ce jour où un copain l'avait fait monter dans sa miniature de course pour la première fois sur un terrain boueux, Gray était accro. À seulement seize ans, l'odeur d'huile et d'essence, le bruit du moteur et la boue qui lui éclaboussait le visage étaient autant d'indices qu'il ne pouvait pas ignorer. À l'époque, il jouait encore au base-ball et visait une bourse pour des études de sport alors que son père lui mettait la pression en essayant de lui vendre une carrière dans la politique. Encore sous la coupe paternelle et financièrement dépendant de ses parents, Gray avait docilement suivi le chemin familial, mais saisissait chaque opportunité qui se présentait d'aller piloter des voitures et d'en apprendre plus sur les moteurs.

Sans oublier de provoquer son père en acceptant la bourse pour des études de base-ball dans l'Oklahoma.

En accélérant dans le virage, Gray sourit. Mettre son père en rogne avait toujours été son activité favorite. Il pourrait trouver un moyen de l'énerver encore aujourd'hui. Certes, il avait accepté de l'aider, mais rien ne l'obligeait à jouer selon les règles de

Mitchell Preston. Il pouvait prendre le contrôle d'Evelyn et de son fichu ordinateur, et s'assurer que rien ne filtre sur Internet avant qu'il ait reformulé toutes les phrases et donné son accord.

C'était peut-être la course de son père, mais Gray poserait ses propres conditions.

Il rétrograda dans le virage, écrasa aussitôt l'accélérateur et poussa le moteur au maximum pour le dernier tour. En même temps qu'il ralentissait enfin, son pic d'adrénaline diminuait à grande vitesse.

À présent, il avait un plan, et sa voiture marchait à la perfection. Cette course, il la sentait bien. Son équipe se positionnerait en bonne place. Bien sûr, il venait seulement de faire un petit tour de chauffe, mais il n'y avait rien de tel que l'esprit positif.

Il sortit du véhicule. Ian le rejoignit, et ils marchèrent quelques minutes pendant que l'équipe s'occupait de ramener la voiture au garage.

— Alors ? s'enquit Gray, toute son attention fixée sur son bolide.

— Pas mal. Ta voiture a l'air de bien réagir. Mais tes virages étaient serrés. Tu essaies d'éliminer ta frustration ou quoi ?

Ian le connaissait bien, il devinait l'humeur de Gray en fonction de sa conduite.

— Peut-être un peu.

— Qu'est-ce qui se passe ? Et qui est la jolie blonde ?

Le pilote poussa un soupir. Il reprendrait volontiers le volant de sa Chevrolet pour relâcher encore un peu de tension.

— Elle travaille pour mon père.

Ian s'arrêta de marcher et lança un regard vers Evelyn, assise en bas des gradins. Il se retourna vers son ami.

— Pas étonnant que tu sois énervé. Qu'est-ce qu'elle fait là ?

— C'est compliqué.

— J'écoute.

— Disons que j'ai plus ou moins accepté d'aider mon père dans sa campagne.

La surprise se lut sur le visage de Ian.

— Sans blague ? Ton père est mourant ou quoi ? Je ne vois pas d'autre raison qui puisse te pousser à te plier à ses ordres.

Gray pouffa de rire.

— Non, il n'est pas malade. Pas que je sache, en tout cas. Il a ses chances dans la course à la vice-présidence.

— C'est vrai ?

— Ouais. Et son équipe pense que mes fans peuvent jouer un rôle et le rendre plus populaire.

Ian se mit à rire.

— Bien sûr, ça peut marcher ! Ce qui m'étonne, c'est pourquoi tu t'intéresses à ça.

— Ma mère m'a demandé de l'aider.

— Ah ! C'est différent.

— Ouais.
— Et la poupée travaille pour ton père, c'est ça ?
— Apparemment, elle fait le lien. C'est pour ça qu'elle doit rester avec nous, pour l'instant.
— Cool. Tu aurais pu te coltiner un vieux mec, gros et chauve. Au lieu de ça, tu as droit à la pin-up de service. Il y a pire, non ?
— Je sais déjà qu'elle va me taper sur les nerfs.
Ian lui assena une tape dans le dos.
— Pauvre gars, je te plains de devoir poser les yeux sur cette bombe tous les jours.
— Va te faire voir, Ian.
L'autre éclata de rire.
— Je te retrouve tout à l'heure. On dirait que ta pin-up veut te parler.

Chapitre 5

Gray se tourna vers les gradins. Evelyn s'était levée, appuyée au pied d'un drapeau.

Si seulement Ian ne l'avait pas qualifiée de « pin-up » ! Elle avait un bras autour du poteau, et il ne put s'empêcher de l'imaginer nue dans une scène langoureuse de pole dance.

Il sentit son sexe se manifester, et se dit qu'il préférait encore la jeune femme lorsqu'il était furieux contre elle plutôt que lorsqu'il fantasmait sur son corps de rêve. Des images complètement hors de propos, puisqu'ils seraient amenés à travailler ensemble. Il ne devrait pas penser à elle autour d'un poteau.

Là encore, des pulsions sensuelles le saisirent. Il devait tenir ça de son père, ce qui rendit la situation pire qu'elle ne l'était.

Evelyn s'approcha, et il la rejoignit.

— Je suis vraiment désolée, murmura-t-elle sans laisser le temps à Gray de s'excuser pour son comportement de salaud impulsif. Vous avez raison.

J'ai pris les devants en publiant un article qui aurait mérité votre accord. Je l'ai retiré, ça n'arrivera plus.

Eh ben!

— D'abord Donny, ensuite vous… Vous ne voulez pas écouter mes beaux discours ou quoi ?

Elle lui sourit.

— Allez-y, faites votre discours. Rien ne vous en empêche.

— Non, je le garde pour la prochaine fois que vous me taperez sur les nerfs.

— Alors, d'après vous il y aura une prochaine fois ?

— Bien sûr que oui. Et j'accepte vos excuses. Bon, j'ai la gorge sèche. Retournons à ma caravane.

Ils marchèrent ensemble.

— Ce n'est pas vraiment une caravane, vous savez, rétorqua-t-elle. C'est plutôt une villa sur roulettes.

Lorsqu'il lui ouvrit la porte, elle monta à bord.

— Il faut ce qu'il faut, répondit Gray. Pendant la saison des courses, on passe tout notre temps sur la route et on ne rentre jamais chez nous, alors c'est plus confortable comme ça. Et puis je déteste les hôtels.

Il ouvrit le frigo et en sortit une bouteille d'eau, puis se tourna vers Evelyn.

— Vous en voulez ?

— Oui, c'est gentil. Merci.

Après l'avoir servie, Gray s'installa sur l'une des banquettes.

— Vous n'êtes pas obligée d'être toujours aussi polie, Evelyn. Si on doit passer du temps ensemble les prochains mois, vous devriez vous détendre un peu. D'ailleurs, on devrait se tutoyer.

Avant de répondre, elle ouvrit sa bouteille et but une gorgée d'eau.

— Je ne sais pas me détendre. Et puis je suis au travail.

— Moi aussi, je suis au travail, ça ne veut pas dire que je doive être malheureux.

— Je ne suis pas malheureuse. J'aime mon travail, vraiment. Seulement, je le prends au sérieux.

Ce n'était pas son travail qu'elle prenait au sérieux, c'était elle qui était sérieuse. Et beaucoup trop formelle dans sa façon d'être. Il devrait la secouer un peu. Il commencerait quand il rentrerait chez lui, ce qui voulait dire dans longtemps. Trop longtemps.

— Bon, dites-moi… dis-moi… quelle est la prochaine étape.

— Puisque les choses sont claires à présent – et encore une fois je m'excuse –, nous devons rallier tes fans à la cause du sénateur en jouant sur votre lien à tous les deux. Mais à tes conditions, évidemment.

— D'accord. Et qu'est-ce que tu suggères ?

Elle ouvrit l'ordinateur.

— Tu pourrais commencer par parler de lui sur tes pages de réseaux sociaux. Et puis, bien sûr, te montrer publiquement avec lui n'aura que des répercussions positives.

Gray poussa un soupir. Sa mère lui avait demandé de passer le 4 juillet avec eux. S'il pouvait limiter les rencontres avec son père au minimum syndical, ce serait parfait. Disons, seulement pour les fêtes de famille et lorsque sa mère le réclamait. Les événements politiques, ce n'était pas sa tasse de thé.

Il sentait venir le cauchemar.

— On doit se retrouver le 4 juillet. Ma mère y tient beaucoup.

— Pour le fêter chez eux, c'est ça ? demanda Evelyn avec un sourire ravi. Parfait. Je prends des dispositions.

— J'ai une course cette semaine-là, je ferai donc seulement une apparition. Et, si je pouvais aussi rentrer chez moi une journée, ce serait parfait. Je te l'ai dit : je veux voir mon père le moins possible.

— Aucun problème. Je m'occupe de tout. Attends, on va jeter un coup d'œil à ton agenda.

Ses doigts s'agitèrent sur le clavier.

— Tu as une course à Daytona le week-end qui suit ce jour férié, reprit-elle. C'est bien ça ?

— Ouais. Donc on devra s'entraîner, mais tout le monde a droit à quelques jours de repos.

— OK.

En dix minutes, elle avait tout prévu.

— Parfait, voilà qui est fait. J'appellerai la secrétaire de ton père pour l'informer que tu seras là ce jour-là. Si tu pouvais faire un discours…

— Non. Des photos avec mon père, ça suffit pas ?

— Tu ne veux vraiment pas parler ?

Il eut un petit rire.

— Non, je ne veux pas parler.

Avec un soupir de découragement, Evelyn capitula.

— Bon, d'accord, on se contentera des photos. Pour en revenir aux réseaux sociaux, on pourrait faire la publicité de cette visite chez tes parents. Publie des photos sur Facebook et Twitter, parle de ce que tu feras avec eux…

— Je ne fais pas ces trucs-là.

— J'avais remarqué. Pour quelqu'un de célèbre, tu n'es pas très bavard sur tes pages. Avec un peu plus d'activité, tu gagnerais beaucoup plus de fans. On peut travailler ça ensemble. Je fais partie de l'équipe qui tient les pages de ton père. Ce genre d'intégration des réseaux à une stratégie marketing, ça me connaît.

Ses sponsors lui en avaient déjà parlé, mais Gray était trop pris par ses courses et ses affaires pour perdre son temps avec les réseaux sociaux.

— Ça fait partie des choses que je voulais améliorer, mais je n'ai pas vraiment trouvé le temps.

— Je peux t'aider. Pourquoi ne pas me donner tes identifiants, et je m'en charge pour toi ? Mais je promets de ne rien publier sans ton accord préalable. Je sais que tu es occupé et que tu n'as pas envie de t'embêter avec les détails.

— D'accord, ça me va.

Il lui donna ses mots de passe, puis se leva.

— Je dois y aller, dit-il. Tu as assez de matière pour te mettre au travail.

Elle leva les yeux.

— Où tu vas ?

— En réunion.

Evelyn referma son ordinateur qu'elle prit sous le bras.

— Je peux venir ?

— C'est pour des histoires de moteur, rien de très intéressant.

— Si, pour moi c'est très intéressant. J'ai beaucoup à apprendre dans ce domaine et j'aimerais venir avec toi, si ça ne te dérange pas.

Il haussa les épaules.

— Comme tu voudras.

À la fin de la journée, Evelyn avait compris une chose : être propriétaire d'une écurie et pilote automobile, ce n'était pas juste signer des chèques et s'asseoir derrière un volant. Les réunions, les coups de fil aux sponsors, les mises au point avec l'équipe, le choix des combinaisons et des couleurs pour représenter l'écurie… tout s'enchaînait. Et ensuite Gray allait retrouver ses garagistes et discuter de son moteur. Tant de choses qu'Evelyn en avait la tête qui tournait.

Toutes les notes prises dans la journée lui laissaient des crampes aux doigts. Heureusement qu'elle était assez vive d'esprit pour absorber toutes les informations de ce milieu qu'elle découvrait à la va-vite. Sa capacité d'apprentissage dans l'urgence faisait d'elle un élément indispensable aux yeux du sénateur Preston, et l'aiderait sans doute à rester dans la course avec Gray Preston, gérant de la Preston Racing.

Tandis que Gray repartait pour une révision du filtre à huile de la voiture de Donny, qui posait des problèmes, Evelyn préféra retourner à la caravane. Le débat entrait dans des détails techniques, alors elle profita de ce moment de répit pour organiser ses notes et établir un plan d'attaque pour les réseaux sociaux.

Elle planchait sur les grandes lignes de son programme d'action lorsqu'on frappa à la porte. Devait-elle répondre ? Après tout, ce n'était pas sa caravane.

Finalement, elle se leva et alla ouvrir. Une magnifique jeune femme l'observa, visiblement furieuse.

— Gray n'est pas là. Vous vouliez lui parler ?

— C'est ça, j'ai deux mots à lui dire. Où il est ?

— En réunion.

La jeune femme fronça les sourcils.

— Vous êtes qui, vous ?

— Evelyn Hill. Et vous ?

— Stacie, la copine de Donny.

— Ah ! Vous voulez entrer ?

— Pourquoi pas ?

Sans plus attendre, Stacie passa devant Evelyn, embaumant aussitôt la pièce d'un parfum de fraise. Elle se retourna, les bras croisés.

— Vous savez où est Donny ?

— J'ai bien peur que non. Pourquoi ? Il y a un problème ?

— C'est le moins qu'on puisse dire.

Cette jeune femme est vraiment en colère, pensa Evelyn tandis que l'autre regardait nerveusement autour d'elle. Elle était très jolie, ses longs cheveux noirs lui descendaient jusqu'à la taille, et elle avait de beaux yeux gris très atypiques. D'une taille de guêpe, elle portait un short très court et un petit haut qui lui laissait le ventre à l'air. Evelyn l'enviait – il faisait chaud dehors.

— Je vous en prie, asseyez-vous. Vous voulez boire quelque chose ?

— Il y a du soda ?

— Je ne sais pas, je vais voir, répondit Evelyn en ouvrant le frigo. Light ou normal ?

— Normal.

Quand Evelyn lui tendit une canette avec un verre rempli de glaçons, Stacie l'observa de la tête aux pieds.

— Vous êtes gentille, pas comme les autres nanas qui sortent avec Gray, d'habitude.

— Oh, mais on ne sort pas ensemble ! Je travaille pour lui.

Evelyn se demanda quel genre de « nanas » Gray avait l'habitude de fréquenter. Personnellement, elle s'en fichait, mais l'image jouait beaucoup en politique. Elle devrait se renseigner sur sa vie privée.

— Alors ça ne m'étonne pas que vous soyez si gentille. Et jolie, aussi.

Evelyn leva un sourcil.

— Merci, mais je suppose que Gray sort avec de jolies filles.

Avec un haussement d'épaules, Stacie versa du soda dans le verre.

— Oui, si on aime les vipères vulgaires.

— « Vulgaires » ?

— Vous voyez bien, ces nanas blondes avec de gros seins. Gray a un faible pour elles.

— Je vois.

— Mais il ne reste jamais longtemps avec elles. Je pense qu'il les veut juste pour la nuit, et ensuite il les met dehors.

Le moins qu'on puisse dire, c'est qu'elle était franche. Ou bien elle adorait les potins.

— Sinon, Stacie… On peut se tutoyer ? Est-ce que tu vis dans la région ?

— Je vis avec Donny, qui me casse bien les pieds, pour l'instant. Je n'aurais jamais dû accepter de le suivre pendant la saison. Au lieu de ses conneries, j'aurais mieux fait de terminer mon semestre.

— Tu veux dire à la fac ?

Stacie éclata de rire.

— Évidemment. Pourquoi ? J'ai l'air mineure ?

— On peut dire ça, oui.

— C'est drôle, on me le dit souvent. Sûrement à cause de ma petite taille, et du fait que je sois mince comme un fil. J'ai quand même vingt-deux ans. J'aurai vingt-trois dans quelques mois.

— Ça me rassure, je ne suis pas la seule.

— Je t'aime bien, t'es sympa. Evelyn, c'est ça ?

— Oui.

— Et tu as quel âge, Evelyn ?

— Vingt-neuf.

— Mariée ?

— Célibataire.

Stacie but quelques gorgées de soda et se pencha sur la banquette afin de jeter un regard sur l'écran d'ordinateur.

— Et donc tu travailles avec Gray. Pour quoi faire ?

— En réalité, je travaille pour son père, le sénateur Mitchell Preston.

— Ah bon ? Et maintenant tu travailles pour Gray aussi ? Intéressant. Gray s'investit dans la campagne de son père ? C'est sérieux ? Parce que je sais qu'il n'est pas près de quitter les circuits pour se reconvertir dans la politique. (Stacie eut l'air inquiète.) Il ne se reconvertit pas, si ?

— Ce n'est pas à moi de le dire.

— Bonne réponse, s'exclama Stacie, le sourire aux lèvres. Ça me rappelle mes cours de relations publiques. Si j'avais pas suivi mon idiot de copain sur les routes, je serais sur les bancs de la fac à cette heure-ci.

— Tu étudies les relations publiques ?

— Oui, ça et le marketing. Un diplôme idéal pour travailler aux côtés de Donny, si je ne le largue pas d'abord.

— Il y a de l'eau dans le gaz ?

— On peut dire ça, oui. Disons qu'il n'en fait qu'à sa tête.

— C'est un peu vague. Je peux te demander d'être plus précise ou est-ce que je ferais mieux de m'occuper de ce qui me regarde ?

Avec un haussement d'épaules, Stacie garda les yeux rivés sur son verre, puis regarda finalement Evelyn.

— Il se laisse trop facilement distraire, par faute de concentration. Pourtant, il a suffisamment de talent pour devenir un excellent pilote, mais la plupart du temps, pendant une course, on dirait qu'il est ailleurs. Et, quand il ne conduit pas, il fait la fête avec les autres. Enfin, je ne pense pas qu'il me trompe. Crois-moi : s'il allait voir ailleurs, je le frapperais avec un vilebrequin ou un carburateur, ou un de ces trucs de moteur. Et je filerais d'ici plus vite que sur le circuit de Talladega. Non, ce n'est pas ça. Le problème, c'est juste qu'il est dans les nuages, il ne sait pas où il va. J'en ai parlé avec lui, mais on dirait qu'il cultive son jardin secret. On est ensemble depuis le lycée, et je voulais poursuivre mes études. Il sait combien la fac, c'est important pour moi, mais il voulait que je le suive. Comme une idiote, j'ai accepté.

— Mais c'est ton choix ou est-ce que tu restes auprès de lui pendant la saison uniquement parce qu'il en a envie ?

— Un peu des deux. Il a besoin de moi. Ma présence l'aide à se concentrer. Et, quand il part sur les routes, il me manque affreusement. La saison est longue, et il rentre rarement. Donc ma décision a été prise en partie à cause de ça. Sinon, je l'accompagne aussi pour l'aider à ne pas se laisser distraire. Et puis, si je n'étais pas avec lui, je passerais mon temps à me faire du souci.

Evelyn n'avait jamais connu de relation sérieuse, elle ne pouvait pas comprendre. Mais elle savait une chose : une femme ne doit jamais tout abandonner pour un homme.

— Votre relation n'est-elle pas censée survivre malgré ces périodes de distance ? Il doit y avoir un moyen pour que tu valides ton année, non ? Tu dois pouvoir finaliser tes projets, et pas tout sacrifier pour le bonheur de Donny.

— Crois-moi, j'y ai beaucoup réfléchi. J'ai pris quelques cours par correspondance au printemps et cet automne pour ne pas perdre mes droits d'étudiante.

— Et Donny, que sacrifie-t-il pour toi ?

Stacie ne savait pas quoi répondre.

— Ce n'est pas une relation à sens unique, j'espère ? poursuivit Evelyn. Il ne peut donc pas se débrouiller sans toi juste le temps des courses, histoire que tu n'aies pas à t'inquiéter ? Et, dès que tu auras fini tes études, ton diplôme pourra te servir à le soutenir dans son travail. C'est gagnant-gagnant, avec quelques concessions sur le parcours.

La jeune fille soupira.

— Dit comme ça, on dirait que c'est facile. Mais l'amour n'est jamais simple. Quand on aime quelqu'un, on ne veut pas s'en séparer.

— Pour ce qui est de l'amour je n'en sais rien, mais ce que je sais, c'est qu'oublier une partie de soi pour le bonheur d'un autre, ça ne rend pas heureux sur le long terme. Tu n'es pas d'accord ?

— Tu sais, Evelyn : pour quelqu'un que je connais depuis vingt minutes, tu sais déjà beaucoup de choses sur ma vie privée. Comment ça se fait ?

Evelyn haussa les épaules.

— Aucune idée. Peut-être que je sais écouter.

— Sans oublier que tu donnes de précieux conseils. Je t'aime bien.

Elle sourit.

— Moi aussi je t'aime bien, Stacie.

— Je vais réfléchir à tout ça. Et j'essaierai de ne pas frapper Donny dès que je le vois.

— C'est ça, évite de lui faire mal. J'ai besoin de lui sur le circuit dimanche, moi, s'exclama Gray qui venait d'arriver et se tenait encore sur le pas de la porte.

— Oh, salut, Gray ! s'exclama Stacie. (Elle se leva de la banquette pour jeter sa canette à la poubelle et poser le verre dans l'évier.) Grâce à Evelyn, je suis un peu moins furieuse après ton pilote. Enfin, je lui en veux toujours, mais j'ai pris du recul. (Elle se tourna vers Evelyn.) Merci, lança-t-elle. C'était chouette de parler avec toi.

Evelyn lui rendit son sourire.

— Quand tu veux.

— Tchao ! fit Stacie avant de disparaître.

Le regard sombre, Gray la regarda partir avant de se tourner vers Evelyn.

— Qu'est-ce qui vient de se passer ?

— On a parlé d'amour.

— Oh, bon sang ! Je suis content d'avoir raté ça. Tu as résolu ses problèmes avec Donny ?

— Pas vraiment. Elle avait seulement besoin d'une oreille à qui parler. Et je lui ai plus ou moins suggéré de reprendre ses études.

Gray se servit une bière du frigo.

— Ce serait mieux pour elle. Et puis elle serait un soutien plus efficace pour Donny une fois son diplôme en poche. Ce gamin a besoin de se reprendre en main sans sa copine pour jouer les mamans.

Evelyn l'observa en silence, puis murmura :

— Je suis surprise.

D'abord, Gray porta la canette à ses lèvres, et ensuite seulement il demanda :

— Ah bon, pourquoi ?

— Je m'attendais à ce que tu me cries dessus.

— Pourquoi je te crierais dessus ?

— Parce que je ne devrais pas me mêler de ce qui ne me regarde pas, en l'occurrence la relation entre Donny et Stacie.

— Certains aspects de leur relation ne me regardent pas non plus, mais j'ai déjà dit à Donny d'arrêter d'être gaga après cette fille. Elle est intelligente et doit décrocher son diplôme. À mon avis, il a peur qu'elle ne parte avec le premier venu dès qu'il a le dos tourné.

— L'amour ne fonctionne pas comme ça. Enfin, je ne crois pas.

— Je ne crois pas non plus. Mais en même temps qu'est-ce que j'en sais ?

— Tu as raison. Je n'en sais rien non plus.

Il s'assit sur la banquette en face d'elle.

— Jamais connu l'amour, Evelyn ?

Elle baissa les yeux sur son écran.

— Pas vraiment, non. En tout cas, pas cet amour passionnel dont m'a parlé Stacie. Je ne sais pas ce que c'est que de ne pas supporter d'être loin de celui qu'on aime.

— Ouais, moi non plus. D'un côté, je me dis qu'un amour comme ça, on ne le trouve que dans les films ou les bouquins, ça n'existe pas dans la vie réelle.

Un silence s'installa, et leurs regards se croisèrent.

— Et d'un autre côté ?

Il se gratta la nuque.

— D'un autre côté, je me dis que je n'ai pas le temps de trouver la personne qui me donnera envie d'être avec elle tout le temps.

— Moi non plus.

Gray but une longue gorgée de bière.

— Ton boulot te prend trop de temps pour tomber amoureuse ?

— Depuis la fin de mes études à Georgetown, j'ai mis ma vie professionnelle en tête de mes priorités.

— Tu es du genre carriériste, pas vrai ?

— Oui, c'est ça. J'ai l'ambition de finir à la Maison-Blanche.

Il esquissa un sourire.

— Comme présidente ?

— Possible. Pour l'instant, je me contenterais de travailler pour quelqu'un qui obtiendrait ce poste.

— Si mon père devient vice-président, tu n'en seras plus très loin.

Après avoir pris une profonde inspiration, elle s'efforça de rester impassible malgré l'excitation que cette perspective provoquait en elle.

— Oui, je m'en approcherai même plus tôt que je n'osais l'imaginer. À l'époque où j'ai commencé à travailler pour ton père, je connaissais sa détermination. Il aurait déplacé des montagnes. Je lui ai assuré que, quels que soient ses objectifs, je désirais l'accompagner et, mieux encore, l'aider à toucher au but.

— Son ego a dû apprécier.

— C'est un homme très gentil, Gray. Et entièrement dévoué à ses électeurs. Je crois en ses capacités.

Levant les yeux au ciel, le pilote reprit quelques gorgées de bière, puis posa la canette sur la table.

— Attention à Mitchell Preston, ce n'est pas « parole d'évangile ». Te voilà déjà aveuglée par ses beaux discours.

Une terrible envie de lui faire ravaler sa suffisance saisit Evelyn.

— J'ai l'air idiote, c'est ça ?

— Pas forcément, mais tu n'es pas la première victime du charme des Preston.

Elle lui lança un regard noir.

— Une chose est sûre : tu es un Preston, et je ne te trouve pas particulièrement charmant.

— C'est parce que je ne cherche pas à te séduire. Mais, si tu me voyais à l'œuvre, tu ne pourrais pas me résister.

À présent, c'était au tour d'Evelyn de vouloir lever les yeux au ciel, mais puisque, techniquement, cet homme était son client, elle n'osa pas.

— Oh, crois-moi, je te résisterais facilement !

Gray se leva et jeta sa canette dans la poubelle de recyclage, puis se tourna vers elle.

— Lève-toi. On sort.

Elle glissa hors de la banquette.

— On sort ? Où ça ? Je dois me changer ?

— Ouais. Je t'emmène à ton hôtel, pour que tu puisses mettre une robe.

En vérifiant l'agenda sur son téléphone, Evelyn fit la moue.

— Je ne vois rien de prévu sur ton emploi du temps.

— Je n'ai rien de prévu, Evelyn. Je t'emmène dîner.

— Oh ! Et j'ai besoin d'une robe ?

— Oui. On se rendra à une fête juste après. Peut-être même qu'on dansera.

— Hum ! Si ce n'est pas un événement prévu, je préfère rentrer à mon hôtel.

— Ah non ! Tu dois rester avec moi, non ?

— Eh bien, oui, mais…

Il lui prit la main.

— Alors on sort.

Chapitre 6

Rien n'avait forcé Gray à emmener Evelyn au restaurant. Il aurait pu mettre un point final à cette journée. Elle serait rentrée à l'hôtel, et il se serait occupé de tous les mails et papiers qui s'empilaient sur sa table.

Au lieu de cela, Gray s'était braqué sur le fait qu'elle ne le trouvait « pas charmant ».

S'il le voulait, il pouvait parfaitement la séduire, elle retirerait aussitôt sa culotte. Sans le moindre effort, il avait toutes les femmes à ses pieds. Evelyn s'était très mal renseignée si elle le croyait incapable d'enclencher la vitesse supérieure avec elle et d'en faire une groupie sans même qu'elle s'en aperçoive.

Bien que la séduire ne soit pas dans sa liste de priorités. Elle était l'employée de son père, Gray n'avait donc aucune envie d'aller au-delà de la relation professionnelle avec cette femme. Evelyn Hill et lui ne se rapprocheraient pas plus que ne le requérait leur collaboration.

Mais une chose était sûre : il lui prouverait qu'elle ne résisterait pas à son charme s'il se mettait en tête de la séduire. Employée du sénateur ou pas, c'était pareil.

Alors qu'elle se changeait dans sa chambre d'hôtel, Gray l'attendit en voiture devant l'entrée. Lui-même avait troqué son jean et son tee-shirt contre un pantalon noir et une chemise blanche.

Evelyn apparut en haut des marches dans une élégante robe rouge et des talons hauts. Le pilote en eut la gorge sèche. Bon sang, quelles jambes de rêve ! Il sentit une érection menacer, heureusement que sa chemise n'était pas rentrée dans son pantalon.

Voilà ce qu'il récoltait à vouloir manipuler les sentiments de la belle. Ce soir, son sexe en paierait les conséquences.

Il sortit du véhicule, qu'il contourna pour lui ouvrir la portière du côté passager. Au moment où elle s'apprêtait à monter, il lui glissa à l'oreille :

— Tu es magnifique.

Étonnée, elle se tourna vers lui.

— Merci.

Un point pour Gray.

Après une heure de trajet, ils arrivèrent devant l'un de ses restaurants préférés de Louisville, *Le Chêne noir*. D'après lui, ce lieu valait le déplacement. Et puis il était parfait pour impressionner Evelyn : pari gagné, puisqu'elle contempla la carte des menus les yeux écarquillés.

— Plutôt vin ou whisky pour la dégustation ? lui proposa Gray.

Ce qu'il préférait au *Chêne noir*, c'était leur sélection de whiskys, mais il avait de la route à faire et ne pourrait donc pas se faire plaisir comme il le souhaitait.

— Je t'en prie, choisis.

— Tu n'as pas le profil d'une amatrice de whisky.

— N'oublie pas que je travaille au milieu de politiciens. Je sais m'adapter.

— Dans ce cas, ce sera du bourbon.

Il en commanda cinq différents. En bonne élève, Evelyn les goûta tous sans montrer le moindre signe d'ébriété. Il faut dire que Gray s'assurait auprès du serveur que leur carafe d'eau soit toujours bien remplie.

— Tu vides les verres comme si tu t'y connaissais en whisky.

Elle reposa un verre vide.

— Ces bourbons sont excellents. Et je te répète que je travaille avec des hommes politiques, dont certains boivent énormément et se sentent insultés si je ne les accompagne pas pour un verre ou deux. J'ai appris à tenir l'alcool.

— Si je comprends bien, je n'arriverai pas à te rendre ivre ce soir.

Evelyn éclata de rire et but quelques gorgées d'eau.

— Je connais mes limites. Et non, tu n'y arriveras pas.

— Dommage. En tout cas, ce doit être pénible de travailler avec ces fichus ronds-de-cuir.

— Ils ne sont pas si terribles. Et ton père non plus.

Il haussa les épaules et termina le fond d'un verre de whisky. Celui-ci était doux, et l'arôme du chêne ne brûlait pas la gorge. Exactement comme il l'aimait.

Après la dégustation, ils commandèrent les repas. Gray constata avec plaisir que la jeune femme choisissait la salade en entrée et le canard en plat principal. De son côté, il prit le filet de bœuf, qui se révéla aussi divin que le souvenir qu'il en gardait.

Ce qui le fascinait par-dessus tout, c'était de voir Evelyn manger. Lorsqu'il invitait des femmes à dîner, bien souvent elles touchaient à peine à leur assiette, puis clamaient fièrement qu'elles prenaient soin de leur silhouette comme s'il devait leur remettre le trophée de la faim. Evelyn était mince, mais soit elle faisait du sport, soit elle avait le métabolisme parfait, parce qu'elle se régalait et termina presque toute son assiette.

Elle dut sentir qu'il l'observait, car, au bout d'un moment, elle s'arrêta dans son élan, la fourchette à mi-chemin de sa bouche.

— J'ai une miette au coin des lèvres ?

— Non, j'aime regarder une femme qui mange, c'est tout. Où est-ce que tu mets tout ça ?

— J'ai la chance d'avoir un métabolisme de rêve. Tant mieux, parce que j'adore manger, et ce plat est délicieux. Merci de m'avoir amenée ici.

— Avec plaisir. Je suis content que ça te plaise.

— Tu devrais venir à Washington. Je connais d'excellents restaurants là-bas.

— J'essaie d'éviter la capitale.

— Parce que ton père y est ?

Après avoir terminé son dernier morceau de viande, il poussa son assiette de côté.

— Surtout pour ça, oui.

— Tu ne veux pas m'expliquer où est le problème entre vous ?

— Non, pas vraiment.

— D'accord.

Elle finit son canard et but un peu d'eau.

Gray lui était reconnaissant de ne pas insister pour en savoir plus sur leur conflit père-fils. Il détestait vraiment aborder ce sujet. En revanche, il aimait beaucoup parler avec Evelyn. Même si elle représentait son père, il la trouvait de bonne compagnie. Sa beauté ne gâchait rien à l'affaire, surtout avec ses cheveux relevés en chignon, comme ce soir. Et quelle robe ! *Fichue robe !* Elle moulait sa poitrine, et Gray se voyait déjà faire glisser les fines bretelles sur ses épaules blanches en l'embrassant dans le cou.

Et merde ! Il s'était pourtant promis de ne jamais penser à elle de cette façon.

— À quoi tu penses ?

Il leva les yeux.

— Hein ?

— Tu étais perdu dans tes pensées, le regard plongé dans mon décolleté.

— C'est à cause de ta robe. Désolé, je te reluquais comme un type vulgaire.

Elle lui décocha un sourire.

— Je le prends comme un compliment. Pardon si la robe te trouble.

— Ça oui, elle me trouble. Mais dans le bon sens.

Après avoir réglé l'addition, Gray se leva afin de lui retirer sa chaise en gentleman et il en profita pour respirer la douceur de son parfum subtil. Elle n'en mettait pas des tonnes, mais portait ce qu'il fallait pour être simplement Evelyn.

Plus au sud, son corps en prenait note. En fait, ses parties sensuelles prenaient note de tout ce qui concernait Evelyn.

Ce n'était pas censé être lui, le charmeur de la soirée ? À croire que les rôles s'étaient inversés. Gray était prêt à se mettre à genoux devant elle alors qu'elle n'avait encore rien tenté.

Il était temps d'agir.

— Parle-moi un peu de la fête où tu m'emmènes, réclama Evelyn, tandis qu'ils quittaient le restaurant.

— Craig et moi avons fait nos études ensemble, et on jouait au base-ball. Craig a été recruté par

Cincinnati après le diplôme et il a joué trois saisons avant qu'une blessure mette fin à sa carrière.

— Oh, le pauvre !

— Ne le plains pas, il va très bien, la rassura Gray en prenant la route d'un quartier résidentiel.

— Je vois ça : c'est un quartier chic.

— C'est vrai. Comme moi, Craig est issu d'une famille aisée, c'est pourquoi, dès qu'il a arrêté le sport, une place l'attendait dans l'entreprise de son père.

Elle l'observa un instant.

— J'apprécie le fait que tu l'assumes.

— Que j'assume quoi ?

— Le fait d'avoir une famille aisée.

Gray haussa les épaules.

— Pourquoi je devrais en avoir honte ? J'y peux rien. Grâce à l'héritage de mon grand-père, j'ai pu prendre mon indépendance vis-à-vis de mon père et lancer la Preston Racing. Ensuite, j'ai travaillé dur pour gagner un peu plus. J'ai créé des associations caritatives, parce que mon grand-père m'a toujours dit qu'un homme riche doit savoir en faire profiter les plus démunis. Et puis ce n'est pas comme si je dépensais mon argent en voyages, les fesses posées sur un transat devant la mer. Je mérite ma chance et n'en aurai jamais honte.

— C'est un excellent point de vue. Même si je ne viens pas d'un milieu riche, je n'ai aucune jalousie envers toi, contrairement à d'autres, je suppose.

— Honnêtement ? Je me fiche royalement de ce que pensent les autres. J'ai beaucoup d'amis qui n'ont pas grandi dans un milieu riche, et aucun ne m'a jugé. Jamais.

— Ce qui prouve leur loyauté.

Il sourit.

— Tu as raison.

— Dis-m'en un peu plus sur Craig.

— Toute sa famille habite ici. Après qu'il a arrêté le base-ball et rejoint l'affaire familiale, il n'a pas hésité une seconde pour choisir son lieu de résidence. Il s'est marié à une femme magnifique, mais Miranda n'a pas connu l'aisance, loin de là. Il l'a rencontrée à l'une de ses réunions caritatives. Elle gérait l'association avec dix autres personnes. C'est une philanthrope, elle croit en la générosité et en la gratitude. Grâce à elle, Craig est un homme bon. Ils sont mariés depuis trois ans et attendent un enfant.

— Ils méritent d'être heureux.

— Ouais, je suis sûr que tu vas les adorer.

— Je leur demanderai une petite participation pour la campagne électorale. (Gray lui lança un regard horrifié qui fit rire Evelyn.) Je plaisante, le rassura-t-elle.

— Parfois, tu me fais peur, Evelyn.

— C'est parce que tu me connais mal.

— Je ne demande qu'à te connaître mieux.

Gray se gara devant un portail et donna son nom à l'agent de sécurité, qui leur ouvrit les grilles. Evelyn garda le silence. Puisqu'elle avait l'habitude des hommes d'influence de Washington, les mille cinq cents mètres carrés de Craig ne l'impressionneraient pas, songea Gray.

— Tu as vu la taille de ces arbres, dans la cour ? s'exclama-t-elle. Imagine un peu une balançoire en pneu accrochée à une branche.

Il ne s'attendait pas du tout à cette réaction de sa part.

— Une balançoire en pneu ?

Après avoir garé sa voiture derrière les autres, Gray sortit du véhicule et fit le tour pour ouvrir la portière à Evelyn.

— Tu as bien dit qu'ils attendaient un enfant, non ?

— Ouais.

— Je vois bien des enfants courir dans cet immense jardin, et une balançoire en pneu. J'ai toujours voulu en avoir une.

— Ah bon ?

Elle rit doucement.

— Oui. Mes parents n'étaient pas propriétaires et n'ont jamais eu de jardin. On vivait en appartement. Il y avait les parcs, bien sûr, mais j'ai toujours rêvé d'un jardin à moi seule, avec de grands arbres et cette balançoire. Je me suis promis d'offrir ce rêve à mes enfants, un jour.

En voilà, une révélation. D'un coup, Gray eut envie d'en savoir plus sur elle. Beaucoup plus. Mais ils étaient devant la porte de son ami, et ce n'était pas le moment d'entrer dans les confidences. Il garda donc ses questions pour plus tard.

En ouvrant la porte, Craig leur décocha un grand sourire.

— Gray ! Je pensais que tu ne pourrais pas te libérer, avec toutes ces courses.

Ils se prirent dans les bras et se donnèrent des tapes amicales dans le dos.

— On ne se voit plus, c'est trop triste. Quand tu m'as appelé pour me parler d'une fête d'anniversaire, je ne pouvais pas passer à côté de cette occasion.

— Tant mieux, je suis content.

— Trente ans, hein ? Bon sang, t'es vieux !

Craig se mit à rire.

— Parle pour toi ! Pardon, je ne me suis pas présenté, s'excusa-t-il en se tournant vers Evelyn, dont il serra la main. Je m'appelle Craig Reynolds. Bienvenue.

— Evelyn Hill.

Craig lança un regard en coin à son ami.

— Tu t'es amélioré avec les femmes. Evelyn, vous êtes sublime. Entrez, je vais vous présenter ma femme.

Habituée des réceptions où elle ne connaissait personne, Evelyn ne se sentait pas le moins du monde intimidée. Craig était un homme grand, élancé, avec des cheveux bruns coupés court. Ses lunettes à la monture sombre ne faisaient qu'accentuer sa beauté, lui donnant un air mystérieux de Clark Kent.

Les invités étaient nombreux, et Gray en connaissait une grande partie, car il s'arrêtait sans cesse pour des poignées de main, des sourires ou des gestes de salut, alors qu'ils entraient dans le salon. Finalement, ils rejoignirent une magnifique jeune femme brune, avec une coupe au carré, qui devait être enceinte d'environ six mois. Elle se retourna et les accueillit d'un charmant sourire.

Elle prit Gray dans ses bras et l'embrassa sur la joue.

— Gray, ça fait si longtemps.

— Oui, depuis ma dernière course dans le coin. Désolé de ne pas être venu plus tôt, et tu es plus belle encore que l'année dernière.

Elle plissa le nez.

— Tu parles, mes chevilles commencent à enfler, et je mange trop de M&M's, rectifia-t-elle avant de se tourner vers Evelyn. Et qui est cette belle femme que tu nous amènes ?

— Je suis Evelyn Hill. Ravie de vous rencontrer.

Miranda la prit dans ses bras.

— Miranda Reynolds. Enchantée. Et merci d'être venue ce soir.

L'hôtesse avait une voix chaude et bienveillante qui donna aussitôt envie à Evelyn de l'avoir pour meilleure amie. Son sourire passait également par son regard marron, d'une sincérité naturelle. Dans sa branche professionnelle, Evelyn avait appris à repérer un hypocrite dès qu'elle en voyait un. Or, Miranda et Craig avaient le cœur sur la main avec toute l'honnêteté du monde. Avec eux, Evelyn se sentit aussitôt à l'aise, comme ça ne lui était encore jamais arrivé. Ils lui offrirent un verre ainsi qu'à Gray, et tous les quatre s'installèrent dans le patio, qui donnait sur une piscine de taille olympique à couper le souffle. Il y avait également un Jacuzzi et une jolie pelouse qu'Evelyn adorerait voir à la lumière du jour.

— Votre maison est magnifique, Miranda, la complimenta-t-elle tandis que Gray et Craig rattrapaient le temps perdu.

— Merci beaucoup. J'ai tellement de chance de vivre cette vie, soupira la future maman en caressant tendrement son ventre rond. J'espère que cet enfant, et tous les autres que nous aurons le bonheur d'élever, aura conscience de sa chance par rapport à tous ces gens dans le besoin.

— En tout cas, j'ai l'impression que vous ferez tout pour le mettre dans le droit chemin.

Miranda sourit.

— Oui. Dès que les enfants seront assez grands, nous les impliquerons dans des œuvres caritatives. C'est l'une de mes plus grandes passions.

— Gray m'en a parlé sur la route, mais sans entrer dans les détails. J'aimerais beaucoup en savoir plus.

Miranda expliqua son investissement au sein de plusieurs associations locales, nationales et internationales. Elle évoqua son poste d'ambassadrice pour les collectes de fonds visant à apporter de l'eau potable aux pays les plus défavorisés. Dès qu'elle pourrait reprendre du service, elle s'attaquerait au manque de médicaments en Afrique.

— Je travaille pour le père de Gray, le sénateur Mitchell Preston. Il est membre de plusieurs comités qui pourraient être utiles pour défendre votre cause. Si vous voulez, je pourrai lui en parler, peut-être qu'il vous apportera son soutien.

Les yeux de Miranda s'écarquillèrent.

— Vraiment, ça ne vous dérange pas ? Ce serait un grand pas en avant. Nous essayons d'impliquer autant d'hommes politiques que possible. Comme vous pouvez l'imaginer, ce n'est pas toujours facile de capter l'attention des gens.

— Je l'appellerai dès demain matin. Donnez-moi votre numéro, et je demanderai à une personne de son bureau de vous contacter.

Miranda serra chaleureusement la main d'Evelyn.

— Vous n'imaginez pas à quel point c'est important pour moi, et pour les associations.

— C'est un plaisir de pouvoir vous aider. Et je sais que le sénateur sera de mon avis.

Ne voulant pas monopoliser la compagnie de l'hôtesse de la soirée, Evelyn s'excusa et partit se promener dans le jardin. La lumière y était installée juste où il fallait, et, même si ça ne valait sans doute pas la vision qu'il offrait de jour, il était tout de même époustouflant. Il y avait des fontaines, des jardins de papillons et de colibris, ainsi qu'une enfilade de statues installées au milieu du feuillage. Elle la suivit, en s'arrêtant devant chacune d'elles, émerveillée par la finesse de leur sculpture. Ce n'étaient pas les copies de statues célèbres mais bien des pièces uniques pour Craig et Miranda. D'ailleurs, l'une d'elles représentait un couple enlacé, reflet parfait de leurs visages. C'était si romantique.

Evelyn se demanda si Craig et Miranda remarqueraient son absence si elle se cachait ici jusqu'au petit matin.

— J'imagine qu'il y aura un gigantesque jardin derrière la maison de tes rêves, pas vrai ?

Elle se retourna. Gray était derrière elle.

— Je n'ai pas besoin que ce soit immense. Un grand arbre pour ma balançoire suffira. Et, je l'avoue, peut-être un coin de verdure suffisant pour les enfants inexistants mais que j'espère avoir un jour.

Il s'approcha d'elle.

— Ce ne sera pas facile de tout avoir si tu tiens à ta carrière triomphante à la Maison-Blanche.

Interloquée, elle leva le menton.

— Vraiment ? Je ne peux pas avoir les deux ? Pourquoi est-ce que je devrais choisir ?

En lisant la stupéfaction dans le regard de Gray, Evelyn prit conscience qu'elle s'était une fois de plus laissé emporter par cette question qui lui tenait à cœur.

— Excuse-moi. Ce sujet déclenche souvent des débats animés.

Après une promenade dans les jardins, Gray l'invita à s'asseoir sur un banc en face de la fontaine, dont la taille était époustouflante, puis il prit place à côté d'elle.

— Tu sais, je plaisantais. Mais, de toute évidence, quelqu'un t'a déjà dit que tu ne pourrais pas avoir à la fois la carrière de tes rêves et le bonheur du mari, des enfants et de la grande maison avec une balançoire. Je me trompe ?

— On m'a prévenue un jour que j'aurai le choix entre les deux, mais que je devrai forcément faire une croix sur l'un pour avoir l'autre.

— Sûrement une idée de mon père.

— Non, ce n'était pas ton père. C'était quelqu'un d'autre. Mon mentor. Pour tout te dire, c'était une femme. Elle m'assurait que j'irais loin en politique, mais que je ne réussirais jamais si je voulais, en même temps, fonder une famille. C'était impossible de combiner les deux.

Le bras posé sur le dossier du banc, Gray contempla les figures figées des dauphins qui crachaient l'eau de la fontaine.

— Franchement ? Pour moi, ce sont des foutaises dignes d'un vieux discours dépassé.

Elle tourna la tête vers lui.

— Belle réponse ! C'est de toi ?

— Je suis sincère. De nombreuses femmes au Congrès ou au Sénat ont des enfants et un mari, non ?

— Oui.

— Alors pourquoi pas toi ?

Evelyn baissa les yeux sur ses genoux.

— Pour être franche, ça reste un rêve. Je ne me vois pas faire carrière si haut. Je n'ai pas l'expérience pour y arriver.

— Arrête de dire des conneries, s'emporta Gray. Où est passée ta passion de tout à l'heure ?

Elle était toujours comme ça, prise entre le feu de son ambition et la réalité de ce qu'elle croyait ne jamais pouvoir accomplir. Une pauvre fille sans racines, sans véritable expérience et sans aucun moyen ne pouvait pas – ne devait pas – avoir de telles aspirations.

Pourtant, elle voulait y arriver, c'était plus fort qu'elle.

— D'où est-ce que tu viens ? demanda Gray, d'une voix douce dans l'obscurité de cette soirée.

Cette voix apaisait la tension d'Evelyn. Elle s'adossa et sentit le bras de Gray, qui était plus un réconfort qu'une distraction.

— Je viens de partout. Mon père travaillait dans le bâtiment, on a souvent déménagé quand j'étais petite.

— Souvent ? C'est-à-dire ?

Elle réfléchit un instant.

— Au moins une fois par an, à peu près. Parfois plus, en fonction du métier de mon père. Pour lui, le plus important était de travailler pour subvenir aux besoins de sa famille, alors il prenait ce qu'on lui donnait.

— Ce qui explique pourquoi tu n'as jamais eu de maison.

Elle lui lança un étrange regard.

— C'est ça. À quoi bon s'enraciner si c'est pour repartir d'un moment à l'autre ?

En faisant courir ses doigts dans le dos de la jeune femme, il tenta de la réconforter. Elle frissonna.

— Ça n'a pas dû être facile.

Evelyn haussa les épaules.

— C'était l'aventure, quand j'étais petite en tout cas. Je trouvais amusant de découvrir de nouvelles villes, de nouvelles régions. Mais à l'adolescence c'était plus difficile. Au lycée, ce n'est pas évident de se faire de nouveaux amis en changeant tout le temps d'établissement.

— Mais tu as posé tes valises pour la fac, devina-t-il.

Cette remarque la fit sourire.

— Tu n'as pas idée comme c'est magique de passer plusieurs années dans la même ville. J'avais un sentiment de paix, j'appartenais à un endroit. À cette époque, j'ai créé des liens d'amitié qui ne se briseront jamais.

— Voilà le genre d'histoires à échelle humaine que les électeurs veulent entendre. Tu as l'étoffe de la candidate idéale, surtout en sachant que tu es chez toi à Washington. Pas vrai ?

— C'est là que je vis depuis la fin de mes études. J'ai décroché mon diplôme à Georgetown.

— Regarde-toi : tu as déjà la clé des bureaux en politique.

Elle rit doucement.

— Je ne sais pas. En tout cas, j'ai des objectifs et pas des moindres.

— Dis-moi : qu'est-ce que tu veux faire quand tu seras grande ? s'enquit Gray avec un sourire en coin.

— Je veux me présenter aux élections. D'abord localement, puis monter en grade jusqu'à l'échelle nationale. Ensuite… on verra. Je ne veux pas me mettre de barrières.

— Bonne réponse. À ton âge, il te reste encore tout le temps qu'il faut pour atteindre tes objectifs. Tu as déjà trente ans ?

— Non, pas tout à fait.

— Tu as le temps, Evelyn. Au final, tu décrocheras la carrière, le mari, les enfants et la maison avec la balançoire en pneu.

Avec un soupir, elle observa la fontaine. Gray avait raison : elle pouvait tout avoir. Il suffisait de croire en elle-même.

— Merci.

— Pour quoi ?

— Merci de m'en croire capable. Tu ne me connais même pas.

Personne ne la connaissait vraiment. Elle faisait bien son travail, et son efficacité lui valait de travailler pour un homme politique aussi important que le sénateur Preston. Autour d'elle, un cercle d'amis proches la connaissait, ou connaissait en tout cas l'Evelyn Hill qu'elle voulait bien leur montrer. Mais personne ne voyait la petite fille qui se cachait en elle et qui rêvait d'un pneu en guise de balançoire.

À présent, Gray était au courant. C'était bien la dernière personne à qui elle aurait pensé se livrer. Elle le croyait distant, menaçant, plutôt séduisant mais plus intéressé par lui-même et ses voitures que par l'histoire qu'elle venait de lui raconter.

Et pourtant ils étaient là, assis côte à côte dans un jardin, et il l'avait écoutée sans l'interrompre. Il posait les bonnes questions, la mettait à l'aise pour l'aider à sortir de sa coquille, chose qu'elle ne faisait jamais. D'habitude, c'était elle qui posait les questions.

Quel revirement de situation !

— Eh, vous vous cachez pour flirter ou quoi ? On va bientôt allumer les bougies de mon gâteau, et il y en a beaucoup !

Gray se mit à rire à l'intervention de Craig, derrière eux, puis il se leva et tendit la main à Evelyn.

— Je ne manquerais ça pour rien au monde, le rassura le pilote, avant d'accompagner la jeune femme sur le chemin de la maison.

Chapitre 7

Le gâteau était monté sur trois niveaux, et Craig n'avait pas menti : il était couvert de bougies, bien plus que trente. Il dut s'y prendre à trois fois pour toutes les souffler. Après que tout le monde eut fini sa part, ils furent invités à sortir par une porte menant sur la terrasse, où un groupe s'était installé et commençait à jouer.

Gray et Evelyn allèrent s'asseoir sur un grand coussin rouge près de la piscine. Ils avaient une excellente vue sur le groupe et sur la piste de danse improvisée sur la terrasse.

— À la fac, Craig rêvait de devenir DJ, raconta Gray. Et chanteur. Je ne serais pas étonné de le voir prendre le micro.

L'un des musiciens se mit à improviser sur une musique hip-hop, parmi les préférées d'Evelyn.

Elle leva les yeux vers le pilote.

— Je le vois mal débiter un texte comme celui-là.

— Tu serais surprise. C'est le Vanilla Ice de notre génération.

— Pas plutôt Eminem ?

— Non, quand même pas.

Evelyn se mit à rire.

L'une des chanteuses du groupe commença un autre morceau de R'n'B, d'une voix douce comme le miel.

Gray se leva et lui tendit la main.

— Tu danses ?

Elle ne devrait pas, mais cette chanson lui plaisait beaucoup, et elle ne put résister à la tentation.

— Avec plaisir.

Gray l'accompagna sur le chemin qui menait de la piscine à la piste de danse. Au moment où il l'attira contre lui, elle frissonna au contact de son corps.

Ce n'était qu'une danse innocente, rien de plus, et la seule raison qui expliquait qu'Evelyn soit dans ses bras. La terrasse était pleine de monde, ils n'étaient pas seuls. D'autres couples s'approchaient, et chacun défendait son bout de piste. Aucune intimité dans cet instant, et pourtant, en plongeant son regard dans le sien, Gray caressa le dos nu de la jeune femme. Un courant électrique les unissait, et, comme leurs regards se croisaient, Evelyn songea que tous les gens autour d'eux n'avaient aucune importance, l'intimité qu'ils partageaient était bien là. Il pouvait y avoir des milliers de personnes, elle aurait toujours la sensation qu'ils étaient seuls au monde le temps de cette danse. Le rythme de la musique était languissant, elle sentit son pouls s'accélérer. Gray ne détournait pas le regard.

Heureusement qu'ils étaient en public, car ce qu'elle lisait dans ses yeux était évident. S'il se penchait pour l'embrasser, elle n'était pas certaine de le repousser.

Non, il ne ferait jamais cela au milieu de la foule. Mais, soudain, il accéléra le pas de leur danse en la dirigeant sur le côté et l'amena ainsi jusqu'au bout de terrasse isolé sur le côté de la maison. C'était en réalité un chemin menant du jardin à l'entrée de la propriété, mais il n'y avait personne à cet instant précis.

Personne, sauf Gray et Evelyn.

Il la plaqua contre le mur. Les briques lui chauffaient le dos à cause de la chaleur de cette journée. Mais elle n'en avait pas besoin, son corps était déjà brûlant. Gray se pencha sur elle et posa ses lèvres sur les siennes. Elle ne trouva rien à redire. Comment protester alors que ce baiser lui semblait le plus naturel du monde ?

Il frôla seulement sa bouche, curieux de savoir si elle le repousserait. Elle n'en avait pas l'intention. La poitrine gonflée et les tétons durcis, elle ne pouvait résister à ce corps pressé contre le sien et ne demandait qu'à aller plus loin. Gray explorait sa bouche, avide de désir, et Evelyn poussa un soupir extatique.

Toutes les sensations qui envahissaient la jeune femme l'étourdissaient. Les lèvres de Gray étaient une pure merveille, et ses baisers semblaient arrêter le temps. L'esprit étourdi, elle ne pensait qu'aux pulsions qui la poussaient vers cet homme. Gray l'enlaça pour la rapprocher encore de lui, et ses doigts glissèrent jusqu'au creux de ses reins. Ils restaient là, ne descendaient pas plus bas. *Un véritable gentleman*, pensa Evelyn, alors qu'elle ne demandait qu'une chose : qu'il saisisse ses fesses à pleines mains.

D'où lui venait ce désir de femme inassouvie ? Bien sûr, sa dernière fois remontait à très loin, mais elle travaillait pour le père de Gray, et voilà qu'ils flirtaient dans le noir, chez un ami, sans qu'elle songe à arrêter ce baiser avant qu'il aille trop loin.

S'ils avaient été dans une chambre d'hôtel ou dans la caravane, à cet instant précis, elle aurait réfléchi au meilleur moyen de lui retirer ses vêtements le plus vite possible. Les muscles de ses bras se tendaient sous ses doigts. Elle savait combien son corps était sculpté et rêvait d'en voir plus, de le sentir sur elle, de le sentir en elle.

Avec un frémissement, elle le laissa glisser les doigts plus bas et l'embrasser langoureusement au moment où il saisissait ses fesses pour l'attirer fermement contre son érection.

Oh oui !

Gray rompit leur baiser pour enfouir le visage dans son cou, dont il mordilla la peau. Prise d'un frisson, Evelyn imagina cette bouche taquinant d'autres parties de son corps.

Oui, mille fois oui. Elle le voulait nu, alors elle se déshabillerait à son tour. Craig et Miranda avaient forcément une chambre d'amis libre qu'ils pourraient mettre à leur disposition.

— Je ne sais pas, mais je compte bien leur poser la question.

Elle s'écarta brusquement et regarda Gray dans les yeux.

— Est-ce que j'ai dit ça à haute voix ?

— Oui. Viens, on y va.

D'un geste vif, elle le retint par le bras. Retour à la réalité. Ils se trouvaient à une heure de route de son hôtel, chez des amis à lui, et elle ne se comportait plus du tout comme l'employée de son père. Que devait-il penser d'elle ?

— Oui, allons-y. Allons à mon hôtel.

Il esquissa un sourire.

— Tu es sûre de pouvoir attendre si longtemps ?

Ses lèvres étaient si douces, si sexy. Elle voulut les prendre à pleine bouche.

Mais, bon sang, qu'est-ce qui me prend !

Son désir luttait contre son bon sens, qui lui criait de reprendre ses esprits.

— Oui, enfin… non. On ne doit pas faire ça.

Il fronça les sourcils.

— « Ça » signifiant « coucher ensemble ».

— Oui. Hum, non ! On ne doit pas coucher ensemble.

Gray inspira profondément, puis expira. Elle s'attendait à ce qu'ils quittent leur cachette, mais, au lieu de cela, le pilote tendit une main contre le mur et baissa les yeux au sol.

Stupéfaite, elle demanda :

— Gray, ça ne va pas ?

— J'ai besoin d'une minute, Evelyn.

Elle lui caressa doucement le bras.

— Il y a un problème ?

En levant les yeux, il lui décocha un sourire narquois.

— Si tu continues de me toucher, ça ne va pas m'aider.

Après une seconde d'hésitation, elle comprit et posa le regard sur son érection particulièrement visible. Elle recula d'un pas.

— Désolée.

Ce qui le fit rire.

— Ne t'excuse pas. Moi, je ne suis pas désolé du tout. Enfin si, je suis désolé qu'on n'arrange pas ça ensemble, mais le choix t'appartient.

Elle poussa un soupir de frustration.

— Crois-moi, si on était ailleurs, ton… problème ne serait déjà plus un problème.

Baissant le menton, il l'examina d'un air qui la pétrifia.

— Tu ne fais rien pour m'aider, là.

— Pardon.

Elle se retourna, pensant que ça arrangerait les choses.

— Tu ne m'aides pas non plus en me montrant ton dos nu, tes fesses bombées et tes jambes divines.

En se retournant, elle ne put retenir un sourire.

— Bon, je vais faire un tour aux toilettes, histoire de te laisser… réparer les dégâts.

— Bonne idée. Je te rejoins dans une minute ou deux.

Malgré sa frustration, Evelyn sourit tout le long du chemin jusqu'à l'intérieur de la maison.

Fidèle à sa parole, Gray l'attendait à la porte de la salle de bains lorsqu'elle en ressortit. Elle ne put s'empêcher de regarder la partie de son pantalon cachée par sa chemise.

— Ça va mieux ?

— Pas si tu me reluques sans arrêt.

Elle sourit.

— Je te préviens, je ne vais pas encore m'excuser.

Avec un rire, il la prit par la main.

— Allons rejoindre Craig et Miranda. La route sera longue jusqu'à l'hôtel.

Craig était sur scène et chantait avec le groupe, comme l'avait prédit Gray. Effectivement, ce n'était pas un professionnel du rap, mais son exubérance était contagieuse, et la foule sautait et chantait avec lui. Craig se régalait. Ils attendirent qu'il termine sa chanson et se faufilèrent parmi les danseurs afin de le prévenir qu'ils s'en allaient.

— Merci pour tout, j'ai passé une excellente soirée, le remercia Evelyn.

Craig la serra dans ses bras.

— Prenez soin de ce type, qu'il ne roule pas trop vite.

Elle laissa échapper un rire.

— Sur une route, circuit ou pas, je ne suis pas sûre de pouvoir le retenir.

Après avoir salué Gray, Miranda se tourna vers elle et prit ses mains dans les siennes.

— Merci d'être venue, et merci pour votre offre.

Gray lui lança un regard curieux.

— Quelle offre ?

Ce fut Miranda qui répondit :

— Elle va demander de l'aide à ton père pour mes œuvres caritatives. Je lui en suis vraiment reconnaissante. Ce n'est pas facile de joindre les hommes d'influence, ne serait-ce que par téléphone pour s'épargner les démarches administratives. Elle va m'aider à sauter quelques étapes.

Dans le regard de Gray, Evelyn lut le mécontentement, mais il sourit tout de même à Miranda.

— Quelle bonne nouvelle ! dit-il froidement.

Après les au revoir d'usage, ils se dirigèrent vers la voiture. Cela faisait au moins dix minutes que Gray n'avait pas prononcé un mot. À voir comme il serrait les dents, il était évident que quelque chose le tracassait, mais, puisqu'il ne lui avait toujours pas adressé la parole, elle ne comprit pas où était le problème.

— Qu'est-ce qui ne va pas ?

— Je vois que tu n'as pas pu résister à l'appel de nouvelles amitiés politiques.

Elle cligna des yeux.

— Pardon ?

— Miranda. Ses œuvres caritatives.

— Ah, ça ! Elle m'a parlé des problèmes qu'elle rencontre pour décrocher des fonds et attirer l'attention sur ses causes. Je sais que ton père pourrait l'aider, alors je lui en ai parlé. Pourquoi, ça pose un problème ?

— Tu sais très bien que Craig et Miranda ont beaucoup d'argent. Si mon père leur donne un coup de pouce, ils lui renverront l'ascenseur. Ce qui serait excellent pour sa campagne de sénateur, pas vrai ?

Pendant une minute, Evelyn fut prise au dépourvu et ne sut quoi répondre, ce qui lui arrivait rarement. Elle avait l'habitude d'encaisser les critiques. Les insultes et autres sous-entendus étaient monnaie courante, en politique. Mais elle n'était pas préparée à en recevoir de la part de Gray.

— Tu plaisantes, j'espère ? Je ne savais même pas où tu m'emmenais. Est-ce que tu me vois jauger les finances de Craig et de Miranda, dans leurs toilettes, pour réfléchir au meilleur moyen de leur soutirer une participation financière pour le sénateur en échange d'une quelconque faveur, franchement ?

Les mains de Gray se crispèrent sur le volant.

— Je ne sais pas. C'est le cas ?

Elle leva les yeux au ciel.

— Non, bien sûr que non ! Et je trouve vexant que tu puisses l'envisager !

— En même temps, je ne te connais pas vraiment.

— C'est le moins qu'on puisse dire. D'ailleurs, c'est pour ça qu'on ne couchera pas ensemble ce soir.

Il s'engagea sur l'autoroute.

— Non, ça me paraît évident.

Evelyn fulmina en silence, et il en fit autant. Puis, au bout d'un moment, il lança en grinçant des dents :

— Mais, si on avait couché ensemble, je peux te garantir que tu n'aurais pas beaucoup dormi cette nuit, Evelyn.

Salaud! Fallait-il vraiment qu'il donne ce genre de détails ? Oh, et puis elle s'en fichait ! Il l'avait mise en rogne et elle ne le trouvait plus séduisant du tout.

D'ailleurs, elle n'envisagerait plus jamais de coucher avec ce sale type.

Chapitre 8

Tout rentrait dans l'ordre, et Gray était bien content de revenir sur le circuit pour se remettre les idées en place. Ici, c'était sa maison.

Il avait manqué de faire quelque chose de parfaitement stupide la veille : coucher avec Evelyn. En l'écoutant raconter l'histoire de sa vie, il l'avait prise en pitié alors qu'elle le manipulait depuis le début.

Quel idiot ! Cela lui rappelait toutes les fois où son père était venu le voir à un match scolaire. Les occasions n'étaient pas nombreuses, et Gray avait toujours été très excité à l'idée que Mitchell le voie jouer. Dès qu'il le pouvait, le garçon regardait les gradins, mais s'apercevait vite que son père se fichait complètement du match. Il distribuait des tracts et échangeait des poignées de main avec d'autres parents pour s'attirer leurs faveurs et leur vote.

Il aurait mieux fait de ne jamais venir, par respect pour son fils. Mais non, il ne pensait qu'à son nombril. S'il y avait une chose que Mitchell

Preston maîtrisait à la perfection, c'était servir ses propres intérêts.

De toute évidence, son père avait su enseigner les règles du jeu à Evelyn, mais Gray n'avait plus envie de jouer.

Elle l'avait suffisamment manipulé avec ses histoires tristes de famille et de balançoire, ses envies de jongler avec vie privée et vie professionnelle. Il s'était laissé impressionner, ce qui lui arrivait rarement, surtout par une professionnelle de la politique. S'il avait été assez bête pour la croire, il ne pouvait s'en prendre qu'à lui-même. Il avait commencé à se dire qu'elle était sincère, que son corps de mannequin était livré avec un cœur en or, deux choses rares en politique, et plus rares encore dans l'entourage de son père.

Mais il s'était trompé sur toute la ligne.

Et ça ne se reproduirait plus.

Dans sa voiture, il entama le circuit et chassa de son esprit tout ce qui pouvait concerner Evelyn. Il était temps de se concentrer sur son véhicule et sur son entraînement. Ce week-end, il remporterait la course, il ne pouvait pas en être autrement. C'était la seule chose qui devait lui occuper l'esprit, parce qu'il n'y avait rien de tel que de démarrer la course en tête.

En atteignant la vitesse maximale, son esprit s'embruma, comme chaque fois qu'il était dans un bolide sur une piste déserte. Ian et toute l'équipe avaient fait du bon boulot cette semaine. Le numéro cinquante-trois roulait dans des conditions optimales, et, lorsqu'il termina ses tours de piste, il avait bon espoir de remporter la prochaine course.

— Bel entraînement ! le félicita Ian lorsque Gray sortit du véhicule. Continue comme ça et tu leur donneras une bonne leçon, ce week-end.

— C'est mon but. La voiture réagit bien. En revanche, quand je l'ai lancée à pleine vitesse, elle a eu comme un tremblement à l'avant-gauche.

Ian hocha la tête et en prit note dans son carnet tandis qu'ils marchaient ensemble.

— On va arranger ça. Sûrement rien de grave.

Gray espérait qu'il disait vrai. Il était plus prêt que jamais.

Lorsque Donny s'entraîna à son tour, il resta un moment pour le regarder. Le gamin s'en sortait bien, il paraissait plus concentré que la dernière fois, et sa vitesse était maîtrisée.

Dans les gradins, il remarqua Evelyn et Stacie qui penchaient la tête en même temps que la voiture de Donny prenait les virages. Gray n'avait pas parlé à la jeune femme depuis l'incident de la veille et il s'était presque attendu à ne plus la revoir. Mais elle était revenue dès l'ouverture du circuit, fidèle à son poste dans les gradins. Stacie l'avait rejointe assez tôt, elle aussi, et elles restaient avec les autres femmes de pilotes, qui observaient les tours de piste.

Bref. Elle pouvait bien faire ce qu'elle voulait, Gray s'en fichait, pourvu qu'elle reste en dehors de son chemin. Elle lui avait laissé entrevoir sa vraie personnalité hier soir, et il ne voulait plus en entendre parler.

— Alors, c'est qui la nouvelle nana ? demanda Donny en chemin vers les garages pour évaluer leurs performances.

Gray haussa les épaules.

— Personne.

— Stacie a l'air de bien s'entendre avec elle. Elle est revenue à ma caravane, l'autre soir, en me rabâchant : « Evelyn a dit ci, Evelyn a dit ça. » La moitié de la nuit, elle voulait discuter. Bon sang, moi, je déteste discuter !

— Ouais, bon, Evelyn n'a pas la science infuse.

— Alors tu penses que j'ai raison ?

Il s'arrêta de marcher, le cerveau trop occupé à calculer sa vitesse de pointe pour comprendre ce que venait de dire Donny.

— Raison de quoi ?

— De vouloir que Stacie reste avec moi toute la saison. Apparemment, Evelyn lui a fichu dans la tête qu'elle devait reprendre ses études.

— Écoute, Donny : ta relation avec Stacie ne me regarde pas. C'est à vous de prendre vos décisions.

Il reprit la direction du garage, et, une fois qu'ils furent arrivés, Donny affirma :

— C'est ce que j'ai dit à Stacie. Mais non, il faut absolument qu'elle en parle à toutes ses copines pour leur demander conseil. Qu'est-ce qui est bien pour elle, pour nous, etc. Mais tout va bien.

— Tu en es sûr ?

Donny fronça les sourcils.

— Comment ça ?

— Tout va bien entre vous ? Parce qu'on dirait que ta copine n'est pas heureuse.

Donny regarda ses chaussures.

— OK, peut-être bien que tu as raison.

— Dans ce cas, trouve un moyen pour que vous soyez heureux tous les deux. Parfois, il faut penser un peu aux autres, Donny. Faire des concessions pour une demoiselle.

— Elle veut terminer ses études. Je veux qu'elle reste avec moi. Elle peut toujours étudier quand je pilote pas.

— C'est-à-dire quand : deux mois par an ? Ce n'est pas très pratique pour elle, si ?

Le regard dans le vague, Donny ne répondit rien.

— Est-ce que tu veux qu'elle reste avec toi parce qu'elle risque de te manquer ou parce que tu as peur qu'elle ne rencontre quelqu'un d'autre ?

Le jeune homme parut inquiet.

— Je n'ai pas inventé le fil à couper le beurre, tu sais. Je suis à peine allé jusqu'au bac. Alors que Stacie… Bon Dieu, cette fille en a dans la caboche ! Parfois, je me demande ce qu'elle fait avec un type comme moi.

— Pourtant, elle est avec toi, non ?

— Ouais.

— Cette fille est amoureuse de toi. D'ailleurs, va savoir pourquoi. Tu es un idiot qui boit comme un trou, tu sors constamment faire la fête et tu es têtu comme une mule. Mais elle t'aime et sacrifie énormément de choses pour toi. Si tu l'aimes vraiment, tu devrais peut-être envisager d'en faire autant pour elle.

Donny leva le menton, visiblement échauffé.

— Oui, je l'aime !

— Alors fais-lui confiance. C'est là-dessus qu'on base l'amour. Sans confiance, tu peux dire adieu à votre relation.

Les lèvres serrées, Donny garda le silence un bon moment. Finalement, il céda :

— Tu sais quoi ? Tu as raison. Si je n'essaie pas de lui faire confiance, de nous faire confiance, je risque de la perdre. Je sens déjà qu'elle me glisse entre les doigts.

— Fais quelque chose. Parce que tes soucis amoureux te distraient, tu n'es plus concentré sur la course. Moi, j'ai besoin que tu sois concentré. Compris ?

Donny hocha brièvement la tête.

— Compris, patron.

Gray lui donna une tape sur le bras.

— Parfait, c'est cool d'avoir papoté. Maintenant, je veux savoir d'où venait ce bruit bizarre dans le moteur pendant ton dernier tour de circuit.

Evelyn resta un moment devant l'entrée du garage. Elle avait entendu la conversation entre Gray et Donny.

Puisqu'elle avait de la lessive à faire et des cours à réviser, Stacie était repartie à sa caravane, et Evelyn n'avait pas la clé de celle de Gray. Forcée de faire face au pilote, elle devait donc ravaler sa fierté et aller lui parler, même si c'était à reculons.

C'est alors qu'elle surprit sa conversation avec Donny et les conseils qu'il lui donnait au sujet de Stacie. Des conseils excellents, ce qui étonna Evelyn.

À croire qu'il ne cessait de la surprendre, en bien comme en mal. Cet homme était tout simplement imprévisible, un point loin d'être positif. La jeune femme aimait travailler avec des gens fiables et stables dans leurs actions et leurs réactions. Gray était un électron libre, et avec lui elle ne pouvait rien anticiper.

En politique, elle avait l'habitude de connaître les différents participants. Mais là il s'agissait de Gray Preston, inconnu au bataillon, qui menait une vie dans laquelle elle se trouvait parachutée et dont elle ne connaissait aucun code. Très vite, elle s'était aperçue du monde qui le séparait de son père, ce dernier baignant dans un milieu plus familier et donc plus rassurant aux yeux d'Evelyn. Mitchell Preston était dans la course politique depuis des années. Il connaissait son affaire, et elle aussi.

Mais, dans cette partie, Gray ne respecterait pas leurs règles. Il lui en voulait déjà d'avoir promis d'aider son amie. Les faveurs étaient fréquentes à Washington, parfois accompagnées d'un cachet. Or, Evelyn avait proposé un coup de pouce à Miranda sans la moindre arrière-pensée. Gray ne la connaissait pas, il avait donc supposé qu'elle attendait une compensation en retour. Elle ou son père.

S'il avait pris la peine de lui poser la question, elle lui aurait tout expliqué. Mais non, cet entêté arrogant faisait des raccourcis dans son coin, alors Evelyn aurait préféré mourir que de se montrer aimable avec lui.

Malheureusement, elle était là pour une raison précise. Un travail qui, pour l'instant, consistait à raser les murs du garage et à reluquer les jolies fesses de Gray pendant qu'il se penchait sur le moteur, plongé dans une conversation avec son chef et toute l'équipe de mécaniciens. Savait-il qu'elle était là ? Elle n'en était pas sûre mais s'en fichait royalement. Elle sortit son téléphone de sa poche et répondit à quelques mails. Après plusieurs minutes, un mécano avait dû la remarquer, car on lui apporta une chaise pliante. Avec un sourire reconnaissant, elle s'assit dans le garage et remarqua qu'il faisait plus frais et plus sombre que dehors.

Il fallait bien admettre qu'observer des hommes séduisants occupés à travailler sur des machines tout aussi magnifiques, c'était une manière agréable de passer le temps. Après tout, pourquoi s'en priver, puisque Gray n'était toujours pas décidé à venir lui parler. Cette mission avait des avantages plus intéressants que de courir après des sénateurs et autres représentants, de servir le café, d'envoyer des mails ou d'écrire des lettres officielles. À Washington, elle avait pris l'habitude d'un rythme soutenu, alors qu'ici elle avait l'impression de regarder l'herbe pousser. Sans compter sa totale ignorance du milieu de la course automobile. Si elle pouvait comprendre un peu mieux ce qui suscitait l'excitation des fans autour de ce sport, elle serait plus à même d'utiliser la passion de Gray au mieux pour promouvoir la prochaine élection. Là encore, il était inutile de demander son avis au sportif. Il n'avait pas regardé dans sa direction une seule fois ni montré le moindre intérêt pour sa présence.

Elle pouvait tenter sa chance malgré tout. La lâcheté, ce n'était pas son truc et ce n'était pas aujourd'hui que cela changerait. D'un coup, elle se leva et se dirigea vers la voiture, hésitante, puis sursauta au bruit strident et irrégulier d'un outil sous le véhicule.

En s'approchant encore, des bribes de conversation lui parvinrent. Il s'agissait de collecteurs d'échappement, de pression de l'huile, d'indicateurs et de réducteurs. Autant lui parler une langue étrangère, car elle n'y comprenait rien.

Finalement, Gray leva la tête, et elle remarqua qu'une trace de graisse noire lui traversait la joue et accentuait sa beauté virile. Ian, son chef d'équipe, recula d'un pas afin de la laisser approcher.

— Sur quoi vous travaillez ? s'enquit Evelyn.

Le pilote fronça les sourcils.

— Sur la voiture, ça ne se voit pas ?

Génial, il boudait encore.

— Si, ça se voit. Je pensais que tu pourrais me montrer deux ou trois choses.

— Pas maintenant, Evelyn. J'ai du boulot.

— Dans ce cas, je peux te regarder faire ?

— Tu vas nous gêner si tu restes là.

Son ton était sec. Tranchant. Il n'y avait rien à faire.

— C'est vrai, je comprends. Une autre fois, peut-être. Pardon de vous avoir dérangés.

Elle adressa un hochement de tête à Ian puis fit demi-tour, puisqu'on ne voulait pas d'elle. La veille, Gray l'avait sérieusement mise en colère avec ses accusations gratuites et infondées. Elle était capable d'en faire abstraction pour que leur collaboration se déroule dans une meilleure ambiance. En revanche, Gray était rancunier.

Très bien. Elle sortit du garage et marcha sans but. Devait-elle jeter l'éponge pour l'instant ? Ce n'était pas la peine d'errer des heures, autant retourner à l'hôtel. Il lui adresserait la parole quand il serait prêt, et, manifestement, ce n'était pas pour aujourd'hui.

Quant à Stacie, elle étudiait, et Evelyn ne voulait pas la déranger.

En apercevant un autre pilote qui revenait du circuit toujours vêtu de sa combinaison pare-feu, elle prit sa décision : il y avait d'autres moyens de parfaire sa connaissance du milieu de la course automobile. Elle sourit et s'approcha de lui.

— Excusez-moi ?

L'homme s'arrêta et lui rendit son sourire.

— Bonjour. Vous êtes avec Gray Preston, pas vrai ?

Elle s'apprêtait à répondre que non, mais, puisqu'elle avait toute son attention, pourquoi s'embêter ?

— Exact, je m'appelle Evelyn Hill.

Il lui serra la main.

— Calvin McClusky. Je conduis la Ford numéro douze.

— Enchantée, monsieur McClusky.

— Mes amis m'appellent Cal, vous pouvez en faire autant.

Aucun doute, il la draguait. Un bel homme. Grand, bien bâti sous cette combinaison, un magnifique regard bleu azur, des cheveux châtain clair en bataille et le genre de sourire qui devait faire tomber les femmes à ses pieds.

— OK, Cal. Vous êtes occupé ?

— Je viens de terminer mon entraînement, j'allais retourner au garage.

— Parfait. Ça vous dérange si je vous accompagne ?

— Pas du tout, ma belle. Venez.

Son accent du Sud le rendait particulièrement séduisant. Pas étonnant que ces pilotes collectionnent les groupies avec un charme pareil.

Sauf Gray, bien sûr, qu'elle ne trouvait pas charmant du tout, et encore moins ce jour-là.

Cal la présenta à son équipe, tous aussi accueillants que lui.

— Alors vous êtes la nouvelle copine de Gray ? lança Cal en quittant sa combinaison pour révéler un corps si parfait que c'en était indécent.

Des épaules carrées, un buste taillé en V, et, à voir ses cuisses, il passait de nombreuses heures à la salle de musculation.

— Je ne suis la copine de personne. Mais oui, Gray et moi passons pas mal de temps ensemble ces jours-ci.

Cal leva un sourcil.

— Vous êtes maligne. J'adore ça. Je vous sers quelque chose à boire ? lui proposa-t-il en se dirigeant vers le frigo dans un coin du garage.

— De l'eau, ce serait parfait.

Il sortit une bouteille pour elle et une canette énergisante pour lui, puis la rejoignit.

— Merci. Alors, que faites-vous de votre voiture après l'entraînement ? demanda-t-elle.

Elle dévissa le bouchon et but quelques gorgées d'eau.

— On lui fait un contrôle général pour vérifier que les virages n'ont pas altéré sa puissance maximale. Ensuite, on regarde nos statistiques et on les enregistre. La prochaine étape, c'est demain : remporter la course. La voiture doit être au top, c'est donc notre dernière chance de corriger les défauts.

— Si je comprends bien, au moindre souci technique, il est toujours temps de réparer.

— C'est ça.

Il la laissa se pencher au-dessus de la custode, puis lui indiqua les différentes parties du moteur et leur fonction. Evelyn était dotée d'une mémoire absolue, ce qui lui fut très utile à cet instant. Et puis Cal était plutôt agréable à regarder, ce qui n'était pas un problème puisqu'elle ne travaillait pas pour son père. Sans visée particulière sur ce pilote, elle n'avait qu'une chose à faire : profiter de sa compagnie. Ce qui lui faisait un bien fou.

Au bout d'un moment, il l'éloigna de la voiture.

— Il y a quelque chose entre Gray et vous ?

— Non, rien du tout.

— Vous seriez donc disponible si je vous invitais à sortir.

Question délicate.

— Pour tout vous dire, je suis ici pour travailler.

— Pour Gray.

— Si on veut.

— Donc, vous êtes disponible pour sortir avec moi.

Il lui décocha le genre de sourire auquel on peut difficilement résister si l'on cherche un bel homme pour passer la nuit. Or, ce n'était pas le cas d'Evelyn.

— Pardonnez-moi, mais je ne peux pas, lui dit-elle gentiment en lui posant la main sur le bras. Mais si je devais sortir avec quelqu'un, Cal, vous seriez le candidat idéal.

Puisqu'il souriait, il devait bien le prendre.

— Vous dites ça pour me consoler, hein ?

Elle se mit à rire.

— Oui, je suppose. Et merci pour votre proposition. C'était le jour parfait pour la recevoir.

— Dure journée ?

— Oui, c'est pour ça que je tiens à vous remercier.

— Mais qu'est-ce que tu fais là, Evelyn ?!

La jeune femme fit volte-face pour voir Gray qui fonçait droit sur eux. Fidèle à son attitude depuis la veille, il semblait furieux. Lassée de le voir en colère sans raison apparente, Evelyn lui rendit son regard noir et ne bougea pas d'un centimètre. Après tout, pourquoi devrait-elle culpabiliser de passer du temps avec Cal ? Elle travaillait peut-être pour son père, mais elle ne travaillait pas pour lui. Elle ne lui appartenait pas.

— Comme tu peux le voir, je discute avec Cal.

Gray foudroya l'autre pilote du regard, le genre de scène que la jeune femme connaissait pour l'avoir déjà vécu lors de confrontations entre deux représentants de partis politiques opposés.

— Qu'est-ce que tu fais avec Evelyn ?
— Je lui fais un topo sur la course automobile.
— Pourquoi ?
Elle décida de prendre les choses en main.
— Parce que je le lui ai demandé, et Cal a eu la gentillesse de m'accorder quelques minutes de son temps, chose que tu n'as pas pris la peine de faire aujourd'hui.
D'un air suffisant, Cal croisa les bras et décocha un grand sourire à Gray.
— J'étais occupé !
— L'aspect physique et mécanique de ta voiture de course, ça prend deux minutes à expliquer, Gray, intervint Cal. Surtout si c'est pour faire plaisir à une femme intelligente comme Evelyn. Qu'est-ce qui t'occupait tant que ça ?
— Mêle-toi de tes affaires, McClusky. Viens, Evelyn, on s'en va.
Ce type lui parlait comme si elle était sa propriété, or elle détestait ça. Alors elle lui tourna le dos pour faire face à Cal.
— J'ai changé d'avis. J'aimerais beaucoup sortir avec vous, Cal.
Le visage de ce dernier s'illumina.
— Génial ! Vous êtes à quel hôtel ?
Elle lui donna son numéro et le nom de l'hôtel avec le sentiment que le regard de Gray allait lui brûler la nuque.
— Je viens vous chercher à 19 heures ?

— C'est parfait. Encore merci pour les explications.

— Avec plaisir. À ce soir, ma belle.

Avec un clin d'œil en direction de son rival, Cal tourna les talons et s'en alla, les laissant seuls tous les deux.

— Tu ne peux pas sortir avec ce type.

— Aux dernières nouvelles, je suis majeure et vaccinée, et tu n'es pas mon responsable légal. En fait, c'est même la première fois que tu m'adresses la parole de toute la journée. Sans compter que tu m'as clairement fait comprendre hier que tu ne voulais plus entendre parler de moi, alors reste en dehors de ma vie privée.

Elle pivota sur ses talons en direction du parking, consciente que son comportement était digne d'une petite amie vexée mais incapable d'aller contre ce qu'elle ressentait.

Gray, avec ses grandes enjambées, rattrapa facilement les petits pas nerveux d'Evelyn.

— Tu ne peux pas lui faire confiance. D'accord, il paraît gentil, mais il a des… soucis.

Et lui n'en avait pas, peut-être ? D'un geste de la main, elle le chassa de son chemin.

— Je me débrouillerai très bien toute seule.

Arrivée à sa voiture, elle commença à ouvrir la portière, mais il la referma et s'y adossa, réclamant ainsi toute son attention.

— Je ne plaisante pas au sujet de Cal McClusky, Evelyn. Son seul et unique objectif, c'est de remporter la partie. Il sait qu'il se passe quelque chose entre toi et moi, et c'est la seule raison qui le motive à t'inviter à sortir.

Quel goujat !

— Alors d'après toi je ne peux pas plaire à un homme ?

Il leva les yeux au ciel.

— Ce n'est pas du tout ce que j'ai dit.

— Reste hors de mon chemin, Gray, et de ma vie privée aussi, tant qu'à faire.

La colère brillait dans les yeux du pilote.

— Pourquoi ça ? Tu te mêles bien de la mienne. Est-ce que ça ne me donne pas le droit de me mêler de la tienne ?

— Non. Maintenant, bouge.

Il hésita, puis fit un pas de côté. Evelyn se glissa sur son siège, alluma le moteur et quitta le parking, avec dans son rétroviseur l'image de Gray la regardant s'éloigner.

Chapitre 9

Quelle idée stupide ! Cette soirée avec Cal McClusky lui faisait autant envie que l'idée de changer de bord politique. Pourtant, elle devait camper sur ses positions et montrer à Gray de quel bois elle se chauffait.

Depuis quand avait-elle ce besoin absolu de vengeance ? Elle qui était d'habitude si calme, si imperturbable, l'humeur idéale pour faire carrière en politique. Après seulement quelques jours aux côtés de Gray Preston, elle se comportait comme une adolescente de quatorze ans.

Voilà qu'elle s'apprêtait à sortir avec un homme qui ne l'attirait même pas. Un type sympathique, certes, mais à qui, en temps normal, elle aurait poliment dit non. D'ailleurs, elle avait refusé, jusqu'au moment où Gray avait déboulé avec ses manières d'homme des cavernes et aboyé des ordres comme si elle n'était qu'une poupée Barbie sans cervelle. Un déclencheur qui l'avait menée là, devant son placard, à se demander pendant des heures quelle tenue elle allait porter, alors qu'elle pourrait déjà être sous ses draps moelleux à lire un de ses romans d'amour préféré de Maya Banks ou devant une émission de télé-réalité, son petit plaisir inavoué. Ou encore elle pourrait organiser le programme de son patron pour le mois prochain. Bref, faire son travail.

Zut!

Finalement, elle choisit de porter une robe noire classique à l'encolure voilée de gaze et aux manches courtes, et elle finalisa le tout avec une paire d'escarpins noirs à plate-forme. Un air conservateur, rien de sexy, et qui ne donnerait aucun signe encourageant à Cal. C'était même la tenue idéale pour un enterrement ou une apparition au Congrès.

L'ennui incarné. En d'autres circonstances, elle n'aurait jamais porté une telle robe pour un rendez-vous.

Le pauvre, il avait été si gentil avec elle!

Lorsqu'il frappa à sa porte, elle attrapa sa pochette et son téléphone, avant de vérifier l'heure.

Ponctuel, par-dessus le marché. Elle afficha un sourire.

— Cal.

— Evelyn.

Il portait un simple jean, une chemise, des bottes et un chapeau de cow-boy. Même avec sa robe d'enterrement, elle était trop habillée.

— Ma tenue n'est pas assez décontractée.

— Ne t'inquiète pas, tu es magnifique.

Non seulement il la tutoyait, mais, en plus, il mentait. Elle ressemblait à une bonne sœur.

Il lui présenta son bras. Evelyn referma la porte et le suivit jusqu'à sa voiture, un pick-up, à bord duquel il dut l'aider à monter.

— Désolé, c'est ma voiture préférée. Je la remorque partout où je vais, j'adore me déplacer avec elle.

— Pas de problème, le rassura-t-elle en bouclant sa ceinture.

Lorsqu'il alluma le moteur, elle s'agrippa à la poignée. Son ronronnement faisait penser à une voiture de course.

— Pas mal, hein ? fanfaronna Cal.

Elle lui adressa un sourire aimable.

— Génial.

Une table leur était réservée dans un grill huppé, intime avec lumière tamisée. Cal avait l'air d'y connaître tout le monde, car on les guida vers une banquette privée dans un coin isolé de la salle. Dès qu'ils furent installés, la serveuse leur apporta une bière et un verre de whisky.

Sentant monter une migraine, Evelyn préféra commander un thé glacé.

— Tu es sûre de ne pas vouloir une boisson plus corsée ?

— Non, merci. Du thé, ça ira très bien.

— Après le dîner, alors. Je pensais t'emmener en boîte.

Oh, super !

— Parle-moi un peu de ta carrière dans la course.

Cal s'adossa et gonfla le torse.

— J'ai gagné le championnat il y a trois ans. Pour l'instant, je suis troisième dans le classement, ce n'est qu'une question de temps avant de remonter sur le podium cette année.

— C'est génial. Je suppose que le fait d'avoir une bonne voiture et une équipe soudée pour te soutenir, ça aide.

La serveuse approcha avec les menus, que Cal repoussa aussitôt sur le côté.

— Apporte-moi une autre tournée, ma belle, lui commanda-t-il. Dure journée. Et reviens remplir nos verres plus souvent.

Opinant du chef, la serveuse s'en alla, et Cal termina sa bière en quelques gorgées avant de reporter son attention sur Evelyn.

— Une équipe soudée, c'est cool, mais mon succès vient surtout de mon talent de pilote. Je ne suis pas arrivé là par hasard, je connais mon affaire. Ces cinq dernières années, depuis mon entrée dans les championnats, j'ai travaillé très dur. Ma victoire d'il y a trois ans m'a donné le goût du succès, et je compte bien le retrouver.

En politique, elle avait l'habitude de ce discours qui tournait en boucle : la victoire fait tout. L'esprit de compétition irriguait le cerveau de tous ces ronds-de-cuir, aussi ne fut-elle pas surprise de l'entendre dans la bouche du pilote.

— Les courses et l'ambition te mèneront loin.

La serveuse apporta une autre bière à Cal avec un shot de whisky. Il but d'abord le shot, puis deux gorgées de bière.

— Continue comme ça, ma jolie. Il a fait chaud, j'ai besoin de m'hydrater.

Il lui adressa un clin d'œil, et elle se dépêcha de repartir.

Haussant un sourcil, Evelyn ouvrit la carte des menus pour lui faire comprendre le message.

— Et si on commandait à dîner ?

— Pas encore, poupée.

Du bout des lèvres, il reprit de longues gorgées jusqu'à vider son verre.

Waouh ! Elle sirota tranquillement son thé glacé.

— Où en étais-je ?

Il parlait de lui, de sa vie… et de lui. Mais où était passé le gentil pilote de cet après-midi, charmant et plein de bonnes manières ? Tout s'était évaporé dans la soirée, et il passa l'heure suivante non seulement à boire comme un trou, mais également à lui raconter les histoires de ses capacités de pilote hors normes et de sa vie entière, sans poser une seule question sur elle. Elle aurait pu être une inconnue prise au hasard dans la rue pour l'inviter à dîner, ça n'aurait rien changé. D'ailleurs, il n'y avait même pas de dîner en vue. Evelyn était affamée, prête à se jeter sur la table voisine pour leur voler un morceau de pain.

Après environ deux heures et demie, Cal était complètement soûl, Evelyn frisait l'hypoglycémie, et il devenait clair qu'aucun repas n'était prévu ce soir. Il n'arrivait plus à construire des phrases cohérentes, et la jeune femme était persuadée que si elle lui demandait son nom il serait incapable de répondre.

La serveuse semblait le connaître, parce qu'elle prenait la peine de repasser régulièrement afin de vérifier si son verre n'avait pas besoin d'être rempli.

Enfoncé dans sa banquette, Cal était incapable de se tenir droit et il hocha seulement la tête à l'adresse de la serveuse.

— Non, je pense qu'il en a eu assez, l'interrompit Evelyn. Quant à moi, j'aimerais un steak accompagné d'une salade, et beaucoup de pain. À emporter. Vous pourrez également nous donner l'addition.

Avant de s'en aller avec sa commande, la serveuse lui décocha un sourire compatissant et murmura :

— Oui, madame.

— Eh ! Mais la fête commenche à peine, chérie. On va dancher che choir ! balbutiait le pilote, alors que ses paupières se fermaient toutes seules.

— Mon chou, rétorqua Evelyn, en exagérant sa fausse tendresse. La fête est finie.

— T'es chûre ? J'aurais pu te montrer de quoi chuis capable.

Dans sa vaillante tentative pour lui faire un clin d'œil, il parvint seulement à fermer les deux yeux très fort. Elle était prête à parier un mois de salaire que, si elle se mettait nue et dansait sur la table devant lui, le pauvre type s'en apercevrait à peine.

Après avoir réglé l'addition, elle quémanda l'aide des employés du restaurant, qui l'aidèrent à porter Cal jusque sur le siège passager de son pick-up. Heureusement qu'elle avait observé le chemin emprunté à l'aller, songea Evelyn en démarrant.

Grâce à l'aide des serveurs, elle avait pu le faire monter, mais, pour le sortir, ce serait une autre histoire. Quoique l'idée de le laisser finir sa nuit dans son pick-up ne lui déplaise pas non plus. *Salaud !*

Finalement, elle se gara et tourna la tête vers lui.

— Cal ?

Sa seule réponse fut un ronflement sonore, puis l'homme laissa retomber la tête contre la vitre et continua de dormir profondément.

Levant les yeux au ciel, elle céda, sortit de la voiture et referma la portière. Il y aurait bien quelqu'un dehors qui pourrait l'aider à ramener cet abruti dans sa caravane.

Elle marcha jusqu'au bout du parking et aperçut une silhouette qui s'approchait d'elle. Un nœud se forma dans son estomac quand elle reconnut la personne.

Gray.

Et merde !

Gray fronça les sourcils en voyant Evelyn marcher vers lui depuis la voiture de Cal, toute seule. Connaissant la réputation de son rival, il n'avait pas apprécié qu'elle sorte avec lui ce soir. Il accéléra le pas et la rejoignit à mi-chemin.

— Tout va bien ?

— Moi, ça va. Mais Cal, pas du tout. Tu peux m'aider ?

Il lança un regard au véhicule derrière elle.

— Qu'est-ce qui lui arrive ?

— Il a trop bu et est tombé dans les pommes.

Ce n'était pas surprenant pour Gray. Le problème de Cal avec l'alcool n'était pas un secret.

— Que s'est-il passé ?

Elle lui raconta son dîner. Enfin, son absence de dîner.

— Laisse-le là.

— Je ne peux quand même pas l'abandonner.

— Bien sûr que si ! Je vais appeler son chef d'équipe, ils s'occuperont de le rentrer dans sa caravane. En tout cas, moi, je ne le ferai pas.

— Attends, j'ai un sac de nourriture dans la voiture. Pendant trois heures, j'ai supporté son bavardage d'ivrogne, je meurs de faim.

— Je viens avec toi.

Elle hocha la tête et le laissa l'accompagner jusqu'au pick-up.

— Donne-moi ses clés, dit Gray. Je les jette sur le siège et je récupère ton sac.

Il ouvrit la portière et observa Cal. Si seulement il pouvait lui ficher un coup de poing dans la figure pour avoir traité Evelyn comme il l'avait fait. Mais, puisqu'elle était derrière lui, il se contenta de prendre le sac et referma la portière.

Ensuite, il composa le numéro de Fred, le chef d'équipe de Cal, et lui expliqua la situation. Au milieu de jurons bien mérités, Fred lui assura qu'il prenait la situation en main.

Gray raccrocha et se tourna vers Evelyn.

— Ils ne vont pas tarder.

— Merci, murmura Evelyn en regardant autour d'elle. Bon, je vais avoir besoin qu'on me ramène à mon hôtel.

— Compte sur moi, la rassura-t-il. (Il regarda son sac en papier.) Qu'est-ce que c'est ?

— Un steak et de la salade.

— Viens d'abord manger dans ma caravane. Tu dois avoir faim.

— Je suis affamée, mais je ne sais pas si…

Il désigna la direction d'un geste du menton.

— Allez, viens. J'ai du soda au frigo.

D'abord hésitante, elle finit par céder.

— D'accord. Merci.

Gray ne savait pas vraiment pourquoi il l'invitait, si ce n'est qu'il culpabilisait à cause de Cal mais aussi de son propre comportement. Depuis la veille, il était en colère contre elle, mais ce n'était pas une raison pour la traiter comme ça. Il l'avait ignorée, et Cal avait profité de la brèche pour s'y engouffrer. *C'était ma faute*, pensa-t-il. Dans ce sport, on trouvait des types bien et des saletés d'opportunistes. Cal faisait partie de la seconde catégorie. Gray était fâché qu'elle ait passé la soirée avec cet imbécile de soiffard. Certes, c'était le choix d'Evelyn, mais il savait bien qu'elle n'avait accepté l'invitation que pour l'énerver.

Et ça avait marché. Il détestait devoir l'admettre, parce que cela voulait dire qu'elle comptait pour lui. C'était faux. Ils se connaissaient à peine, ce n'était pas comme s'ils sortaient ensemble. Il l'avait embrassée une fois, mais, à part cet incident, il n'y avait rien entre eux. Ce n'était qu'une employée de son père, ils seraient amenés à passer du temps ensemble par nécessité. Comment allaient-ils gérer cette situation ?

Mais Gray admettait qu'il devait apprendre à gérer sa colère contre son père et à ne pas condamner Evelyn au moindre faux pas.

Ils entrèrent dans sa caravane, et il lui servit un soda. Evelyn se glissa sur une banquette, ouvrit son sac et en sortit la salade et le pain.

— Tu as dîné ? demanda-t-elle. J'ai assez pour deux, si tu veux.

— J'ai mangé tout à l'heure, merci. Fais-toi plaisir.

À la manière dont elle se jeta sur son plat, il était évident qu'elle avait faim, ce qui accentua encore la colère du pilote contre Cal. Il la resservit en boisson et s'assit en face d'elle.

— Cal a un problème avec l'alcool.

Avant de lui répondre, elle mangea un peu de salade et sirota son soda.

— Sans blague ! Je m'en suis doutée entre sa huitième bière et son quatrième shot de whisky.

— C'est un excellent pilote. Quand il est sobre, c'est même l'un des meilleurs. Mais il n'arrive pas à ranger la bouteille. Ce problème ne date pas d'hier. L'année qui a suivi sa victoire au championnat, l'alcool lui a embrumé l'esprit. Un sale spectacle. Il se croyait exceptionnel et se laissait manipuler par les médias. Les femmes à ses pieds, les fans qui hurlaient son nom, tout ça lui est monté à la tête. Son épouse, une femme fantastique, a fini par s'en aller, lassée d'être constamment trompée.

Evelyn garda le silence une minute, puis le regarda dans les yeux.

— Ça me désole. Il était si gentil avec moi, cet après-midi.

— Je te l'ai dit : quand il ne boit pas, c'est une perle, mais il y a une espèce d'interrupteur en lui. S'il l'actionne, il devient un autre homme.

Elle mordit dans une tranche de pain.

— Ouais, un salaud.

— Exactement.

Son plat terminé, elle but une longue gorgée de sa boisson.

— J'ai un peu pitié de Cal. On retrouve ce genre de situation à Washington : des gens bien intentionnés se font élire dans l'espoir de faire de grandes choses. Et puis, lorsqu'ils y parviennent, tout bascule à cause de leur nouvelle puissance, de la corruption, tout ça.

Gray haussa les épaules.

— Alors ils sont faibles. Du jour au lendemain, ils ont la gloire, la fortune, le pouvoir, des gens à leur service. Tous leurs codes changent, et ils réagissent mal, souvent par excès d'égocentrisme.

— Je suis d'accord.

Intérieurement, il comptait son père parmi ces gens faibles, mais la conversation était agréable, et il ne voulait pas tout gâcher.

— Personne ne lui a conseillé de se faire soigner ? demanda Evelyn.

Le pilote se mit à rire.

— Cal ? Si, tout le monde : sa femme, son chef d'équipe et même le directeur de l'écurie. Il fait la sourde oreille. Il faut dire qu'il ne boit jamais avant une course et qu'il est très ponctuel, que ce soit pour les entraînements, les qualifications ou les courses, ils ne peuvent donc pas le sanctionner. Quand il sort dans un bar, il laisse de gros pourboires. Il y a aussi les soirées qu'il organise dans sa caravane, mais où seuls ses proches sont invités. Ses fans ne sont pas au courant de son problème parce qu'il réussit à rester discret.

La discrétion n'avait pourtant pas été son fort ce soir. Evelyn se demanda combien de fans de Cal se trouvaient au restaurant. L'endroit était peu éclairé, intime, peut-être que c'est pour cette raison qu'il l'y avait emmenée, pour son côté anonyme.

Elle acquiesça d'un signe de tête.

— Il doit accepter de se reprendre en main. Tant qu'il n'a pas la volonté, tu ne peux rien faire pour lui.

— Oui, mais les autres pilotes s'inquiètent. Un jour, il risque d'arriver à une course complètement soûl : il pourrait se blesser ou provoquer un accident avec l'un d'entre nous. Si ça arrive, tout partira en vrille.

— Mon Dieu, j'espère que ça n'arrivera pas !

— Moi aussi. Ce serait la fin de sa carrière. Ou de celle de l'un d'entre nous.

Silence.

Gray savait que le moment était parfait pour prendre son courage à deux mains et aborder le sujet de ce qui s'était passé la veille.

— Je suis désolé.

Elle leva les yeux.

— Pourquoi ?

— Pour hier soir. Pardon de m'être emporté au sujet de Miranda. J'ai mal réagi.

— Dès qu'il s'agit de ton père, le sujet est sensible. Je l'ai compris dès le début. Au lieu d'en parler avec toi, je me suis mise en colère. J'ai ma part de tort, excuse-moi.

Pourtant, il ne méritait pas qu'elle lui pardonne si facilement, pensa-t-elle.

— Désolé pour aujourd'hui aussi. Tu voulais en savoir plus sur les voitures, et je me suis comporté comme un crétin.

— C'est vrai. Mais toute la suite avec Cal, c'était uniquement ma faute.

— Tu voulais me rendre jaloux, je sais. De toute évidence, il ne t'attirait pas.

Evelyn croisa les bras.

— Qu'est-ce que tu en sais ?

Sans hésiter, il pointa du doigt sa tenue.

— Regarde un peu ce que tu portes.

— Eh, quel est le problème avec ma robe ?

— On te croirait tout droit sortie d'un couvent du XVIIe siècle. Ce n'est pas une robe pour impressionner un homme.

Avec un rire, elle le prit à la légère.

— Bon, je l'avoue. Tu m'as démasquée. On repart de zéro ?

Il lui sourit.

— Oui, on repart de zéro.

Evelyn lui rendit son sourire, et sa jolie bouche attira l'attention de Gray. Il se souvint de leur baiser, la veille, et de la sensation délicieuse qu'il lui avait apportée. Il avait envie de recommencer, de reprendre les choses où ils les avaient laissées. Son corps gracieux, à la fois encourageant et sensuel, s'était fondu si parfaitement au sien qu'il se demanda jusqu'où ils seraient allés s'ils avaient été dans un lieu plus isolé.

Comme ici.

En la regardant droit dans les yeux, il lut dans son expression un mélange de désir et de prudence. Pensait-elle à la même chose que lui ?

Elle avait raison de rester sur ses gardes. Se rapprocher l'un de l'autre était une très mauvaise idée.

Non, c'était faux. Se rapprocher d'elle et de sa chaleur sous les draps chauds d'un grand lit lui disait bien. Ensuite, ils se réveilleraient ensemble…, et il lui faudrait alors retrouver celle qui travaillait pour son père et qui n'était là que pour quémander sa collaboration. Cela mettrait une pagaille ingérable. Il prit donc la décision de ne pas répondre à l'appel lascif de sa bouche sexy et de son corps de rêve.

—Je dois partir, lança soudain Evelyn.

Elle se leva, et, malgré l'immonde robe et les chaussures plus moches encore, il la trouvait aussi sexy que la veille. Sa beauté ne venait pas des vêtements, mais bien de la femme qui les portait.

Son sexe était d'accord, aucun doute là-dessus, car il eut une réaction – il ne se remettait toujours pas de leur étreinte sensuelle à la fête de Craig. À croire que sa virilité menait sa propre réflexion, enfermée dans son pantalon.

—Tu pourrais rester un peu.

Elle le regarda d'un air surpris.

— Pour quoi faire ? J'ai laissé mon ordinateur à l'hôtel, on ne peut pas travailler.

Tant mieux. L'idée de ne pas travailler lui plaisait assez, il oubliait ainsi qu'elle faisait partie de la vie de son père. Il préférait la voir comme une femme séduisante qu'il pourrait attirer dans son lit.

Faisant un pas en avant, il respira son odeur fraîche et sucrée. Mais ce n'était pas du parfum.

— Il n'y a pas que le travail dans la vie, Evelyn.

— Pourtant, tu m'as clairement fait comprendre hier soir que tu ne voulais pas de moi sur le plan personnel.

Elle avait attaché ses cheveux en queue-de-cheval. Gray passa une main derrière sa tête et retira l'élastique sans peine, puis ramena sa chevelure devant ses épaules.

— Hier soir, j'étais énervé.

Elle leva le menton, plongeant son regard dans le sien, le souffle irrégulier.

— Moi aussi, murmura-t-elle.

— Et maintenant tu l'es toujours ?

— Non.

— Tant mieux.

Il posa la main sur sa nuque, effaça le peu de distance qui les séparait et fit ce qu'il avait rêvé de faire toute la journée, furieux ou non.

Il l'embrassa.

Chapitre 10

Dès que les lèvres de Gray touchèrent les siennes, Evelyn retint sa respiration.

C'était une idée pire que mauvaise, pensait-elle, et pour des milliers de raisons différentes. Mais elle se retrouva contre une muraille de muscles virils, et toutes ses bonnes raisons s'évanouirent en un instant. Elle ne pensait plus qu'à la douceur de ses lèvres, à leur façon de frôler les siennes et à sa langue curieuse, qui ne tarda pas à pousser l'exploration plus loin. Ses jambes flageolaient, un nœud se formait au creux de son estomac. Bref, elle était fichue.

Evelyn posa une main sur les abdos parfaitement sculptés de Gray et passa l'autre dans ses cheveux pour en saisir une poignée. Le pilote poussa un grognement contre sa bouche, auquel elle répondit par un gémissement. Lorsqu'il lui saisit les fesses pour l'approcher tout contre lui, elle savait qu'ils ne pourraient plus revenir en arrière. Quelles que soient les objections qu'elle pouvait trouver, ils iraient jusqu'au bout. Son intimité réclamait toujours plus, et sa poitrine semblait peser des tonnes. Une seule idée l'obsédait : trouver le moyen le plus rapide de se rendre dans la chambre, parce qu'elle voulait que cet homme soit nu et en elle le plus vite possible.

Elle glissa la main entre leurs deux corps et saisit l'érection de Gray, mais elle s'immobilisa lorsqu'il la retint brusquement par le poignet. Il ouvrit les yeux.

— Eh, tu es pressée ?

— Pour tout te dire, oui. Et si on allait dans la chambre ?

Le regard de Gray s'embrasa, mais il secoua la tête.

— J'ai une meilleure idée. On va ralentir le rythme.

Oh, mon Dieu ! Il avait changé d'avis. *Quelle honte !* Gray avait raison : c'était une erreur. Elle qui était si raisonnable, d'habitude. Cette fois, sa raison était descendue quelque part entre ses cuisses.

Contre toute attente, Gray promena doucement, tout doucement, les mains le long de sa taille, puis jusqu'à ses hanches. En le regardant retrousser lentement sa robe au-dessus de ses cuisses, Evelyn se sentit confuse, et son regard croisa celui de son partenaire.

Le souffle court, Gray froissait le vêtement dans ses mains en l'observant droit dans les yeux, ce qui n'arrangeait rien aux pulsions charnelles de la jeune femme.

Elle pensait qu'il arrêtait tout, qu'il changeait d'avis, mais, au contraire, il lui saisit les fesses et la souleva en lui soufflant à l'oreille :

— Enroule tes jambes autour de ma taille.

Finalement, peut-être allaient-ils rejoindre le lit... Elle s'agrippa à lui, et il la porta vers la chambre.

Mais il s'arrêta à mi-chemin, dans la cuisine, et la fit s'asseoir sur le plan de travail.

Oh non !

Evelyn était de ces femmes qui se réservent uniquement pour la chambre. Mais Gray lui retirait ses chaussures et retroussait sa robe au-dessus des hanches. Le sexe dans la cuisine pouvait avoir ses avantages, pensa-t-elle. Elle se sentait coquine sous l'aération de la climatisation qui soufflait au-dessus de leur tête pendant qu'il lui retirait sa culotte. Elle se félicita d'avoir enfilé autre chose qu'un de ses sous-vêtements blancs en coton.

— De la dentelle noire, j'adore, murmura Gray. Tu la portais pour Cal ?

— Cal McClusky n'aurait jamais vu mes sous-vêtements ce soir, aucune chance.

Il lui décocha un sourire en coin.

— C'est bon à savoir. D'où la robe affreuse, pas vrai ?

— Eh, elle n'est pas si laide.

— Si. Même une nonne hésiterait à la mettre. Tu voulais éviter d'être sexy, c'est ça ?

Elle haussa les épaules.

— Peut-être.

— Tu serais sexy même avec une peau de porc-épic sur le dos, Evelyn, la complimenta-t-il en lui caressant les jambes, avant de former avec son pouce de petits cercles au creux de ses cuisses. Parce que tu es canon. Quoi que tu portes, tu es resplendissante.

Cet homme savait trouver les mots justes. Ils glissaient sur elle comme une caresse accompagnant la douceur de ses doigts.

Il plongea son regard dans le sien.

— Ta culotte est diablement sexy. Est-ce que le soutien-gorge est assorti ?

À force de fondre sous ses mains viriles, elle peinait à respirer.

— Oui.

— Voyons voir.

Avec l'habitude d'un homme qui effeuille des femmes tous les jours – après tout, ce pouvait être le cas – il attrapa la fermeture Éclair dans son dos, puis la fit descendre jusqu'en bas avant de lui retirer sa robe par-dessus la tête. Il laissa tomber le vêtement sur une chaise et recula d'un pas pour mieux la contempler.

— Waouh, je valide le soutien-gorge ! Maintenant, on peut l'enlever.

L'agrafe était à l'avant. Gray, en professionnel de la lingerie féminine, le repéra instinctivement. Il l'ouvrit sans difficulté, et avec deux doigts. Evelyn s'efforça de ne pas penser au nombre de femmes qu'il avait dévêtues dans cette caravane, pour se concentrer sur le fait qu'il la déshabillait, elle.

Il écarta les bonnets sur le côté, et d'un mouvement d'épaules Evelyn fit glisser les bretelles avant de tendre le soutien-gorge à Gray pour qu'il le pose sur les autres vêtements empilés.

Elle avait la gorge sèche sous son regard brûlant. Malgré ses mensurations correctes – elle avait une poitrine satisfaisante et elle faisait souvent du sport – ce regard la gênait. Dès qu'il s'agissait de sexe, elle n'avait pas l'habitude d'être longtemps contemplée et préférait aller droit au but. Lorsqu'il reposa les mains sur ses cuisses, elle frémit.

— Tu as froid ? Ou tu es nerveuse ?

— Je suis un peu nerveuse.

Il leva un sourcil.

— Pourquoi ?

— D'abord parce que tu es encore habillé alors que je suis complètement nue. Ensuite parce que tu me dévores du regard.

D'un simple geste, il se mit torse nu. Et quel torse ! Exactement comme elle l'avait imaginé. Sculpté, avec des abdominaux à en faire pâlir plus d'un. Elle eut soudain envie de promener la langue sur les lignes droites de son ventre.

Il s'attaqua au bouton de son jean.

— Si je te regarde, Evelyn, c'est parce que tu as un corps magnifique.

La jeune femme prit une profonde inspiration, ne sachant que répondre. Puis toute pensée pratique la quitta lorsqu'il laissa tomber son pantalon au sol.

Il ne portait pas de sous-vêtement. Et maintenant qu'il était nu… Waouh ! Les combinaisons pare-feu ne lui faisaient pas honneur, sans parler de l'érection qui venait s'ajouter à son corps de dieu grec.

La perfection incarnée.

— Tu es canon, lâcha-t-elle avant de s'apercevoir qu'elle venait de parler à voix haute.

Gray rit doucement.

— Merci, répondit-il en s'avançant entre ses cuisses. (Il passa les mains sur la nuque de la jeune femme.) Toi aussi, tu es canon.

Elle sentit son pouls battre contre les paumes de Gray, et il se pencha pour lui dévorer les lèvres en un baiser qui n'avait plus rien de la tendresse de leur première étreinte. Ce baiser-là était passionnel et nourrissait encore plus le brasier qui la consumait depuis qu'elle avait posé les yeux sur lui.

Il lui embrassa la joue et fit courir la langue dans son cou. Les paupières closes, Evelyn s'agrippa à ses épaules, le sexe frémissant, puis le laissa lui mordiller l'oreille avec une sensualité enivrante.

— Je serais curieuse de savoir ce que tu sais faire d'autre avec cette langue.

Levant le menton, il l'observa un instant.

— Je peux caresser ton clitoris et te faire hurler de plaisir.

Elle lui lança un regard de défi.

— Je ne crie jamais.

Ce commentaire l'amusa.

— On parie ?

Evelyn poussa un soupir.

— Je ne voudrais pas te décevoir, mais je suis plutôt du genre... réservée.

— Vraiment ? Toi, la femme qui vient juste de me demander ce que je sais faire de ma langue ? Ce n'était pas une question réservée.

— Je ne parle pas de ça. Disons que je ne suis pas bruyante. Chez moi, ce n'est pas très isolé. Les murs sont fins.

— J'en déduis que tu t'amuses souvent dans cet appartement.

— Non, pas du tout. C'est rare. Mes voisins sont vieux et ils se sont déjà plaints.

— À cause de tes cris ?

Elle se sentit rougir.

— Oui.

— J'adore les cris.

— Sache que j'ai perdu l'habitude.

— Ici, personne ne peut nous entendre. Tu peux hurler à pleins poumons.

— On croirait entendre la bande-annonce d'un film d'horreur.

Gray éclata de rire.

— Tu penses pouvoir mourir d'un orgasme trop puissant ?

— Je ne sais pas. On peut toujours essayer.

Encore ce regard brûlant, qui lui faisait recroqueviller les orteils. Elle prit son courage à deux mains.

— Mais assise sur ce plan de travail je n'aurai jamais d'orgasme.

Il posa une main sur ledit plan de travail.

— Vraiment ? Pourquoi ça ?

Le moins qu'elle puisse faire, c'était d'être honnête avec lui. Autant gagner du temps.

— J'aime le sexe, mais… Si je ne suis pas dans certaines positions, j'ai du mal à jouir.

— Ah ! Qui t'a dit ça ?

— Personne, c'est mon corps qui est difficile. Alors ne te fatigue pas pour rien. Si tu t'allonges sur moi d'une certaine manière, ce sera beaucoup plus simple.

Il secoua la tête.

— « Difficile » ? Me « fatiguer pour rien » ? Arrête ton cinéma. Détends-toi un peu et profite. On se fiche de la position ou de la pièce dans laquelle on est.

— Je suis détendue, Gray. Mais je te préviens simplement que je ne jouirai pas.

En la faisant taire d'un baiser, Gray lui entoura le visage avec ses mains et fit entrer sa langue curieuse entre ses lèvres. Il la serra fermement contre lui et fit durer leur baiser avec passion. Promenant les mains sur sa poitrine, il la caressa lascivement avec ses pouces et ne la relâcha que pour la pencher en arrière et prendre son téton entre les dents pour faire encore grandir son désir.

Puis il la coucha sur le plan de travail et taquina son autre sein. À présent, Evelyn se fichait bien d'être dans une position confortable ou dans une chambre. Ils iraient en temps voulu, et, une fois là-bas, elle lui montrerait la technique capable de lui procurer…

Oh ! La main de Gray faisait des allées et venues sur son sexe tandis qu'il suçait la pointe de son sein. Lorsqu'il fit passer la jambe d'Evelyn par-dessus son épaule, elle sut que ça n'arriverait pas. Pas dans cette position.

Mais il déposait un chemin de baisers sur ses côtes, prenait son temps et dessinait avec la langue des ronds sur son ventre. La jeune femme se redressa sur les coudes pour le regarder taquiner son nombril. Puis il enfouit le visage contre le peu de poils qui annonçaient le chemin vers sa féminité et descendit encore sans jamais cesser le mouvement de sa main, qui la faisait frémir.

Il lui passa la main sous les fesses pour la soulever contre sa bouche. Avec une maîtrise parfaite, Gray savait s'y prendre à la fois avec sa langue et avec ses doigts, qu'il glissait en elle pour plus de délices. Elle se tortillait sous ses mains, impatiente.

Le pilote leva le menton.

— Allonge-toi, Evelyn. Tu n'es pas obligée de tout contrôler. Laisse-toi faire.

En effet, elle était tendue. Son corps entier était crispé. Elle reposa la tête sur le plan de travail et le laissa jouer avec elle du bout de la langue, comme s'ils avaient la nuit devant eux. Peu à peu, elle parvint à lâcher prise. Elle n'avait rien à prouver. Elle avait beau jurer ne pas pouvoir jouir, peut-être que si finalement. En fait, plus les secondes passaient, et plus elle comprit que – oh oui ! – elle jouirait.

— Gray, murmura-t-elle en attrapant le bras du jeune homme.

Bien sûr, il ne répondit pas. Il était bien trop occupé à retourner son univers tout entier et à l'amener au bord de la folie.

Ce n'était pas possible, pas sur le comptoir d'une cuisine, pas dans cette position. Mais Gray savait comment, il savait quand, et il connaissait chaque parcelle de l'anatomie féminine. Dès qu'il porta son attention sur ses points les plus sensibles, elle poussa un gémissement qui se transforma en cri d'impatience. Gray resta en place, sans ralentir, jusqu'à la pousser à se cambrer et à enrouler les jambes autour de lui. Elle n'était plus très loin.

Il leva la tête et remplaça sa bouche par ses doigts.

— Laisse-toi porter, Evelyn. Je veux t'entendre.

Elle ferma les yeux et, lorsqu'elle sentit encore l'humidité de sa langue contre son sexe, elle s'envola.

Avec un cri primaire, elle se rappela qu'elle n'était pas chez elle, qu'elle pouvait hurler à sa guise. Son orgasme forma une onde de choc qui la surprit, et elle ne put s'empêcher de tenir le visage de Gray contre elle, laissant les vagues la parcourir une à une, jusqu'à finalement se trouver à bout de forces. Elle resta ainsi allongée, incapable du moindre mouvement.

Au bout d'un moment, Gray se pencha sur elle et frôla ses lèvres douces en un baiser d'une tendresse nouvelle. Elle passa la main sur sa nuque avec un sentiment de satisfaction qu'elle n'avait pas ressenti depuis très longtemps.

Elle lui sourit.

— Bon, au sujet de ce que je t'ai dit, oublie. J'ai eu tort. Tu maîtrises ton affaire.

— Ton corps sait parfaitement répondre aux caresses, Evelyn. Tu as seulement besoin de lâcher prise.

— Apparemment, tu as raison.

— Autre chose : tu as un goût enivrant.

Avec un frisson, elle se laissa porter par Gray qui l'emmena dans sa chambre.

Là, sur le lit, Evelyn se mit à genoux.

— Maintenant, c'est à mon tour de te toucher. (Elle s'empara de son érection.) Et de te goûter ajouta-t-elle.

Gray dut faire preuve de toute sa volonté en regardant Evelyn, nue et lascive sur ses draps. À sa manière de s'agiter sous sa bouche, tout à l'heure, elle l'avait presque mené au bord du précipice.

Il posa les mains sur elle.

— Ce serait avec plaisir, mais, de mon côté, la dernière fois remonte un peu. Si tu poses ta bouche sur moi, tout sera très vite terminé.

D'un geste vif, elle chassa sa main.

— Je m'en fiche. On attendra un peu avant le deuxième round.

Evelyn l'allongea sur le lit. Il ne se laissa faire que parce qu'il le voulait bien. Après tout, il voulait lui laisser les rênes, cette fois. Toute la journée, il n'avait pensé qu'à une chose : sa bouche, qu'il voulait autour de son sexe.

Habillée, elle était magnifique. Mais nue, elle était parfaite. Une poitrine généreuse, une taille de guêpe et des jambes interminables qu'il avait hâte de sentir autour de lui quand il pourrait la posséder.

Mais, pour l'instant, elle était au-dessus de lui, le ravissait de baisers, et ce n'était pas pour lui déplaire, car sa poitrine venait se frotter contre son torse. Il prit l'un de ses seins dans sa main et écouta la réaction de son souffle irrégulier lorsqu'il en taquina la pointe du bout des doigts.

Elle avait des seins sensibles, et, malgré ce qu'elle pouvait croire, il n'était pas difficile de la faire jouir. Son opinion sur le sexe était étrangement bridée, mais ses voisins trop complexés y étaient sans doute pour quelque chose, ou peut-être était-ce dû à d'anciens amants qui n'avaient pas su s'y prendre avec elle. Ou peut-être enfin manquait-elle d'expérience en masturbation, tout simplement. Ils pourraient travailler cet aspect ensemble.

Le seul fait de l'imaginer occupée à se caresser lui donna des vertiges.

Au moment où elle entama une descente jusqu'à son bas-ventre, il décida de garder cette pensée pour une prochaine fois.

Oui, il en était sûr, il y aurait une prochaine fois avec Evelyn. Un soir ne suffirait pas. D'ailleurs, il songea à envoyer un mot à Cal McClusky pour le remercier de s'être conduit comme un abruti ce soir. Sans cet idiot, elle ne serait pas là, il n'aurait pas ses mains curieuses partout sur son corps, puis tout près de son sexe.

Quand elle le saisit de toute sa longueur, il se cambra sous elle.

Le sourire en coin, elle le regarda droit dans les yeux en entamant un mouvement de va-et-vient.

— C'est bon, ça, murmura-t-il en soulevant le bassin pour accompagner le geste. Mais ce sera encore meilleur quand tu me suceras.

Elle chassa une mèche de cheveux derrière son épaule.

— J'aime quand tu me dis ce qui t'excite.

Elle se pencha et s'humecta les lèvres juste au-dessus du sexe de Gray.

— Tu veux savoir ce qui m'excite ?

Soudain immobile, elle leva les yeux.

— Oui, dis-moi.

— Toi, quand tu es nue. Toi, quand tu es habillée. Ta bouche, tes jambes, ta façon de parler. J'aime me disputer avec toi. J'aime ton sourire. Tout chez toi m'excite.

Un sourire se dessina sur le visage de la jeune femme, et elle prit son membre entre ses lèvres gourmandes. Au contact de sa moiteur, Gray frissonna.

— Putain, oui ! C'est bon. Prends-moi jusqu'au bout.

D'une main, elle saisit la base de son sexe pour l'accompagner, puis le libéra, avant de le prendre de nouveau. Et encore une fois. Sa manière de passer la langue autour de lui allait finir par le rendre fou. Lorsqu'elle posa la main sur ses testicules, il sentit l'extase menacer.

En prenant une poignée de ses cheveux, il les fit frôler ses cuisses tel un rideau de soie.

— Je vais jouir, Evelyn. Tu es sûre que tu es prête ?

Pour seule réponse, elle poussa un gémissement en le prenant encore, mais à moitié seulement, et le garda coincé entre sa langue et son palais. Gray se mit à rouler des hanches contre sa bouche, puis se laissa porter par la libération.

Evelyn s'agrippa à ses cuisses et le laissa succomber à un puissant orgasme. Après quelques secondes de calme, elle vint s'allonger près de lui et laissa sa tête reposer sur son épaule.

Il fallut un long moment à Gray pour qu'il reprenne son souffle.

— Celui-là était puissant, balbutia-t-il.

— De rien, s'amusa Evelyn en posant la main sur son torse. Ton cœur bat à cent à l'heure.

— C'était un orgasme de premier ordre.

Il attrapa le menton d'Evelyn entre deux doigts et la ravit d'un long baiser, puis la fit rouler sur le dos pour l'embrasser encore.

Un seul soir ne lui suffirait pas pour être rassasié de cette femme, il le savait déjà.

La nuit promettait d'être longue.

Chapitre 11

Evelyn s'attendait à devoir laisser plus de temps à Gray pour qu'il reprenne du poil de la bête. Mais cinq minutes à peine de baisers sensuels suffirent à provoquer chez lui une nouvelle érection.

Cet homme était une machine.

Non, impossible. Une machine ne l'embrasserait jamais avec une telle intensité, une machine ne provoquerait pas un désir aussi puissant que celui que Gray allumait en elle.

Elle avait déjà connu de belles expériences charnelles, mais n'avait jamais vécu une nuit entière de marathon sexuel.

Et encore, ils n'avaient toujours pas couché ensemble à proprement parler. Cette nuit ne lui laisserait pas beaucoup de sommeil. Le lendemain, elle refuserait de se plaindre, car Gray avait une façon bien à lui de la caresser. Sa dextérité la mena d'ailleurs sur le chemin d'un nouvel orgasme, et elle se laissa enivrer par l'idée délirante que cet homme connaissait mieux son corps qu'elle-même. Avec le haut de sa paume, il apposa ce qu'il fallait de pression sur son clitoris, tout en introduisant deux doigts dans sa féminité, ce qui provoqua en elle le genre d'orgasme qui lui faisait pousser des cris de plaisir.

De toute évidence, les frustrations sonores de son appartement étaient très loin d'elle.

Gray se pencha vers la table de chevet et sortit un préservatif du petit tiroir. Evelyn se sentait prête à perdre la tête. Ne lui laissant aucun répit, il l'embrassa encore, recommença à la toucher et la guida aux portes de l'extase.

Il enfila le préservatif et se positionna au-dessus d'elle.

— Je tiens à te prévenir que je ne peux pas jouir comme ça. Mais après on pourrait peut-être…

Gray pencha la tête sur le côté.

— Encore cette histoire de « je ne peux pas jouir comme ça » ?

— J'ai déjà eu deux orgasmes, Gray. Excitée ou non, si je ne me repose pas un peu, je ne peux pas jouir, même en position classique.

D'un geste du genou, il lui fit écarter les jambes et se positionna sur elle en s'appuyant sur les coudes pour ne pas l'écraser de son poids.

— Tu sais quoi ? Détends-toi et profite.

— J'aime le sexe, ne te méprends pas. J'ai hâte de te sentir à l'intérieur de moi, c'est la plus belle preuve d'intimité qui soit, et j'ai longtemps attendu ce moment. Gray, je ne veux pas que tu penses que…

— Evelyn ?

— Oui.

— Ferme-la et laisse-moi faire, d'accord ?

— D'accord.

Il se glissa en elle avec une telle lenteur qu'elle crut mourir de plaisir, d'autant que son regard ravageur la pénétrait en même temps que son sexe. La sensation la comblait d'une excitation sans égale, si bien qu'elle mit du temps à prendre conscience que ce qu'elle ressentait n'était pas seulement causé par son plaisir physique, toutefois particulièrement intense, mais était également dû à un choc émotionnel plus profond encore.

Cette pensée parasite ne devait pas venir polluer son esprit, elle préféra se concentrer sur le délice de fusionner avec son corps. Tandis qu'elle se soulevait, Gray poussa un grognement rauque en se mouvant sur elle, ce qui provoqua des étincelles dans tout son être. Elle ne sut reconnaître cet étrange sentiment de plénitude. Un tel contact la grisait.

— Refais-le, réclama-t-elle.

Il roula encore des hanches.

— Oh, tu te frottes contre mon clitoris, c'est délicieux.

Gray chassa une mèche qui venait lui cacher les yeux.

— Attends un peu la suite.

Il recommença, encore et encore, afin de provoquer la friction qu'elle attendait. Après ses orgasmes consécutifs, son corps était à la fois fébrile et exalté.

D'un geste brusque, elle lui attrapa le bras et regarda Gray d'un air stupéfait. Elle était pourtant certaine que c'était impossible. Le souffle court, elle craignait de faire le moindre mouvement, de chasser l'annonce d'un plaisir imminent.

— Gray ?

— Oui, je le sens aussi, Evelyn. Respire. C'est parti pour le septième ciel.

— Oh, bon Dieu ! Oui !

Elle baissa la garde, enfin apaisée, et enfonça les ongles dans son bras. Quand il accéléra le rythme, s'enfonçant de plus en plus loin, elle poussa un cri aigu, enroula les jambes autour de sa taille, puis releva les hanches.

L'orgasme choisit cet instant pour survenir, ne laissant en elle que le plaisir, aussi surprenant qu'exquis.

— Putain, oui, susurra Gray, la prenant toujours plus vite, toujours plus fort, ce qui intensifia encore l'orgasme de la belle.

Il s'agrippa à sa taille et se libéra en elle avec un gémissement rocailleux. Tous deux ralentirent ensemble le rythme, essoufflés et trempés de sueur.

Waouh ! Cela avait été intense. Inattendu. Et même troublant.

Il fallut plusieurs minutes à Evelyn pour parvenir enfin à retrouver la parole, et même le souffle. Elle reprit difficilement ses esprits : que venait-il de se passer ?

Gray devait être doté de pouvoirs sexuels surnaturels pour avoir provoqué en elle d'aussi intenses orgasmes.

Elle se mit à rire.

— Qu'est-ce qu'il y a de si drôle ?

— Je viens de me dire que tu dois avoir des pouvoirs sexuels surnaturels, d'où mes nombreux orgasmes de ce soir.

Ce fut au tour de Gray de rire.

— Eh bien, merci du compliment, mais je suis un type normal !

Elle posa la main sur son torse.

— Non, j'insiste : tu es incroyable. Merci.

— Pourquoi ? demanda Gray en roulant sur le côté sans la quitter des yeux.

— Pour ça. Trois fois ? Ou quatre ? J'en ai perdu le fil. Chaque fois dans des positions nouvelles. Tu fais la même chose avec toutes tes partenaires ?

— Hum ! Je ne sais pas comment répondre à cette question.

— Ne réponds pas. Excuse-moi. Je voulais seulement dire que c'était génial.

— Dans ce cas, je suis ravi de l'apprendre, ça nourrit mon ego de mâle. Au fait, au niveau des cris, tu es passée au niveau supérieur.

Elle lui décocha un sourire satisfait.

— Je ne suis même pas gênée, figure-toi.

— Tu as bien raison. Plus tu cries fort, plus ça m'excite.

— Alors tu devais être dur comme la pierre, ce soir.

— Tu l'as dit.

Avec une caresse sur sa joue, il se pencha pour l'embrasser, mais cette fois avec une tendresse renouvelée qui emplit le cœur d'Evelyn d'un bonheur sentimental presque ridicule.

— Je suis content que tu sois là, dit-il.

La jeune femme eut comme une boule au ventre. Mais elle devait se préserver, car en ce moment la dernière chose dont elle avait besoin, c'était d'un homme. En particulier d'un homme comme Gray Preston. Avec lui, elle se sentait beaucoup trop bien. Ce serait si simple de se blottir contre lui et de rester là jusqu'au matin.

Mais, justement, le matin serait assez difficile à gérer comme ça, inutile d'en rajouter. Elle devait à tout prix garder ses sentiments en dehors de leur histoire. Elle ne dormirait pas avec lui cette nuit.

— Moi aussi, je suis contente. Mais je dois partir.

Il fronça les sourcils.

— Tu ne restes pas ?

Evelyn se glissa hors des draps.

— Non, c'est une mauvaise idée. On rencontre les journalistes demain, et je n'ai rien d'autre à mettre que cette robe. Je refuse de me ridiculiser devant les médias. S'ils me voient avec toi, ça causera trop de remous.

Gray se leva à son tour et la suivit jusqu'à la cuisine, où il ramassa ses sous-vêtements. En revanche, lui resta nu, ce qui n'était pas pour déplaire à Evelyn qui n'aurait pas dit non à une nuit passée à caresser ce corps d'athlète. Et à dormir à ses côtés. Et à faire autre chose. Oui, beaucoup d'autres choses.

— Je pourrais te ramener à l'hôtel à l'aube, bien avant leur arrivée.

En agrafant son soutien-gorge avant d'enfiler sa culotte, elle rétorqua :

— Non, ce serait un risque inutile. Sans parler de mon implication dans la campagne de ton père.

— C'est juste, grommela Gray en se passant la main dans les cheveux. Après tout, ce qui compte, c'est la réputation de mon père.

— Gray, s'il te plaît, soupira Evelyn. Ce n'est pas ce que je voulais dire. On a passé une soirée incroyable. Je ne veux pas partir sur une note amère.

Il hocha brièvement la tête.

— Tu as raison. De toute façon, j'ai besoin de repos. Demain, je dois être en forme pour les qualifications et les interviews. La journée sera longue.

Au fond d'elle, la jeune femme sentait qu'il ne disait cela que pour lui faire plaisir, mais elle devait donner la priorité à sa carrière, même si cela impliquait de se priver de ce qu'elle avait vraiment envie de faire, en particulier cette nuit.

Gray partit dans sa chambre enfiler un short et une paire de baskets en toile, puis il prit ses clés et la conduisit en voiture jusqu'à son hôtel.

Devant le bâtiment, il se gara et sortit du véhicule.

— Je peux monter seule, tu sais, dit Evelyn, perplexe.

— Je t'accompagne à ta chambre.

— Ce n'est pas si loin.

— Je t'accompagne, insista-t-il. Il est hors de question que tu prennes l'ascenseur ou que tu traverses les couloirs seule à une heure pareille.

Elle céda.

— Bon. Merci.

Dans l'ascenseur, puis en remontant le couloir jusqu'à sa chambre, le silence régna. Une fois qu'ils furent arrivés, Gray sortit lui-même la carte magnétique du sac à main et lui ouvrit la porte. Elle eut une envie aussi folle que soudaine de se jeter dans ses bras et de le supplier de passer la nuit avec elle.

Mais ce ne serait ni malin ni professionnel, or elle avait passé sa vie à faire les choix les plus judicieux pour sa carrière. Ce n'était pas le moment de tout ficher en l'air.

En allumant la lumière, Gray jeta un œil à la chambre, ce qu'elle trouva adorable.

— Bon, je te laisse.

Elle opina du chef et le laissa la prendre dans ses bras. Son baiser fut d'une telle intensité qu'elle se sentit fébrile et manqua de l'attirer dans son lit. Elle dut prendre une profonde inspiration.

— Bonne nuit, Gray.

— Bonne nuit.

Avant de refermer la porte, elle attendit qu'il disparaisse au bout du couloir.

La soirée avait été l'une des plus belles de sa vie, et pourtant Evelyn se sentit pitoyable en se déshabillant avant de se glisser sous ses draps.

Elle savait parfaitement pourquoi : parce qu'elle dormait seule ce soir, et c'était son choix.

Le mauvais choix.

Chapitre 12

La détermination d'Evelyn en prenait un coup. Elle avait passé son temps à combattre son attirance pour Gray, tout ça pour céder à la tentation et coucher avec lui. Ils avaient eu tort, et cela ne ferait que compliquer les choses entre eux.

Les stagiaires et employés couchaient souvent avec leur patron, c'était une manière répandue de gravir les échelons à Washington. Evelyn s'était juré de ne jamais recourir à ces pratiques. Ce n'était que grâce à ses capacités qu'elle en était arrivée là. En tant que professionnelle, elle était déterminée à poursuivre dans cette voie.

Déterminée ? Tu parles. Pendant six ans, elle était parvenue à rester à l'écart du sexe et du scandale en politique, et voilà qu'elle finissait dans le lit d'un pilote automobile dans le Kentucky dès sa première semaine de mission. Elle devrait avoir honte.

Pourtant, elle assumait parfaitement. Certaines parties de son corps souffraient de courbatures puisqu'elle n'avait pas fait l'amour depuis longtemps, mais bizarrement elle ne pouvait pas s'empêcher de sourire.

Ce devait être ça le résultat d'un véritable marathon sexuel. Tôt ou tard, la culpabilité finirait par pointer le bout de son nez, mais, en attendant, Evelyn aimait rêver à la nuit sensuelle qu'elle avait passée.

Ce jour-là, public et sportifs étaient dans les starting-blocks. Evelyn ayant accès au stand, elle resta en retrait de l'agitation ambiante afin d'observer Gray pendant les qualifications.

Il avait mené les interviews avec une aisance étonnante. Il était photogénique, agréable avec les journalistes et maîtrisait parfaitement son affaire. Avant de le rencontrer, Evelyn l'avait vu dans plusieurs événements de ce type, et il n'en avait pas fallu plus pour la pousser à convaincre le sénateur que son fils avait un potentiel propice à une campagne électorale performante. Malgré ses réticences, le vieil homme avait fini par céder.

Comment réagirait Gray s'il apprenait que c'était son initiative personnelle ? De toute évidence, il supposait que l'idée venait de son père, alors que c'était l'inverse. Mitchell Preston était convaincu que Gray refuserait leur proposition. Evelyn lui avait assuré qu'elle convaincrait Gray de se rallier à leur cause et qu'elle en assumerait les conséquences. La réponse du père avait été mitigée : à ce moment de la campagne, il n'aimait pas l'idée de la savoir si loin, car ils travaillaient ensemble depuis plusieurs années et il avait besoin d'elle à ses côtés.

Evelyn savait qu'il comptait sur elle et sur son expérience en cette année charnière. Les nombreux fans de Gray seraient forcément un bonus, en particulier les jeunes électeurs des régions du Sud. S'ils s'assuraient ces votes et que Mitchell décroche le poste de vice-président, ils seraient en route pour la Maison-Blanche.

Et, en tout cas, ils auraient déjà atteint la maison du vice-président. Ce qui représentait la plus haute étape qu'Evelyn ait jamais remportée dans toute sa carrière.

Ce flot de pensées déferlait autant dans ses veines que dans son esprit. Evelyn trouvait la politique aussi excitante que le bruit des voitures dont les pneus crissent au départ de la course. Les bouchons d'oreille bien en place, elle regarda les bolides faire leur tour de formation.

— Vous devriez monter en cabine, madame.

Un membre de l'équipe technique – comment s'appelait-il déjà ? Steve ? – lui montrait l'échelle menant à une cabine depuis laquelle le chef d'équipe observait la piste.

— Je ne pense pas être autorisée à grimper là-haut.

Steve, un jeune homme vif aux yeux marron et au sourire chaleureux, pointa du doigt son oreille.

— En fait, Ian vient de me dire à l'oreillette que votre place est là-haut. Ici, c'est un lieu de passage.

On va monter des pneus et réparer des… Bref, des trucs. Vous serez plus en sécurité dans la cabine de communication. En plus, elle offre une superbe vue sur le circuit.

— Ah ! D'accord.

Elle monta l'échelle jusqu'à la cabine. Là, Ian était trop occupé à fixer du regard la voiture de Gray sur les écrans en face de lui, pour lui prêter attention. Il lui fit vaguement signe de s'asseoir. En prenant place, Evelyn chercha Gray sur l'une des télévisions.

Il s'était qualifié pour la sixième position. Tandis que les voitures s'alignaient derrière la ligne de départ, elle sentit sa poitrine se serrer.

Elle n'était pas une grande amatrice de courses, mais elle en regardait parfois à la télévision et avait assisté à une en direct, lors de sa première rencontre avec Gray. Depuis, elle s'était beaucoup renseignée, ce qui faisait presque d'elle une experte. Elle savait en tout cas ce que cette course représentait pour Gray.

On agita le drapeau en damier dans les airs, et la foule se mit à hurler dans les gradins dans un brouhaha mêlé au rugissement des moteurs. Les voitures s'élancèrent. À chaque virage, l'estomac d'Evelyn se nouait.

Au troisième tour, il y eut une sortie de piste. Elle se leva brusquement de sa chaise et vérifia la position de Gray. Il manqua l'autre voiture de près et ralentit pour un premier… Comment s'appelait cette étape, déjà ? Ah oui, un arrêt au stand.

— Vous feriez mieux de vous détendre, Evelyn, lui conseilla Ian. Sinon, vous risquez l'arrêt cardiaque avant la fin de la course.

Elle se rassit et observa l'équipe technique et les dépanneuses qui venaient nettoyer la piste.

— Me détendre ? Comment voulez-vous que je me détende ! Vous avez vu comme Gray est passé près de l'épave ?

Très calme, Ian s'adossa dans son siège et regarda fixement les écrans.

— On s'y habitue. Si vous paniquez déjà maintenant, j'ose à peine imaginer votre état dans les dernières secondes de la course.

— D'ici là, j'aurai besoin de Valium.

Lors de la première course à laquelle elle avait assisté elle n'était pas dans cet état, loin de là. Aujourd'hui, elle pensait s'ennuyer, elle avait d'ailleurs prévu de se mettre à jour dans ses mails en surveillant d'un œil la progression de Gray.

Si seulement. En réalité, son regard n'avait pas décroché une seule seconde du numéro cinquante-trois. La course était serrée. Au centième virage, on comptait déjà quatre sorties de route, et Gray s'en était tiré indemne chaque fois. En revanche, il se retrouvait en dix-huitième position à cause de ce que Ian appelait des « erreurs au stand ». Ian n'était pas du tout satisfait de son équipe, mais il garda un calme olympien en parlant à Gray. Il restait encore assez de temps pour se rattraper, disait-il.

Evelyn écoutait avec attention les instructions de Ian et se demandait ce que Gray lui répondait dans son casque.

Des détails techniques, sans doute. Elle voulut poser la question, mais il était hors de question de détourner l'attention de Ian, puisque ce dernier devait tout faire pour aider Gray à tirer le meilleur de sa voiture. Elle préféra donc s'appuyer sur les coudes et observer les écrans.

— Consommation moyenne d'essence, vitesse au tour, usure des pneus, lista Ian sans même la regarder. Ce sont les informations qu'on doit communiquer à Gray, mais la plupart servent surtout aux techniciens pour suivre en direct l'état de la voiture. Le pilote doit seulement rester conscient de son niveau d'essence. On ne peut pas se permettre une panne sèche au dernier tour. Et puis il doit savoir quand s'arrêter au stand.

— Il n'y a pas de jauge d'essence dans la voiture ?

— Non. Même s'il y en avait une, ça ne servirait à rien. La quantité d'essence nécessaire varie constamment, une jauge ne donnerait pas les bonnes informations.

— D'où le calcul par la consommation moyenne.

— C'est ça.

— Merci, ça m'aide à en savoir un peu plus. Pour résumer, il vous communique des informations, et vous en faites autant.

— Oui. Parfois, il me fait tout un foin sur la voiture qui ne répond plus correctement ou sur des vibrations anormales. Alors, je sais qu'il faudra opérer quelques réparations au prochain arrêt au stand. Il est aussi capable de ne rien dire du tout pendant plusieurs tours. Dans ces cas-là, je sais que la voiture va bien.

— Depuis le début de la course, il a été silencieux ?

Ian se mit à rire.

— Non. Il se plaint constamment : la voiture par-ci, la voiture par-là. Il n'arrête pas.

— Mince !

Evelyn posa les mains sur ses genoux, inquiète.

— La bonne nouvelle, reprit Ian, toujours souriant, c'est qu'il arrive qu'un pilote soupçonne un défaut de la voiture alors que le problème vient de la qualité de la route. La conduite de Gray est régulière depuis que cet idiot a réglé ses problèmes au dernier arrêt. Sa voiture va très bien.

Le regard d'Evelyn quitta brièvement les écrans, le temps d'observer Ian.

— Vous en êtes sûr ?

Ian ne prit pas la peine de tourner la tête, son attention restait rivée sur les moniteurs.

— Certain. Calmez-vous un peu. J'ai un bon pressentiment concernant cette course. La voiture est parfaite, et Gray est un excellent pilote.

La jeune femme s'efforça de se détendre. Après tout, comme disait Ian, il restait du temps, et Gray avait déjà rattrapé son retard. Lui et Cal McClusky avaient quitté leur stand en trombe et se trouvaient au coude à coude pour la première place avec encore trente tours devant eux. Cal prit l'avantage de seulement… D'après le peu qu'elle voyait grâce aux caméras, cela se jouait à un poil près. Une interruption força un second départ, pour lequel Cal choisit la position extérieure sur la grille. À ses yeux, ils démarreraient serrés, tous les deux, mais Ian lui expliqua que la position extérieure garantissait plus de vitesse.

Bref. Elle avait besoin d'un antiacide car, dès le second départ, ils étaient côte à côte, puis Gray se démarqua et prit la tête. Se levant d'un bond, Evelyn se mit à hurler pour l'encourager à accélérer et ne s'assit pas avant qu'il ait passé la ligne d'arrivée juste sous le nez de Cal.

Même là, elle ne s'assit pas. Comme Ian, elle retira ses bouchons et se précipita en bas de l'échelle, grisée par l'enthousiasme de toute l'équipe autour de la victoire de Gray. Sous les applaudissements hystériques de son public, Gray fit un dérapage spectaculaire qui projeta de la fumée jusque dans les stands, et Evelyn cria à pleins poumons en tapant dans les mains.

En sortant victorieux de sa voiture, il était d'une beauté à couper le souffle. Ses cheveux ébouriffés et trempés de sueur rebiquaient derrière sa nuque.

Sa barbe de trois jours lui donnait un air féroce et terriblement sexy, comme s'il avait gravi l'Everest.

Evelyn eut envie de se jeter dans ses bras, de l'embrasser et de le féliciter, puis de profiter de son corps d'athlète et de passer la langue sur la sueur qui perlait dans son cou. Qui aurait cru que la course automobile puisse avoir une telle capacité d'envoûtement sur la jeune passionnée de politique ?

Les médias s'agglutinèrent autour de lui, Gray secoua une bouteille de champagne sur son équipe, prit Ian dans ses bras, remercia ses sponsors au micro des journalistes, puis posa pour des centaines – ou étaient-ce des milliers ? – de photos suivies de nouvelles interviews, le tout pendant qu'Evelyn observait en retrait. Elle attendit, dotée d'une patience à toute épreuve depuis qu'elle avait pris cette habitude avec le sénateur. Pendant qu'il votait, débattait ou répondait lui aussi aux questions des journalistes, il arrivait qu'elle attende des heures.

Lorsque le pilote fut enfin libéré de ses obligations, le circuit était presque désert, et tout le monde était rentré chez soi. Il rejoignit alors Evelyn devant sa caravane. Son humeur était excellente à en juger par l'immense sourire qu'il lui décocha en la voyant.

— Je te croyais rentrée à l'hôtel depuis longtemps.

— Hors de question, je tenais à te féliciter en personne. Cette course était palpitante, tu as été époustouflant.

Le sourire aux lèvres, Gray lui ouvrit la porte et la laissa entrer la première avant de la refermer derrière eux.

— La première moitié de la course, j'étais nul. La piste ne m'inspirait rien du tout. Ensuite, il y a eu le fameux couac dans le stand, et je me suis cru fini. Aujourd'hui, il y avait six pilotes de mon niveau, voire meilleurs que moi.

— Il faut croire que non, puisque tu les as rattrapés. Tu as même gagné.

— Ça s'est joué à peu de chose. J'ai eu quelques ouvertures, heureusement. Après l'arrêt au stand loupé, toute l'équipe s'est rattrapée avec une précision d'horloge. Sans les techniciens, je n'y serais jamais arrivé.

— N'oublie pas tes qualités de pilote. Tu m'as impressionnée sur ce circuit.

— C'est un travail d'équipe.

— Gray, on est seuls, personne ne nous écoute. Tu as le droit d'être fier de toi.

Il se mit à rire.

— Oui, bon d'accord. Merci. Je vais prendre une douche. Ensuite, je mangerai un morceau. Tu m'attends ?

— Bien sûr que oui. J'ai faim, moi aussi. Si tu veux, je peux préparer quelque chose en attendant.

— Tu n'es pas obligée. On peut sortir.

— Sortir ? Franchement, est-ce que tu tiens à être assailli par les fans ?

En regardant un instant la porte, Gray fit la grimace.

— Non, pas vraiment.

— Dans ce cas, je vais voir ce que tu as dans le frigo, déclara-t-elle avec autorité. (Elle le chassa d'un geste de la main.) Allez, va prendre ta douche.

Dès qu'il fut parti, Evelyn trouva du bacon et des œufs, ainsi que, à sa grande surprise, des tomates, des champignons et des poivrons verts. Armée d'une poêle, elle fit frire le bacon avant de battre les œufs. Ensuite, elle coupa les légumes en cubes. Une fois le bacon bien cuit, elle jeta l'excédent de gras et fit revenir les légumes dans la poêle jusqu'à ce qu'ils soient bien tendres.

— Ça sent bon, se délecta Gray en sortant de la douche.

Il sentait bien meilleur que la nourriture. En short et débardeur, il faisait même saliver Evelyn. Elle jeta les œufs dans la poêlée de légumes.

— Ça fait du bien ?

— Oui, je me sens déjà mieux. Est-ce que je peux t'aider ?

— On pourrait accompagner le plat d'un jus de fruits, non ? J'ai vu que tu en avais.

— OK.

Pendant qu'il mettait la table, elle retourna l'omelette avant de la couper en deux. Une part sur chaque assiette, accompagnée d'une tranche de bacon grillé. Ils s'installèrent sur la banquette.

— Miam, omelette et bacon ! Tu me sauves la vie : sans toi, j'aurais mangé du pain grillé.

La faim lui tiraillait tellement l'estomac qu'elle attendit d'avoir mangé deux bouchées avant de répondre.

— Sois honnête. Ton frigo n'est pas vide, j'en conclus que tu sais cuisiner.

— C'est vrai. Mais j'étais affamé après toutes ces interviews interminables. Des tartines de beurre de cacahouètes, ça m'aurait pris moins de temps.

Evelyn poussa un soupir.

— Toi, tu as besoin d'une femme.

Face au regard perplexe de Gray, elle s'empressa d'ajouter :

— Ou d'une cuisinière.

— Je veux bien, si elle est sexy. Et française, tant qu'à faire.

Evelyn éclata de rire et dit en français :

— *La cuisine française est très bonne**.

Il leva les yeux et reposa sa fourchette.

— Putain, tu parles français ?

La jeune femme se mit à rougir.

— *Un peu**.

— C'est excitant. Dis-moi autre chose en français.

Un sourire se dessina au coin de ses lèvres, et elle réfléchit à ce qu'il lui inspirait, à son parfum frais au sortir de la douche.

---

* En français dans le texte.

— *Tu sens bon comme la rosée du matin**.

Stupéfait, Gray plissa les yeux et murmura :

— *Tu es sexy. J'aimerais te lécher partout**.

Oh non ! Il avait compris.

— Toi aussi, tu parles français ? s'étonna Evelyn.

Frissonnante, elle imagina la scène qu'il venait de lui susurrer et, face à son regard de braise, crut fondre sur place.

Gray rompit le charme en dévorant un morceau de bacon, puis il lui décocha un sourire fier.

— Quatre ans à l'université. C'était facile pour moi : quand j'étais petit, j'avais une nounou qui m'a appris à parler cette langue couramment.

Elle reposa la serviette sur la table.

— Tu es nul.

Sa fausse colère le fit rire.

— Désolé, c'était facile. Mais tu es tellement sexy quand tu parles français.

Lui aussi, mais ça, elle préférait le garder pour elle.

— Moi aussi, j'ai appris cette langue à l'université. Avec l'espagnol et l'allemand.

— Une étudiante brillante, si je comprends bien.

Elle fit une moue modeste.

— J'aime les langues.

— Et moi, j'aime décrocher de bonnes notes grâce à mes facilités.

— Je n'en doute pas. Qu'est-ce qui t'intéressait à la fac, à part le français ?

— Les filles.

— Je suis sérieuse, Gray.

— Moi aussi. Les études, ce n'était pas mon truc. Je ne pensais qu'au base-ball, et ensuite à la course automobile. Arrivé en première année, j'en avais marre de l'école. Puisque j'étais enfin libéré de l'autorité de mon père, je me la suis coulée douce. Base-ball, course, une belle période.

— Je suis sûre que tu travaillais.

— Pas du tout.

— Mais tu as décroché un diplôme de droit.

— Ouais, bon. C'était uniquement pour laisser croire à mon père que je n'avais pas écarté l'option Harvard alors que je n'avais aucune intention de m'y inscrire.

— J'ai vu tes relevés de notes : tu as eu la meilleure mention. On ne peut pas dire que tu te la sois coulée douce.

Se levant d'un bond, Gray débarrassa la table.

— En tout cas, je ne me suis pas investi à fond.

En le regardant remplir le lave-vaisselle, Evelyn se demanda pourquoi il tenait tant à dévaloriser son éducation au profit de ses talents de sportif.

Elle apporta les verres de jus de fruits à l'évier.

— Est-ce que tu regrettes de ne pas avoir poursuivi tes études de droit ?

Surpris, Gray tourna la tête et plissa les yeux.

— Non. Ma vie est exactement celle que j'ai voulue. J'aime ce que je fais, je gagne beaucoup d'argent, et ça ne changera pas de sitôt.

Adossée au comptoir, elle croisa les bras.

— Il y a un « mais » caché quelque part.

Il referma le lave-vaisselle rempli et se lava les mains.

— Non, il n'y a pas de « mais ». La course, c'est toute ma vie. Si je n'avais pas fait ça, j'aurais joué au base-ball.

— Et ensuite ?

— Ensuite quoi ?

— Lorsque tu auras terminé avec la course automobile ?

Gray la regarda un moment, puis s'écarta du comptoir.

— Je te sers quelque chose à boire ? Une bière ? On a un événement à fêter.

Et une question à éviter.

— Oui, je veux bien une bière. Il a fait chaud, cet après-midi. Tu devais brûler dans la voiture.

— C'est sûr, encore plus que dehors en plein soleil.

Il attrapa deux bières et lui fit signe de l'accompagner dans la partie salon. Là, il appuya sur le bouton d'une télécommande, et un écran apparut. Les chaînes sportives repassaient la course d'aujourd'hui.

— Pratique.

— Ouais, fit-il en lui tendant sa bière. Alors, la course t'a plu ?

En prenant une gorgée rafraîchissante, elle hocha la tête.

— Si on estime qu'être en panique totale avec une boule au ventre fait partie du plaisir, alors oui, ça m'a plu.

Tout sourires, il chassa une mèche derrière l'oreille de la jeune femme.

— Aaah ! Tu te faisais du souci pour moi ?

Tout juste. Mais il ne devait pas savoir à quel point.

— Eh bien, il ne faudrait pas qu'on perde tes fans. Si tu avais fini dans le décor, ils auraient pensé que tu étais nul et auraient arrêté de te suivre. À quoi me servirais-tu, alors ?

Elle comprit par le rictus de Gray qu'il ne croyait pas une seule seconde à ce qu'elle venait d'inventer.

— Mais bien sûr, fit-il pourtant. Ces électeurs potentiels si précieux pour mon père.

— Exactement. J'ai besoin que tu gagnes, et uniquement pour des raisons purement égoïstes. Mon travail est en jeu.

Il tourna la tête pour la regarder en face et posa sa bière sur l'appui de la fenêtre.

— Parle-moi de ton travail.

— Vraiment ?

— Ouais.

C'était la première fois qu'il s'intéressait à ce qu'elle faisait avec son père. *On progresse*, songea-t-elle.

— Qu'est-ce que tu veux savoir ?

— Ce que tu faisais pour le sénateur avant de venir m'extorquer des électeurs.

— J'ai commencé comme assistante. En gros, j'étais la bonne à tout faire : les coups de téléphone, les photocopies, les courses. Je faisais tout et n'importe quoi.

Sans rien dire, il l'observa. La question était évidente, alors elle y répondit.

— Il ne m'a jamais draguée. Pas une seule fois. D'ailleurs, il s'est toujours comporté en gentleman avec les autres femmes du service. Son travail lui prenait trop de temps pour batifoler.

— Une réponse parfaitement appropriée, venant de l'une des employées en question.

Elle leva les yeux au ciel.

— Arrête de jouer un rôle. Tu es son fils, tu le connais mieux que personne.

D'un geste nerveux, il se passa la main dans les cheveux.

— Au contraire, je me dis parfois que c'est un étranger pour moi.

— Il serait peut-être temps d'y remédier.

— J'en ai pas envie. Il a eu des années pour me connaître mais n'a jamais pris le temps de le faire.

Elle posa la main sur son bras.

— Je suis désolée. De toute évidence, tu lui en veux de ne pas t'avoir accordé plus de temps quand tu étais petit. Il a toujours fait passer sa carrière avant tout le reste.

Gray haussa les épaules.

— Ma mère s'occupait de tout.

— Peut-être, mais un petit garçon a besoin de l'exemple d'un père.

— Je m'en suis très bien sorti sans lui. Mais on ne parlait pas de moi. Dis-moi exactement ce que tu fais pour lui.

— Pour l'instant, on travaille à élargir sa base électorale à l'échelle nationale. Lorsqu'il était candidat à la présidence, mon travail consistait à améliorer sa visibilité dans chaque État en créant un véritable bombardement médiatique, en travaillant avec les représentants locaux et en vérifiant sans arrêt les statistiques de chaque État pour voir lequel avait besoin de toute notre attention.

— Alors pourquoi a-t-il échoué ?

Elle esquissa un sourire en coin.

— Je n'estime pas que ce soit un échec. Le peuple américain, et notre parti, estimait à cette époque que John Cameron avait l'étoffe d'un président. Sans compter qu'il avait le soutien de notre président actuel.

— Difficile de se mesurer à ça.

— Exact. Rien n'empêche ton père de concourir pour l'élection dans huit ans, une fois que Cameron aura été élu et qu'il aura terminé ses deux mandats.

Gray se mit à rire.

— Tu restes optimiste, pas vrai ?

— Je dois garder l'esprit positif. Si j'avais la certitude que l'autre candidat serait élu ou que le sénateur Preston n'obtiendrait pas la nomination de vice-président, je ne ferais pas tout ça aujourd'hui.

— C'est vrai. Tu es responsable d'une tâche importante.

— Merci, c'est ce que je me plais à penser.

— Pourquoi mon père a-t-il accepté que tu quittes ton poste pour venir jouer les baby-sitters avec moi ?

— Je ne joue pas les baby-sitters, s'indigna-t-elle avec un éclat de rire. On estime que, grâce aux votes que tu peux apporter à ton père et au gouverneur Cameron, ton soutien est essentiel. Je suis là où on a besoin de moi.

Lorsque Gray s'amusa avec une longue mèche de ses cheveux bruns, elle sentit un frisson la parcourir.

— Quand tu parles de politique, tu as des étoiles dans les yeux.

— Ah bon ?

— Oui.

Elle fit courir les doigts le long de son avant-bras.

— Quand tu parles de la course, tes yeux brillent aussi.

Il sourit.

— Ça ne m'étonne pas, puisque c'est ma passion.

— J'espère bien, parce que tu tournes sur ce circuit à une vitesse dangereuse.

— C'est amusant. Tu devrais essayer, un jour.

— Non merci. Je me satisfais d'une place dans les gradins.

— C'est excitant.

— Encore une fois, non merci.

— Je parie que, quand tu étais adolescente, un garçon a essayé de t'impressionner en démarrant avec un dérapage contrôlé sur une longue route déserte.

— Hum… non !

Gray lui décocha un sourire en coin.

— Attends un peu qu'on arrive en Floride pour la prochaine course. Je t'emmènerai avec moi pour un tour de piste.

Evelyn se redressa brusquement sur son siège.

— Quoi ?! Mais je ne peux pas aller sur la piste.

— Bien sûr que si ! Tu peux même conduire une des voitures, si tu veux.

Avait-il perdu la tête ? Ses cheveux se dressaient sur sa tête à la seule pensée de se retrouver derrière le volant d'un de ces bolides lancé à pleine allure. Un véritable cercueil sur roues !

— Je ne crois pas, non.

— Moi, je crois que si. Tu n'as peur de rien, Evelyn. Piloter une voiture de course, ça t'excite forcément.

— Pas le moins du monde.

— Tu as peur, pas vrai ?

— Non, mais ça ne me viendrait même pas à l'esprit de vouloir conduire un de ces engins mortels.

— Dans ce cas, je t'emmènerai seulement pour un tour de piste tranquille. Pas d'accélération. À Daytona, ça te tente ?

Elle parvint à s'apaiser. Après tout, il serait intéressant d'avoir un aperçu de ce que Gray vivait dans l'habitacle.

— D'accord. Ce pourrait être amusant.

Mais l'étincelle qu'elle voyait dans les yeux du pilote ne présageait pas la tranquillité qu'il lui promettait.

Installés devant la télévision, ils assistèrent à la rediffusion de la victoire de Gray. Au bout d'un moment, le pilote se tourna vers Evelyn :

— Alors comme ça il n'y a jamais eu de bellâtre séduisant pour te faire découvrir les frissons d'une voiture lancée à pleine vitesse ?

Le regard de la jeune femme se décrocha difficilement de l'écran.

— Non. Pourquoi ? C'est un passage obligé de l'adolescence que j'aurais raté ?

— Oui. Tu es passée à côté de quelque chose.

Elle prit un air sceptique.

— Quand je pense que je suis arrivée jusqu'à l'âge adulte sans jamais avoir battu de records de vitesse dans la Camaro d'un inconnu, quel dommage !

Il lui tapota amicalement le genou.

— Ne t'inquiète pas, je vais y remédier.

— C'est justement ce qui me fait peur.

La main de Gray était restée sur sa jambe, et, sans quitter l'écran du regard, Evelyn porta toute son attention sur la sensation de cette main qui lui serrait doucement la cuisse avant de revenir lui caresser le genou. C'était à la fois délicieux et déconcertant. Son corps en alerte réclamait déjà plus.

Mais c'était hors de question. Elle avait décidé que la nuit qu'ils avaient passée ensemble resterait un cas isolé. Ils… non, elle devait maintenir une distance professionnelle.

Il était grand temps de retenir ses pensées qui divaguaient, les réactions de son corps, si elle ne voulait pas se retrouver dans une situation délicate.

Elle se leva, récupéra son sac et son trousseau de clés.

Chapitre 13

Gray leva les yeux.

— Où tu vas ?

— Il est tard. Je dois partir.

— Déjà ?

— Oui, j'ai… des choses à faire.

— Quel genre de choses ?

De toute évidence, il n'allait pas lui faciliter la tâche.

— De la paperasse. Je dois faire mon rapport pour le sénateur.

Il leva un sourcil.

— Un rapport ? Quel rapport ?

Génial ! Evelyn avait dit la première chose qui lui était passée par la tête. Maintenant, elle devait mentir.

— Ma mission doit avoir un suivi, Gray. Si je te suis partout sur les routes, ce n'est pas pour jouer les groupies.

— Ah bon ? Je suis déçu.

— Il faudra t'y faire, rétorqua-t-elle avec impatience.

Alors qu'elle se dirigeait vers la porte, il se leva pour l'accompagner.

Si seulement le courant ne passait pas aussi bien entre eux. Vu l'état de la relation entre Gray et son père, Evelyn s'était attendue à souffrir d'une mission laborieuse avec un sportif en colère et sur la défensive. Mais, malgré un départ difficile, il avait tout fait pour la mettre à l'aise dans cette mission. Elle ne s'attendait pas à un tel investissement de sa part. Sans compter son charme dévastateur, son corps d'athlète et cette passion pour la course qui l'intriguait chaque jour un peu plus. Elle découvrait sans arrêt de nouvelles facettes de Gray.

Cet homme savait la toucher et provoquer des réactions qu'elle ne se serait jamais soupçonnées.

Avec une profonde inspiration, elle avança vers la sortie en regrettant un peu plus chaque pas qui l'éloignait de lui. Finalement, elle s'arrêta et se tourna vers Gray.

Il sentait son hésitation. À Washington, tout passait par le regard et le langage corporel. Il fallait faire très attention, et Evelyn avait toujours su maîtriser cet aspect du métier. Mais avec Gray c'était impossible. Il avait cet étrange pouvoir de la détendre et de démolir les murs derrière lesquels elle se cachait.

Ce qui faisait de lui un danger potentiel.

— Merci de m'avoir laissée dîner ici.

Il lui décocha un sourire.

— C'est moi qui devrais te remercier. Tu m'as préparé un délicieux repas, ce qui m'a épargné un restaurant en ville.

— On refait ça quand tu veux.

Elle tourna les talons, mais il la stoppa dans son élan en lui prenant la main.

— Tu es sûre de vouloir partir ?

Non. Elle avait envie de rester. Le seul contact de sa main lui donnait des vertiges. Si elle enfermait dans un flacon les étincelles que ses caresses provoquaient en elle, Evelyn était prête à parier que cela suffirait à procurer l'électricité nécessaire à une ville entière.

— Je ne sais pas quoi te répondre.

— Pourtant, la question est simple, Evelyn : soit tu veux partir, soit tu veux rester.

— Je dois partir.

Il inclina la tête sur le côté.

— Pourquoi tu « dois » ?

— Parce qu'on ne doit pas s'engager dans une relation.

Cette réponse le fit éclater de rire.

— Mais on ne s'engage dans rien du tout. On couche ensemble, c'est tout. Je ne pense pas qu'il soit question d'engagement. En tout cas, moi, ça ne m'intéresse pas. Ma vie est beaucoup trop compliquée pour mêler une femme à tout ça. Et puis je te rappelle que tu seras un jour présidente des États-Unis, tu ne voudrais pas te retrouver avec un pilote automobile pour petit ami.

À son tour, elle ne put retenir un rire.

— Merci de croire en moi. Mais tu as raison : je ne cherche pas non plus à me caser.

— Tant mieux. Maintenant que ce qu'on ne veut pas est clair, je te propose de rester et de te détendre un peu. J'ai envie de toi. J'y ai pensé toute la journée.

— Non, je parie que c'est à la course que tu pensais.

— Je sais faire deux choses à la fois : piloter et m'imaginer entre tes cuisses.

Avec Gray, il n'était pas question d'utiliser des métaphores ni de tourner autour du pot : ses intentions étaient claires. Une franchise qui la fit frissonner et qui eut raison des doutes qu'elle pouvait avoir sur lui. Sur eux ?

— Bon, d'accord. Je pourrais rester.

Il lui prit son sac des mains et le jeta avec les clés sur le comptoir, puis plaqua la jeune femme contre le mur avant de promener les doigts dans ses cheveux.

— Écoute toujours ce que te dit ton instinct, Evelyn. Il ne te trompera jamais.

Elle n'était pas forcément d'accord sur ce point, mais il prit sa bouche dans un baiser d'une sensualité sauvage, et toute pensée rationnelle s'envola en un éclair.

C'était l'une des qualités de Gray que la jeune femme n'avait jamais connue avec ses précédents partenaires : une passion intense qui ne manquait jamais d'allumer un brasier en elle. Il lui saisit brutalement les fesses et l'attira contre son érection évidente. Elle aimait la vitesse à laquelle son sexe durcissait et les grognements qu'il poussait contre ses lèvres. Par désir pour elle, il se frottait contre son corps et l'embrassait avec une fébrilité évidente. Tandis qu'il lui penchait la tête pour frôler la peau douce de son cou, elle sentit le souffle lui manquer. Sa poitrine se durcit et son sexe réclama son attention.

La sexualité avait toujours été modestement présente dans sa vie : elle aimait cela sans que ce soit une obsession et pouvait même s'en passer pendant une longue période. Après tout, les vibromasseurs étaient là pour ça.

Depuis que Gray était entré dans sa vie, elle pensait souvent au sexe, sans doute parce qu'il maîtrisait parfaitement le sujet. Ses mains étaient divines, et lorsqu'il déboutonna son jean, ouvrit la braguette et glissa les doigts contre son sexe, elle ne put retenir un soupir.

— Tu es humide.

— Oui. Que comptes-tu faire à ce sujet ?

— Je compte te faire jouir, mais bon sang ! ce pantalon est trop serré. Tu devrais mettre des robes plus souvent, murmura-t-il tout contre son oreille. Comme ça, si on est pressés, je n'aurais qu'à la retrousser.

Elle croisa son regard.

— Et là, tu es pressé ?

— Avec toi, je ne pense qu'à une chose : te prendre le plus vite possible. Alors oui, je suis pressé, et ton foutu pantalon me coupe la circulation du sang dans les mains. Tu me rends fou, Evelyn.

Quel délice de savoir à quel point elle le tourmentait ! D'un coup de pied, elle quitta ses sandales pendant que Gray se mettait à genoux et jurait en luttant pour lui retirer son pantalon.

Elle eut un petit rire.

— Désolée, je porterai un jean ample la prochaine fois.

— Il te moule juste comme il faut, mais voilà, je m'en suis débarrassé. Au tour de cette merveille, maintenant.

Toujours à genoux devant la belle, il glissa un doigt sous l'élastique de sa culotte, l'en débarrassa, puis lui fit écarter les jambes afin de déposer un baiser à l'intérieur de ses cuisses.

Elle n'eut pas le temps de prendre une inspiration : déjà, il avait la bouche sur elle. Le plaisir monta crescendo, et elle se cambra pour se coller à lui, avide de le toucher. La douceur soyeuse de ses cheveux courts lui glissait entre les doigts tandis qu'il lui offrait un plaisir d'une telle intensité qu'il la mena au bord de l'extase à une vitesse impressionnante.

Evelyn baissa les yeux pour profiter de la vision de cet homme occupé à lui procurer un tel plaisir. Il glissa une épaule sous la jambe de la jeune femme pour se faciliter l'accès à sa féminité, dans laquelle il enfonça un doigt, puis un autre, sans s'arrêter de tapoter son clitoris du bout de la langue.

L'orgasme n'était plus très loin. Elle n'avait aucune envie de mettre fin à un tel délice et attendait pourtant la libération avec impatience. Lorsque Gray s'arrêta et la regarda dans les yeux, un sourire en coin, Evelyn sut qu'elle lui appartenait : une simple caresse, et elle décollerait.

La chambre était loin, et ils n'étaient pas dans « sa » position, pourtant elle pouvait jouir. C'était un choc. Gray avait rapidement fait d'elle une femme libérée de toute réserve : sous sa bouche et ses caresses, elle se laissait aller sans se poser de question.

Il était conscient de cette emprise qu'il avait sur elle, son sourire le prouvait, mais elle s'en fichait, car tout ce qui lui importait, c'était le feu qui brûlait en elle.

— Oui, chuchota-t-elle. Fais-moi jouir.

Gray captura son clitoris et y passa la langue. Son corps entier se crispa, et elle sentit les premières vagues de chaleur monter en elle. D'un roulement des hanches, elle se plaqua contre ses doigts enfoncés en elle. Frissonnante, elle attendit, puis sentit enfin la libération approcher. Elle poussa un cri, doublement satisfaite par le plaisir et par la liberté d'en jouir.

Les derniers tremblements cessèrent, et Gray se leva pour prendre sa bouche en un baiser langoureux. La jeune femme ne se fit pas prier : elle passa les mains derrière sa nuque et glissa la langue entre ses lèvres gourmandes, pressée de retrouver l'union de leurs corps qui la laisserait haletante.

Lorsqu'il la souleva, Evelyn enroula les jambes autour de sa taille et se laissa porter jusqu'au canapé.

Il se déshabilla rapidement. La possibilité de poser enfin les mains sur son corps de dieu grec exaltait la jeune femme. Elle glissa à genoux au sol et s'empara aussitôt des parties masculines qu'il lui présentait. Elle le caressa et savoura le sifflement de Gray entre ses dents quand elle serra doucement son gland.

— J'aime sentir tes mains sur moi, approuva-t-il en lui caressant la joue.

Pour la proposition qu'elle comptait lui faire, elle s'humecta les lèvres.

— Et ma bouche sur toi, ça te plairait ?

Son torse se gonfla.

— Tu sais bien que oui. Suce-moi, Evelyn.

Le ton grave sur lequel il la commandait la fit frémir. Elle se pencha vers lui et entoura le bout de son sexe de ses lèvres humides.

— Oh oui, comme ça ! susurra-t-il en la poussant derrière la nuque. Prends-moi encore.

Elle aimait entendre ses ordres et les exécuter.

— C'est à ça que j'ai pensé toute la journée, lui dit-il dans un souffle. À ta bouche sur moi, humide et chaude, divinement excitante.

Evelyn prit son sexe aussi loin qu'elle le put et déglutit, une tension qui arracha un gémissement à Gray.

C'était terriblement excitant de sentir un homme à la merci de sa bouche, prêt à craquer à tout instant. Elle le voulait en elle, mais d'abord il aurait un orgasme puissant qui l'ébranlerait comme elle l'avait été un instant plus tôt. Enfermant son sexe contre son palais, elle passa langoureusement la langue sous son gland.

— Si tu continues comme ça, je ne vais plus tenir.

Il poursuivit avec un mouvement du bassin pendant qu'elle s'agrippait à ses parties, qu'elle serra doucement, le faisant entrer toujours plus loin dans sa bouche.

Avec un grognement rauque, Gray ne se retint plus et empoigna les cheveux d'Evelyn à pleines mains. Elle le laissa faire, sachant que plus il s'enfonçait, plus il éprouverait du plaisir.

Lorsqu'il reprit ses esprits, ses jambes flageolaient. Elle s'écarta, leva les yeux et passa la langue sur ses lèvres en souriant.

— Putain, Evelyn, j'ai dû perdre des neurones !

Elle éclata de rire et lui prit la main pour se relever. Le pilote l'embrassa fébrilement en glissant les doigts dans ses longs cheveux. Leur baiser fut si fiévreux qu'elle sentit toutes ses forces la quitter. Heureusement qu'il la tenait fermement.

— Je veux te prendre par-derrière, pour te prendre bien profond.

Elle se mit à genoux face au dossier du canapé et lui lança un regard par-dessus son épaule.

— Vas-y.

Le souffle court de Gray lui fit comprendre qu'il était prêt. Il s'éloigna à peine assez longtemps pour s'emparer d'un préservatif qu'il enfila dans la foulée et revint dans son dos, seulement pour chasser une mèche de son épaule et y déposer un baiser. Quand il la mordilla, un frisson la parcourut tout entière, et elle enfonça les ongles dans les coussins.

— C'est bon, murmura-t-elle.

— J'en prends note.

Il promena les doigts dans son dos puis les fit suivre d'un fil de baisers jusqu'à l'arrondi de ses fesses. Là, il la mordit, et elle sursauta.

Avec un rire, Gray lui donna une petite fessée, et elle se retourna.

— Ça aussi, c'est bon.

Des flammes brûlaient dans le regard du pilote.

— Aucun doute, j'en prends note.

Elle n'avait jamais partagé de tels moments avec un homme : elle était assez à l'aise pour s'amuser et lui dire sans détour ce dont elle avait envie, sans qu'elle sache pourquoi. L'instinct féminin, sans doute : une femme savait faire la différence entre un homme de confiance et un profiteur.

Lorsque Gray passa la main autour de sa fesse, lui écarta les cuisses et se positionna derrière elle, Evelyn sut qu'il faisait partie de la première catégorie.

Pour le sexe, en tout cas. Dans ce domaine, elle lui faisait même une confiance aveugle, et, quand il s'enfonça en elle, ils s'emboîtèrent parfaitement. Evelyn tressaillait tandis qu'il prenait son temps, allant et venant pour la titiller toujours plus fort, toujours plus loin.

Elle se pencha un peu plus sur les coussins et écarta encore les jambes afin de lui donner le meilleur accès possible. Le sportif lui caressa doucement les hanches, puis les saisit et s'enfonça brusquement. Elle poussa un cri.

— Ça va ? s'inquiéta Gray avant de déposer un baiser dans son dos.

— Très bien. Continue comme ça.

— Comme ça ?

Il la caressa en formant des ronds sur sa croupe.

— Mmmh, c'est agréable !

— Mais « agréable » ne suffit pas, n'est-ce pas ?

Peut-être avait-il raison, car, lorsqu'il lui assena une claque plus violente sur la fesse, elle sentit tous ses muscles se crisper autour de son sexe.

— Je le savais, tu aimes quand c'est plus fort.

Il la frappa encore, cette fois sur l'autre fesse. La douleur redoubla encore son désir charnel.

— Oui, murmura-t-elle en se frottant contre lui.

Elle ne put résister, elle glissa une main dans son entrejambe et se caressa le clitoris pendant que Gray la fessait encore une fois avant de la reprendre par les hanches et de s'enfoncer toujours plus fort.

Elle aimait ça, plus qu'elle ne l'aurait pensé. Les picotements sur sa croupe ne faisaient que nourrir ses pulsions sexuelles, et elle pressa le rythme de ses propres caresses sur son clitoris. Gray lui caressait le dos, lui mordillait l'oreille et la guidait ainsi toujours plus près de l'orgasme qui s'annonçait. Lorsqu'il la mordit soudain dans le cou, elle n'y tint plus et poussa un cri de jouissance en se frottant contre son sexe.

— Oh putain ! jura Gray en cédant à l'orgasme en même temps qu'elle.

Il lui saisit fermement les hanches, s'enfonça profondément et laissa un frisson marquer son extase. Au bout de quelques instants, il passa un bras autour d'elle pour l'étreindre, puis lui embrassa tendrement la nuque et les épaules pendant qu'ils redescendaient ensemble de leur petit nuage.

Ils prirent ensuite la direction de la salle de bains, où ils se douchèrent avant de se mettre au lit. Sous les draps, Gray attira la jeune femme contre son torse et lui caressa doucement les cheveux.

— Je devrais rentrer à l'hôtel, dit-elle.

— Et pourquoi ça ?

Ses mains la parcouraient sans relâche, et, même si ce geste la déconcentrait, c'était particulièrement agréable.

— Je te rappelle que tu dois préparer tes bagages. Tu pars demain, n'est-ce pas ?

— Ouais.

— Eh bien, moi aussi !

— Tu peux t'en occuper demain matin.

— Possible.

À court d'excuses, elle ne sut comment s'échapper de son lit. Rester la nuit entière signifiait – à ses yeux en tout cas – qu'ils s'engageaient mutuellement. Or, elle faisait tout pour que leur relation reste purement sexuelle.

— Evelyn.

Gray lui fit relever le menton, leurs visages étaient à présent si proches qu'il suffisait d'un simple mouvement pour qu'ils s'embrassent.

— Oui ?

— Rien ne nous empêche de coucher ensemble et de passer la nuit dans le même lit. Promis, je ne te demanderai pas en mariage demain matin.

Evelyn, rassurée, se mit à rire.

— D'accord, mais seulement si tu le jures.

Il fit une croix sur son cœur.

— Juré, craché.

— Dans ce cas, je reste.

Et elle se lova contre lui.

Une relation purement sexuelle ? Ce n'était pas une mauvaise idée.

Tant qu'elle gardait ses émotions en dehors de tout ça.

Chapitre 14

Gray adorait Daytona, et pas seulement pour la piste, même si elle comptait parmi ses préférées. Il adorait la plage et les longues lignes droites sur lesquelles il pouvait rouler pendant des heures avec l'un de ses bolides. C'était d'ailleurs la raison qui l'avait poussé à acheter une maison ici et à y entreposer quelques-unes de ses voitures.

Quel bonheur de rentrer chez lui, de quitter sa caravane et de se détendre sur la plage de sa maison en bord de mer ! Avant son départ du Kentucky, son équipe et lui s'étaient réunis. Ils avaient débriefé la précédente course et avaient évoqué la suivante. Une autre réunion aurait lieu après les vacances de la fête nationale. Gray leur avait conseillé de se tenir prêts, car l'emploi du temps de la semaine en question serait rude. Les courses allaient s'enchaîner en un court laps de temps. Mais, pour l'instant, tout le monde profiterait de ces quelques jours de vacances pour se reposer en famille.

Le pilote n'était pas mécontent de laisser sa voiture de course entre les mains de son équipe.

La veille, il était arrivé très tard et avait aussitôt sombré dans le sommeil. Evelyn l'avait informé que son avion atterrissait dans la matinée, alors il savoura ces quelques heures de repos.

Gray ne lui avait pas proposé de faire la route avec lui, sans doute pour profiter d'une bonne conversation avec Ian sur les détails techniques qu'ils n'avaient pas encore abordés. Peut-être était-ce également parce que sa relation avec Evelyn – ou plutôt sa non-relation, comme ils l'avaient convenu d'un commun accord – était encore récente et qu'il ne voulait pas laisser de bruits courir au sein de l'équipe. Si on l'apprenait, la nouvelle ne tarderait pas à faire le tour de la Toile. Ce qui attirerait la curiosité des médias, or Gray préférait garder ses distances avec eux.

Pourtant, il voulait qu'Evelyn soit à ses côtés pour ces quelques jours de vacances dans sa maison, et dans son lit. C'est pourquoi il se leva, prit une douche et descendit au garage, où il jeta son dévolu sur sa Pontiac GTO 1964. Celle-ci, il ne l'avait pas sortie depuis longtemps. D'un grand geste, il retira la bâche de protection et passa délicatement la paume de la main sur la carrosserie d'un noir brillant. Ses employés faisaient du bon travail sur ses voitures pendant son absence, et ils savaient que dès son retour il aurait envie d'en sortir une, ou plusieurs, pour une petite promenade.

Il prit le trousseau de clés et s'installa sur le siège en cuir, respirant avec délices l'odeur des nombreuses destinations où l'avait emmené cette merveille. Lorsque le moteur se mit à vrombir, Gray fut impatient de partir sur la route avec sa GTO.

Les routes étaient soumises aux limitations de vitesse, et c'était bien dommage. Lunettes de soleil sur le nez, il prit quelques rues, puis s'engagea sur l'autoroute et enfonça la pédale d'accélération.

Il était encore tôt, le soleil n'était pas assez haut pour lui brûler la peau. La chaleur ne l'aurait de toute manière pas dérangé, car rien n'était plus brûlant que de piloter sa voiture. Puisqu'elle était décapotable, le vent venait lui chatouiller les cheveux et lui vider l'esprit. Les deux mains sur le volant, sa GTO et lui ne faisaient plus qu'un.

Que ce soit pour une simple promenade ou une course sur circuit, c'était là qu'il était le plus heureux. C'était sa raison de vivre. La question d'Evelyn au sujet de ses études de droit l'avait seulement fait réfléchir une fraction de seconde. Il n'était lui-même, il n'était chez lui, il n'était heureux, que derrière un volant. Sa place était là, et ça ne changerait jamais. S'il avait entamé des études de droit, c'était uniquement parce qu'il avait déçu ses parents en ne suivant pas la voie qu'ils lui avaient tracée. Ou plutôt la voie que son père lui avait tracée.

C'était fou comme la culpabilité venait le titiller encore aujourd'hui, malgré toutes les années passées. On avait beau lui dire que son père avait changé, il n'y croyait pas une seconde. Les hommes comme Mitchell Preston ne changeaient jamais. Ils prétendaient changer uniquement pour s'attirer des votes.

Gray connaissait son père mieux que quiconque, et il le savait excellent comédien. Il savait de quoi cet homme était capable, et ce dont il était incapable.

Toutes ces pensées parasites devaient quitter son esprit embrumé, et Gray poussa un profond soupir en prenant la sortie d'autoroute qui menait à l'hôtel d'Evelyn.

Impressionné, le voiturier siffla en s'approchant de la porte du conducteur.

— Une GTO ? Belle machine.

Gray sortit un billet de 100 dollars de sa poche et l'agita sous le nez du jeune homme aux yeux écarquillés, dont le badge portait le nom « Oscar ».

— Si tu gares cette voiture comme si c'était la tienne, Oscar, ce billet est à toi quand je la récupère. Compris ?

— Oui, monsieur, répondit Oscar. Je la garde dans un écrin douillet jusqu'à votre retour.

— Merci. Je ne serai pas long.

Gray téléphona à Evelyn et lui demanda le numéro de sa chambre. Rapidement, il comprit qu'elle avait choisi un bungalow avec vue sur la mer.

Une femme intelligente. Il monta les marches jusqu'à l'entrée de l'hôtel, puis tourna à gauche. Elle l'attendait devant la fontaine.

— Tu as peur que je ne vienne dans ta chambre ?

Evelyn lui sourit.

— J'apprécie trop la plage pour rester enfermée dans le bungalow.

Elle était magnifique, vêtue d'un short et d'un débardeur. Gray la prit par la main.

— Dans ce cas, allons à la plage.

Surprise, la jeune femme observa son jean et ses baskets.

— Tu n'es pas vraiment habillé pour aller sur la plage.

— J'ai pris des affaires dans la voiture.

— Où va-t-on ?

— Partout. Tu as un maillot de bain ?

— Oui. Attends, je vais récupérer mon sac.

Evelyn se retourna, mais il la retint par le poignet.

— Prévois aussi des affaires pour demain. On ne sait jamais, tu ne rentreras peut-être pas à l'hôtel ce soir.

Elle le regarda d'un air surpris.

— Aurais-tu l'intention de me kidnapper ?

— L'idée m'a effleuré l'esprit.

— Très bien. Je vais refaire mon sac. Tu peux m'accompagner, si tu veux.

— Non, je reste là. Je vais admirer l'océan en t'attendant.

S'il l'accompagnait jusqu'à sa chambre, il y avait de fortes chances pour qu'ils ne fassent rien d'autre de la journée, or Gray avait prévu quelques sorties.

Comprenant sa pensée, la jeune femme lui sourit.

— D'accord, je reviens vite.

S'il y avait une qualité que Gray appréciait particulièrement chez Evelyn, c'était son efficacité. Seulement cinq minutes plus tard, elle était de retour, un sac sur l'épaule. Il la débarrassa de son fardeau.

— Jolie vue, dans cet hôtel.

— J'ai fait une folie, admit-elle. Une énorme folie, je l'avoue. D'habitude, je me fiche un peu de l'hôtel, ils finissent tous par se ressembler. Mais, exceptionnellement, je me laisse tenter par l'idée d'une promenade matinale au bord de l'eau. Puisqu'on est en Floride, autant en profiter. Chaque minute de mon temps libre sera consacrée à mon amour de l'océan.

Tout en riant, Gray l'accompagna jusqu'à l'entrée de l'hôtel.

— Je ne savais pas que tu aimais l'océan à ce point-là.

— Quand j'étais petite, où que nous habitions nous étions enclavés, sans la moindre goutte d'eau à l'horizon. C'est pour ça que, dès que j'en ai l'occasion, je savoure la plage et l'océan sans jamais m'en lasser.

Le pilote fit signe à Oscar qui partit aussitôt récupérer sa voiture.

— En fait, j'ai une maison ici.

Elle se tourna vers lui.

— C'est une plaisanterie ?

— Non, j'aime beaucoup la région.

— Oh, je suis tellement jalouse !

— En venant ici deux fois par an pour les courses, j'ai pris l'habitude de l'océan, et j'avoue que c'est divin.

— Je parie que ta maison est en bord de plage.

Il esquissa un sourire.

— Je t'y emmènerai plus tard.

— Si ta maison est en bordure de mer, je vais te détester.

Le vrombissement de la GTO retentit derrière eux. En jeune homme raisonnable, Oscar ne profitait pas de son privilège : il ramena simplement le véhicule devant le parking.

— Waouh, c'est ta voiture ?

— L'une d'entre elles, oui.

Il lui ouvrit la portière, puis glissa un billet à Oscar qui lui décocha un grand sourire.

— C'était génial de la conduire, même si ce n'était que pour la garer. Merci, m'sieur !

— Avec plaisir, et merci à toi de t'en être occupé pour moi.

Gray s'installa derrière le volant, mit ses lunettes de soleil et se tourna vers Evelyn qui faisait courir ses doigts sur les sièges en cuir.

— J'adore les grosses cylindrées. Je n'y connais rien en course automobile, mais celles-ci, je les adore.

Ses doigts s'attardèrent sur le logo « GTO ».

— Cette voiture est tellement sexy !

Fier de lui, Gray enclencha la première et sortit du parking.

Cheveux au vent, Evelyn chercha ses lunettes dans son sac sans prêter attention au fait qu'il enclenchait la troisième et s'engageait sur l'autoroute. Elle s'attacha tout de même les cheveux en queue-de-cheval.

— Alors, où va-t-on ?

— Pour l'instant, je te propose une balade le long de l'océan par l'autoroute, histoire de décrasser les carburateurs.

Le regard d'Evelyn quitta l'horizon pour se poser sur lui.

— Tu disais avoir d'autres voitures ?

— Oui.

— Combien en tout ?

— Pour l'instant, j'en ai six.

— Six ? Il faut absolument que je les voie.

Une femme qui aimait les belles voitures, ça ne courait pas les rues.

— Un peu de patience. Avant toute chose, je te propose de goûter la température de l'eau.

Le bonheur se lisait sur son visage tandis qu'elle admirait le paysage.

— Parfait.

Sur la route, Gray lança des regards en coin à la jeune femme. Pas une seule fois elle ne s'était plainte d'avoir les cheveux dans les yeux ou le soleil qui lui brûlait la peau. Elle rejeta la tête en arrière, posa un bras sur la portière et contempla l'océan qui défilait à sa droite.

Il était au volant de sa voiture préférée avec une magnifique créature sur le siège passager. Que demander de plus ?

Après quarante minutes de route, il s'engagea dans une marina, où il gara le véhicule sur une place isolée de la circulation. D'un signe à Walter, le gardien du parking, il s'assura qu'il garderait un œil sur sa bête et veillerait à ce que personne ne se gare à côté d'elle. Gray récupéra les sacs dans le coffre et laissa ses clés sur le bureau de Walter qui hocha la tête depuis son perchoir de surveillance.

— Je croyais qu'on allait à la plage, s'étonna Evelyn.

— Bientôt. Un peu de patience, lui conseilla-t-il en la prenant par la main.

Il la guida jusqu'au bout du ponton, où un bateau était amarré.

— Un yacht ? Tu es sérieux ? s'extasia-t-elle tandis qu'il l'aidait à monter à bord.

— C'est juste un bateau.

— Non, c'est un yacht, insista Evelyn. Je sais faire la différence.

Il lui tendit les sacs.

— Bref, on s'en fiche ! Est-ce que tu peux ranger nos affaires à l'intérieur pendant que je prépare le départ ?

— Je suppose que c'est… ton bateau ? demanda-t-elle en lui prenant les sacs.

— Tout juste.

Émerveillée, elle descendit les quelques marches. Gray libéra le bout qui retenait le bateau, poussa le ponton pour s'éloigner et alluma le moteur. Lorsque Evelyn le rejoignit, il quittait le petit port et mettait les gaz.

— Tu devrais t'asseoir, lui conseilla-t-il.

Elle s'installa sur le siège à côté de lui tandis que le bateau accélérait et que la proue se soulevait en se frayant un chemin parmi les vagues. *Quel bonheur de se retrouver sur l'eau !* songeait Gray. Pendant la saison, il avait trop peu de jours de congé pour se permettre de rentrer chez lui et de jouer avec ses gadgets. La compagnie d'Evelyn était agréable et lui donnait une bonne excuse pour sortir le bateau.

La petite crique isolée apparut enfin devant eux, et, après avoir vérifié leur position, il jeta l'ancre.

Evelyn était descendue se changer pour enfiler un minuscule bikini rouge pousse-au-crime. Vivement qu'il le lui enlève ! Ils descendirent du bateau et marchèrent dans l'eau jusqu'au sable chaud, où ils posèrent leurs affaires.

— Un peu de plongée, ça te dit ?

— Oh oui !

Gray sortit son équipement du sac, et ils retournèrent dans l'eau.

D'habitude, pour ce genre de courtes vacances, il sortait le bateau, décompressait, pêchait quelques poissons et en profitait pour se changer les idées au soleil. S'il fréquentait une femme à ce moment-là, il lui arrivait de l'emmener avec lui, mais ce qu'il préférait, c'était rester seul pour se ressourcer.

Tandis qu'ils nageaient à la surface de l'eau, Evelyn découvrit la faune colorée et la flore de coraux avec ivresse, et lui prit sans arrêt la main pour lui montrer quelque chose. Le sourire plaqué sur son visage et son excitation contagieuse prouvaient qu'elle passait un excellent moment.

Lorsqu'ils retournèrent sur le sable, elle se jeta dans ses bras.

— C'est magnifique, ici. Merci, Gray.

Il serra son corps mouillé tout contre lui.

— Avec grand plaisir. C'est l'une de mes plages préférées.

Evelyn étala les serviettes par terre et s'y assit avant de lui prendre les mains pour l'attirer à côté d'elle.

— Je te comprends. La couleur des coraux est extraordinaire. Est-ce que tu savais que le corail est en voie de disparition ? Entre la surpêche et la pollution des nappes phréatiques, soixante pour cent des récifs de corail souffrent à cause de nous. L'écosystème tout entier est en danger.

Il leva un sourcil.

— À croire que le sujet te tient à cœur.

— C'est vrai. Je t'ai parlé de ma passion pour les plages et pour l'océan, ce n'était pas une blague. J'ai fait pression pour qu'on mette des lois en place qui régularisent la pêche et sanctionnent les entreprises qui laissent des filets et des équipements sous l'eau. Ce genre de négligence atteint directement les coraux.

Gray lui caressa les cheveux.

— Tu pourrais en parler à mon père et lui demander son soutien sous la forme d'un sponsor.

Ce n'était qu'une boutade, mais il s'aperçut très vite qu'elle ne plaisantait pas et tenait à rester dans sa bulle utopique.

Elle inclina la tête sur le côté.

— Gray, ton père préside un comité pour la défense de l'environnement contre la pollution. C'est l'une des principales causes qu'il soutient.

— Sérieux ?

— Oui. Nous avons travaillé dur tous les deux pour protéger les barrières de corail, entre autres par de nouvelles législations environnementales. Il a rédigé des rapports révolutionnaires sur le réchauffement climatique, la surpêche et la pollution aquatique. Je suis surprise que tu n'en aies pas entendu parler.

Non, en effet, il n'était pas au courant. Pourtant, ça ne ressemblait pas à son père de s'intéresser à ce genre de choses.

— Mitchell Preston s'inquiète de l'environnement ? C'est nouveau.

Evelyn poussa un soupir.

— Je te l'ai dit : il a changé. Tu devrais peut-être te renseigner sur toutes les autres causes qu'il défend.

Rien à faire. Gray ne pouvait pas imaginer que son père se soucie d'autre chose que de ses propres intérêts.

— Ouais, peut-être bien.

— Bref. Pour en revenir à cette plage, c'est le paradis sur terre.

— C'est aussi une zone protégée. Elle est interdite aux pêcheurs et au public.

— Vraiment ? Pour la protection des récifs ?

— Oui.

Elle regarda autour d'elle.

— Alors… on ne devrait pas être là non plus.

— Ne t'inquiète pas. J'ai participé à la plantation de nouveaux bancs de coraux dans cette zone. Justement, ils étaient détériorés par ce dont tu parlais : la pêche et la pollution.

— Tu as investi pour la restauration de cette zone ?

— Pas tout seul. J'ai fait partie de tout un groupe d'investisseurs.

En prenant ses mains dans les siennes, Evelyn le regarda droit dans les yeux.

— Toi et ton père, vous avez plus de points communs que vous ne le croyez.

Le regard de Gray se perdit vers l'océan.

— Il y a quelques années, je suis venu faire de la plongée et j'ai souffert de ce que j'ai vu sous l'eau.

Elle lui serra la main.

— La décoloration des coraux ?

— Ouais. La zone était saturée de monde, de pêcheurs. Ils détruisaient toute la vie aquatique qui faisait la magie de cet endroit. À cette époque, je me suis juré de faire en sorte que ça s'arrête. Avec quelques amis aux comptes bancaires bien remplis, on a permis la replantation de la flore et la fermeture de la zone aux pêcheurs et au public.

— Tu as fait une bonne action.

Il sourit et la regarda en face.

— Maintenant, j'ai l'impression d'être propriétaire des lieux, pas pour mon propre plaisir mais pour les rendre à leur vrai propriétaire : la nature.

Evelyn se lova sur les genoux de Gray et lui caressa le visage.

— Tu me surprendras toujours, Gray Preston.

— Vraiment ? C'est-à-dire ? s'enquit-il en l'attrapant par les hanches.

— Dès que je crois te connaître, tu me montres une tout autre facette de ta personnalité. Je commençais à penser que tu étais un riche qui se plaît à brûler des milliers de litres de combustible fossile par an, et te voilà soudain protecteur de l'environnement.

— Eh, je ne suis qu'un type avec de l'argent, qui dépense pour des causes diverses.

— Ne sois pas modeste. Tous les gens qui ont de l'argent n'en font pas de grandes choses. Cette cause te tenait à cœur, et tu as voulu agir.

— Je les ai vus transplanter le corail, c'était fascinant. Un peu comme de regarder des bébés grandir. C'est idiot, je sais.

— Non, ce n'est pas idiot du tout. J'aurais fait n'importe quoi pour voir ça, moi aussi. Ton père serait fier de toi s'il apprenait que tu es investi dans ce genre de cause. (Il la regardait d'un air perplexe.) Merci de m'avoir amenée ici et de m'avoir montré tout ça. C'est très important pour moi. Et pour ton père.

Ouais. Son père. Gray avait beaucoup de mal à croire qu'ils étaient d'accord sur une chose, en particulier sur un problème environnemental. Evelyn répétait sans cesse que le vieil homme avait changé. C'était difficilement croyable.

Mais peut-être…

Et mince ! Il n'avait plus envie de penser à lui, en particulier avec une créature de rêve presque entièrement nue sur ses genoux.

— Viens, on va rincer tout ce sable.

Il porta Evelyn dans ses bras jusqu'au bateau. Après qu'ils eurent pris une douche rapide, il sortit des boissons et des sandwichs qu'il avait fait livrer directement dans le bateau avant leur arrivée.

— Quoi ? Pas de champagne ni de homard ?

Il fronça les sourcils, mais Evelyn éclata de rire.

— Je plaisante, s'empressa-t-elle d'ajouter. Dans ce joli yacht, je ne peux que te charrier.

— Ah !

Elle leva les yeux au ciel.

— Réveille-toi un peu, Gray. C'était de l'humour.

— Oui, je sais. Pardon.

— Du thé glacé et des sandwichs à la dinde, c'est parfait. Je meurs de faim.

Ils s'installèrent sur le pont et dégustèrent leur casse-croûte pendant qu'il expliquait en détail à Evelyn le contenu de ce projet de replantation. À voir la manière dont elle hochait la tête, il était évident qu'elle prenait bonne note de tout ce qu'il lui disait.

— Tu vas parler aux médias de ce lien social entre mon père et moi, pas vrai ?

Le regard d'Evelyn quitta l'océan pour se poser sur celui de Gray.

— Oui, j'aimerais beaucoup en parler. Avec ton accord, bien sûr. Cette démarche est admirable et te montrerait sous un autre jour. En plus, tu ferais connaître ce problème environnemental à un public plus large, ça ne peut pas faire de mal.

— Non, c'est sûr.

Le pilote engloutit son deuxième sandwich, puis il débarrassa la table et leur servit un autre thé glacé à chacun. Lorsqu'il s'aperçut que le nez de la jeune femme rougissait dangereusement, il descendit en cabine et revint avec un tube de crème solaire, dont il étala une noisette sur le nez et les pommettes d'Evelyn.

— Merci. Fichues taches de rousseur.

Gray embrassa le bout de son nez.

— Moi, je les trouve sexy.

— Elles étaient loin d'être sexy quand j'avais quatorze ans et que j'étais plate comme une planche à pain, commenta Evelyn en s'allongeant à l'ombre. J'avais les cheveux d'un roux plus foncé. Un peu comme Fifi Brindacier.

— Et moi qui t'imaginais charmante quand tu étais adolescente.

Elle éclata de rire.

— Tu étais loin du compte. Si tu m'avais connue à l'époque, tu te serais moqué de moi comme tous les autres garçons.

— Je ne suis pas d'accord, Fifi Brindacier est franchement canon.

La jeune femme éclata de rire et se retourna sur le ventre. Décidément, ce bas de bikini allait finir par le rendre fou. Il couvrait ses fesses, mais laissait entrevoir l'arrondi sensuel de sa croupe. Sans parler de ses jambes de rêve qui provoquaient en lui des réactions incontrôlables.

C'était bien dommage qu'ils n'aient pas plus d'intimité. Il pouvait toujours coucher avec elle dans la cabine du bateau, mais il avait prévu d'autres choses pour Evelyn cet après-midi.

Là encore, il avait l'intention de la provoquer.

Il s'approcha avec la crème solaire.

— Ton dos est en train de rougir.

Elle se redressa légèrement.

— Ah bon ? Je ne peux pas m'étaler de crème à cet endroit.

— Je m'en occupe.

Après avoir vidé une noix de produit dans sa main, il l'étala sur les épaules et le dos de la jeune femme. La douceur de sa peau était divine sous ses doigts. Les yeux clos, elle laissa sa tête reposer sur ses bras pendant qu'il la massait.

Elle poussa un soupir qui mit Gray à rude épreuve. Ce serait si facile de lui écarter les jambes et de s'insérer en elle, puis de la pénétrer plus profondément, encore et encore, jusqu'à ce qu'ils atteignent tous deux l'orgasme.

Au lieu de cela, il ajouta encore de la crème sur ses jambes, qu'il massa en remontant vers les cuisses. La respiration d'Evelyn évoluait avec les gestes maîtrisés du sportif. Il lui glissa ensuite une main entre les cuisses pour en recouvrir l'intérieur de produit en l'appliquant du bout des doigts.

Il l'entendit retenir sa respiration mais plus avec langueur qu'avec nervosité.

Elle lui faisait confiance.

La zone était réglementée, et il était le seul à avoir obtenu une autorisation pour venir ici aujourd'hui. Gray ne s'attendait donc pas à avoir de la compagnie.

Si aucun avion ne venait les survoler, ils auraient toute l'intimité qu'ils voulaient.

Le corps d'Evelyn n'avait déjà plus de secret pour lui, ce ne serait pas long.

D'un geste expert, il dénoua le côté de son Bikini.

— Gray !

Sa voix était à peine plus forte qu'un murmure.

— Ouais.

— Qu'est-ce que tu fais ?

— Je me prépare à te faire jouir. Détends-toi et laisse-moi faire.

Aucune objection de la part de la belle qui souleva à peine les fesses pour le laisser glisser une main sous elle.

Elle était déjà humide et brûlante, observa Gray en insinuant un doigt dans son sexe. Lorsqu'elle poussa un gémissement, il en inséra un deuxième, puis s'assit afin d'utiliser son autre main pour lui caresser le clitoris. Il le tapota, forma des cercles autour de lui, et Evelyn se cambra et retint ses doigts en resserrant les muscles. Poussé par cet encouragement, Gray accéléra le rythme et la pénétra plus vite avec ses doigts.

— J'ai envie de te prendre comme ça, par-derrière, et de m'enfoncer en toi jusqu'à ce qu'on hurle de plaisir.

— Oui, soupira-t-elle en soulevant les hanches et en poussant des gémissements.

L'époque des réserves et des complexes était bel et bien révolue : au moment de l'orgasme, elle enfonça les ongles dans le coussin et poussa un cri qui excita Gray.

— Oh oui !

— C'est ça, ma belle. Crie tout ce que tu as.

Elle poussa encore un hurlement et ondula contre sa main jusqu'à en avoir le souffle coupé, puis se laissa retomber sur les coussins. Gray continua de frôler son sexe gonflé, mais cette fois il enfila un préservatif, retira son short, grimpa au-dessus d'elle et s'enfonça aisément dans sa féminité.

— Je t'en prie, Gray. Baise-moi, supplia Evelyn en crispant les muscles autour de son sexe.

Il voulait faire durer le plaisir, mais c'était impossible. Le désir devenait une nécessité, et il savoura l'entrée étroite autour de son membre, saisit la jeune femme par les hanches et la posséda avec une brutalité sauvage.

— Oh, putain ! jura-t-il, avant de se retirer à peine pour mieux la reprendre de plus belle.

Glissant une main sous son corps mince pour caresser son clitoris, il accéléra encore et, lorsqu'elle se laissa aller à une nouvelle extase, il l'accompagna, se libérant de toute la tension accumulée au long de la journée en laissant échapper un grognement rauque, tandis qu'elle poussait un cri en cherchant à se cambrer toujours plus près de lui.

Leurs corps étaient trempés de sueur lorsqu'il roula sur le côté et la prit dans ses bras.

— Je suis collée à toi, observa Evelyn, essoufflée.

Gray sourit.

— C'est le mélange de crème solaire et de transpiration.

— Charmant.

— Que dirais-tu d'une autre douche, mais cette fois sans les maillots de bain ?

Elle se tourna pour le regarder dans les yeux.

— Tu veux dire… tout nus ? Ici, au milieu de nulle part ?

— Ouais.

— On risque d'en revenir au sexe.

Il leva un sourcil.

— Tu penses qu'on rentre tous les deux ?

— Je suis prête à tout essayer, affirma-t-elle en riant.

Ils se rendirent à la douche, où ils s'aperçurent rapidement que Gray était trop charpenté pour qu'ils puissent entrer tous les deux dans la minuscule cabine. Il attendit alors qu'Evelyn ait terminé, puis se rinça à son tour. À son retour dans l'espace couchette, la jeune femme était devant le petit miroir, déjà habillée, et se lissait les cheveux.

Leurs regards se croisèrent dans la glace, et elle lui décocha un sourire complice et sexuellement comblé.

Cette femme plaisait décidément toujours plus à Gray. Tout bien réfléchi, peut-être même un peu trop.

Puisqu'il n'avait aucune envie de penser à cela maintenant, il remonta sur le pont, leva l'ancre et reprit la direction du port.

Chapitre 15

Avec tout le stress qu'elle accumulait depuis trop longtemps, Evelyn accueillait cette journée de repos – et de sexe – avec un plaisir assumé. Elle devrait prendre des congés plus souvent. Et coucher plus souvent.

Elle ne s'était pas sentie aussi détendue depuis très longtemps, et pour cela elle pouvait remercier Gray.

Après avoir amarré le bateau – ou plutôt le yacht, même si Gray insistait sur le fait que ce n'était qu'un « bateau » – ils récupérèrent la superbe GTO et reprirent la route pour Daytona.

Quand il évita l'entrée de l'autoroute pour s'engager sur une route nationale qui partait de la plage, Evelyn fut surprise. Elle s'attendait à rentrer à l'hôtel.

— Où est-ce que tu m'emmènes ?

— Chez moi.

Chez lui. Au bout de la nationale, l'océan s'étendait à perte de vue. Elle poussa un soupir d'admiration. Une immense demeure donnait directement sur la plage.

— C'est ta maison ?

— Ouais.

Devant l'immense garage qui faisait au moins la taille de six garages classiques, l'une des grandes portes s'ouvrit, et la GTO retrouva sa place.

Le reste du hangar était plongé dans l'ombre, alors Gray sortit du véhicule et alluma la lumière. Une expression de stupéfaction se lut sur le visage d'Evelyn.

Cinq autres bolides occupaient l'espace, tous recouverts de bâches. Cela faisait penser aux jours qui précèdent Noël. Le sourire aux lèvres, Gray la prit par la main.

— Je te les montrerai plus tard.

— Tu comptes sérieusement me faire attendre ?

— Tout à fait. La plage nous appelle. Je me suis dit que tu apprécierais une promenade sur le sable.

Il avait vu juste. Mais elle brûlait de voir les autres voitures.

À contrecœur, elle le suivit dans la maison, une sublime demeure avec vue sur l'océan depuis presque chaque pièce. La cuisine était immense, aménagée avec tous les appareils dernier cri et munie d'un îlot central pourvu d'un magnifique plan de travail en marbre sombre comme elle n'en avait jamais vu. Comme ils passaient à côté, elle promena les doigts sur la surface lisse avant de rejoindre la salle à manger et sa grande table noire, qui accueillait facilement une dizaine de personnes.

Le coin salon était creusé dans le sol et meublé dans un mélange de chrome et de cuir. Il s'en dégageait un sentiment de confort chaleureux, rien de froid ni de trop masculin. Il faut dire que les sols blancs rendaient l'ensemble lumineux, tout comme les nombreuses baies vitrées qui offraient une vue superbe du sol au plafond.

Evelyn se retourna vers le pilote.

— C'est incroyable. Comment fais-tu pour quitter cette maison plusieurs mois par an ?

— C'est parfois difficile, admit Gray en souriant. Mais j'aime mon travail, ça rend la séparation plus facile.

— Oui, j'imagine, acquiesça-t-elle. (Elle désigna l'escalier en colimaçon.) Ce sont les chambres, à l'étage ?

— Oui, mais on visitera tout à l'heure. Que dirais-tu d'une petite promenade ?

— Avec plaisir.

Ils sortirent par la porte de derrière et descendirent les marches jusqu'à la plage. Aucune demeure à moins de plusieurs kilomètres. Ils étaient presque seuls au monde.

— Le terrain privé de ta propriété doit être immense, observa Evelyn tandis qu'ils commençaient à marcher vers le sud, au bord de l'eau.

— C'est assez grand, oui. Je tiens à préserver mon intimité.

— Pour toutes les soirées folles que tu organises ici ?

— Mes fêtes hors saison sont assez réputées dans le coin. Mais je ne dirais pas qu'elles sont « folles ». J'avoue que je n'aimerais pas que mon voisin le plus proche puisse voir l'intérieur de ma chambre.

La main en visière au-dessus des yeux, Evelyn essaya de trouver la maison la plus proche.

— Le voisin en question ne pourrait rien voir même armé d'un télescope militaire.

Gray éclata de rire.

— Parfait, c'est tout ce que je demande.

Les vagues venaient s'écraser sur la rive et recouvraient leurs pieds d'écume jusqu'aux chevilles. La sensation de l'eau froide sur les orteils leur fit un bien immense.

Evelyn se demanda quel effet cela faisait d'avoir une maison comme celle de Gray, de pouvoir s'asseoir sur le ponton, d'admirer les vagues qui venaient s'échouer au pied de l'escalier.

Le lieu ne lui faisait pas nécessairement envie pour une résidence principale. Mais en vacances ? Pour les enfants ou même le chien ? Oui, elle nourrissait le rêve d'avoir un chien, voire deux. Un labrador qui ne demanderait qu'à plonger dans l'océan pour aller récupérer une balle ou un Frisbee.

Avec un rire triste, elle se dit qu'il était amusant de penser à sa famille imaginaire, celle qu'elle n'aurait jamais.

— Qu'est-ce qui t'amuse ?

Elle leva les yeux et imagina aussitôt son fils aux cheveux noirs et à la mâchoire carrée de Gray, ou une petite fille avec ses yeux.

Waouh ! C'était décidé, il était temps de penser à autre chose. Elle sourit simplement.

— Je jouais au jeu du « Et si ».

— Qu'est-ce que ça donne ?

— Oh, rien du tout !

Il lui serra la main et la força à s'arrêter de marcher.

— Raconte-moi, Evelyn.

— Je me demandais comment ce serait de vivre dans une immense maison comme la tienne. Et puis j'ai pensé que, sans forcément y vivre, elle serait encore mieux en maison de vacances, où mes enfants et mes chiens imaginaires viendraient passer quelques jours. Je voyais de là mes labradors imaginaires plonger dans l'eau pour me rapporter un Frisbee.

Lorsqu'il esquissa un sourire, elle eut envie de le frôler du bout des doigts, d'un coin à l'autre de ses lèvres.

— Ah bon ? C'est un projet intéressant. Tu devrais ajouter tout ça à ta liste des choses à accomplir dans ta vie.

— Je ne tiens pas ce genre de liste.

Ils se remirent à marcher.

— Pourtant, tu devrais. Tout le monde devrait tenir cette liste.

— Tu le fais, toi ?

— Hum… non.

En éclatant de rire, elle lui donna un coup de poing dans l'épaule.

— Alors pourquoi tu me dis de le faire ?

— Parce que c'est une bonne idée, tu l'ajoutes au-dessus de « devenir présidente des États-Unis ». Commence ces projets dès maintenant : le mariage, les enfants, le chien… Tu ne seras jamais élue en restant célibataire.

— Je passe déjà trop de temps à faire élire quelqu'un d'autre. Je m'occuperai de mon propre cas plus tard.

Gray s'arrêta de nouveau et l'attira dans ses bras.

— Tu devrais penser un peu plus à toi.

Elle s'était dit la même chose le matin même, en repensant au bien que lui faisait la présence de Gray.

— J'y ai pensé.

— Vraiment ?

— Oui. Ces derniers temps, je me sens détendue grâce à toi. J'ai décidé de prendre des jours de congé un peu plus souvent.

Le frôlement de ses mains viriles dans son dos lui fit regretter de porter un débardeur et un short au lieu de son bikini. Sur le bateau, elle s'était délectée des caresses de ses mains sur sa peau nue, de l'émotion qu'il avait provoquée en elle alors qu'il avait bousculé tout son univers. Aucun homme n'avait appris à connaître son corps aussi vite que lui, et elle n'était pas certaine de rencontrer un autre homme capable de la faire jouir comme Gray savait si bien le faire. Une pensée dangereuse, car il était hors de question qu'elle s'attache à lui.

Leur relation était purement sexuelle. Le sexe avec Gray était d'ailleurs sensationnel, mais ça n'irait pas plus loin pour s'éviter des peines inutiles quand tout serait terminé.

C'était justement le plus difficile à assumer.

Elle voulait plus que du sexe, et il était temps d'agir en conséquence.

Mais, si elle devait s'engager, ce ne serait pas avec Gray Preston. Il n'avait pas le profil du compagnon de route, père de ses deux enfants, dans la grande maison, qui la soutiendrait tout au long de sa carrière politique. Non, ce n'était pas lui. Gray était plutôt le genre d'hommes à piloter des voitures et à partir sur les routes dix mois par ans. Ce n'était pas une vie qui correspondait à ses attentes, et cela valait dans les deux sens.

Ce n'était qu'une passade. Une amourette, certes géniale mais qui finirait dès qu'ils reprendraient chacun leur chemin respectif. Ensuite seulement elle réfléchirait à la maison avec le grand jardin et la balançoire en pneu accrochée à une branche.

Il lui fit relever le menton, et, lorsqu'il la regarda droit dans les yeux, elle sentit son corps fondre de plaisir.

— Tu es toujours là ?

Pour l'instant. Mais elle devrait partir tôt ou tard et quitter ses mains viriles, son corps musclé et toutes les sensations que lui seul savait lui apporter.

— Oui, je suis là.

Et elle ferait mieux d'y rester, au lieu de rêvasser à ce qu'elle pourrait trouver quelque part sur le chemin de son avenir.

Très loin sur le chemin.

Le baiser fébrile qu'il lui donna lui fit tout oublier, et elle s'ouvrit entièrement à lui. Tout en l'attirant contre lui, Gray explora sa bouche et son âme, provoquant un brasier en elle alors qu'ils étaient dehors, les pieds recouverts de la fraîcheur de l'océan.

Il s'écarta pour la contempler, les paupières à demi closes, son désir évident ne faisant que nourrir celui d'Evelyn.

— Retournons à la maison, souffla-t-il.

Elle hocha la tête, et Gray la prit par la main. Cette fois, leur marche était pressée, et la façon dont il caressa la peau douce de sa main avec son pouce eut le don de rendre Evelyn folle d'une passion dévorante. Quand ils montèrent les marches jusqu'à la terrasse et passèrent le pas de la porte, elle était prête à lui arracher ses vêtements avec les dents.

De toute évidence, Gray était dans le même état, parce qu'il jeta ses chaussures dans l'entrée et l'attira directement vers l'escalier, essoufflé par leur course sur la plage. La visite des chambres serait pour plus tard. Il ouvrit la porte de la suite parentale et laissa à peine le temps à Evelyn d'apercevoir la pièce grâce au peu de lumière qui passait par les grandes baies vitrées donnant sur un immense balcon. Il la poussa sur le lit délicieusement moelleux.

Blottie dans une montagne de couvertures, elle se mit à rire tandis que Gray grimpait sur elle.

Prenant son visage entre ses mains, il la couvrit de baisers et laissa son érection frotter contre elle, la préparant à ce qu'il lui réservait. Evelyn retira son débardeur et, quand il voulut lui ôter son short, elle leva les fesses pour l'aider, impatiente de se débarrasser de tous ses vêtements. Gray se leva pour enlever son tee-shirt sous le regard insatiable de la jeune femme, qui lui sourit. Son short ne tarda pas à suivre le haut, laissant ainsi découvrir son membre raide. Aussitôt, Evelyn s'en empara d'une main désormais experte.

— J'adore sentir tes doigts sur moi, soupira Gray en passant la main dans les cheveux de la belle.

La gorge sèche, elle déglutit en lisant le bouillonnement d'impatience dans le regard du sportif. Il ne s'en cachait pas. Les hommes avaient souvent tendance à feindre l'indifférence et à savourer le pouvoir qu'ils détenaient sur une femme à leur merci. Mais le visage de Gray trahissait son besoin de la prendre, de la sentir contre lui. Evelyn sentait que c'était elle, avec sa main sur lui, qui maîtrisait la situation, ce qui l'excitait plus encore. Cette intimité sensuelle était pour elle une révélation.

Elle se positionna à genoux.

— Touche-moi. Moi aussi, j'ai besoin de tes mains.

Gray ne se fit pas prier et passa les mains dans son dos pour dégrafer le soutien-gorge qu'il jeta ensuite sur la pile de vêtements. Elle se mit debout sur le lit et se tint aux épaules de Gray pendant qu'il lui retirait sa culotte. Evelyn voulut s'allonger sur les draps, mais il l'en empêcha.

— Reste là.

Sur ces mots, il lui empoigna les fesses et porta son sexe à sa bouche. Evelyn frissonna en sentant sa langue sur son clitoris.

Elle baissa les yeux et profita d'une scène à laquelle elle n'assistait jamais de ce point de vue. S'il continuait comme ça, elle ne pourrait plus rester debout très longtemps. Pourtant, elle garda son équilibre, préservant l'orgasme qui menaçait sous les assauts répétés de la langue et des doigts de Gray.

— Gray, murmura-t-elle, si près du but que ses jambes flageolaient.

Le pilote murmurait, soufflait contre elle, mais elle s'efforçait de tenir pour faire durer ce doux plaisir aussi longtemps que possible. Lorsque sa fébrilité l'emporta, il enfonça les ongles dans la chair de ses fesses et la maintint fermement contre sa langue durant tout l'orgasme qui donna des vertiges à sa victime.

Evelyn s'effondra sur le lit, mais Gray l'attira au bord et approcha son sexe des lèvres entrouvertes de la jeune femme.

— Maintenant, suce-moi et fais-moi jouir, ordonna-t-il d'un ton rauque.

Encore haletante et affaiblie par son extase, la jeune femme ouvrit la bouche et accueillit son membre. Dès qu'elle referma les lèvres sur lui, il posa la main sur sa nuque et accompagna le mouvement.

— Oh ouais ! C'est bon, grogna Gray.

Et, à la manière dont il la dévorait du regard, elle sut qu'il appréciait de la voir à sa merci.

Quel plaisir de lui donner en retour ce qu'il venait de lui procurer ! Elle roula sur le lit et le prit tout entier en se positionnant de manière qu'il puisse voir son sexe entrer et sortir de sa bouche.

— Oh, Evelyn !

Il se pencha et continua de rouler des hanches tout en massant la poitrine de la jeune femme. Evelyn glissa une main entre ses cuisses, tellement enivrée par l'instant, par les caresses et le regard de Gray, qu'elle eut envie d'un autre orgasme.

— Tu me rends fou en faisant ça, gémit Gray.

Elle resserra les lèvres autour de lui et se masturba avec pour seul objectif de jouir en même temps que lui.

Les caresses de cet homme sur ses seins allaient lui faire perdre la tête. Elle sentit l'extase approcher, mais préféra se retenir. Elle l'attendait.

— Tu es prête ? lui demanda Gray. Je vais jouir dans ta bouche, Evelyn. Tu n'y échapperas pas.

Avec un murmure contre son gland, la jeune femme continua de se caresser, insinuant un doigt dans son sexe, puis, lorsque l'envie devint trop forte, elle se laissa emporter et poussa un gémissement.

— Putain, oui ! cria Gray au moment de la délivrance.

Elle se cambra sous lui dans un long orgasme tout en accueillant tout ce qu'il avait à lui donner, jusqu'aux derniers spasmes de plaisir. Puis elle s'écarta de lui pour le laisser retomber à côté d'elle sur le lit.

Blottie dans ses bras musclés, Evelyn mit quelques minutes à reprendre ses esprits. Enfin, elle regarda autour d'elle. La chambre était immense. Elle donnait sur un beau balcon, et ses meubles en érable semblaient être sculptés à la main.

— Jolie chambre, observa-t-elle.

En riant, Gray se leva et l'aida à en faire autant.

— Attends de voir la salle de bains.

Il avait raison. Dans la pièce d'eau, son attention fut d'abord attirée par la fenêtre donnant sur l'océan, puis elle remarqua la douche presque indécente, avec ses multiples pommeaux. Il y avait également un Jacuzzi, dont les jets massants lui donnaient bien envie d'y faire un saut avant de quitter cette maison.

Ils prirent une douche, s'habillèrent et descendirent au rez-de-chaussée.

— Tu as faim ? s'enquit Gray.

— Oui, le sexe creuse l'appétit.

— J'espère que ça te met aussi en appétit pour plus de sexe.

Elle haussa un sourcil et lui lança un regard en coin.

— Pour l'instant, ça me met en appétit pour de la nourriture.

Gray ouvrit le frigo.

— Du poulet ?

— Comment fais-tu pour avoir déjà ton frigo plein ?

— Mes employés connaissent mon emploi du temps. Ils font en sorte que la maison soit prête pour mon arrivée.

Comme c'est pratique !

— Fantastique ! s'extasia-t-elle en s'approchant. Je vais faire une salade, et on va faire revenir des légumes.

Il fronça les sourcils.

— Pas de pommes de terre ?

Une fois qu'elle eut récupéré tous les ingrédients nécessaires, elle referma la porte.

— Un peu de nourriture équilibrée ne te fera pas de mal. Il faut des vitamines pour tenir notre cadence sexuelle.

— Ce ne sont pas des vitamines mais des calories qu'il me faut, pour compenser celles qu'on perd ensemble.

Un sourire se dessina sur le visage d'Evelyn.

— Va faire griller le poulet. Pendant ce temps, je m'occupe des légumes et de la salade.

En disposant la viande sur une assiette, il marmonna :

— Je reste persuadé que ce serait meilleur avec des pommes de terre.

— Arrête de te plaindre et file.

Après le dîner, ils se promenèrent au bord de l'eau. Le soleil s'était couché, et l'océan argenté leur offrait une vue magnifique sous le clair de lune.

— Je pourrais m'y habituer, observa Evelyn en tenant la main de Gray pour une longue promenade. Je pourrais devenir pot de colle comme tes groupies et quitter ma carrière politique pour venir camper dans ta maison.

Face au silence de Gray, elle espéra qu'il avait compris l'humour.

— Est-ce que tu fais les vitres ? rétorqua-t-il enfin. De nos jours, ce n'est pas facile de trouver une bonne femme de ménage.

Elle pouffa de rire.

— Malheureusement, je suis mauvaise ménagère.

Il poussa un soupir.

— Dans ce cas, désolé, mais c'est non.

— Mince ! Moi qui m'apprêtais déjà à faire mes valises. Enfin, à condition que tu me laisses les clés de toutes ces voitures cachées dans le garage.

— Même pas en rêve.

Ce fut au tour d'Evelyn de rester silencieuse une minute, puis elle le tira par la main pour le forcer à s'arrêter de marcher.

— Tu ne me fais pas assez confiance pour me confier tes précieuses classiques ?

— Aucune chance. Je suis le seul à conduire ces bébés.

— Que se passera-t-il si tu te maries et que ta femme veut s'amuser à faire le tour du quartier avec ta GTO ? Est-ce que tu lui répondras la même chose ?

— Bien sûr que oui ! Hors de question qu'une femme touche à l'un de mes volants avec ses doigts fraîchement manucurés.

Evelyn poussa un soupir.

— Heureusement que j'évoque le sujet. Assure-toi d'ajouter dans ton contrat de mariage une clause de « refus de laisser conduire les grosses cylindrées ».

Un silence. Mince, le mariage était-il un sujet sensible pour Gray ?

— Oh oh, j'espère que je ne touche pas à un sujet tabou ! Est-ce que tu as déjà été engagé avec une femme au point d'envisager le mariage ?

Il sourit.

— Non, ce n'est pas un sujet tabou. Je prenais seulement note de ton conseil pour la clause. Pour répondre à ta question, non, je ne suis jamais allé aussi loin dans une relation. Et toi ?

— Non plus. Mais crois-moi, le contrat de mariage est déjà prêt.

Cette réponse le fit froncer les sourcils.

— Vraiment ?

— Bien sûr que oui ! Je dois protéger tous les biens de mon appartement de neuf cents mètres carrés, dont ma figurine de George Washington qui bouge la tête.

Dans un rire, Gray l'attrapa par la taille.

— Arrête de faire la maligne.

Lorsqu'il la porta et l'amena au-dessus de l'eau en la menaçant de la laisser tomber, elle poussa de petits cris, mais il la reposa doucement sur le sable et la regarda droit dans les yeux.

— Qu'est-ce que tu as envie de faire, maintenant ?

Un sourire d'enfant apparut sur le visage d'Evelyn.

— Et si tu me montrais ce que tu caches sous des bâches dans ton garage ?

Chapitre 16

Une par une, Gray retira les couvertures de ses bolides. Il y avait d'abord la Mustang 1969, suivie de la Firebird 1970, de la Chevelle 1967, de la Charger Hemi 1969 et enfin de la Shelby GT 1968. À chaque levée de bâche, Evelyn poussa un cri d'émerveillement.

Pour Gray, ces voitures étaient – après la course – ce qui l'excitait vraiment dans la vie. Il n'était pas un homme matérialiste et se fichait de savoir s'il vivait dans une maison à plusieurs millions de dollars en bord de mer ou dans un minuscule studio. En revanche, il avait un péché mignon : ses grosses cylindrées.

— Je peux m'approcher ? demanda la jeune femme.

— Tu peux même les toucher, elles ne sont pas en sucre.

Evelyn promena avec respect ses doigts sur le capot de la Chevelle, puis se tourna vers Gray.

— Quand j'étais à la fac, je me souviens d'un étudiant en droit qui avait à peu près la même voiture.

Il venait tous les jours avec elle, et, lorsque j'allais au cours à pied, j'entendais de loin le grondement de son moteur. Chaque fois, j'en avais la chair de poule. Pour accéder à l'entrée, il me fallait traverser le parking, alors j'attendais qu'il arrive pour le regarder se garer.

Gray s'adossa à la portière.

— Tu avais le béguin pour lui, pas vrai ?

Elle éclata de rire.

— Non, j'avais le béguin pour sa voiture.

— Vous êtes sortis ensemble ?

— Non. J'étais plutôt du genre première de la classe, à me concentrer sur mes études plutôt que sur les garçons. Mais sa voiture ! Une bombe.

— Je te l'avais dit : tu as raté une étape, celle où un mec te fait faire un tour en grosse cylindrée, et à pleine vitesse.

Evelyn lança un regard à la Chevelle par-dessus son épaule.

— Tu pourrais m'offrir une séance de rattrapage, non ?

Cette femme n'en était pas encore consciente, mais elle partageait la même passion automobile que lui.

— Bien sûr. Vas-y, fais ton choix.

Aucune hésitation possible. Elle désigna la Chevelle.

— Celle-ci.

— C'est parti, déclara Gray en récupérant les clés sur leur crochet. En voiture !

Les joues rosies par l'exaltation, Evelyn s'installa sur le siège passager pendant que son chauffeur ouvrait la porte du garage en appuyant sur un bouton. Une fois les ceintures bouclées, il fit vrombir le moteur et quitta sa propriété, en direction de l'autoroute. Il savait parfaitement sur quelle ligne droite s'engager pour lui offrir la meilleure démonstration possible. Lorsqu'il sortit de l'autoroute, il faisait nuit noire.

— Où est-ce que tu m'emmènes ?

— Nulle part en particulier.

En rétrogradant, il enfonça la pédale d'embrayage et lança les chevaux. La vitesse augmentait rapidement, et Gray connaissait parfaitement cette route. Il n'y avait jamais personne. C'était son terrain de jeu, là où il testait ses voitures, ils étaient tranquilles pour quelques kilomètres.

Il poussa le bolide jusqu'à cent quatre-vingt-dix kilomètres-heure, ce qui n'était pas grand-chose en comparaison de ses habitudes, puis ralentit afin de retrouver la vitesse réglementaire et jeta un bref coup d'œil à Evelyn. La jeune femme était fermement agrippée à son siège, et ses pommettes étaient rouge pivoine. Il ralentit jusqu'à finalement s'arrêter au bord de la chaussée.

— Ça va ?

Elle tourna tout doucement la tête.

— Oh… mon… Dieu !

Sur le coup, il n'était pas sûr : était-ce positif ou négatif ? Puis elle lui décocha un grand sourire et s'exclama :

— On recommence ?

Gray se mit à rire.

— Pas de problème. Je fais demi-tour et on reprend la même route.

Là encore, il passa la première puis écrasa la pédale d'accélérateur jusqu'à dépasser la vitesse atteinte à l'aller. Certes, il roulait des mécaniques pour l'impressionner, mais il maîtrisait parfaitement son engin et connaissait ses limites. Lorsqu'il ralentit, Evelyn lui serrait la cuisse, crispée par les sensations fortes.

— Ça va ? lui demanda-t-il en riant, avant de se garer au bord de la route.

— Franchement ? C'est grisant. C'est même excitant.

Ce qui le fit aussitôt frémir.

— Excitant, c'est-à-dire ?

Le regard qu'elle lui lança ne laisserait aucun homme indifférent.

— Si tu as un préservatif, je te montrerai à quel point c'était excitant.

Par miracle, il avait pensé à en glisser un dans la poche de son jean avant de partir, au cas où la situation se présenterait. Et la situation se présentait.

Il éteignit le moteur, tira sur le frein à main et sortit le préservatif de sa poche en lui disant :

— Eh bien, justement…

Evelyn ôta ses sandales et déboutonna son short.

— On ne risque pas d'avoir de la compagnie, ici ?

Gray défit sa braguette.

— Non, la voie est libre. Enlève ce short et viens par là.

Dans l'habitacle, c'était l'euphorie : Gray recula son siège au maximum tandis qu'Evelyn se dépêchait de retirer short et culotte. Ensuite, elle lui prit le petit emballage des mains et le déchira en attendant qu'il baisse suffisamment son pantalon et son boxer pour libérer son membre déjà dur.

En gloussant d'impatience, elle lui enfila le contraceptif.

— J'ai l'impression de retourner en adolescence, sauf que je n'ai jamais fait ce genre de choses, même adolescente.

La prenant par les hanches, il lui dévora la bouche en un baiser sensuel et murmura contre ses lèvres :

— Tu as manqué quelque chose, ma belle.

— Il est temps d'y remédier, proposa Evelyn en s'agrippant à ses épaules, puis en se laissant lentement glisser sur son sexe.

— Oh ouais ! soupira Gray en observant son membre disparaître entre ses lèvres humides. Tu es délicieuse.

Elle rejeta la tête en arrière, et sa queue-de-cheval s'agita sous le clair de lune. Tandis qu'elle entamait un mouvement de va-et-vient, Gray passa les mains sous le tee-shirt de la jeune femme et lui saisit la poitrine à pleines mains par-dessous les bonnets du soutien-gorge.

En croisant son regard, elle ne put résister à la tentation de l'embrasser fébrilement, ce qui ne laissa pas Gray indifférent. Il parvint pourtant à se retenir, déterminé à jouir avec elle. Le souffle court, elle était magnifique en cet instant de désir sauvage et de pulsion charnelle presque incontrôlable.

Elle lui prit la main et la posa sur son clitoris.

— Touche-moi, lui ordonna-t-elle dans un chuchotement. Fais-moi jouir.

Une telle énergie sexuelle, une telle témérité, c'était le paradis pour Gray. Il s'écarta à peine pour libérer l'accès à son sexe, qu'il caressa du bout des doigts, apportant ce qu'il fallait de friction à sa partenaire en se cambrant légèrement contre elle. Les gémissements qu'elle poussait annonçaient que l'extase menaçait, et c'était tant mieux, car Gray n'en pouvait plus de se retenir.

Dès qu'elle s'agrippa fermement à lui en poussant un cri, il se laissa aller et lui saisit la hanche tout en continuant de frôler son sexe de l'autre main. Dans une danse corporelle primitive, ils laissèrent l'orgasme les emporter. Evelyn enfonça les ongles dans son épaule, emportée par la puissance de son plaisir, puis s'effondra sur lui, les lèvres posées dans son cou pour un baiser.

Il lui fallut quelques secondes pour trouver la force de relever la tête. Ses cheveux étaient emmêlés et sa queue-de-cheval était défaite, elle avait les lèvres gonflées par les baisers, et une bretelle de son débardeur tombait de son épaule. Elle n'avait jamais été aussi sexy.

— Ta pauvre voiture immaculée, bouda-t-elle en caressant le dossier du siège.

— La voiture va très bien, susurra Gray en l'attirant contre sa bouche en un long baiser.

Lorsqu'il la libéra, Evelyn s'écarta à peine.

— L'idée de remettre le couvert me plaît, mais, si je reste dans cette position, c'est la crampe assurée.

Le pilote se mit à rire et l'aida à retourner sur le siège passager. Ils se rhabillèrent, et Evelyn retrouva son élastique à cheveux aux pieds de Gray.

— Je dois avoir l'air d'une ivrogne, se maudit-elle en examinant son reflet dans le rétroviseur.

Il lui prit la main.

— Tu as surtout l'air d'une femme qui vient d'avoir un orgasme, ce qui fait de toi une beauté à couper le souffle.

Elle sourit.

— Ça me va.

Ils bouclèrent leur ceinture de sécurité, et Gray fit vrombir le moteur, enclencha la première et reprit la direction de la maison.

Il se faisait tard, et il savait que le lendemain – le 4 juillet, fête nationale – serait un grand jour.

Le jour où il devrait faire face à son père.

La récréation était terminée.

À la maison, ils se glissèrent dans le lit et il prit Evelyn dans ses bras.

— J'ai passé une excellente journée, se ravit la jeune femme en laissant sa tête reposer sur le torse de Gray. Merci.

— Je t'en prie. Merci d'avoir passé cette journée avec moi.

Le regard perdu vers l'horizon par la fenêtre, il écouta le bruit de l'océan. Ce qu'il préférait, c'était le pouvoir de cet océan qui chassait toutes ses pensées parasites et le berçait dans son sommeil.

Mais pas ce soir.

— Tu ne dors pas, s'inquiéta Evelyn, en caressant les poils de son torse.

Il posa les yeux sur elle.

— Si tu remarques que je ne dors pas, c'est que toi non plus.

Elle lui sourit.

— Quelque chose te tracasse ? C'est demain ?

— Peut-être bien.

La jeune femme s'assit dans le lit.

— Tu veux qu'on en parle ?

Non, il n'avait même pas envie d'y penser. Alors, il l'attira vers lui pour qu'elle se rallonge et lui caressa les cheveux, heureux de ne réfléchir qu'à la magnifique journée qu'il venait de passer avec une femme exceptionnelle. Son père ne devait pas venir lui gâcher son plaisir. Le plaisir d'une journée unique. Une journée comme il en avait besoin : relaxante et inattendue. Evelyn ne cessait de le surprendre.

— Non. Inutile d'en parler, il n'y a rien à dire. Ce sera un jour comme les autres.

— Tu as raison.

Passer les doigts dans les longs cheveux soyeux d'Evelyn avait comme un pouvoir relaxant sur lui. Il ferma les yeux et se laissa emporter par le sommeil.

Chapitre 17

À l'aéroport, Gray ne s'attendait pas à trouver le jet privé de son père pour leur voyage jusque dans l'Oklahoma. Cela n'aurait pourtant pas dû le surprendre. Il pensait qu'Evelyn achèterait des billets pour un avion de ligne, mais elle lui assura qu'il était plus simple d'utiliser celui du sénateur.

Cela faisait bien longtemps que Gray ne profitait plus de l'argent des Preston, excepté l'héritage de son grand-père, que ce dernier lui avait tout spécialement légué. Mis à part cette somme, il avait toujours travaillé dur pour mériter son argent.

Il n'était pas monté dans le jet du sénateur depuis des années, depuis presque aussi longtemps qu'il n'était pas retourné au ranch familial. Lors du trajet depuis l'aéroport jusqu'au ranch, dans une voiture envoyée par son père, Gray se demanda s'il y avait eu du changement.

D'habitude, il rencontrait sa mère en terrain neutre, ce qui la rendait triste, mais il ne pouvait pas en être autrement depuis quelque temps. Il ne revenait plus passer les vacances dans la demeure familiale parce qu'il savait que son père y serait. Sa petite sœur, Carolina, n'en était pas plus heureuse que sa mère, mais elle était toujours restée « la petite fille à son papa ». Elle avait hissé leur père sur un piédestal, et Gray refusait de remettre cela en question. Elle lui manquait beaucoup, mais il y avait d'autres manières de la voir, bien qu'elle soit très occupée de son côté. De temps en temps, elle venait assister à l'une ou l'autre de ses courses dans l'année, et ils profitaient de l'occasion pour rattraper le temps perdu.

— Est-ce que tu connais ma sœur ? demanda-t-il à Evelyn, à l'arrière de la voiture privée.

Evelyn lui sourit.

— Oui. Je vois souvent Carolina lorsqu'elle vient rendre visite à ton père à Washington. On est devenues amies. J'ai hâte de la revoir aujourd'hui pour prendre de ses nouvelles.

Evelyn et sa sœur, amies ? Intéressant. Il ne s'attendait pas à cela.

— Je préférerais que tu gardes pour toi ce qui se passe entre nous, si ça ne te dérange pas, lança-t-il.

Elle inclina la tête sur le côté.

— Évidemment, Gray. Je suis quelqu'un de discret. (Elle jeta un bref coup d'œil au chauffeur de l'autre côté de la vitre et baissa d'un ton.) J'apprécierai aussi ta discrétion. Même si tu ne portes pas ton père dans ton cœur, je tiens à ma carrière. Si le sénateur pressent des rapports inappropriés entre nous ou s'il estime que je ne m'investis pas à fond dans sa campagne, mon poste pourrait être en danger.

Il n'avait jamais vu la chose sous cet angle, restant toujours braqué sur l'implication de son père – de sa famille – dans cette situation qui l'affectait. Parfois, il pouvait vraiment se conduire comme un égoïste.

— Il sera difficile de ne pas poser les mains sur vous aujourd'hui, miss Hill, s'amusa-t-il en lui embrassant le dos de la main. Mais je ferai mon possible pour n'être rien de plus que votre collègue de travail. D'ailleurs, je ferai même croire à mon père que je suis agacé par vos interférences dans mon quotidien.

Un sourire illumina le visage d'Evelyn.

— Ce serait parfait. En parlant de ça, je me permets d'interférer encore une fois, déclara-t-elle en sortant son ordinateur portable de son sac. Voici le programme de la journée, dont les rencontres possibles avec les journalistes et ce que j'ai prévu de poster sur tes pages de réseaux sociaux. J'aimerais profiter de ce moment de tranquillité pour te demander ton feu vert.

Il parcourut les documents. Fidèle à sa parole, Evelyn était restée concise et divulguait peu d'informations : Gray passait quelques jours de vacances en famille, avec son père, le sénateur Preston, et sa mère. Aucun détail concernant la campagne. En tout cas pas encore, puisqu'il était tout de même précisé que des photos seraient prises tout au long de la journée.

Ils pourraient vérifier les clichés ensemble plus tard en fin d'après-midi.

— Ça me paraît correct, jugea Gray en se grattant la joue. Merci de m'avoir demandé mon avis.

— Je t'en prie. Merci de me laisser poster un commentaire à propos de cette journée.

— De rien.

Leurs regards se croisèrent. Ne pas se toucher s'annonçait déjà difficile. La veille, il avait passé un jour de vacances idéal. Sans se poser de questions, il avait librement profité de la présence d'Evelyn et avait promené les mains sur tout son corps comme bon lui semblait.

Aujourd'hui, ils devaient redevenir des collègues qui se connaissaient mal.

— Est-ce que tu es déjà venue au ranch ?

Elle secoua la tête.

— Non, mais je suis ravie de cette opportunité. Ton père parle souvent de cet endroit, et ta mère s'y sent bien. Elle me dit souvent : « Vivement la retraite de Mitchell ! Nous pourrons passer plus de temps dans notre ranch. »

Gray voyait mal son père quitter la politique.

— Mais la retraite, reprit Evelyn, ce n'est pas pour tout de suite, surtout s'il décroche une nomination de vice-président et s'il gagne le poste.

— C'est vrai.

La voiture s'engagea sur un chemin caillouteux. Gray devait bien l'admettre : il avait hâte de revoir le ranch et, lorsqu'ils marquèrent un arrêt devant les grandes grilles surmontées des lettres « Ranch Preston » en fer forgé, il prit une profonde inspiration.

Si l'on oubliait ses différends avec son père, ce lieu restait son chez-lui. Des milliers de mètres carrés de chez-lui.

— Waouh ! fit Evelyn, appuyée sur le rebord de la portière pour contempler le troupeau de bétail qui paissait sur la propriété, avant de détourner, à contrecœur, le regard du paysage pour le poser sur Gray. J'ai lu les biographies de ton père pour étudier minutieusement son parcours, je sais donc que ce ranch est dans ta famille depuis des générations. Le voir de mes propres yeux, ça risque d'être quelque chose.

Il sourit.

— Ouais, c'est un privilège d'avoir grandi ici. Mon grand-père m'a beaucoup appris.

Au bout des deux kilomètres de chemin qui les menaient à la demeure, la voiture s'arrêta, et Gray en sortit avant de tendre la main à Evelyn.

Elle quitta le véhicule à son tour, et il eut envie de l'attirer dans ses bras et de l'embrasser. La fraîcheur de sa beauté était accentuée par son pantalon blanc et sa marinière. Elle avait choisi de relever ses cheveux en chignon à cause de la chaleur étouffante. C'était un détail qui ressortait de ses souvenirs de barbecue en famille le 4 juillet : il faisait toujours très chaud.

Heureusement, la piscine était là pour se rafraîchir les idées.

Evelyn remettrait peut-être son bikini. Ce qui lui apparaissait comme un élément positif à tirer de cette journée.

— Tu es prêt ? lui demanda la jeune femme.

Il lui décocha un sourire en coin.

— Et toi ? Les membres de ma famille seront nombreux aujourd'hui, j'ai même invité quelques amis.

Elle parut surprise.

— Vraiment ?

— Ouais. Quelques copains de fac sont dans le coin pour un tournoi de golf caritatif. Ils m'ont proposé de les rejoindre, mais je voulais profiter de quelques jours de tranquillité chez moi en Floride, alors j'ai décliné l'invitation.

— Dommage. En tout cas, j'ai hâte de les rencontrer.

— Attends de les voir avant de dire ça, l'avertit Gray en riant.

En lui ouvrant les portes de la maison, il sentit un air frais lui caresser le visage.

— C'est magnifique, s'exclama Evelyn en pénétrant dans la demeure. Tout à fait le genre de ta mère.

Cette observation fit sourire Gray lorsqu'il constata la simplicité et le charme des goûts de sa mère en termes de décoration. Il avait toujours adoré cette maison. Il n'y avait qu'un étage, mais, enfant, le pilote s'imaginait vivre dans un imposant manoir. Encore aujourd'hui, elle lui semblait immense, et Loretta était impatiente de voir sa maison animée par les petits-enfants que lui offriraient Gray et Carolina. Mais une chose était certaine : il n'était pas encore prêt pour être père, et Carolina était trop occupée à devenir la future styliste de sa génération pour penser à materner.

En parlant de sa mère… En bonne hôtesse à l'œil de lynx, elle les repéra aussitôt parmi la foule d'invités et s'empressa de se frayer un chemin pour les accueillir et envelopper son fils de ses bras chaleureux.

— Merci d'être venu, lui chuchota-t-elle. (Lorsqu'il lui eut rendu son étreinte, elle recula d'un pas sans lui lâcher les mains.) Je n'étais pas sûre que tu te déciderais.

— Avec un garde du corps pareil, tu crois que j'avais le choix ?

Sa mère se tourna vers Evelyn et sourit.

— Si je comprends bien, elle fait du bon travail, pas vrai ?

— Elle me tape sur le système.

— Grayson, pas de grossièretés, le reprit Loretta avant de prendre Evelyn dans ses bras. Je suis si heureuse de vous voir. Mon fils n'est pas trop désagréable avec vous ?

La jeune femme lança un regard suspicieux à Gray.

— Non, ça va, je m'en sors plutôt bien. N'oubliez pas qu'avec ce métier j'ai l'habitude de nager parmi les requins.

La mère lui tapota l'épaule.

— Tout juste. Mais n'écoutez pas son baratin. Il lui arrive d'être… imprévisible.

— Eh, maman, tu peux me parler, je suis là.

Avec un clin d'œil amusé pour son fils, elle prit Evelyn par le bras.

— Allons vous trouver quelque chose à boire. Dépêche-toi, Grayson.

Voilà, en un claquement de doigts, il redevenait le petit garçon de huit ans qui trottine derrière sa maman. Levant les yeux au ciel, il se résigna à les suivre jusqu'au patio. Dehors, des enfants profitaient de la piscine, et la pelouse était envahie par une centaine de personnes dispersées. Des tonnelles de tissu étaient installées çà et là, la bière et le whisky coulaient à flots, et l'odeur de la viande grillée au barbecue planait délicieusement dans l'air. Le chaos apparent était parfaitement contrôlé : traiteurs et serveurs s'assuraient que les convives ne manquent de rien.

Une fête typique chez les Preston.

Sa mère s'était volatilisée avec Evelyn, alors Gray se servit une bière et s'adossa à un mur, saluant quelques cousins, tantes et oncles au passage, et s'efforçant de ne pas prêter attention aux politiciens qu'il repérait à des kilomètres à la ronde. Les invités avaient beau être habillés normalement, sans costume ni cravate, il n'était pas difficile de repérer ceux qui profitaient des vacances et ceux qui profitaient de la présence du sénateur pour le rallier à leur cause.

Quand on parle du loup... Gray aperçut son père entouré d'un groupe d'hommes. Ils discutaient sans doute d'enjeux nationaux et de l'opposition incapable de gérer les enjeux en question. Mitchell était comme un poisson dans l'eau au milieu de ses sbires, qui buvaient ses paroles.

Oui, certaines choses ne changeaient jamais.

— Toi, ici ? Je n'en crois pas mes yeux !

À cette moquerie derrière lui, Gray fit volte-face et prit sa sœur dans ses bras.

— C'est moi qui devrais dire ça, rétorqua-t-il en l'embrassant sur la joue. Toi ? Quitter New York plus d'un quart d'heure ? Tu n'as pas peur que la mode change en ton absence ?

— Arrête de faire le malin.

— Tu as changé de coiffure. J'aime beaucoup.

D'un geste vif, elle chassa une mèche de son carré brun derrière l'oreille.

— Ils étaient trop longs et me venaient constamment devant les yeux. Maintenant, je respire. Merci. Tu me fais des compliments, toi qui n'as jamais remarqué que j'existais ?

— Oh si ! Comment ne pas remarquer la chipie qui me casse les pieds depuis sa naissance ? se moqua-t-il en passant un bras autour de ses épaules.

Elle posa la tête sur l'épaule de son frère.

— Tu as toujours su trouver les mots justes avec moi.

— Oui, bon. J'aime ta coiffure, mais tu es trop mince. Mange un peu plus.

Carolina se mit à rire.

— Pauvre type ! C'est faux, je suis en parfaite santé. J'ai découvert le yoga et la nourriture équilibrée. Adieu, les kilos en trop ! Le stress du travail m'a aidée, aussi.

— Tu n'as jamais eu besoin de perdre du poids.

Gray devait admettre qu'elle était resplendissante dans ce jean moulant et ce haut de soie. Mais elle restait sa petite sœur, qu'il avait surnommée « Bouboule » dans leur enfance. Certes, c'était cruel, mais les grands frères sont comme ça.

— Bon, d'accord, tu es magnifique.

Elle lui tapota le torse.

— Il reste peut-être de l'espoir pour tes semblables.

— Merci.

— Ne t'emballe pas trop vite, je n'ai pas dit que c'était le cas pour toi.

— C'est ce que je préfère quand je rentre à la maison, tout cet amour familial.

— Ouais, moi aussi, marmonna Carolina en mâchant un bâtonnet de carotte attrapé au vol sur un plateau.

— Tu n'aurais pas vu maman ?

— Si, pourquoi ?

— Elle a disparu avec Evelyn.

— Ooooh, Evelyn ! Qu'est-ce qu'il y a entre vous deux ?

Gray leva les yeux au ciel.

— Rien. J'ai besoin de lui parler du programme de la journée.

— Ooooh ! Evelyn et toi, vous avez prévu des choses ensemble aujourd'hui ?

— Caro ! Tu as douze ans ou quoi ?

Elle éclata de rire.

— Parfois, oui, si ça peut me permettre de t'énerver. Alors, qu'est-ce qu'il y a entre vous deux ?

C'était le moment de choisir soigneusement ses mots. Il guida sa fouineuse de sœur vers l'une des tables de pique-nique dans le jardin, de préférence à l'ombre. Ils s'assirent l'un à côté de l'autre.

— Il n'y a rien entre Evelyn et moi. Papa l'a chargée d'organiser des trucs médiatiques avec moi pour sa campagne électorale. J'ai hâte de me débarrasser de ça pour profiter de la journée.

— Mais bien sûr ! Avec papa dans le même hémisphère que toi, tu ne profiteras jamais de ta journée.

— Tu marques un point.

— Gray, essaie de passer à autre chose. Papa a beaucoup changé.

— C'est ce qu'on me répète sans arrêt. À mes yeux, c'est toujours le même. Quoiqu'il ait perdu du poids, sans doute pour améliorer son profil devant les objectifs des journalistes.

Carolina lui tira sur le bras pour attirer son attention.

— Sérieux, Gray. À quand remonte la dernière vraie conversation que vous avez eue en tête à tête ?

À sa dernière année de lycée, lorsqu'il lui avait annoncé qu'il n'irait pas étudier à Harvard.

— Je n'ai pas besoin de discuter avec lui. Je le connais et je sais de quoi il est capable.

— Donne-lui une chance. Il a beaucoup changé ces douze dernières années. Depuis votre dispute.

Gray haussa les épaules.

— Inutile de ressasser tout ça. On s'est dit tout ce qu'on avait à se dire.

— Tu sais : puisque tu as accepté de travailler sur sa campagne, vous serez bien obligés de vous parler à un moment donné.

Surpris, il la regarda et lui sourit.

— Mais j'en suis capable. Je suis doué pour parler.

— Non, une vraie discussion.

— Même pas en rêve. En revanche, je suis capable de suivre la ligne de son parti. Tu as vu mes interviews, pas vrai ? se vanta Gray avec un sourire de petit garçon. Je suis une star, ma belle.

— Oh, pitié ! Bon, j'abandonne.

— Qu'est-ce que tu abandonnes ?

— Bonjour, Evelyn ! s'exclama Carolina en souriant à la jeune femme qui se tenait à l'autre bout de la table.

— Pardon ! Je vous interromps dans une conversation privée ?

La petite sœur rit doucement.

— Mon frère et moi n'avons jamais de conversation privée. Assieds-toi et dis-moi ce qui se passe.

— Gray t'a expliqué qu'on travaillait ensemble ?

— Oui. D'ailleurs, je te plains.

Evelyn sourit.

— Ce n'est pas si terrible. Enfin, il faut dire qu'au début il n'était pas ravi.

Gray croisa les bras sur la table.

— J'adore quand les gens parlent de moi comme si je n'étais pas là.

— Avoue que tu n'étais pas franchement ravi par ma présence. Si je me rappelle bien, tu m'as fichue dehors le premier soir.

Carolina tourna la tête vers son frère.

— Non, tu n'as pas osé !

— Si, il a osé, affirma Evelyn. Poliment, mais quand même.

Hochant la tête, Gray entra dans son jeu. Il savait parfaitement ce qu'elle cherchait à faire.

— C'est vrai, je l'ai mise à la porte. Le lendemain, maman est venue me faire la morale.

Carolina parut horrifiée.

— C'est pas vrai !

— Eh si ! renchérit Gray. (Il lança un regard de travers à Evelyn.) Parce que « quelqu'un » l'a appelée.

Il se souvenait parfaitement de sa fureur. Une chose était sûre : cette jeune femme était jusqu'au-boutiste dans l'âme, et c'était une qualité qu'il admirait chez elle. Leurs regards se croisèrent, et l'air sembla soudain peser d'une chaleur sensuelle autour d'eux. Evelyn fut la première à se forcer à détourner le regard.

Carolina porta la main à sa bouche et pouffa de rire.

— Tu n'as pas fait ça.

Evelyn ne chercha pas à retenir son sourire fier.

— Pour accomplir ma mission, j'étais prête à sortir le grand jeu. Je parviens toujours à mes fins, insista-t-elle en se tournant vers Gray.

Si elle continuait de le regarder comme ça, il finirait par se trouver obligé de rester assis les mains sur les genoux en attendant que l'orage sensuel entre ses jambes finisse par passer.

— Oh, mon Dieu ! Evelyn, tu es trop forte, s'extasia Carolina.

Se forçant à pousser un soupir, Gray se défendit :

— Elle n'est pas si forte que ça. C'est juste une emmerdeuse. Elle me suit partout comme un petit chien, c'est pénible.

Evelyn leva les yeux au ciel.

— Ce n'est pas si terrible, assura-t-elle à Carolina. Enfin, pour lui en tout cas. Parce que pour moi c'est une autre histoire.

La sœur la prit par la main et se mit à rire.

— Oh, Evelyn, je compatis ! Seize ans à vivre avec lui, j'en ai beaucoup souffert. Je te comprends.

— Cause toujours, sale gamine. Je t'emmenais à l'école et tu étais populaire grâce à moi.

— Je n'avais pas besoin de toi pour être populaire, crâneur.

— C'est ce que tu crois, Bouboule.

Carolina plissa les yeux.

— C'était un coup bas, Face-de-Pizza.

Cette scène digne d'un duel de western entre frère et sœur ravissait Evelyn. Étant fille unique, elle ne connaissait pas ces disputes fraternelles et trouvait très amusant de les regarder se cracher des insultes au visage comme s'ils étaient retournés en enfance. Bien sûr, la bagarre n'était qu'une plaisanterie, et c'était à qui aurait la meilleure pique.

Evelyn fut presque triste que cela se termine lorsque Gray quitta la table.

— Je vais me servir une autre bière et vider le réservoir pour faire de la place.

— Merci pour cette dernière information très utile, rétorqua sa sœur avec une mine de dégoût qui fit rire son frère.

— Je vous rapporte quelque chose à boire ? leur proposa-t-il.

— Si ça ne te dérange pas, je prendrais bien un thé glacé, répondit Evelyn en laissant son regard traîner sur le corps de Gray, qui lui inspirait des envies d'intimité, avant de le détourner rapidement, espérant avoir été discrète.

— Du thé glacé, c'est noté, lança Gray avec un petit sourire qu'elle ne manqua pas de remarquer.

— Merci.

— J'en veux bien un aussi, quémanda Carolina.

Après le départ de son frère, elle se tourna vers Evelyn.

— Alors, comment tu t'es retrouvée à travailler pour cet imbécile ?

— Pour tout te dire, c'était mon idée. Je l'ai soumise à ton père.

— Sérieux ?

— Oui. Gray possède une solide base de fans qui pourraient devenir des électeurs potentiels.

— Ah, évidemment ! Sa popularité, tout ça… J'oublie que c'est un pilote de course qui fait fantasmer des milliers de filles à travers le pays. Pour moi, c'est juste mon frangin qui me casse les pieds sans arrêt et que j'aime plus que tout au monde.

Evelyn éclata de rire.

— Oui, je suppose que tu ne le vois pas autrement.

— Alors, comment ça se passe ?

— On en est encore au début, mais jusque-là ça avance plutôt bien.

— Et depuis combien de temps vous couchez ensemble ?

L'estomac d'Evelyn se noua, et elle s'efforça de prendre un air perplexe.

— Je ne vois pas de quoi tu veux parler.

— Evelyn, ne fais pas l'innocente ! Il y avait tellement d'étincelles dans vos regards qu'on se serait crus au milieu d'un feu d'artifice. J'ai même hésité à m'éclipser pour me rafraîchir à l'intérieur de la maison.

Elle pouvait toujours essayer de mentir, mais c'était Carolina. Certes, elle était la sœur de Gray et la fille du sénateur, mais elle était également son amie. Evelyn lui faisait une confiance aveugle, aussi se prit-elle la tête entre les mains.

— Oh, mon Dieu ! Est-ce que c'était si évident ?

— Pour moi, ça sautait aux yeux. Mais c'est mon frère, et tu es l'une de mes meilleures amies.

Evelyn releva la tête.

— Il n'y a rien de plus entre nous, c'est juste une passade.

— Je vois bien que c'est plus que ça. Je ne t'ai jamais vue comme ça avec un homme, affirma Carolina. (Elle plissa le nez.) Mais ça tombe sur mon frère ? Beurk ! Tu es amoureuse de lui ?

— Bien sûr que non ! s'exclama-t-elle, avant de prendre conscience qu'elle avait été un peu trop véhémente. Enfin, s'empressa-t-elle de se rattraper, même si de nombreuses filles pourraient l'aimer, ce n'est pas mon cas.

Carolina rit doucement.

— Ne t'inquiète pas, tu n'as pas à défendre son honneur, je sais qu'il est pénible. Ce que je voulais savoir, c'est si les choses étaient sérieuses entre vous.

— Non, et ça n'aurait même jamais dû arriver. Mais, puisque nous en sommes là, nous faisons en sorte que ça reste… simple.

— D'accord. Eh bien, bonne chance ! D'habitude, ce qui doit rester simple devient tout sauf simple.

— Promets-moi que tu ne diras rien à ton père.

La petite sœur lui prit la main.

— Écoute, je ne pourrai jamais cacher quoi que ce soit à mon père qui risquerait de le toucher. Mais ta relation avec Gray ne regarde que vous. En tant qu'amie, je me sens concernée par ta vie amoureuse et je te soutiendrai quoi qu'il arrive. Ton travail est en jeu et tu tiens à le préserver, j'en suis consciente, tu peux compter sur moi pour garder le silence. Moi, ce qui m'inquiète, c'est que tu aies le cœur brisé.

— Mon cœur ne risque rien, je sais ce que je fais, la rassura Evelyn en lui serrant doucement la main.

Ce qui fit rire Carolina.

— Je me demande combien de femmes ont prononcé les mêmes mots juste avant d'avoir le cœur en morceaux.

— Elles sont sans doute nombreuses. Mais assez parlé de moi. Raconte-moi ta brillante carrière dans le stylisme.

La sœur poussa un soupir.

— C'est un rêve devenu réalité. J'aime ce que je fais, c'est une chance unique. Et New York ? C'est le paradis.

— Où en est ta propre collection ?

— Ça avance doucement. Je ne veux pas trébucher en me précipitant. Après tout, je suis encore jeune dans le milieu. Pour l'instant, je ne gagne ma vie qu'en travaillant pour David.

— Mais tu as toujours envie de créer ta collection, pas vrai ?

— Bien sûr ! Quel styliste ne le voudrait pas ? Mais, si tu te lances avant d'être prêt, tu manques la seule et unique chance de ta vie. Je préfère avancer par petits pas et mettre en place une collection en laquelle je crois.

— Je trouve ça tellement excitant ! s'émerveilla Evelyn en prenant ses mains dans les siennes. J'ai hâte de voir ce que tu vas concocter.

— Imaginer sa propre collection tout en travaillant pour un autre styliste, c'est éreintant.

— David est au courant de ce que tu prépares ?

— Non, évidemment. Les stylistes ne veulent pas savoir qu'ils ont de la concurrence au sein même de leur écurie. Et puis c'est une diva paranoïaque. Il me virerait sur-le-champ.

— Ce doit être difficile. Je suppose que tu élabores ta collection chez toi ?

— Oui. David a beau me faire travailler dur, j'ai encore la nuit pour m'y atteler et pour... Oh non ! Qu'est-ce que tu fais là ?

Evelyn se retourna vers l'origine de l'ombre qui s'étalait sur la table de pique-nique. Un homme à la stature imposante et au charme véritablement dévastateur leur décocha un sourire diabolique qui découvrit toutes ses belles dents blanches.

— Moi aussi, je suis content de te voir, Lina.

— C'est Carolina, idiot.

Le bel homme sourit de plus belle.

— Où est passé ton frère ?

— J'ai autre chose à faire que de le pister. Mais je t'en prie, pars à sa recherche, ça nous fera des vacances.

Le séducteur au teint bronzé s'assit à côté de Carolina. Décidément, avec ses cheveux noirs en bataille et ses yeux d'un gris perçant, il était difficile de détourner le regard. Et son corps d'athlète ? Waouh !

Il se releva à peine pour se pencher sur la table et tendre la main à Evelyn.

— Puisqu'elle a décidé d'être impolie, je m'appelle Drew Hogan, je suis un ami de son frère.

— Evelyn Hill. Je travaille pour le sénateur Preston.

— Ravi de vous rencontrer, Evelyn.

— Surveille ta culotte, Evelyn, l'avertit Carolina. Ce type va tout faire pour te l'enlever dans les cinq prochaines minutes.

— Aïe, tu es blessante, Lina ! se lamenta Drew avant de reporter son attention sur Evelyn. Elle ment. Je suis un homme doux et romantique. Je ne mettrai pas moins d'une demi-heure et vous offrirai un verre avant de vous retirer tous vos vêtements.

Evelyn, amusée, sourit.

— C'est gentil de me prévenir.

Lorsqu'elle observa Carolina, celle-ci lançait un regard noir à Drew.

Intéressant.

— Je répète ma question, Drew. Qu'est-ce que tu fais là ?

— C'est Gray qui m'a invité.

La sœur leva les yeux au ciel.

— Pourquoi faire ?

Drew haussa les épaules.

— Aucune idée. Cet idiot doit m'apprécier.

— Une chance pour toi que quelqu'un se soucie de ton sort sur cette planète.

Les insultes de Carolina semblaient glisser sur Drew sans jamais l'atteindre. Il se tourna vers Evelyn.

— Elle est méchante. Je suis sûr que vous avez pitié de moi, pas vrai ?

— Pas le moins du monde. Vous pouvez très bien vous débrouiller tout seul, même en face d'une femme aussi coriace.

— Lina peut se montrer épineuse, admit Drew en prenant la main de son adversaire et en la tenant fermement malgré la tentative de Carolina de la libérer. (Il y déposa un baiser.) Mais je sens qu'entre les épines se cache une magnifique rose.

— Tu n'es qu'un idiot, Drew ! fulmina l'intéressée en récupérant sa main d'un geste brusque. Et si tu allais retrouver Gray pour me… pour nous laisser un peu tranquilles ?

— Pas besoin, je suis juste là.

Evelyn tourna la tête et regarda le sportif s'asseoir à côté d'elle, puis leur tendre leurs boissons. Il serra la main de Drew.

— Je suis content que tu sois venu.

— Moi aussi, fit Drew avec un grand sourire. Bien que ça n'enchante pas ta sœur.

Le sourire aux lèvres, Gray lança un regard à Carolina.

— Tu lui en veux encore ?

— Ce n'est pas ça, rétorqua-t-elle, le menton haut. Je n'ai plus aucun avis sur ce type, d'ailleurs.

Puis elle se leva, fit le tour de la table et embrassa Evelyn sur la joue.

— On se voit tout à l'heure, lança-t-elle.

— OK.

Evelyn mourait d'envie d'en savoir plus sur le passé commun de Drew et de Carolina. Mais, en même temps, elle ne pouvait détourner son attention des deux hommes au charme ravageur assis à sa table.

— Je n'arrive pas à croire que tu sois là, s'exclama Drew.

— Ouais, moi non plus.

— C'est grâce à vous ?

— On peut dire ça, admit Evelyn face à son regard interrogateur. Mon travail avec Gray consiste à donner un coup de pouce à la campagne électorale de son père.

— Sans blague ! s'étonna Drew. (Il reporta son attention sur son ami.) Tu travailles avec ton père, maintenant ?

— Indirectement, oui. Une histoire de fans que je dois intéresser à la campagne à travers les réseaux sociaux.

— Ah ! acquiesça l'autre. Oui, ça fait plus d'électeurs. Gray a une grosse base d'admirateurs.

— Exactement, renchérit la jeune femme. Et que faites-vous dans la vie, Drew ?

Celui-ci esquissa un sourire en coin.

— Je joue au hockey.

— Oh, j'adore le hockey ! Dans quelle équipe ?

— New York.

— Waouh, c'est prestigieux ! Vous avez fait vos études avec Gray ?

— Ouais, on se connaît depuis longtemps. (Il se tourna vers Gray.) En parlant de ça, tu nous as manqué pendant le tournoi de golf.

— Je sais. Désolé. Mon emploi du temps ne me le permettait pas. Comment ça s'est passé ?

— Très bien. Trevor était troisième, j'étais cinquième, et Garrett a fini dixième.

Gray hocha la tête.

— Pas mal. Garrett a dû être fou de rage quand vous l'avez battu.

— C'est sûr, affirma Drew avec un rire. En plus, il a perdu 1 000 dollars à un pari. Il l'a mal digéré.

— Il ferait mieux d'arrêter de parier contre vous au golf, affirma Gray avant de regarder autour de lui. D'ailleurs, ils ne sont pas là ?

— Garrett et Alicia ont dû repartir tout de suite, il te fait savoir qu'il est désolé et qu'il t'appellera dans la semaine. Ils essaieront de venir te voir pour ta course à Kansas City. En revanche, Trevor est dans le coin.

— Il doit être occupé à draguer une pauvre demoiselle.

— Sûrement.

— Alors vous êtes quatre ? s'enquit Evelyn, encore étourdie par ces deux athlètes.

Quatre en tout ? C'était insensé.

— Oui, répondit Gray en lui décochant un sourire qui la fit frissonner. Trevor, Drew, Garrett et moi, on partageait le même dortoir à la fac.

Drew lui tendit son téléphone.

— Tenez. C'est une photo de nous quatre la dernière fois qu'on s'est vus au chalet.

Evelyn inspecta la photo. Bon sang ! Ce devrait être illégal de rassembler autant de chair virile dans une même pièce. Elle déglutit et lui rendit le téléphone.

— Jolie photo.

— Merci. Au fait, Gray, j'ai entendu dire que Briscoe était malade.

Gray fronça les sourcils.

— Malade, c'est-à-dire ?

— Ça a l'air grave. Ils pensent que c'est un cancer.

Evelyn posa une main sur le bras de Gray.

— Qui est Briscoe ?

Il se tourna vers elle.

— Bill Briscoe et sa femme, Ginger, étaient les responsables de notre dortoir. Pour nous tous, ils étaient comme des parents de substitution, à l'époque. On était proches. C'étaient vraiment des gens bien. Tu es allé les voir ? demanda-t-il à Drew.

— Pas encore. Je pensais y aller demain soir. Tu m'accompagnes ?

Gray secoua la tête.

— Je dois reprendre la course, mais on peut y faire un saut demain matin.

— Trevor aussi voulait y aller.

— Tant mieux. Est-ce que tu as parlé à Haven ?

— Oui, elle a quitté Dallas pour rester avec ses parents.

— Haven est la fille de Bill et de Ginger, précisa Gray à Evelyn qui hocha la tête.

De toute évidence, Gray était blessé. Ce devait être difficile d'apprendre une telle nouvelle en étant proche de ce Bill Briscoe. La famille devait traverser une rude épreuve. Elle espérait qu'il s'en sortirait. Il était difficile d'être proche de quelqu'un et de le savoir mal sans pouvoir être là. Elle serra doucement le bras de Gray qui recouvrit sa main de la sienne.

— Eh, qu'est-ce qui se passe ici ?

Elle leva les yeux et reconnut l'un des hommes de la photo. Trevor, sans doute, un homme divinement beau, aussi alléchant que ses amis ici présents. Il était grand, bien bâti, et ses cheveux bruns lui chatouillaient le front. N'importe quelle femme aurait des fourmis dans les mains tant l'envie la prendrait de chasser les mèches de son regard pénétrant. Et cette bouche... Quelles lèvres divines !

Gray s'écarta d'Evelyn et se leva pour serrer la main de Trevor.

— Trevor, je te présente Evelyn Hill.

Elle se leva à son tour et lui serra la main.

— Ravie de vous rencontrer, Trevor.

— Tout le plaisir est pour moi, Evelyn. Ça fait plaisir de voir que Gray a meilleur goût pour les femmes. Jusque-là, c'était la catastrophe.

Evelyn rit doucement.

— Non, je travaille pour son père.

Trevor leva un sourcil et plongea son regard de braise dans le sien.

— Vous n'êtes pas sa copine ?

— Non.

— Dommage. Ses blondes décolorées aux minijupes et gros seins ne sont pas terribles. Au moins, ma belle, vous êtes une vraie bombe dans un emballage de première classe.

Elle ne put se retenir de sourire à ce compliment.

— Hum ! Merci, Trevor.

— Bas les pattes, Trev. J'étais là avant toi, lui lança Drew.

Trevor plissa les yeux.

— Tu parles, je suis sûre qu'elle ne se retournerait même pas sur toi dans la rue.

— Vous pouvez tous les deux laisser tomber, s'imposa Gray. Elle est avec moi.

— Ce qui veut dire ? s'enquit Drew.

— Ce qui veut dire qu'elle est avec moi, point final, répondit Gray en les menaçant d'un regard noir.

— Dommage ! soupira le hockeyeur en haussant les épaules. Si jamais vous vous lassez de ce type, Evelyn, faites-moi signe. Je suis beaucoup plus amusant que lui.

La jeune femme trouvait cette conversation parfaitement fascinante. Ils avaient tous les deux convenu qu'ils resteraient distants aujourd'hui, et pourtant Gray venait de faire comprendre – à ses amis, en tout cas – qu'ils étaient… ensemble. Il essayait peut-être seulement de la protéger de leurs assauts séducteurs. Elle n'en avait aucune idée.

Finalement, elle s'excusa et partit rejoindre Carolina qui était dans le patio avec sa mère. Toutes trois discutèrent un moment, puis Loretta s'effaça afin d'aller répondre aux besoins de ses invités, laissant ainsi Carolina et Evelyn seules.

—Alors ? fit Evelyn.

Carolina sirota sa boisson.

—Alors quoi ?

—Tu ne comptes pas me raconter ce qu'il y a entre toi et Drew ?

—Oh, ça ! Il n'y a rien.

—Ce n'est pas ce que j'ai cru comprendre.

—C'est un abruti.

—Un abruti plutôt sexy.

—Oui, il est sexy. Le problème, c'est qu'il le sait.

Evelyn se laissa aller dans son siège et but son thé en observant attentivement son amie. La sœur de Gray scrutait la foule, puis, lorsque son regard se posa sur Drew, il resta un moment rivé sur lui. Aucun doute : il y avait quelque chose.

—Allez, crache le morceau ! Que s'est-il passé entre vous ?

Avec un soupir, Carolina décrocha son attention de Drew qui discutait avec un groupe, dont Trevor et Gray faisaient partie. Evelyn comprenait son attirance pour lui. Avec sa mâchoire carrée et son sourire dévastateur, Drew ne pouvait pas laisser une femme indifférente. Son corps, délicieusement mis en valeur dans un jean délavé et un tee-shirt moulant, n'arrangeait rien à l'affaire. Si sa libido n'était pas déjà focalisée sur Gray, aucun doute : Evelyn serait attirée par ce type.

Mais voilà : elle n'était pas attirée par Drew. Ni par Trevor, bien qu'ils soient tous les deux à la fois beaux comme des dieux et, de toute évidence, célibataires.

Non. Son attention et même tous ses sens étaient en éveil pour Gray qui n'arrêtait pas de lui lancer des regards en coin et des sourires complices. Ce qui était totalement inapproprié dans ce contexte où ils étaient entourés de gens avec qui Evelyn travaillait. Aujourd'hui, elle devait se montrer irréprochable, et pourtant elle ne pouvait s'empêcher de se retourner vers lui. Son aura sexuelle était magnétique.

Quelle tuile !

— Tu es sûre de vouloir parler de Drew et de moi ? Tu m'as plutôt l'air de fantasmer sur mon frère pour l'instant.

Elle se retourna brusquement vers Carolina.

— Quoi ? Non !

La sœur éclata de rire.

— Si. Tu le dévorais du regard, et ta langue pendait jusqu'au sol. D'ailleurs, tu feras attention : je crois qu'il reste encore de la salive au coin de tes lèvres.

Portant la main à sa bouche, Evelyn s'insurgea :

— Ce n'est pas drôle. Et n'essaie pas de changer de sujet. On parlait de Drew.

— Oui, mais je t'ai bien eue, se félicita Carolina en buvant une longue gorgée de limonade. Enfin, il n'y a pas grand-chose à dire sur ce type. J'avais le béguin pour lui, et ça s'est mal terminé.

— Mal, c'est-à-dire ?

— Pendant mes études, je le suivais partout comme un petit chien. Ayant deux ans de moins que Gray et ses copains, une fois que je suis arrivée à la fac, j'ai pensé que mon frère me permettrait de rencontrer tous les beaux mecs du campus. Mais, évidemment, il n'avait aucune envie d'être repéré avec sa naze de petite sœur. Dès que je l'ai rencontré, Drew m'a aussitôt prise pour cible de ses moqueries. Il faut dire que je n'y connaissais rien en vêtements ni en maquillage avant d'avoir vingt ans, alors forcément… (Face à l'air surpris d'Evelyn, Carolina poussa un soupir.) Eh oui, je sais ! On pourrait croire que, puisque je travaille dans la mode, j'aurais dû porter des vêtements de haute couture dès mes douze ans, mais non. Je n'étais qu'une idiote potelée qui ne savait pas se mettre en valeur avant de prendre des cours.

— Difficile à croire.

Carolina rit doucement.

— Parfois, quand je repense au passé, j'ai honte. Tu sais, dans les dessins animés, quand un personnage a une grosse ampoule qui s'éclaire au-dessus de sa tête ? C'est moi. D'un coup, la mode m'a intéressée, et j'ai compris que je pouvais m'habiller en fonction de ma morphologie. J'ai coiffé mes cheveux et appris les bases du maquillage. Les garçons se sont alors intéressés à moi.

Evelyn esquissa un sourire.

— Ce devait être amusant.

— C'est le moins qu'on puisse dire. Ma deuxième année d'études n'a été marquée que par mes sorties de beuveries. Cette année-là, j'ai gagné en popularité.

— Tu m'étonnes !

— Je me sentais soudain mature, expérimentée, alors que je ne comprenais toujours rien aux hommes. À l'époque où Gray a passé son diplôme, j'ai décidé de tester ma nouvelle maîtrise de la gent masculine sur mon grand amour d'adolescence.

— C'est-à-dire Drew.

Elle hocha la tête.

— Exact. Ce type étant doté d'un pénis, il n'a pas dit non. On a partagé une nuit torride à grimper aux rideaux, sans complexe ni morale. Croyant l'avoir séduit, je m'attendais à ce qu'il tombe à mes pieds, maintenant qu'il découvrait la nouvelle Carolina.

Evelyn devinait la suite.

— Mais ça ne s'est pas passé comme tu l'espérais.

— Non, admit Carolina avec un rire bref. Le lendemain matin, il a fait ses valises et a quitté la fac sans se retourner. Je ne l'ai plus revu.

— Aïe ! Je suis désolée.

La sœur de Gray haussa les épaules.

— C'est de l'histoire ancienne. À l'époque, j'avais le cœur brisé, évidemment. Tous mes rêves d'adolescente sont partis en fumée.

— Ce devait être difficile. Les garçons n'ont vraiment aucune sensibilité.

— Tu sais, quand j'y repense, je me dis que ce n'est pas vraiment sa faute. Il ne m'a jamais rien promis, ni amour ni avenir. Mais j'avais des étoiles dans les yeux parce que je me croyais folle amoureuse de lui. Il a joué avec mes sentiments pour m'attirer dans son lit. Franchement, j'avais le béguin, il aurait pu être plus gentil avec moi.

— Oui, il aurait pu prendre des pincettes. Mais les hommes sont tous des salauds.

— C'est vrai. Le problème, c'est qu'il est resté très ami avec Gray, je me retrouve donc à le croiser régulièrement au fil des années, et ça n'aide pas pour oublier cet épisode désastreux.

— J'en déduis qu'il t'attire toujours.

— Non, pas du tout, s'indigna Carolina en fronçant les sourcils. Seulement, j'aimerais que Drew Hogan sorte de ma vie une bonne fois pour toutes, ça m'aiderait à oublier l'idiote que j'ai été.

De toute évidence, Carolina nourrissait encore des sentiments pour Drew. Le déni était une puissante barrière pour se protéger.

— Excuse-moi, fit Evelyn.

— Ne t'excuse pas, répondit-elle en riant. Tout ça, c'est du passé. Dommage que Drew n'y reste pas, dans le passé.

Chapitre 18

Gray se disait qu'en traversant régulièrement la foule pour diverses raisons il pouvait éviter son père jusqu'à la fin d'après-midi.

La présence de Drew et de Trevor l'avait bien aidé, il avait passé presque toute la journée à discuter avec eux. Retrouver ses copains de fac était toujours un grand bonheur. Avec leur emploi du temps chargé dans leurs disciplines sportives respectives, ils ne trouvaient jamais un moment pour se rencontrer. Gray leur était reconnaissant d'avoir fait le voyage jusqu'au ranch.

Grâce à eux, il était parvenu à esquiver son père. S'il le pouvait, il l'éviterait jusqu'à la fin du séjour. Ce qui aurait été fort possible sans un léger détail, ou plutôt un double détail : Evelyn et sa mère. Éviter une personne, c'est facile. Deux, passe encore. Mais trois ? Impossible.

Evelyn s'approcha d'un côté, sa mère de l'autre, et Gray se retrouva prisonnier. Impossible de s'enfuir discrètement.

— Je te cherchais, lui dit Loretta en le prenant par la main. Est-ce que tu as mangé ?

Il s'était régalé de côtelettes grillées au barbecue.

— Oui, maman, j'ai mangé. Et toi ?

Elle partit d'un petit rire.

— J'ai grignoté.

— Voilà pourquoi Carolina et toi restez si minces.

— Ta sœur est magnifique, tu ne trouves pas ? Elle m'a convaincue de prendre des cours de yoga. D'après elle, ça m'apportera de la souplesse. Je m'inscris la semaine prochaine.

— Bonne idée.

Il déposa un baiser sur le front de sa mère, puis regarda Evelyn approcher.

— Mitchell va bientôt faire son discours, l'informa-t-elle. Gray, tu ne veux pas lui dire deux mots avant ?

Pas particulièrement, non. Il préférait passer le reste de la journée sans lui adresser la parole. Mais, s'il ne faisait pas d'effort, sa mère était là pour lui donner une bonne fessée devant tout le monde.

— Hum, si, bien sûr !

Il suivit Evelyn parmi la foule.

— Tu as cherché à m'éviter, lui reprocha la jeune femme.

— Bien sûr que non ! Je discutais avec mes amis.

— En tout cas, tu as gardé tes distances avec ton père.

— Tu sais très bien que je préférerais être ailleurs, lui rappela Gray qui s'arrêta de marcher pour se tourner vers elle. Écoute, je suis content d'être rentré à la maison, mais je n'ai pas envie de lui parler.

Elle lui frôla les doigts, et la sensation fut électrique.

— Je sais bien, Gray. Mais ça fait partie du contrat, rappelle-toi.

Il hocha brièvement la tête.

— Oui, bon. Plus vite on s'y met, plus vite on aura terminé.

Gray avait vu son père à la télévision. Il lui avait même envoyé quelques textos à diverses occasions, ces dernières années. Par exemple, il lui avait demandé s'il pouvait utiliser le chalet pour une virée entre copains, l'année précédente. Son père avait généreusement accepté sans demander à le voir ni rien réclamer en retour. D'ailleurs, cela avait surpris Gray.

Mais ils ne s'étaient pas vus en personne depuis des années. À présent, il approchait du banc où son père était assis, entouré de ses… amis ? de ses collègues politiciens ? Gray n'avait aucune idée de qui étaient ces hommes.

L'estomac noué, il garda le menton haut, prêt à tout entendre.

Mitchell Preston avait perdu beaucoup de poids. Le pilote avait toujours connu son père costaud, résultat d'une vie d'excès et d'alcool. À présent, il était plus en forme que jamais aux yeux de son fils, qui ne l'avait jamais vu comme ça. Il avait toujours une chevelure épaisse mais parsemée de mèches grises.

Le sénateur se leva, puis se tourna vers sa tablée d'amis.

— Messieurs, je vous présente mon fils, Grayson. Gray est l'un des meilleurs pilotes de course de sa génération.

Pendant toutes les présentations, le jeune homme resta en état de choc : c'était la première fois que son père assumait ouvertement son métier.

— Si vous voulez bien m'excuser, je dois m'entretenir avec mon fils.

Evelyn sourit au sénateur.

— Monsieur, j'espère que tout se déroule comme prévu aujourd'hui.

Mitchell lui serra la main. Il ne la prenait pas dans ses bras, n'en profitait pas pour la toucher ni ne lui lançait de regards lubriques.

— À la perfection, Evelyn. Merci pour votre aide précieuse.

— C'est avec plaisir. Je vous envoie un mail en fin de semaine pour vous tenir au courant des dernières nouvelles.

— Oui, faites cela s'il vous plaît.

— Comment s'annonce la nomination ?

Il esquissa un sourire d'espoir sincère.

— Prometteuse. La campagne de Cameron est bien lancée, les présélections battent leur plein.

Elle posa une main sur son bras.

— Je suis enthousiaste, sénateur. Ils ne se trompent pas, vous êtes l'homme de la situation.

— Ne crions pas victoire trop vite, mais je croise les doigts. Il nous reste beaucoup de travail, et ce que vous entreprenez avec Gray est un bon début.

— Où en êtes-vous de votre côté ? Comment puis-je vous être utile ? demanda Evelyn.

Tout en se promenant avec eux, Gray écouta d'une oreille. Son père mettait Evelyn au courant des dernières avancées sur le chemin de la vice-présidence, une conversation parfaitement professionnelle. De son côté, la jeune femme tenait Mitchell informé de l'implication des réseaux sociaux et de la stratégie pour la campagne, puis elle lui énonça les chiffres jusque-là collectés par l'opposition.

C'était intéressant. Evelyn avait retenu de nombreuses informations de tête, ce qui laissait penser qu'elle maîtrisait le sujet sur le bout des doigts. Son père n'avait pas une seule fois lorgné ses seins, ses fesses ou ses jambes, il la regardait droit dans les yeux. Peut-être était-ce parce que Gray était derrière lui, mais son fils ne l'avait pas non plus surpris à regarder d'autres femmes, à part sa mère. Leurs regards s'étaient croisés, et ils avaient chaque fois échangé un sourire. En y repensant, le pilote songea qu'ils avaient l'air plus amoureux que dans les souvenirs qu'il gardait de ses parents.

Stratégie politique ? Spectacle destiné au public ? Qui sait ? Désorienté, Gray se passa la main dans les cheveux.

Ils s'arrêtèrent près de la table en bas de la scène, où s'était produit le groupe plus tôt dans la journée.

— Gray ! l'appela son père. Je tenais à te remercier d'être venu et de participer à tout ça. Je sais qu'au début ça ne t'emballait pas.

— Je ne fais tout ça que pour faire plaisir à maman, rétorqua Gray sans réfléchir.

Mitchell releva le menton, puis acquiesça d'un mouvement de tête.

— Quelle que soit la raison qui t'a poussé, merci. Je sais qu'on n'a pas toujours été sur la même longueur d'onde, dans le passé. J'espère que nous arriverons un jour à trouver un terrain d'entente.

— Un terrain d'entente à quel sujet, papa ?

— Tu sais… Le passé, c'est le passé. Je veux aller de l'avant.

— Ouais, ce serait facile de tout oublier, pas vrai ?

Son père posa une main sur son épaule.

— Gray, pas de ça aujourd'hui.

Pas de ça tout court, ce serait la solution façon Mitchell Preston : on empile tout dans le placard et on fait comme si ça n'avait jamais existé. Gray avait pourtant tant de choses à lui dire, toutes ces choses qui étaient restées sous silence, toutes ces choses qu'il aurait voulu entendre de la bouche de son père. Il attendit, mais rien ne vint.

Il refusait de voir la douleur qu'il lisait dans le regard de son père. Comment pouvait-il être blessé ? Son fils ne l'avait jamais fait souffrir. Il ne fallait pas inverser les rôles, ce n'était pas Gray qui avait dit à son père de ficher le camp de sa maison, de sa vie et de se débrouiller tout seul parce qu'il l'avait profondément déçu en ne suivant pas le parcours qui était déjà tout tracé pour lui.

Qu'il aille au diable, ce père indigne avec ses prétendues blessures !

— Gray !

La voix d'Evelyn pénétra la brume de colère dans laquelle il s'était enveloppé. Il lui lança un regard noir.

— Quoi ?

Elle cligna des yeux, confuse.

— Tu es prêt ?

Qu'ils aillent tous se faire voir !

— Non.

— Quoi ? fit-elle, épouvantée.

— J'ai dit non.

Il tourna les talons et voulut s'en aller, mais elle le retint par la main.

— Ne fais pas ça. Ne t'en va pas.

D'un geste brusque, il retira sa main.

— Ne me dis pas ce que je dois faire. Fous-moi la paix.

En se dirigeant vers la maison, il avait la vue troublée par la fureur, par ces vieilles blessures, qui continuaient de le hanter. Les gens qui l'entouraient n'existaient plus, seule régnait la présence de ce vieux type et des souvenirs qu'il faisait remonter à la surface. Gray devait ficher le camp s'il ne voulait pas étouffer.

Evelyn le suivit jusqu'à la maison, en haut des escaliers, puis dans l'une des chambres. Il avait besoin d'une issue de secours, d'un moyen d'échapper à ces souvenirs douloureux, à ces déceptions, à ces blessures ouvertes à l'époque où il n'était pas à la hauteur des attentes de son père.

Demander pardon, était-ce vraiment si difficile ?

Il fit les cent pas dans la chambre sous le regard interloqué d'Evelyn.

— Qu'est-ce qui t'a mis dans cet état ? demanda-t-elle au bout d'un moment.

— Je n'ai pas envie d'en parler.

— Pourtant, tu seras bien obligé. Ce n'est pas en gardant tout à l'intérieur que ça ira mieux.

— Il n'y a rien à dire.

— De toute évidence, c'est faux.

Il s'arrêta net et la regarda droit dans les yeux.

— Sors d'ici, Evelyn.

Elle ne bougea pas d'un centimètre.

— Je ne te laisse pas seul dans cet état.

— J'ai dit : sors d'ici. C'est ma maison, et je veux que tu fiches le camp. J'ai besoin d'être seul.

— Non, c'est au contraire la dernière chose à faire. Tu es bouleversé, profites-en pour parler.

Il laissa échapper un rire amer.

— Crois-moi : la dernière chose dont j'ai besoin, c'est de papoter.

Evelyn s'approcha et lui saisit les bras.

— Dans ce cas, dis-moi ce dont tu as besoin. Laisse-moi t'aider, Gray.

Ce dont il avait besoin ? Arrêter de penser à son père. Un seul retour à la maison, une seule phrase de conversation, et tout était remonté à la surface pour le prendre à la gorge.

Son salut, il le trouvait sur le visage marqué par l'inquiétude de la jeune femme en face de lui.

— Tu veux savoir de quoi j'ai besoin ? De toi. Je ne veux pas parler, Evelyn. J'ai besoin de t'embrasser, de te posséder… et d'arrêter de réfléchir !

Elle se dressa sur la pointe des pieds, passa les mains autour de son cou et posa les lèvres sur les siennes.

— Dans ce cas, fais-le.

Inutile de la faire répéter. Il passa un bras autour de sa taille, la souleva et fit un pas en arrière vers la porte. Sans regarder, il la ferma à clé et porta Evelyn jusqu'au lit, où il la coucha avant de s'allonger à son tour, couvrant sa bouche d'un baiser fébrile. Les soupirs de la jeune femme nourrissaient son désir presque sauvage et posaient un baume sur ses blessures intérieures.

Soulevant sa marinière, il retrouva le toucher soyeux de sa peau douce et ne s'aperçut qu'à cet instant combien elle lui avait manqué. Il lui retira son haut et dégrafa son soutien-gorge, puis posa la paume de sa main sur son sein, titillant sa pointe tout en étouffant ses petits cris sous un baiser langoureux. Chaque bruit qu'elle émettait excitait Gray encore davantage. Il frotta son érection contre l'entrejambe de la jeune femme, attiré par une force irrésistible.

Se soulevant au-dessus d'elle, il s'immisça entre ses jambes tandis qu'elle se mordillait la lèvre et emprisonnait Gray entre ses cuisses.

— Je t'en prie, susurra-t-elle.

Il avait besoin de la faire jouir, de l'entendre hurler son abandon total.

D'un geste maîtrisé, il lui retira culotte et pantalon, puis enfouit le visage contre son sexe. Son parfum était enivrant, son goût était divin et lui apaisait l'esprit. Evelyn s'agrippa fermement à une touffe de ses cheveux afin de le maintenir en place, grisée de plaisir, alors qu'il la ravissait de sa langue experte contre son clitoris.

— Gray, soupira-t-elle, je vais jouir. Oh oui, je vais jouir !

Il passa la langue sur son sexe, taquina son point sensible, encore et encore, si bien qu'elle attrapa l'oreiller le plus proche et l'attira contre sa bouche afin d'étouffer son cri de délivrance. Gray ne relâcha pas la pression et continua de la lécher jusqu'à ce qu'elle gémisse encore, puis il ouvrit sa braguette et pénétra son intimité encore tremblante.

Les yeux écarquillés, elle le laissa attraper ses poignets et lui ramener les mains au-dessus de la tête.

— Je veux que tu cries encore une fois pour moi, lui ordonna-t-il, avant de s'écarter pour s'enfoncer de plus belle.

Evelyn passa les mains sous le tee-shirt de Gray pour promener ses ongles dans son dos.

— Oui, susurra-t-elle. Comme ça, plus fort.

Quel délice d'être avec une femme qui lui corresponde, qui se cambre sous lui et lui serre les mains avec force au moment où il la prenait sauvagement, de plus en plus vite, où il se frottait à elle jusqu'à ce qu'elle se crispe autour de lui.

Il glissa la langue entre ses lèvres entrouvertes, lui faisant pousser de petits gémissements. Il voulait lui offrir un autre orgasme, il voulait sentir son sexe se refermer autour de sa jouissance. Lorsqu'il perçut les premières secousses, il accéléra le rythme et frôla sa peau sensible, puis Evelyn poussa un nouveau cri contre sa bouche. Sans s'arrêter, il se redressa sur un genou, lui attrapa violemment les fesses pour la plaquer contre lui et continua de la prendre jusqu'à ce qu'un grognement s'échappe de ses lèvres et qu'il se sente jouir en elle.

Essoufflé, en sueur, il lui déposa un baiser dans le cou et sentit avec délices la peau douce de ses doigts, qui couraient dans son dos.

Lorsqu'il reprit ses esprits, il prit conscience de ce qu'il venait de faire.

Il avait brutalement possédé Evelyn, et sans préservatif.

Il s'était servi d'elle pour combler ses propres envies sans se soucier de ce dont elle avait besoin.

Il ne valait pas mieux que son père.

Chapitre 19

Evelyn redescendit doucement de son petit nuage. Elle ne se souciait pas d'être dans la maison des parents de Gray, où n'importe qui aurait pu les entendre. Ce qu'ils venaient de partager était intense, sauvage et plus beau que tout ce qu'elle aurait pu imaginer.

Mais il y eut cette seconde précise où tout bascula. Un moment plus tôt, ils étaient encore enlacés, et Gray l'embrassait dans le cou avec paresse. L'instant d'après, il se redressait et la regardait d'un air paniqué.

— Oh, merde ! Evelyn, je suis désolé.

Elle fronça les sourcils.

— Pourquoi ? Pour ça ? Moi non, je ne suis pas désolée. Je sais que ce n'est pas correct, on est chez tes parents, mais honnêtement…

— Non.

Gray se leva brusquement du lit, et la jeune femme prit conscience qu'ils étaient restés à moitié habillés, ce qui rendait la chose encore plus sexy.

Elle s'assit.

— Qu'est-ce qui t'arrive ?

Tout à l'heure, il était déjà bouleversé sans qu'elle comprenne pourquoi. Enfin, elle soupçonnait son père d'en être la cause. Si seulement Gray pouvait se confier à elle et lui dire ce qui le mettait dans cet état.

Le pilote enfila son pantalon précipitamment.

— Je n'ai pas utilisé de préservatif. Je ne suis jamais aussi irresponsable, et quand je dis « jamais » je n'exagère pas. Je suis sincèrement désolé.

— Ah ! Je prends la pilule, ne t'inquiète pas pour ça, Gray. Je ne tomberai pas enceinte. Tu dis que tu te protèges toujours, eh bien, moi aussi.

Il s'assit sur le lit à côté d'elle et lui prit la main.

— Oui, je fais toujours attention. Je n'avais jamais fait l'amour avec une femme sans protection. Je te le jure. On fera des tests. J'en fais régulièrement. Oh, bon sang ! Je te demande pardon.

Le pauvre ! songea-t-elle. Ce n'était vraiment pas son jour. Elle lui caressa doucement le bras.

— Arrête de te blâmer comme ça. C'était agréable, je ne regrette rien. Pas toi ?

— Je me suis servi de toi pour me sentir mieux.

— Tu m'as fait jouir, deux fois. On ne peut pas dire que tu te sois servi de moi.

Gray esquissa un semblant de sourire.

— Tant mieux. Mais je me sens toujours mal.

— Puisque tu tiens tant à te flageller, tu n'as qu'à m'offrir des diamants.

Il se mit à rire.

— Tu n'as pas le profil de celle à qui on offre des diamants pour se faire pardonner.

— Je crois que c'est la plus belle chose qu'on m'ait jamais dite.

Elle se leva et rejoignit la salle de bains attenante à la chambre pour un brin de toilette. Quelle vision dans le miroir ! Ses lèvres étaient boursouflées et ses cheveux complètement emmêlés, il fallait y remédier. Elle se les brossa rapidement avec les doigts puis remit ses vêtements en place, mais, pour ce qui était de ses pommettes roses, elle ne pouvait rien faire. Avec un peu de chance, les gens penseraient que c'était dû à la chaleur.

Gray entra dans la salle de bains et l'enveloppa de ses bras avant de l'embrasser sur la tempe.

— J'aime te faire l'amour, mais je n'étais pas dans mon état habituel. J'aurais dû réfléchir un peu plus et penser à toi, à te protéger.

Elle se retourna dans ses bras et déposa un baiser sur ses lèvres.

— Merci. Mais moi aussi, je me suis laissé emporter par l'instant. N'oublie pas qu'il faut être deux pour faire ce genre d'erreur. Tout va bien. D'accord ?

— D'accord, balbutia Gray avant de l'embrasser encore. Excuse-moi aussi pour cette histoire avec mon père. Il me pourrit la vie sans même s'en rendre compte. J'ai gâché ta journée.

— Tu n'as rien gâché du tout.

— Allons faire cette histoire de discours et de photos.

— Ne le fais pas juste pour me faire plaisir, Gray.

— Je le fais pour vous faire plaisir, à toi et à ma mère. Mais, avant toute chose, je le fais pour moi. Je me suis engagé et j'ai bien l'intention de tenir ma promesse. Ce vieux type ne me fera pas fuir une fois de plus.

Evelyn lui caressa doucement le bras et s'aperçut qu'il n'y avait plus de tension dans ses muscles.

— Si tu es sûr que c'est ce que tu veux, alors on y va.

— J'en suis certain.

Ils rejoignirent le sénateur et Loretta dehors. Son père le regarda avec inquiétude, sans le moindre signe de colère.

— Tout va bien ? lui demanda-t-il.

Gray hocha brièvement la tête.

— Oui, pardon pour le retard. Tu es prêt ?

Evelyn lui serra le bras.

— Je rassemble les journalistes. Ensuite, on pourra commencer.

Une fois le public en place, Evelyn monta sur la scène et présenta Gray. Le pilote mania le verbe à la perfection et décrivit ses vacances, ce que cela signifiait pour lui, puis il remercia ceux qui défendaient cette nation. Bien qu'il ne donne aucune précision sur les tâches accomplies par son père en tant que sénateur, leurs différends ne transparurent à aucun moment et il invita son père au micro sans la moindre note d'amertume. Il fit ensuite les présentations avec politesse. Le sénateur s'approcha, prit brièvement son fils dans ses bras et le remplaça derrière le micro.

Finalement, Evelyn s'en sortait avec de bons moments, des citations satisfaisantes, quelques photos et des extraits sonores pour les réseaux sociaux.

— Comment tu m'as trouvé ? lui demanda Gray tandis que le sénateur terminait son discours et que la foule se dispersait.

— Tu t'es débrouillé comme un chef. Merci, je sais que ce n'était pas facile pour toi.

Il haussa les épaules.

— C'est passé vite, heureusement.

Sa remarque la fit éclater de rire. Ils rejoignirent le banquet et se resservirent à boire, puis Gray retrouva Trevor et Drew, qui lui expliquèrent avec humour comment s'était déroulé le tournoi de golf. Evelyn était contente de le voir enfin décontracté. Après cet échange tendu avec son père, elle s'était fait beaucoup de souci pour lui. Peu de mots avaient fusé, et pourtant leur lourd passé était palpable. Gray était visiblement troublé par des éléments intervenus entre lui et son père, qui échappaient complètement à la jeune femme.

Elle aurait aimé qu'il lui en parle, mais, de toute évidence, il ne lui faisait pas encore assez confiance.

Elle ne lui forcerait pas la main tant qu'il n'en aurait pas envie de lui-même. Un jour, peut-être.

À la nuit tombée, un feu d'artifice marqua la fin de cette journée pour quarante minutes d'un spectacle de lumière éblouissant. Puis les convives commencèrent à partir. Evelyn remercia les journalistes d'avoir couvert le discours et s'arrangea pour récupérer quelques photos et extraits sonores. Elle-même avait noté plusieurs citations qu'elle avait aussitôt postées sur la page du sénateur, car il était important d'avertir les électeurs en temps réel, mais elle approfondirait l'information dans les jours à venir.

Tout était déjà prévu pour qu'elle reste dormir au ranch. Evelyn était ravie de ne pas devoir retourner à l'aéroport ce soir. La journée avait été longue et éprouvante, et elle n'était pas contre l'idée d'une bonne nuit de sommeil.

Il aurait été encore mieux de dormir avec Gray, mais ils occupaient des chambres séparées. Puisqu'il s'agissait de la demeure familiale, il était hors de question de rejoindre à pas de loup la chambre du fils.

Alors, Gray l'accompagna jusqu'à sa porte et lui souhaita bonne nuit. Leur mère étant juste derrière eux, ses quelques mots furent brefs.

— À demain, ajouta-t-il, le regard lourd de sens.

Jetant un coup d'œil par-dessus son épaule, Evelyn vit que Loretta attendait en haut des marches pour parler à son fils. Alors, elle sourit.

— Bonne nuit, Gray.

Elle referma la porte, prit une douche et se changea pour un simple ensemble débardeur et culotte avant de se glisser dans le lit de la chambre d'amis qui lui avait été assignée. Elle prit son ordinateur sur les genoux pour travailler encore un peu – poster des photos sur Facebook et écrire quelques tweets –, puis elle lut ses mails avant de reposer l'ordinateur sur la table de chevet et d'éteindre la lumière. Observant le ventilateur qui tournait au plafond, elle repensa à la journée qui venait de s'écouler.

Entre ses conversations avec Carolina, la relation compliquée entre Gray et son père, et le moment d'une intensité brûlante qu'elle avait partagé avec lui dans cette même chambre plus tôt dans la journée, les pensées se bousculaient dans sa tête. Elle passa la main sur les draps frais et se remémora le désespoir avec lequel il l'avait prise sur ce lit, le désir qui l'avait taraudée lorsqu'il l'avait possédée, le plaisir qu'elle avait ensuite éprouvé. Il connaissait son corps par cœur et savait parfaitement comment s'y prendre pour la mener au bord d'une folie sensuelle.

Une nouvelle bouffée de chaleur la saisit. Se mordillant la lèvre, elle glissa une main sous l'élastique de sa culotte, l'esprit encombré d'images de Gray nu sur elle.

Puis son téléphone se mit à vibrer.

— Mince ! souffla-t-elle en lisant le nom qui apparaissait sur l'écran.

Avait-il un sixième sens ? Elle décrocha.

— Gray ?

— Tu as l'air essoufflée. Qu'est-ce que tu faisais ?

— Hum ! Rien.

— Où es-tu ?

— Dans ma chambre.

— Qu'est-ce que tu fais ?

— Je n'arrivais pas à dormir.

Il y eut un silence. Elle savait qu'il souriait.

— Et que faisais-tu exactement, seule dans ta chambre, Evelyn ?

— Je pensais à toi et maudissais le fait qu'on ne partage pas le même lit.

Elle entendit comme un froissement.

— Vraiment ? Et c'est ce qui t'a essoufflée ?

— On peut dire ça comme ça.

— Est-ce que tu te caressais en pensant à moi ?

Gray avait le don pour faciliter les choses. Elle s'allongea sur ses oreillers.

— Oui.

— Recommence.

— Et toi, qu'est-ce que tu fais ?

— Tu m'as excité, alors je me masturbe.

Elle poussa un soupir.

— J'ai l'impression de retourner en adolescence.

— Pourquoi ? Tu jouais à ce jeu-là ?

Un rire échappa à Evelyn.

— Non. Je n'ai jamais fait l'expérience du téléphone rose.

— Dans ce cas, ce sera une première. Qu'est-ce que tu portes ?

Elle rit.

— Un débardeur et une culotte.

— Tout à l'heure, est-ce que tu avais la main dans ta culotte ?

Cet homme avait décidément un bon instinct.

— Oui, à l'instant même où tu as appelé.

À l'autre bout du fil, elle l'entendit gémir.

— Alors je suis content de t'avoir interrompue avant que ça devienne intéressant.

Les bruits qu'il faisait sur son lit allaient la rendre folle. Elle devait faire preuve d'imagination pour se figurer ce qu'il faisait.

— On pourrait… se parler par vidéo.

Sa suggestion n'était pas innocente puisqu'elle savait quelles options proposait le téléphone de Gray.

— C'est vrai, on pourrait, répondit-il.

Elle appuya sur le bouton et, trente secondes plus tard, aperçut le sourire en coin de son pilote.

— Tu es sexy, la complimenta-t-il.

— Il fait noir dans ta chambre.

— Tant mieux. Comme ça, tu ne vois que ma silhouette et tu dois deviner mes gestes.

Evelyn ne discernait que son visage et le haut de son corps, mais elle voyait son épaule bouger.

— Qu'est-ce que tu fais, Gray ?

— Je me caresse le sexe. En décrochant le téléphone, tu as eu ce gémissement que tu pousses lorsque je suis en toi.

Le souffle court, elle s'enfonça dans les oreillers et écarta les jambes, puis glissa une main entre ses cuisses.

— Je ne savais pas que je faisais un bruit particulier.

— Oh, crois-moi, j'ai mémorisé chacun des sons de ton corps ! Dès que j'apporte de l'attention à ton sexe, ta respiration s'accélère. Et tes soupirs me rendent fou.

Elle enfouit la main dans sa culotte et poussa le gémissement qu'il appréciait tant. Heureusement, ses parents dormaient au rez-de-chaussée.

— C'est un peu tordu de faire ça chez tes parents, non ?

— Au contraire, ça rend la chose encore plus excitante. Si ma mère n'avait pas le sommeil si léger, si elle ne se levait pas constamment pendant la nuit, je serais dans ta chambre à l'heure qu'il est et je te retirerais tes vêtements.

— Ça me plairait. J'avais tellement envie de te rejoindre dans ta chambre, ce soir.

— Enlève tes bretelles, Evelyn. Laisse-moi voir tes seins.

Entre maintenir le téléphone en face d'elle et faire tomber ses bretelles, la manœuvre n'était pas simple, mais elle parvint à faire descendre le débardeur jusque sous sa poitrine.

— Joli, observa Gray. Si seulement je pouvais venir lécher la pointe de tes seins.

Evelyn se sentit fondre de désir. Elle replaça la caméra de manière à le laisser profiter du spectacle.

— Quand je t'entends dire ça, je suis plus excitée que jamais.

— Tant mieux. Caresse-toi pour moi, prouve-moi que tu es vraiment excitée.

— Attends.

Impatiente, Evelyn abandonna rapidement sa culotte au pied du lit puis reprit le téléphone. Elle écarta les jambes, les doigts posés directement sur son clitoris, et laissa Gray profiter du spectacle de son visage, qui se tordait au gré de ses caresses.

— Oh, c'est bon !

— J'aime te regarder, Evelyn. Est-ce que tu voudras bien refaire la même chose devant moi un jour ?

— Oui, mais seulement si tu te masturbes en même temps.

Il roula sur le côté, et Evelyn observa son bras en mouvement.

— J'adorerais me branler pour toi.

Utilisant le haut de sa paume, elle se frotta un peu plus fort, laissant deux doigts se glisser dans son sexe.

— J'aimerais que tu sois là. J'aimerais que tu sois en moi.

— Moi aussi. Quand je te vois comme ça, j'ai des pulsions sensuelles, et mon sexe est sur le point d'imploser.

— Montre-moi comment tu fais, Gray.

Il changea l'angle de la caméra, et elle le regarda tandis qu'il prenait son sexe à la base et remontait doucement, taquinant la pointe avec son pouce, puis répétait le mouvement de plus en plus rapidement.

C'était la chose la plus excitante qu'elle ait jamais vue. Tout en le contemplant, elle continua de se caresser.

— Je suis prêt, Evelyn, l'avertit Gray

Elle savoura l'expression de tension qu'elle lisait sur son visage.

— Moi aussi. Parle-moi. Fais-moi jouir pour toi.

— Frotte ton sexe. Plus vite. Je veux t'entendre crier.

— Oh, Gray ! Impossible. Tes parents vont m'entendre.

— Alors crie dans l'oreiller. Je veux savoir quand tu auras ton orgasme pour jouir avec toi.

— Non, c'est moi qui te regarde. Je ne crierai pas. Mais, la prochaine fois, crois-moi : je hurlerai de plaisir.

La main de Gray opérait des mouvements frénétiques. La sueur perlait à son front.

— Maintenant, Evelyn ! Je veux que tu jouisses maintenant.

— J'y suis presque, gémit-elle, frissonnante, la pointe des seins durcie. Je vais jouir, Gray. Oh oui !

Avec un grognement guttural, Gray roula sur le côté et tint fermement le téléphone pour la laisser voir le résultat de son plaisir tacher son torse nu.

— Oh oui ! soupira Evelyn.

Elle retint ses cris à l'instant où l'extase frappa enfin. Il tourna le visage vers la caméra, tenant toujours son sexe dans la main en soulevant les hanches, et Evelyn plongea les doigts au plus profond, secouée par un orgasme violent qui la laissa haletante et trempée de sueur.

Lorsque ce fut terminé, elle laissa tomber le téléphone sur le lit, le temps de retrouver son souffle.

— Eh ! fit Gray. Je reviens dans une minute.

— Moi aussi, susurra-t-elle en observant le ventilateur au plafond, tout en s'efforçant de reprendre une respiration normale.

Au bout d'un instant, elle roula sur le lit et se rendit dans la salle de bains. En revenant, le visage de Gray lui souriait sur le petit écran du téléphone. Il était allongé sur le côté.

— Merci, lui murmura-t-il. Grâce à toi, je suis débarrassé de toute la tension accumulée aujourd'hui.

Elle lui décocha un sourire.

— Pareil pour moi. Je vais peut-être même réussir à m'endormir.

— Bien. Mais je me sentirais encore mieux si tu étais avec moi sous les draps.

Un nœud se forma dans son ventre.

— Moi aussi.

— Demain soir, on pourra y remédier.

— Bonne nuit, Gray.

— Bonne nuit.

Elle raccrocha, s'allongea sur le dos et ferma les yeux, incapable de cesser de sourire.

Chapitre 20

Gray demanda à Evelyn de reporter leur vol. Après avoir appris que Bill était malade, il avait décidé de prendre plus de temps pour lui rendre visite. Il rentrerait en fin d'après-midi, ce qui lui permettrait tout de même de rejoindre son équipe suffisamment tôt pour faire le point sur les prochaines qualifications.

— Parle-moi de Bill Briscoe, lui demanda Evelyn tandis qu'ils se rendaient en voiture à l'université.

Les souvenirs de cette époque le firent sourire.

— Lui et sa femme Ginger ont été les responsables de notre dortoir pendant quatre ans, quand j'étais étudiant. Dès le premier jour, Bill a été une sorte de figure paternelle pour moi, le père dont on avait tous besoin. Il m'apportait ses conseils, de la discipline, beaucoup d'amitié et de compassion, en particulier pendant ces années difficiles où je me sentais seul et un peu perdu après…

Il s'interrompit lorsqu'il s'aperçut qu'il commençait à s'épancher sur un sujet qu'il n'abordait jamais, avec personne.

— Tu peux me le dire, Gray. N'aie pas peur, ça ne finira pas sur les réseaux sociaux. C'est personnel, je l'ai parfaitement compris.

— Après ma dispute avec mon père, lorsque je lui ai annoncé que je n'irais pas à Harvard et que je choisirais une bourse pour des études de base-ball dans l'Oklahoma, les choses se sont compliquées.

— Je suppose que ton père croyait que ton avenir ne pouvait suivre qu'une seule voie toute tracée alors que tu avais envie d'emprunter ta propre route.

— Oui. Il voulait que je fasse du droit et que je finisse en politique. Mais ça ne m'a jamais passionné.

Elle hocha la tête.

— Ta passion a toujours été le sport.

C'était drôle d'observer comme Evelyn comprenait en une seconde ce que son père avait mis des années à accepter.

— Ouais. Il était furieux quand j'ai refusé Harvard.

— Il faut le comprendre : tous les parents rêvent de voir leurs enfants emprunter le même chemin qu'eux. Il a dû être déçu.

— Pire que déçu. Il s'est mis à jurer, à m'insulter, à me dire que je fichais ma vie en l'air. Ensuite, il m'a coupé les vivres. Il m'a dit que puisque je tenais à poursuivre dans cette erreur je ne devais pas compter sur lui pour m'aider.

— Oh non ! soupira Evelyn en posant une main sur le genou de Gray. Je suis sincèrement désolée.

Le regard rivé sur la route qui défilait, il haussa les épaules.

— J'étais habitué à ses états d'âme, ce genre de menaces ne me surprenait plus.

— Ta mère n'a pas cherché à te soutenir financièrement ?

— Elle a essayé, mais une fois que Mitchell Preston a pris une décision rien ne l'arrête. Elle ne pouvait plus faire grand-chose. Tout l'argent de la famille lui appartient. Puisque j'ai obtenu la bourse pour l'Oklahoma, je n'ai pas eu besoin d'eux. J'ai travaillé dur à la fac et enchaîné les petits boulots pour compléter les frais que la bourse ne prenait pas en charge. Je m'en suis bien sorti. On m'a même proposé un poste dans une grande équipe de ligue.

Lorsqu'il lança un regard en direction d'Evelyn, il vit qu'elle fronçait les sourcils.

— Mais tu n'as pas continué le base-ball.

— Non, c'est vrai. Le fait de savoir que je pouvais réussir dans ce domaine m'a suffi. J'aimais ce sport, mais ma passion pour la course était plus forte. Après mon diplôme, j'ai continué dans cette voie jusqu'à en faire mon métier.

— Tu t'es bien débrouillé. Tu peux être fier de ton parcours. Tout ça sans un seul centime des Preston.

Ces mots lui firent un bien fou, en particulier venant d'Evelyn.

— Merci. J'ai eu la chance de travailler avec quelqu'un qui m'a fait découvrir les ficelles du métier et qui m'a appris à aiguiser mon instinct. Il m'a mis une voiture entre les mains et m'a montré ce que je pouvais en faire. Après avoir remporté un premier championnat, l'argent des sponsors s'est mis à couler à flots et m'a permis de vivre jusqu'à mes vingt-cinq ans. À partir de là, j'ai reçu l'héritage de mon grand-père, qui s'est assuré que mon père ne pourrait pas y toucher. Cet argent, je l'ai investi dans la Preston Racing. Une écurie que j'ai lancée tout seul et qui m'a permis de monter une équipe solide. Grâce à elle, j'ai remporté un nouveau championnat.

Comme elle ne disait rien, Gray leva les yeux.

— Quoi ? fit-il.

Elle sourit.

— Tu parles de la course avec une telle passion ! Je t'imagine mal aussi emporté par le droit ou la politique.

Gray rit doucement.

— J'aurais détesté cette branche. Ça m'aurait rendu malheureux.

— Peu de gens ont la chance d'être payés pour faire ce qu'ils aiment.

Il emprunta la sortie d'autoroute qui menait à la route nationale jusqu'à l'université. Lorsqu'il s'arrêta à un feu, il se tourna vers Evelyn.

— Tu en fais partie.

— C'est vrai. On a tous les deux beaucoup de chance.

— Oui. Et je peux remercier Bill Briscoe. Grâce à lui, je n'ai jamais perdu de vue mon objectif. Je suis arrivé sur les bancs de la fac chargé d'un lourd passé. Je devais faire mes preuves. Bill m'a débarrassé de ce poids et m'a dit d'oublier un peu mon père, d'oublier ma colère et de penser à moi. (Il prit la première à gauche et continua sur cette route.) C'est grâce à lui que je suis devenu l'homme que je suis aujourd'hui. Je lui dois énormément. Maintenant, j'espère qu'il s'en sortira.

— Moi aussi, murmura Evelyn.

La maison de Bill et de Ginger était située sur le campus, en bas de la route qui menait aux dortoirs. Gray se gara et sortit de la voiture.

— Drew et Trevor ne sont pas encore arrivés, observa Gray en lui ouvrant la portière, mais je ne reconnais pas cette voiture garée dans l'allée. Ce doit être celle de Haven.

— Haven, leur fille ?

— Oui. Elle était souvent dans le coin, à l'époque. Elle a le même âge que Carolina. Elle a donné des cours particuliers à Trevor pendant quelques mois. (Le souvenir le fit sourire.) Quand j'y repense... Il détestait ces cours.

La maison n'avait pas changé, si ce n'était le crépi qui avait besoin d'un rafraîchissement, les moulures blanches qui étaient parsemées de taches et les marches menant au porche qu'il aurait fallu songer à renforcer, voire à remplacer. Mis à part ces détails, la maison typée ranch avait toujours ses bacs à géraniums et les deux mêmes rocking-chairs sous le porche. Comme toujours, la porte d'entrée était ouverte.

Gray frappa à la porte moustiquaire.

— Il y a quelqu'un ?

— Il y a toujours quelqu'un, répondit Ginger Briscoe. Entrez.

Secouant la tête, Gray se tourna vers Evelyn.

— Ginger et Bill ont une confiance aveugle en l'humain. Si on frappe, on est le bienvenu.

Cette nouvelle surprit Evelyn qui ouvrit de grands yeux. La première fois que Bill lui avait expliqué cela, Gray se souvenait d'avoir été interloqué, lui aussi. Mais ils étaient comme ça. En ouvrant la porte à Evelyn, le pilote sentit l'odeur divine d'un plat au four. Du poulet.

Ginger traversa le couloir pour venir les saluer, et son sourire s'étira jusqu'aux oreilles lorsqu'elle les aperçut.

— Grayson Preston ! Je n'en crois pas mes yeux.

Les bras grands ouverts, elle étreignit son jeune ami.

— Miss Ginger, ça fait tellement longtemps.

Elle le serra fort contre elle, lui donna une petite tape dans le dos, et, quand il la reposa à terre, son sourire était toujours aussi grand que la nation tout entière.

— Qu'est-ce que tu fais ici ? Tu ne devrais pas être derrière un volant en train d'enfreindre le code de la route ?

Il éclata de rire.

— J'étais au ranch pour la fête nationale, alors je me suis dit que je passerais vous voir. Miss Ginger, je vous présente Evelyn Hill. Evelyn, voici Ginger Briscoe, la meilleure cuisinière de tout l'Oklahoma, et la plus belle femme du pays.

— Je vois que tu es toujours aussi beau parleur, observa Ginger. (Elle se tourna vers Evelyn qui lui tendait la main, et la prit dans ses bras.) Si vous êtes avec Gray, je vous embrasse. Enchantée, Evelyn.

Étonnée, Evelyn chercha ses mots.

— Ravie de vous rencontrer, Ginger... Madame... miss Ginger.

— Vous êtes charmante. Vous devez avoir soif, tous les deux. Que diriez-vous d'un verre de thé glacé ? Je viens justement d'en préparer.

Gray acquiesça.

— Avec plaisir. Où est Bill ?

— Dans la cuisine. Il me casse les pieds pendant que je prépare le repas. Entrez. Il sera heureux de vous voir.

Prenant la main d'Evelyn, Gray l'accompagna dans le couloir. Le papier peint rayé jaune et bleu était toujours là, ainsi que le vieux parquet, et il retrouvait le carrelage blanc de la cuisine, fidèle à ses souvenirs. Tout était propre et sentait la javel au citron. Ici, il se sentait chez lui. Plus encore que lorsqu'il rentrait au ranch.

Ginger n'avait pas changé. Elle avait pris des rides et quelques kilos, mais elle était toujours aussi énergique.

En revanche, dès qu'ils entrèrent dans la cuisine, le cœur de Gray se serra douloureusement.

Bill, lui, avait beaucoup changé. Il avait maigri, ses cheveux étaient plus fins et il avait le teint cireux.

— Eh ! Regardez qui voilà. Je commençais à croire que tu avais perdu notre adresse.

Le sourire aux lèvres, Bill se leva, non sans effort. Gray s'empressa de le prendre dans ses bras, contenant ses larmes en retrouvant cet homme qui avait fait figure de père pour lui, bien plus que Mitchell Preston. Il parvint à se retenir de pleurer et esquissa un sourire.

— Ouais, je sais. Ma dernière visite remonte à beaucoup trop longtemps. Mais je suis là, maintenant.

Bill lui rendit son sourire.

— Oui, tu es là.

Gray lui présenta Evelyn.

— Voici la plus ravissante créature qu'il m'ait été donné de voir, à part ma Ginger, évidemment, la complimenta Bill avant de se tourner vers Gray. Bien plus ravissante que ces poules sans cervelle que je voyais à ton bras à la télévision. Celle-ci est élégante, Gray. Tu devrais l'épouser.

Confuse, Evelyn toussota, et Gray ne put retenir un sourire.

— Je ne vais pas te contredire, affirma-t-il. Elle est jolie et élégante.

— Asseyez-vous, mettez-vous à l'aise, les invita Ginger en leur servant du thé.

— Merci, miss Ginger, dit Evelyn.

— Et polie, par-dessus le marché, ajouta l'adorable femme.

— Bon, explique-moi ce que tu viens faire par ici, quémanda Bill.

— J'ai quelques jours de vacances. Je n'étais pas revenu depuis longtemps. Et puis je voulais faire visiter le campus à Evelyn.

— Oooh, fit Bill avec un clin d'œil pour la jeune femme. Il essaie de vous impressionner, à ce que je vois.

Evelyn savait que Gray venait d'inventer cette excuse. Elle marcha dans son jeu, et le pilote lui en fut reconnaissant.

— Il faut croire que oui, dit-elle. J'avoue que ce campus est étonnant. C'est une belle université.

— Où avez-vous étudié, Evelyn ? s'enquit Ginger.

— À Georgetown.

— C'est très beau aussi, là-bas. Bill et moi sommes partis en voyage à Washington, il y a quelques années. Nous avons visité les diverses facultés, et Georgetown nous a beaucoup plu.

— Merci. J'y ai passé de belles années.

On frappa à la porte.

— Eh bien, il y a du monde aujourd'hui, s'étonna Ginger. Entrez !

— Ça sent le poulet rôti. C'est déjà l'heure du déjeuner ?

— Oh, mon Dieu. Trevor !

— Lui-même, m'dame. Et je vous amène Drew.

Interloqué, Bill se tourna vers Gray.

— Tu savais qu'ils venaient ?

Le pilote sourit.

— Nous en avons parlé hier. Ils étaient au ranch. En parlant de l'époque des dortoirs, de toi et de miss Ginger, on a été pris d'un élan de nostalgie. Ils avaient prévu de passer aujourd'hui, alors je suis venu aussi.

— Je n'arrive pas à y croire.

L'hôte se leva, fit le tour de la table – *lentement*, observa Gray – et se dirigea vers le couloir où Drew et Trevor l'enlacèrent chaleureusement.

— Mon vieux, tu as pris un paquet de rides ! fit Trevor. Est-ce que j'ai grandi ou est-ce que tu rapetisses ?

Bill éclata de rire.

— Je peux toujours te botter les fesses, alors ne fais pas le malin.

— Ça, je n'en doute pas. D'ailleurs, tu me faisais peur, à l'époque.

— Normal, ça faisait partie de mon plan diabolique pour tous vous maintenir dans le droit chemin.

Après avoir accueilli les nouveaux venus, Ginger servit d'autres tasses de thé sur la grande table imposante.

— Asseyez-vous, les garçons.

Gray se tourna vers son mentor.

— C'est vrai, il fallait bien que tu nous impressionnes si tu voulais qu'on t'écoute. Pas vrai, Bill ?

— Oh, je ne sais pas ! répondit sa femme à sa place. Vous étiez tous adorables, les garçons.

Bill se mit à rire.

— Elle ne sait pas tout. Je ne lui parlais pas de toutes vos bêtises. Elle vous croit doux comme des agneaux alors que vous me tapiez sur les nerfs : les couvre-feux n'étaient pas respectés, vous fumiez dans les dortoirs…

— Qui fumait dans les dortoirs ? demanda Evelyn.

— C'était Garrett, répondit Drew.

— Menteur ! s'exclama Trevor. C'était toi. Un soir, tu étais ivre mort et tu t'es mis dans la tête de fumer un paquet de cigarettes tout entier. C'était après t'être enfilé une bouteille de Jack Daniel's.

— Ah, je me souviens de ça, s'amusa Gray.

— Moi aussi, assura Bill avec un regard noir destiné à Drew. D'après toi, qui est resté à tes côtés toute la nuit pendant que tu vomissais dans une bassine ?

— Très drôle, bougonna Drew. En tout cas, j'ai peu de souvenirs de cette soirée.

— Je suis prêt à parier que tu en as passé d'autres, des soirées comme celle-là, s'amusa Bill.

Gray les écoutait parler du bon vieux temps, mais son cœur se serrait en voyant Bill dans cet état. Il n'était pas en forme, mais refusait de laisser transparaître sa fragilité.

Profitant de l'absence de Bill, parti avec les deux garçons à la recherche d'un vieil album de photos, Gray prit Ginger par le bras.

— Est-ce que c'est grave, miss Ginger ?

Les larmes lui montèrent aux yeux lorsqu'elle répondit :

— Oui, très grave. C'est son foie. Les médecins disent qu'ils ne peuvent pas faire grand-chose.

Gray prit une profonde inspiration.

— En quoi puis-je l'aider ? Si vous avez besoin d'argent, s'il faut payer un long voyage pour essayer un traitement…

Elle lui serra les bras.

— Mon chéri, si l'argent pouvait être d'une quelconque utilité, j'aurais déjà appelé tous les gamins qui ont passé le pas de notre porte dans leur scolarité. L'argent n'y changera rien. C'est entre les mains de Dieu, maintenant.

Elle secoua la tête et enlaça Gray. Ce dernier, qui avait du mal à y croire, gardait les yeux fermés. Lorsqu'il les rouvrit, son regard se posa sur Evelyn, à l'autre bout de la table, dont les joues étaient mouillées de larmes.

Evelyn était profondément touchée par ce que traversait Gray. Il était évident qu'il aimait Ginger et Bill de tout son cœur et que les quatre années passées dans ces dortoirs avaient été parmi les plus belles de sa vie. Bill avait contribué à forger le caractère du Gray qu'elle connaissait. Les Briscoe avaient le cœur sur la main, un excellent sens de l'humour et une solide croyance religieuse qui aiderait Ginger à traverser les étapes difficiles qui s'annonçaient.

Elle pouvait également compter sur des générations d'étudiants pour la soutenir, Evelyn voyait bien qu'ils étaient nombreux à porter ce couple dans leur cœur. Gray, Trevor et Drew tenaient énormément à Bill. Les anecdotes s'enchaînaient, et dans chacune d'elles il était leur héros : ils avaient échappé à de gros ennuis grâce à lui et avaient toujours reçu une bonne correction de sa part lorsqu'ils se comportaient mal. Mais ces histoires étaient racontées avec un tel respect qu'Evelyn eut un douloureux pincement au cœur pour cet homme.

Une longue lignée d'étudiants le regretterait. Pourquoi les tragédies frappaient-elles toujours les meilleurs ?

En arrosant son poulet rôti, Ginger déclara qu'il y en aurait assez pour tout le monde. Evelyn parvint à la convaincre de la laisser l'aider, malgré ses réticences. Elle éplucha ainsi les carottes et quelques pommes de terre pour en faire une énorme salade. Elle n'avait pas l'habitude de nourrir un groupe de solides gaillards affamés. Mais il était agréable de passer du temps avec Ginger, au calme.

— Vous sortez ensemble ?

Evelyn ne sut quoi lui répondre. Elle commença donc par dire la vérité.

— En fait, je travaille pour son père.

— Le sénateur ? s'étonna Ginger en faisant un pas de côté. Que faites-vous pour lui ?

La jeune femme lui expliqua en quoi consistait son travail et ce qu'elle mettait en place avec Gray.

— C'est un travail intéressant, dites-moi. Vous devez être très intelligente.

Evelyn se mit à rire.

— Je me débrouille.

— Je suis heureuse de l'apprendre. L'indépendance, c'est capital, vous savez. Ne laissez jamais un homme prendre toute la place dans votre vie.

— Oh, mais je n'en ai jamais eu l'intention !

— Tant mieux. Notre fille Haven est un peu comme vous. Peut-être à tort, finalement. Elle est tellement indépendante qu'elle pourrait vivre en autarcie au milieu d'un océan. Sa carrière passe avant tout, il n'y a pas de place pour un homme.

Je commence à douter qu'elle m'offre un jour des petits-enfants.

— Votre fille vit ici ?

— Oh non ! À la première occasion, elle a quitté le campus. Dès qu'elle a décroché son diplôme, elle est partie vivre à Dallas. Mais elle vient nous voir régulièrement, surtout depuis que Bill est malade. D'ailleurs, elle est là aujourd'hui. Vous avez dû voir sa voiture dans l'allée. Elle est passée voir des amis, mais elle ne devrait pas tarder à rentrer.

— Elle est indépendante mais vit suffisamment près pour venir vous voir régulièrement. C'est une bonne chose, non ?

— Qu'est-ce que c'est que toutes ces voitures ? Il y a une fête ou quoi ?

— Ah, ce doit être Haven ! déclara Ginger en s'essuyant les mains sur un torchon.

La porte s'ouvrit à la volée.

— Bonjour, ma puce.

Elle prit sa fille dans ses bras.

— Salut, maman.

Une magnifique jeune femme aux cheveux courts, noirs de jais et aux grands yeux bleus pénétra dans la cuisine. Elle portait un corsaire déchiré et un débardeur doublé qui épousait sa fine silhouette. Mais rien ne pouvait cacher cette poitrine généreuse. Elle était tout simplement sublime.

Haven sourit en voyant Evelyn.

— Oh, bonjour ! Je suis Haven Briscoe.

— Evelyn Hill. Ravie de vous rencontrer.

— Pareillement. Vous étudiez ici, Evelyn ?

— Non. Je suis venue avec Gray Preston.

— Oooh ! fit Haven en se tournant vers sa mère. Gray est ici ?

— Oui, il est dans le jardin avec ton père. Drew Hogan et Trevor Shay sont avec eux.

Haven se mordilla la lèvre.

— Ah bon ? Trevor est là ? Hum ! Je monte dans ma chambre. À tout de suite.

— Tu ne veux pas d'abord leur dire bonjour ?

Mais sa fille était déjà partie dans le couloir.

— Je reviens, maman.

Evelyn leva un sourcil. Intéressant. Son comportement avait changé du tout au tout dès que le nom de Trevor avait été évoqué.

Les garçons firent leur apparition.

— Ce n'est pas Haven que j'ai entendue ? demanda Bill.

— Si, répondit sa femme. Elle a couru dans sa chambre. Elle revient tout de suite.

— Haven est arrivée, hein ? fit Trevor en se lavant les mains dans l'évier.

De plus en plus intéressant. Trevor lança un regard vers le couloir par lequel la jeune femme avait disparu.

Evelyn se demanda quelle histoire cela pouvait bien cacher. Elle poserait la question à Gray plus tard.

— Cette tondeuse à gazon ne vaut plus rien, déclara Gray en poussant Trevor du coude pour se laver les mains à son tour. J'irai au magasin de bricolage pour t'en acheter une autre.

— Inutile de te tracasser, dit Ginger en disposant les carottes dans des assiettes. On peut s'en acheter une nous-mêmes.

— J'ai vu un panneau en arrivant, renchérit Drew en prenant place à son tour devant l'évier. Quelques anciens étudiants ont monté leur boîte, ils proposent de tondre en échange d'argent de poche. Je suppose qu'ils restent dans le coin pendant les vacances.

— Tu as lu toutes ces informations sur un panneau en arrivant ? s'étonna Ginger, en croisant les bras d'un air suspicieux.

Drew haussa les épaules.

— Je l'avoue : j'ai noté le numéro, je les ai appelés quand on était dans le jardin.

— Ce serait trop stressant pour Bill de devoir s'en occuper lui-même, ajouta Gray. Et puis sa tondeuse est irréparable.

— Ce sera temporaire, la rassura Bill à son tour. En attendant de pouvoir en acheter une autre, j'aiderai les étudiants à se faire un peu d'argent.

Ginger lui tendit la main.

— Donne-moi leur numéro. Je m'en occupe.

Drew nota sur un morceau de papier les chiffres enregistrés dans son téléphone, puis tendit à Ginger la note qu'elle fourra dans sa poche.

— Maintenant, tout le monde s'assied. Il est temps de manger.

Haven fit son entrée.

— Salut, tout le monde.

— Bonjour, ma puce, répondit son père avant de l'enlacer. Tu t'es bien amusée chez tes amis ? Désolé, je dormais déjà quand tu es arrivée hier soir.

Elle ferma les yeux très fort dans les bras de son père.

— Bonjour, papa. Oui, c'était bien, merci. Ne t'inquiète pas pour hier, je suis arrivée tard.

Le cœur d'Evelyn se serra lorsqu'elle vit Haven chasser une larme avant de s'écarter de son père pour lui dire en l'examinant longuement :

— Tu as repris un peu de poids, non ? Encore à profiter que maman ait le dos tourné pour t'empiffrer de biscuits Oreo ?

Bill eut un sourire de petit garçon.

— Oui, j'en ai mangé quelques-uns.

— J'ai tout entendu, fit la mère. Allez, asseyez-vous.

Tout le monde s'exécuta : Gray à côté d'Evelyn, Ginger à côté de Bill évidemment, puis Drew et Trevor se précipitèrent sur deux autres chaises, ce qui n'en laissa qu'une de libre, juste à côté de Trevor.

Haven hésita.

— Assieds-toi ma chérie, insista Ginger. Il ne va pas te mordre.

— Si, je pourrais, rétorqua Trevor avec un grand sourire pour la jeune femme.

Celle-ci lui lança un regard noir en s'installant sur la chaise.

Le repas était délicieux et la conversation battait son plein. Le souvenir des années d'études des garçons revenait régulièrement sur la table, agrémenté de nombreuses taquineries spécialement réservées à Haven.

— Sans ce cours particulier de maths, on pense que Trevor n'aurait jamais quitté le dortoir, affirma Gray d'un ton moqueur.

— Ne m'en parle pas, c'était le bagne, se lamenta Trevor. J'étais princesse Raiponce enfermée dans sa tour d'ivoire. Mais sans les longs cheveux, évidemment, précisa-t-il en faisant un clin d'œil à Evelyn. Sans l'aide de Haven, je serais encore coincé dans la même chambre d'étudiant à l'heure qu'il est.

Haven piqua des petits pois avec sa fourchette, refusant de lever les yeux de peur de croiser son regard.

— Moi, je me rappelle que Haven n'avait pas du tout envie de donner des cours particuliers à Trevor, affirma Ginger. À croire qu'on lui demandait la pire chose au monde. Elle traînait des pieds en criant qu'elle n'en avait pas envie. Tu t'en souviens, ma chérie ? Mon Dieu, tu étais si capricieuse !

Cette remarque fit lever le menton à Haven.

— Si je me rappelle bien, les caprices ne venaient pas de moi.

Trevor eut l'air surpris.

— Tu parles de moi, pas vrai ?

— Il faut dire que tu étais vraiment ch… pénible, se corrigea Drew avec un regard en coin pour Bill et Ginger.

— C'est faux, je faisais des efforts, voulut se défendre l'autre. Bref, tout ce qui comptait pour moi, c'était de quitter ce dortoir.

Haven laissa échapper un rire.

— Tu n'en faisais qu'à ta tête, Trevor. Non, tu n'as pas fait d'efforts. Tu croyais tout savoir sur tout, sauf en maths, en science et en histoire. Dès que ça s'est corsé et que tu n'as plus eu d'autre choix que de te mettre au travail, tu as essayé de me soudoyer pour que je passe l'examen à ta place.

— Haven ! la reprit Ginger. Trevor ne ferait jamais une chose pareille.

Elle regarda sa mère droit dans les yeux.

— Mais non, bien sûr, j'oubliais. C'est un sportif, il ne fait jamais d'erreur.

Trevor garda le silence, mais il lança un étrange regard à sa voisine. Quel passé cachait leur relation ? se demanda Evelyn. Y avait-il eu des désaccords pendant les cours particuliers ? Non, c'était plus que cela. La tension était palpable entre eux.

— Bref, tout s'est bien terminé, et Trevor a eu tous ses examens, conclut Ginger en souriant. Nous étions si fiers.

— Excusez-moi, fit Haven, avant de se lever et de poser son assiette dans l'évier.

Trevor la suivit du regard tandis qu'elle quittait la pièce.

Après le repas, tout le monde s'assit sous le porche pour boire le thé. Même Haven se remit de ce qui l'avait bouleversée et se joignit à eux, mais en s'asseyant le plus loin possible de Trevor. Evelyn le surprit à lancer des regards dans sa direction, mais Haven les fuyait sans arrêt.

Quand Evelyn rentra pour reprendre du thé, Haven apparut derrière elle.

— Je vous sers ? lui proposa-t-elle.

— Oui, merci. On pourrait se tutoyer, non ?

Haven s'adossa au comptoir de la cuisine afin de siroter sa boisson tandis qu'Evelyn s'asseyait à la table.

— D'accord. Tu vis à Dallas, c'est bien ça ?

— Oui, pour l'instant.

— Que fais-tu là-bas ?

— Je travaille à la radio.

Evelyn sourit.

— C'est une branche intéressante.

— Parfois, oui. Mais le reste du temps, c'est un cauchemar. Cela dépend des jours et des informations que je dois annoncer.

— Tu présentes les infos ?

Un sourire de fierté s'étendit sur le visage de Haven.

— Sportives, oui.

— Waouh, ce n'est pas un domaine facile pour une femme !

— C'est vrai. En ce moment, j'ai des entrées pour une radio nationale. Je croise les doigts.

— Félicitations. J'espère que ça marchera.

— Merci. C'est tellement excitant.

— Tu sais, j'apprends beaucoup au sujet de la course automobile et du sport en général grâce à Gray.

Le regard de Haven dévia vers le porche.

— Gray est quelqu'un d'extraordinaire. Il a été si gentil avec mes parents, et avec moi aussi. (Elle reporta son attention sur Evelyn.) Tu travailles pour son père, le sénateur ?

— Oui.

— Je suis surprise que Gray t'adresse la parole. Pendant ses études, il n'était pas en bons termes avec son père. Les choses ont dû changer.

Evelyn appréciait sa franchise.

— Rien n'est gagné, ils doivent faire beaucoup d'efforts. Ce genre de choses peut prendre du temps.

Haven sirota son thé.

— Oui, je suppose.

En parlant de plaies qui mettent du temps à cicatriser… Elle sentit que Haven avait besoin de se confier. Peut-être était-ce la raison qui la poussait à rester dans la cuisine avec Evelyn. Était-ce un aveu qu'elle ne pouvait pas faire à sa mère ?

— Ce que je vais demander risque de paraître déplacé et n'hésite pas à me dire de me mêler de ce qui me regarde, Haven. Mais j'ai senti comme une tension entre toi et Trevor.

Haven baissa les yeux sur ses chaussures en toile usées.

— Oh, ça ! Ouais. Lui et moi, on a un passé compliqué.

Evelyn plissa les yeux mais ne dit rien. Si Haven n'avait pas envie d'en parler, elle n'allait pas la forcer.

— Il était tellement... susceptible. Une espèce d'arrogant sûr de lui. Malheureusement, j'étais folle amoureuse de lui. J'avais mauvaise allure avec mes lunettes et ma timidité maladive. Et eux... (Elle désigna sa poitrine.) je les cachais. J'avais assez de complexes sans y ajouter une grosse poitrine. Les garçons étaient un mystère pour moi. Trevor était ce sportif sexy, et je ne pouvais pas m'empêcher de saliver en le voyant.

— Une sorte de premier amour ?

Haven poussa un soupir.

— Le pire qu'on puisse imaginer. Trevor, en grand séducteur qu'il était, s'en était vite aperçu. Il a joué avec mes sentiments en me manipulant à coups de battements de cils et de beaux discours pour obtenir ce qu'il voulait.

Prudente, Evelyn osa tout de même demander :

— Et qu'est-ce qu'il voulait, exactement ?

La jeune femme se mit à rire.

— Des cours particuliers. Il avait besoin d'aide pour réussir ses examens. Alors quoi de mieux que l'aide de l'intello de service ?

— Tu n'en avais pas envie ?

— Au contraire, et c'est justement ça le problème. Pour attirer son attention, j'aurais accepté de faire n'importe quoi. Il n'avait pas à forcer pour me manipuler. J'ai étudié avec lui, je l'ai motivé à travailler plus dur qu'il ne l'aurait fait de lui-même. Le problème, c'est qu'il n'avait pas envie de travailler. Ce qu'il voulait vraiment, c'était trouver le meilleur moyen de tricher.

Evelyn s'adossa dans son siège et but une gorgée de thé.

— Sans blague !

— Eh oui ! Trevor a toujours eu la vie facile. Le sport ? Les doigts dans le nez. Attirer une fille dans son lit ? Un jeu d'enfant. Il n'avait qu'à décocher son sourire ravageur, et les culottes tombaient plus vite que les robes de soirée la nuit d'un bal de promo. Mais les enseignants ? Non, ça ne marchait pas comme ça. Il a cherché un moyen de les amadouer.

— Impossible. À un examen, soit il réussit, soit il échoue. On n'amadoue pas les professeurs.

— Exactement. J'ai essayé de le lui faire comprendre, mais il répondait en me chuchotant à l'oreille qu'il serait tellement plus facile que je réponde aux questions à sa place. J'ai refusé, alors il a essayé de m'attirer dans son lit. Je sais qu'il pensait faire une bonne action en proposant de coucher avec cette pauvre intello à lunettes.

Énervée par le comportement du Trevor de l'époque, Evelyn croisa les bras.

— Et ensuite ?

— J'étais peut-être gauche et folle amoureuse de ce type, mais je n'étais pas idiote pour autant. J'avais ma propre réussite scolaire à préserver. Hors de question de prendre le risque de tout perdre. J'ai refusé.

— Tu as bien fait.

— Je l'ai forcé à étudier. Il m'en a voulu comme jamais. Les filles lui refusaient rarement une offre pareille. Je lui ai dit que s'il voulait réussir il devrait utiliser son cerveau. (Elle pointa sa tempe du doigt et se mit à rire.) Celui qui est dans sa tête, pas dans son pantalon.

Evelyn éclata de rire.

— Bien joué. Et que s'est-il passé ?

— Il a fini par ouvrir un bouquin. Difficilement, mais il l'a fait.

— Tu l'as motivé, il a décroché son diplôme. Et ensuite ?

— Ensuite ? Il a poursuivi son bout de chemin de son côté, évidemment. J'étais heureuse de m'en être débarrassée. Ce genre de casse-pieds, on s'en passe volontiers.

Au fond, Evelyn était persuadée que Haven ne s'était pas remise de son amour pour Trevor aussi facilement. Un cœur avait été brisé, et la tension qui émanait de leur proximité était toujours bien présente.

Mais, avant qu'elle puisse poser d'autres questions, Ginger entra dans la cuisine.

— Est-ce que vous vous cachez, toutes les deux ?

Haven quitta le comptoir contre lequel elle était adossée et emporta son thé au passage. Le sourire aux lèvres, elle prit sa mère par la taille avec son bras libre.

— On discute entre filles, c'est tout.

— On s'est installés dans le salon pour regarder des photos, les informa Ginger.

— J'espère que les vieilles photos de moi ne font pas partie du lot.

Ginger lui serra doucement le bras.

— Tu étais une très jolie jeune fille.

Haven leva les yeux au ciel.

— Mais bien sûr !

Comme elle remontait le couloir jusqu'au salon, Evelyn pensa à sa propre mère, qui lui manquait soudain énormément. Il serait temps de lui passer un coup de téléphone.

Une heure s'écoula encore, le temps de parcourir de vieux albums de photos. Evelyn adorait voir Gray pendant ses années d'études. Il était déjà splendide et semblait vivre les plus beaux jours de sa vie. En tenue pour jouer au base-ball, il était tellement différent.

— On était tous persuadés qu'il finirait en ligue, conclut Bill en refermant l'un des albums. Mais, là encore, il filait en douce pour rejoindre ses copains pilotes et conduire ses voitures de course.

— J'ai toujours su qu'il avait ça dans le sang, affirma Trevor en s'adossant dans le fauteuil inclinable. Le base-ball ne faisait pas le poids face à son amour des voitures.

Gray sourit.

— J'aimais jouer au base-ball. Mais j'adorais la course. Ce n'était pas comparable.

Ginger lui tapota doucement le genou.

— L'essentiel, mon chéri, c'est que tu fasses ce qui te plaît.

Ils discutèrent encore un moment, puis Gray finit par se lever : ils devaient se rendre à l'aéroport. Evelyn fut rassurée d'apprendre que Trevor et Drew resteraient jusqu'à la fin de la journée. Au moins, tout le monde ne partait pas en même temps.

— Merci infiniment pour ce repas, dit-elle à Ginger. Ce fut un réel plaisir de vous rencontrer.

Elles s'enlacèrent chaleureusement, puis ce fut au tour de Bill.

— Je vous souhaite de vous remettre très vite.

Il lui sourit.

— Il se passera ce qui doit se passer, ma jolie. Prenez soin de notre petit.

— Je ferai de mon mieux. (Incapable de se retenir, elle prit les mains de Bill dans les siennes.) Ne baissez pas les bras. Tant que vous êtes sur pied, battez-vous, car il y a toujours de l'espoir.

D'un signe de tête, il acquiesça avant de l'embrasser sur la joue, puis la jeune femme tourna vite les talons pour quitter le porche avant que les larmes finissent par couler. Elle attendit Gray à l'écart. Lorsqu'il eut salué tout le monde, ils remontèrent en voiture.

Jusqu'à l'aéroport, Gray conduisit en silence.

Elle aurait voulu trouver les mots pour le réconforter, mais aucune parole ne l'aiderait à se sentir mieux, alors elle posa simplement la main sur sa cuisse. Après avoir rendu la voiture de location, ils retrouvèrent l'avion privé du sénateur.

Gray ferma les yeux pendant le décollage et inclina son siège en position couchée. Les pensées devaient se bousculer dans sa tête. Evelyn le laissa ruminer en silence, encore une fois déçue de se trouver impuissante face à sa détresse.

— Je déteste cette situation, soupira-t-il finalement, les yeux clos.

Elle travaillait sur son ordinateur, mais elle referma l'écran et le posa sur le siège voisin.

— Je sais. Je suis sincèrement désolée pour ton ami. Bill et Ginger sont des gens exceptionnels.

Il ouvrit les yeux et fit pivoter son fauteuil pour la regarder en face.

— C'est vrai. Bill est un homme bien. Je ne sais pas comment elle fera sans lui.

— Tu es sûr qu'il n'y a plus aucun espoir sur le plan médical ?

— D'après Ginger, non. Il est en phase terminale.

Elle lui prit la main et la serra.

— Je suis désolée, Gray. J'aimerais savoir quoi dire ou quoi faire pour t'aider.

— Viens par là.

Elle libéra sa ceinture de sécurité et grimpa sur les genoux du pilote, puis laissa reposer sa tête sur son épaule tandis qu'il lui caressait doucement le dos. C'était pourtant lui qui avait besoin de réconfort.

— Pourquoi ne pas contacter les meilleurs centres de traitement contre le cancer ? suggéra Evelyn. La recherche avance à grands pas. Ginger et Bill n'ont peut-être pas envisagé toutes les options qui s'offrent à eux. Et s'ils n'étaient pas au courant de tout ce qu'il est possible de faire ?

Il opina.

— J'ai pris Trevor et Drew à part pour leur en parler, et on a ensuite appelé Garrett. On passera quelques coups de téléphone. Je n'ai pas l'intention de laisser tomber, et je tiens à ce que Bill en fasse autant.

— Tant mieux. Je suis consciente que tu ne veux pas entendre parler de l'aide de ton père, mais il a des contacts haut placés dans les meilleurs hôpitaux de Washington.

— Si on doit en arriver là, je suis prêt à me mettre à genoux devant mon père pour le supplier de m'aider. Je te tiendrai au courant.

— D'accord. De mon côté, je ferai tout ce que je pourrai.

Sans s'arrêter de lui caresser les cheveux, Gray croisa son regard.

— Ta présence me fait du bien. Je ne sais pas pourquoi, mais c'est agréable de ne pas être seul pour traverser cette épreuve.

Elle sentit son cœur se serrer. Chaque jour qui passait ajoutait son lot de sentiments pour cet homme. La visite au ranch, ses amis, les proches qui comptaient vraiment pour lui, tout cet univers lui dévoilait un côté de Gray qu'elle ne connaissait pas. Si elle pensait s'en sortir sans s'attacher à lui, c'était raté d'avance. Comment rester indifférente à un homme si gentil, si généreux et si complexe à la fois ?

Cela lui donnait envie d'aller plus loin et d'apprendre à le connaître, mais cette envie lui faisait peur.

Si elle devait tomber amoureuse de Gray, l'histoire finirait par lui briser le cœur.

Chapitre 21

Les qualifications se déroulèrent à merveille. Au début, Gray eut la sensation de devoir rattraper les quelques jours sans activité sportive, mais il fut vite rassuré de se sentir de nouveau capable de rouler sans difficultés.

Il mit de côté les pensées amères laissées par sa visite chez Bill et Ginger pour se concentrer sur la course, sur sa voiture et sur ce que l'étape suivante représentait pour son équipe. Le reste devait passer au second plan, car Evelyn avait pris le relais et s'était lancée dans une course acharnée pour sauver la vie de Bill. Elle avait passé beaucoup de temps au téléphone avec Drew et Trevor, ainsi qu'avec Garrett alors qu'ils ne s'étaient jamais rencontrés. Elle s'occupait de tout pour lui.

Comment ferait-il sans elle ? Cette question le soulageait d'un poids tout en lui créant une boule au ventre, parce qu'il arriverait un moment où il devrait se débrouiller sans Evelyn.

Ce n'est pas le moment de penser à ça, songea Gray en prenant le deuxième virage à trois cent quinze kilomètres-heure. *Concentre-toi sur la course. Ne va pas foncer dans le décor.* Ce circuit était trompeur et dangereux. En troisième position, Gray collait au pare-chocs du numéro seize, et Donny le suivait de près. Avec un autre coureur de son équipe juste derrière lui, Gray savait qu'ils avaient une chance de remporter la course. S'il ne fichait pas tout en l'air, son écurie pourrait finir avec deux pilotes sur le podium. Toute pensée parasite devait laisser place à une concentration absolue sur la course, sur la victoire. La plus grosse partie de la saison était encore devant lui. S'il finissait premier aujourd'hui, il s'assurait une place en finale. C'était la seule chose qui devait le préoccuper. Rien ne devait avoir plus d'importance.

Tout le monde fit un arrêt au stand à quarante-deux tours de l'arrivée. Tout se passait bien, et Donny conservait sa place derrière lui, mais Gray savait que rien n'était gagné d'avance. Les pilotes s'économisaient toujours pour les derniers tours. Bientôt, ils joueraient des coudes pour se placer en pole position et faire un dépassement par l'extérieur pour grappiller quelques places.

Il était prêt. Donny et lui avaient mis une stratégie au point. Eux-mêmes gardaient de l'énergie sous le pied pour porter une accélération dans les derniers virages et s'imposer en tête sous le drapeau en damier.

Un accrochage à vingt tours de l'arrivée l'attira vers l'intérieur du circuit, juste derrière le meneur, avec Donny à ses trousses sur la voie extérieure.

Il était temps de mettre les gaz. Douze tours, c'était maintenant ou jamais. Gray savait ce qui lui restait à faire : dès que la voiture de sécurité se rangea sur le côté, il poussa le numéro quarante-sept qui avait roulé à plein régime toute la journée. Donny restait juste derrière lui, dans sa lancée, et, dès que le quarante-sept fut rangé, Gray et Donny écrasèrent la pédale d'accélération.

L'élan leur permit de dépasser le quarante-sept qui ne pouvait plus rien faire sans son coéquipier pour l'attirer par aspiration. Lancés en tête de course et roulant toujours plus vite, Gray et Donny prirent possession de l'intérieur du circuit. Donny allait sans doute s'échauffer, mais il ne restait que sept tours : il ne fallait rien lâcher. Pourvu que les moteurs tiennent le coup, car, si Donny ne le poussait plus, Gray était fichu.

Tandis qu'ils maintenaient leur position en tête, il sentit son cœur battre de plus en plus vite. McClusky les menaçait par la voie extérieure, poussé par son coéquipier Darren Lavelle. Mais l'extérieur n'étant pas l'option de facilité, Gray et Donny parvinrent à conserver leur position à trois tours de la fin.

— Allez, avance, ma belle, grogna Gray entre ses dents, les mains refermées sur le volant telles des griffes sur leur proie.

Au bout du virage, passé le drapeau blanc, il ne leur restait plus qu'un tour à tenir.

Un tour.

L'adrénaline faisait battre son pouls dans ses tempes. Pourvu que Donny ne soit pas pris d'une envie soudaine de finir premier. Son jour viendrait, mais, pour l'instant, son rôle n'était pas de gagner des points mais d'aider Gray à remporter la victoire.

En passant le drapeau en damier, Gray se mit à hurler de joie et leva le poing, puis décéléra et leva le pouce en souriant à Donny. Par radio, il remercia toute son équipe, puis opéra le plus beau dérapage contrôlé possible pour faire plaisir aux supporteurs en folie.

Waouh, une course comme il les aimait! De plus, elle lui rapportait un grand nombre de points pour la suite de la saison.

Sur le podium, Gray secoua une bouteille de champagne, qu'il laissa jaillir sur toute son équipe. Donny grimpa à ses côtés pour le serrer dans ses bras. Gray le tapa dans le dos, fou de joie.

— Tu t'es débrouillé comme un chef!

Donny lui décocha un grand sourire.

— La deuxième place, je prends. Merci, patron.

— On te laissera bientôt décrocher la première place, ne t'inquiète pas. Tu t'es battu jusqu'au bout. Je suis fier de toi.

Ce fut l'heure des interviews et autres séances photo pour les sponsors. Cette fois, Gray n'y vit aucun inconvénient : il convoitait ce succès depuis longtemps, et son équipe l'avait mérité. À présent, ils étaient officiellement en lice pour la finale. Gray mena donc chaque interview avec patience et, à la fin de la journée, il reprit la route de sa maison en bord de plage.

Ce matin-là, il avait donné ses clés à Evelyn afin qu'elle puisse se rendre chez lui sans forcément l'attendre. Quand il rentra, elle était déjà là et leur avait fait livrer à manger. Sa petite robe d'été faisait d'elle une créature plus sexy que jamais, avec ses pieds nus sur le canapé et son ordinateur sur les genoux.

En le voyant entrer, elle posa l'ordinateur à côté d'elle, passa les bras autour de son cou et l'embrassa généreusement.

Quel accueil ! C'était bien plus agréable que de rentrer dans une maison vide. Il accepta volontiers son étreinte, qu'il resserra encore, puis porta la jeune femme à l'étage jusqu'à la chambre. Il avait besoin de ses caresses, de son parfum enivrant. Cette proximité lui avait manqué. Depuis la reprise, il ne s'était pas arrêté une seule seconde, et Evelyn avait elle-même eu beaucoup de travail à rattraper.

Il l'allongea sur le lit et parcourut sa poitrine de la paume de ses mains. Avec un gémissement, elle répondit en caressant son sexe déjà dur.

Inutile de prononcer le moindre mot pour comprendre qu'ils avaient tout autant besoin l'un de l'autre. Il fit glisser les bretelles de sa robe sur ses épaules, dévoilant ainsi l'arrondi de ses seins.

— Je devrais d'abord prendre une douche. Je dois sentir l'essence et la sueur. En plus, j'ai une barbe de trois jours.

Elle passa la main sur sa joue à peine rugueuse.

— Tu oserais me laisser dans cet état ? J'aime autant ton odeur que ta barbe. Dépêche-toi de me faire l'amour avant que je meure de désir.

Avec un grognement, Gray se pencha sur son sein, dont il attrapa la pointe entre les dents. Les gémissements d'Evelyn l'encourageaient à continuer sur cette voie. Se frottant contre son entrejambe, il lui dévora la poitrine de baisers, et, lorsque sa joue frôla sa peau sensible, Evelyn fut saisie d'un frisson.

— J'aime cette sensation. Je me demande ce que ça peut donner entre mes cuisses.

Si ce n'était pas une invitation, alors Gray n'y connaissait rien aux femmes. Il se redressa et attira la jeune femme au bord du lit, puis retroussa sa robe. Sa culotte de soie rose ainsi dévoilée, il remarqua qu'elle n'était retenue que par deux fines bandes de tissu sur le côté.

Il saisit le vêtement avec délicatesse et le fit glisser le long de ses cuisses et de ses jambes, avant de les écarter juste assez pour déposer un chemin de baisers au creux de son intimité.

— Gray, s'il te plaît, murmura-t-elle.

— S'il te plaît quoi ? lui demanda-t-il dans un souffle.

Son corps entier frémissait sous ses mains viriles.

— S'il te plaît, lèche-moi et fais-moi jouir.

— J'aime t'entendre me supplier.

Laissant sa langue courir tout contre sa féminité, il fut récompensé par un soupir qui décupla encore ses pulsions charnelles. Il lui attrapa fermement les fesses pour appuyer les caresses de sa bouche contre son sexe.

Evelyn releva la tête et croisa son regard.

— Tu vas me faire jouir ? Dépêche-toi, ça fait trop longtemps.

Il fit courir la langue d'avant en arrière, puis l'inséra entre les lèvres de son sexe.

— Oui. Recommence.

Il s'exécuta.

— Plus vite. Continue comme ça, plus vite. Oh, mon Dieu, c'est tellement bon !

À mesure qu'il faisait ce qu'elle lui demandait, l'expression de la jeune femme changeait, sa bouche s'entrouvrait et son souffle devenait saccadé. Elle s'agrippa aux couvertures et se cambra, levant les hanches contre son visage comme pour lui réclamer d'aller plus loin.

C'était un véritable bonheur de lui procurer ce plaisir, de la faire trembler de la tête aux pieds tandis qu'elle laissait exploser son extase. Il aimait son goût, et cette liberté avec laquelle elle s'offrait entièrement à lui.

Gray s'empara d'un préservatif, ouvrit sa braguette, sortit son sexe et enfila le latex. Après avoir attiré Evelyn tout au bord du lit, il la pénétra alors qu'elle frémissait encore des dernières vagues de son orgasme.

Elle se redressa, l'attrapa par les bras et l'enfonça en elle aussi profondément qu'elle le put.

— Ah !

Il la tint fermement tandis qu'elle se laissait transpercer par son membre érigé et se coucha sur elle, allant et venant contre sa peau sensible. De la paume de la main, il lui caressa les cuisses et repoussa encore son genou pour entrer plus loin en elle.

Evelyn lui caressa le visage, laissa son pouce s'attarder sur ses lèvres, puis passa la main derrière sa nuque pour l'attirer contre sa bouche dans un baiser qui manqua de faire perdre le contrôle à Gray. Les paupières closes, il se laissa envoûter par son parfum, par la sensation de son manteau de féminité qui l'enveloppait d'une douceur délicieuse. Gray poursuivit ses efforts, et les gémissements de la jeune femme se transformèrent bientôt en cris déchirants.

Elle enfonça les ongles dans son dos, exigeante et nullement rassasiée. Le sportif lui souleva les hanches et se frotta de plus belle contre son clitoris, impatient de la faire jouir encore, mais, cette fois, il se joindrait à elle pour ne faire qu'un avec cette femme qui le bouleversait comme aucune ne l'avait jamais fait.

Dès qu'elle poussa un nouveau cri, Gray étouffa le son avec un baiser sauvage et se libéra en déversant son plaisir en elle, mêlant ses grognements aux hurlements d'Evelyn.

Sous la puissance de l'orgasme, il se sentit perdre conscience. La journée avait été chaude et fatigante. Avec l'accumulation de ce début de semaine éprouvant, il était épuisé. La seule chose qu'il se rappellerait, c'était ce moment de calme où il était allongé sur son lit pendant que des mains fraîches lui caressaient le visage.

— Au fait, félicitations, murmura Evelyn.

— Mmh ! Merci.

Ensuite, plus rien. Il s'était profondément endormi.

Lorsqu'il se réveilla un peu plus tard, il était seul sous les draps, et les lumières étaient éteintes. Il avait la gorge sèche. Encore à moitié habillé, il avait la migraine comme un lendemain de cuite. Ce dont il avait besoin, c'était d'une bonne douche et d'un repas copieux.

Il se leva et commença par la douche, puis enfila un short. En arrivant au rez-de-chaussée, il trouva Evelyn dans le salon, occupée à travailler dans la même position que quand il était arrivé, au moment où elle avait bondi du canapé pour l'embrasser avant de se laisser porter jusqu'à la chambre, où il lui avait fait l'amour. Puis dans sa mémoire, plus rien.

Il passa la main dans ses cheveux encore humides.

— Je me suis effondré ?

Evelyn leva les yeux et lui sourit.

— Ce n'est pas étonnant, tu étais épuisé, répondit-elle en reposant l'ordinateur à côté d'elle. Est-ce que tu as faim ?

— Je suis affamé.

— J'ai mis le repas au frigo. Attends, je vais le réchauffer.

— Non, je m'en occupe. Tu travailles ?

Elle hocha la tête.

— J'ai pris du retard, je suis en train de le rattraper.

— Dans ce cas, reste là. Je m'occupe du repas. Tu as mangé ?

— Oui, tout à l'heure. J'avais faim.

— Tu as bien fait.

Après s'être servi une assiette, il la mit au micro-onde, puis remplit un verre d'eau et s'installa à côté d'elle sur le canapé.

— Le son te dérange si j'allume la télévision ?

Lui lançant un regard surpris, elle se pencha et l'embrassa.

— Pas du tout, mais c'est gentil de me le demander.

Bon sang, qu'elle était belle dans cette robe ! Il retournerait dans la chambre avec elle pour le deuxième round si son estomac ne se manifestait pas aussi bruyamment. Devant la chaîne sportive, il engloutit son repas avec plaisir tout en regardant la retransmission de sa course. Quand il fut rassasié, il rangea l'assiette dans le lave-vaisselle, se servit un autre verre d'eau et retrouva sa place près d'Evelyn. Elle avait l'air concentrée. Mais sur quoi ? Parfois sur une page de réseaux sociaux, puis sur ses mails, qu'elle vérifiait régulièrement, avant d'ouvrir la fenêtre d'un tableur compliqué. Cette danse informatique lui donna le vertige, et il préféra retourner à sa chaîne sportive. Au bout d'un moment, elle se mit à bâiller et éteignit l'ordinateur.

La tête posée sur son épaule, Evelyn promena les doigts sur son torse.

— Tu as assez mangé ?

— Oui, ça va beaucoup mieux. Pardon de m'être endormi, tout à l'heure.

Elle se redressa.

— Tu n'as pas à t'excuser. La chaleur était assommante aujourd'hui, c'était à la limite du supportable. Et encore, j'étais à l'ombre de la cabine de communication. Tu devais suer dans cette voiture.

— Un vrai four. Mais j'ai l'habitude.

— En tout cas, ce n'est pas étonnant que tu sois tombé de sommeil. Je suis même surprise que tu aies eu autant d'énergie tout à l'heure.

— Pour toi, ma belle, j'aurai toujours assez d'énergie.

Elle se mit à rire.

— Ravie de l'apprendre.

Elle étouffa un bâillement.

— Maintenant, c'est toi qui as besoin d'une bonne nuit de sommeil.

— Non, ça va.

— Tu as rattrapé tout ton travail ?

— Presque. J'ai préparé quelques commentaires de la fête du 4 juillet au ranch, j'y ai intégré les critiques des journalistes, quelques extraits vidéo et plusieurs photos. Avant de les poster, j'attends ton accord.

Gray acquiesça d'un signe de tête.

— Envoie-moi tout ça par mail, j'y jetterai un œil quand tu iras dormir.

— Je peux rester avec toi.

— Non, va te coucher. Je te rejoins dans une heure. Envoie-moi les documents.

Elle reprit son ordinateur, lui prépara un mail dans lequel elle lui expliquait à quelles pages était destiné tel ou tel commentaire puis cliqua sur « Envoyer ».

— Parfait, dit Gray en se levant. (Il la prit par la main et l'aida à se redresser à son tour.) Maintenant, au lit !

Evelyn poussa un soupir.

— Tu n'es pas drôle.

— Le Gray amusant, c'était tout à l'heure.

Se laissant guider jusqu'à la chambre, elle posa la tête sur l'épaule de Gray.

— Oui, c'est vrai.

Quand ils furent arrivés dans la chambre, il fit glisser les bretelles de sa robe, et, dès que le vêtement tomba au sol, elle fit un pas de côté pour s'en extraire.

— Au lit, ma jolie.

Sans se faire prier, Evelyn se glissa sous les draps et se tourna sur le côté pour le regarder.

— Je n'aime pas aller me coucher sans toi.

À ces mots, Gray se sentit frissonner.

— Je te rejoins bientôt, la rassura-t-il en lui déposant un baiser sur les lèvres.

Elle sourit, mais ses paupières étaient déjà fermées. Il éteignit la lumière et ferma la porte.

De retour au salon, il sortit son ordinateur et parcourut les documents qu'Evelyn lui avait envoyés. Elle avait parfaitement compris le ton neutre qu'il tenait à donner à ses rapports publics avec son père. Il y avait plusieurs photos de lui : avec son père en arrière-plan ou avec sa famille réunie. Des vidéos le montraient discutant avec Carolina et ses parents, ou expliquant combien c'était un plaisir de revenir au ranch familial. Rien de politique, aucune déclaration concernant un quelconque soutien de la campagne de son père. Gray répondit au mail afin de donner son accord et referma son ordinateur avant de monter l'escalier.

Lui non plus, il n'aimait pas se coucher sans elle, mais il arriverait bien un jour où leurs chemins se sépareraient.

Et ensuite ?

Il préférait ne pas y penser.

Chapitre 22

Le côté nomade de la vie de pilote automobile rappelait à Evelyn les tournées de campagne électorale. Pour elle, ce n'était donc pas difficile de refaire sa valise pour la ville suivante. Et la ville suivante, et la ville suivante.

Après Daytona Beach, Gray lui avait proposé d'arrêter de louer des chambres d'hôtel, puisque de toute manière elle passait ses nuits avec lui.

Ils avaient débattu de ce sujet dans chaque ville ces dernières semaines.

Elle lui répondait constamment qu'un compte était dédié aux dépenses de leur collaboration et que, si elle ne réservait pas une chambre dans chaque ville, ils risquaient d'éveiller les soupçons. Gray rétorquait que cela ne regardait personne et qu'elle pouvait dormir où bon lui semblait. Et Evelyn de répondre que sa réputation en dépendait. Ainsi, elle continua de réserver des chambres sans jamais y passer une seule nuit.

Du haut de sa cabine, Evelyn observait les pilotes lancés à vive allure sur le circuit et repéra aussitôt la voiture de Gray. Cela lui rappela la nuit passée. Elle n'avait eu de cesse de lui dire qu'il était tard et qu'il devait se reposer pour être en forme pour la course. Mais il s'était mis en tête de multiplier les orgasmes de sa partenaire en maniant avec adresse ses mains viriles, sa bouche délicieuse et son sexe puissant.

Evelyn se demanda s'il était fatigué et si sa présence tous les soirs dans sa caravane n'avait pas un effet nocif sur sa concentration derrière le volant. Elle surveilla cette course avec attention, car elle ne voulait pas être la cause d'un accrochage ou d'un mauvais résultat sur la ligne d'arrivée.

Avec un soupir, elle s'adossa contre son siège et chercha à se détendre, ce qui se révéla plus difficile qu'elle ne le pensait.

Ses sentiments entraient en jeu malgré elle dans sa relation avec Gray, et elle ignorait comment elle ferait le jour où leur collaboration se terminerait : tournerait-elle les talons, le sourire aux lèvres et le cœur en lambeaux ?

Elle s'était promis de ne pas s'engager émotionnellement avec lui, et c'était raté. À mesure que les jours passaient, Evelyn se sentait de plus en plus proche de son pilote. Ce n'était pas seulement dangereux pour son cœur, ça l'était également pour sa carrière.

Elle n'était pas venue pour tomber amoureuse. Elle était là pour travailler, une activité qui s'intensifiait et qui lui occupait l'esprit, heureusement. À présent, il devenait évident – à ses yeux, mais également aux yeux du sénateur et des journalistes – que Mitchell Preston partait favori pour prétendre au poste de vice-président aux côtés de John Cameron dans la course électorale. L'annonce officielle attendrait le congrès prévu dans quelques semaines, mais plus les jours passaient et plus l'heure des adieux avec Gray approchait.

Sur le plan politique, la période était exaltante. Elle avait hâte de se rendre à Atlanta pour ce congrès. Depuis son premier jour sous les ordres du sénateur, elle n'attendait que ce moment. Mitchell serait enfin sous les feux des projecteurs, lui qui avait travaillé dur pour en arriver là. Toute son équipe d'ailleurs avait travaillé dur.

Mais, quelque part, l'idée de faire ses valises et de dire adieu à Gray n'avait pour seul effet que de lui créer des bouffées d'angoisse.

Secouant la tête, elle décida de ne pas penser à son départ imminent. Il lui restait encore beaucoup à faire. Sa pêche aux votes en faveur du gouverneur Cameron et du sénateur dépendait toujours de ses actions avec Gray. Après avoir renforcé les pages des réseaux sociaux du sportif, elle avait souligné le lien qui l'unissait au sénateur en rappelant publiquement que le père de Gray prétendait au poste de vice-président avec le soutien de son fils. Elle avait dressé la liste de toutes les raisons pour lesquelles le pilote estimait son père et le gouverneur Cameron capables de remplir de hautes fonctions avec efficacité. Gray s'était montré généreux en acceptant de poster des photos et quelques allusions politiques alors qu'il s'était juré de ne jamais en arriver là.

Semaine après semaine, il s'était assoupli. Evelyn savait bien qu'il ne faisait pas tout cela pour son père mais pour elle. Si seulement elle pouvait réparer la faille qui les séparait, pas pour le bien de la campagne mais pour leur bien à tous deux, père et fils.

Pour le bien de Gray.

Si elle parvenait à faire venir le sénateur à une course, elle prouverait à Gray que son père était là pour lui. Mais il faudrait du temps avant qu'il admette que Mitchell pouvait s'intéresser à lui.

En même temps, pouvait-elle oser se mêler de leurs affaires personnelles ? Si Evelyn voulait faire avancer les choses, elle devrait déguiser ses actes pour qu'ils paraissent naturels, logiques.

Elle décida donc de rester dans la cabine de communication et d'étudier chaque course sous un angle statistique. Patiemment, Ian lui avait tout appris sur l'utilité des écrans disposés en face d'eux. Sa curiosité naturelle lui interdisait de rester dans l'ignorance. À présent, elle savait combien il restait de tours avant que Gray doive s'arrêter au stand pour le plein d'essence et elle savait si son moteur ne présentait pas de problème.

Les deux dernières courses, il avait fini en cinquième et en septième position. Ce n'était pas mal, mais Gray n'était pas satisfait. Il voulait finir premier quoi qu'il arrive, évidemment.

Aujourd'hui, c'était une course sur route, et pour Gray l'exercice bousculait toutes ses habitudes. Le circuit n'était pas ovale mais faisait penser à une route sinueuse de campagne, à cela près que Gray devait l'emprunter à très grande vitesse. Au lieu de foncer en accumulant les virages à gauche, le principe consistait à bloquer la route aux concurrents. Les redémarrages frisaient le carambolage, en particulier vers la fin de la course où il devenait difficile de se frayer un chemin entre les voitures.

Gray en avait déjà parlé à Evelyn : les courses sur route, ce n'était pas son fort. Il lui avait avoué être plus efficace sur un circuit classique, où la vitesse était la pièce maîtresse du jeu, et pas les virages à droite, à gauche, les décélérations et autres freinages d'urgence.

Son talon d'Achille.

Il était douzième au redémarrage. Donny, son coéquipier, était quinzième. Tandis qu'ils passaient le drapeau vert, elle s'agrippa à la barre et se mordit la lèvre. En quatre tours, Gray remonta à la dixième place, ce qui n'était pas mal, mais il éprouvait des difficultés à s'immiscer entre les rivaux dans ces virages serrés. Plus les tours passaient, plus les pilotes quittaient le circuit, poussés par d'autres plus agressifs. Evelyn s'inquiétait pour Gray : Cal McClusky le poussait par-derrière. Elle serra la barre très fort, persuadée qu'il risquait le tête-à-queue. Mais non. Gray maîtrisa le véhicule et fonça toujours plus vite.

Ouf! Elle soupira. Il dépassa une voiture, puis une autre, ce qui laissait deux véhicules entre lui et McClusky. Malheureusement, il ne lui restait plus assez de temps. Il finit la course huitième.

En y réfléchissant, ce n'était pas si mal. Donny était douzième, et ni l'un ni l'autre n'avait fini dans le décor.

À la fin de la journée, Evelyn devait le rejoindre à la caravane. Gray avait invité Donny et Stacie à se joindre à eux pour une pizza. Les filles revenaient de la pizzéria lorsque Gray appela pour les prévenir que les interviews étaient bientôt terminées.

Épuisés, les garçons s'affalèrent sur la banquette, un verre d'eau à la main, tandis que Stacie et Evelyn sortaient les assiettes et les serviettes en papier.

— C'était dur aujourd'hui, pas vrai ? lança Evelyn.

— Je déteste les courses sur route, bougonna Gray en se servant deux parts de pizza.

— Moi aussi, acquiesça Donny. Elles demandent plus de concentration. Je n'appelle pas ça de la course.

Stacie lui caressa le bras.

— Tu t'es bien débrouillé. Tu es dans les quinze premiers alors que tu n'étais pas à l'aise sur le circuit.

Le jeune garçon haussa les épaules et mordit dans sa part de pizza.

— Elle a raison, renchérit Gray. Je trouve que tu as fait un bon score pour quelqu'un qui est nul sur route.

— Et toi, tes points te maintiennent en tête, affirma Donny avec un grand sourire.

— C'est le plus important pour notre équipe, pour l'instant. Ce qui nous attend sera de plus en plus difficile. La compétition se fera sentir. Je ne mène que de trente points, avec McClusky et Darren sur mes talons. Ils ont les crocs. Je devrai mener chaque course comme s'il s'agissait d'un championnat.

— Je ne sais pas comment tu parviens à gérer toute cette pression, reconnut Evelyn.

— Il suffit de prendre une course après l'autre, inutile de voir plus loin.

— C'est ce que je répète sans arrêt à Donny, se lamenta Stacie. Une course à la fois.

— Excellente philosophie, opina Gray. Si tu réfléchis trop, c'est fichu.

Après le repas, les garçons s'installèrent devant la retransmission de la course à la télévision pour étudier leurs performances dans le détail, pendant qu'Evelyn et Stacie discutaient dans la cuisine.

— Alors ? Comment ça se passe entre vous ? s'enquit Evelyn à voix basse.

Stacie sourit.

— Mieux. Je retourne à la fac cet automne.

— C'est vrai ? Génial !

D'un rapide coup d'œil, elle s'assura que les garçons gardaient leur attention sur l'écran avant de demander à Stacie :

— Comment le prend Donny ?

— Il me soutient, je trouve ça surprenant. Il m'a dit que, de toute manière, je ne peux pas l'aider dans sa carrière tant que je n'ai pas fini mes études. Il veut que je retourne sur les bancs de la fac. Je lui manquerai, mais il me promet de se battre pour devenir le meilleur pilote de sa génération.

— C'est une bonne chose pour vous deux.

— Tout ça est tellement excitant. Il me manquera affreusement, mais je me dis que le diplôme n'est plus très loin. En travaillant dur, je le décrocherai en un rien de temps et je pourrai rejoindre Donny de façon permanente.

— Tu as fait le bon choix, Stacie.

— Je pense aussi. Et puis il a évoqué le mariage en parlant de l'année prochaine, ou la suivante. Je lui ai dit qu'il ne fallait pas se précipiter, mais j'avoue que c'est la première fois que je le vois aussi investi.

— Je suis tellement heureuse pour toi.

Comblée de bonheur, Stacie lui décocha un grand sourire.

— Merci, je suis heureuse aussi. Ces derniers temps, je commençais à me dire qu'on n'avait aucun avenir ensemble. Maintenant, tout semble rentrer dans l'ordre. On devait seulement apprendre à se faire confiance. Je l'aime. Il lui suffisait de comprendre que mes sentiments pour lui ne changeront pas avec cette séparation géographique. C'est temporaire.

— Je crois en vous deux, tout se passera bien.

Stacie lança un regard à Donny qui lui fit un clin d'œil.

— Tu vois ? fit-elle ensuite en prenant les mains d'Evelyn. On nage dans le bonheur.

Evelyn aurait tant aimé avoir une telle confiance dans sa relation avec Gray, mais ça ne fonctionnerait jamais entre eux. Leur histoire ne durerait pas pour la simple raison qu'il n'y avait pas vraiment d'histoire. Ils travaillaient ensemble et couchaient ensemble. Ni plus ni moins.

Pourtant, ce qu'elle vivait avec Gray lui donnait des envies d'engagement. Elle voulait une présence en rentrant chez elle le soir, un homme avec qui discuter de sa journée, avec qui se réchauffer sous les draps et faire l'amour jusqu'au bout de la nuit. Elle s'était habituée à tout cela avec Gray et, malgré son heureux célibat pendant toutes ces années, elle commençait à vouloir quelque chose de différent.

En même temps, ce compagnon idéal n'avait pas encore de visage, et cette idée-là lui plaisait beaucoup moins. Mais ce ne pouvait pas être Gray, elle devrait s'y faire.

Après le départ de Donny et de Stacie, Evelyn débarrassa la table et décida de sortir la poubelle. Alors qu'elle s'apprêtait à ouvrir la porte, Gray apparut derrière elle.

— Où tu vas avec ça ?

Elle se retourna.

— À la benne.

Il se mit à rire.

— Hors de question, j'y vais.

Tandis qu'elle remplaçait le sac par un nouveau, il sortit de la caravane avec la poubelle. À son retour, il s'appuya contre la porte et l'observa pendant qu'elle nettoyait le comptoir. Elle leva les yeux.

— Qu'est-ce qu'il y a ?

— Rien. Je sors les poubelles, tu passes l'éponge sur le comptoir, tout ça me paraît tellement domestique. Je trouve ça… agréable.

Evelyn éclata de rire.

— Aïe ! C'est une mauvaise chose, non ?

En deux pas, il était contre elle et la prenait dans ses bras.

— Au contraire, c'est très positif.

Il l'embrassa dans le cou, l'une de ses zones érogènes, il le savait. Elle inclina la tête pour lui offrir un meilleur accès. Dès qu'il se mit à la mordiller, elle poussa un soupir.

— Tu n'es pas fatigué ? s'assura-t-elle en laissant sa tête reposer contre son torse.

— C'est une manière polie de me dire que tu n'en as pas envie ?

Avec un sourire, elle passa les bras autour de son cou.

— Avec toi, j'ai toujours envie.

— Tu vois ? Voilà pourquoi on est compatibles. Pour répondre à ta question : non, je ne suis jamais fatigué lorsqu'il s'agit de te faire l'amour.

Sur ces mots, il posa les mains sur sa poitrine qu'il massa à travers le tee-shirt. Evelyn crut devenir folle. Pour elle qui brûlait de sentir ses doigts courir sur sa peau nue, ces caresses ne lui suffisaient pas. En une fraction de seconde, elle quitta le haut et dégrafa l'avant de son soutien-gorge.

Gray ne se fit pas prier et la débarrassa du sous-vêtement avant de caresser la pointe de ses seins nus.

— Voilà de quoi j'avais besoin, susurra la jeune femme d'une voix sensuelle, rongée par le désir que Gray ne manquait jamais de faire grandir en elle.

La force avec laquelle le charme du sportif opérait sur elle l'étonnerait toujours, et elle laissa échapper un soupir au contact de ses lèvres autour de son téton.

Ensuite, il la retourna face au comptoir.

— Je te veux dans cette position, murmura-t-il en lui baissant son short et sa culotte avant de lui faire écarter les jambes.

Il ouvrit sa braguette et la laissa patienter juste le temps d'enfiler un préservatif, puis sa main vint épouser la courbe de son sexe.

— Je sens que tu as envie de moi, Evelyn. Tu es prête ?

— Oui.

Elle était prête pour lui, pour son membre, pour l'orgasme qu'il lui promettait par les va-et-vient de sa main sur sa féminité. Dès qu'il caressa son clitoris, elle se dressa sur la pointe des pieds et se mit à rouler des hanches. L'extase menaçait déjà, alors elle posa la tête sur ses bras croisés et se concentra sur la sensation délicieuse que ses mains lui procuraient.

L'orgasme frappa, et elle se cambra contre lui en poussant un cri. Sans attendre, Gray retira ses doigts et se glissa en elle, décuplant la force de son plaisir par la présence de son sexe. Passant un bras autour de sa taille, il la protégea du comptoir tandis qu'il augmentait la puissance de ses assauts. Les frissons extatiques ne l'avaient pas tout à fait quittée lorsqu'elle fut menée au bord d'une nouvelle jouissance. Elle posa les doigts contre son point sensible, impatiente de retourner dans la spirale du plaisir, mais cette fois accompagnée de Gray qui accélérait le rythme et s'enfonçait aussi loin qu'il le pouvait.

La délivrance la saisit, et il se laissa emporter au même instant, passant la langue dans son cou, intensifiant la secousse qui les unissait dans la plus intime des connexions.

Tous deux étaient à bout de souffle et trempés de sueur. Il pressa son corps contre elle en cherchant à reprendre sa respiration et joua avec sa poitrine en attendant qu'ils redescendent de leur petit nuage.

— Maintenant, je suis fatigué, admit-il.

Evelyn sourit et se retourna pour un baiser à la fois tendre et passionné.

— Et si on allait se coucher ? suggéra-t-elle.

— Est-ce que c'est ta façon de proposer le deuxième round ?

Elle pouffa de rire.

— Tu me tues, Gray.

— Non, c'est toi qui vas finir par avoir ma peau.

Chapitre 23

Tôt le lendemain matin, Gray tira les draps qui couvraient Evelyn.

— Debout !

Avec un grognement, elle enfouit la tête sous l'oreiller en tâtant le matelas pour retrouver son drap.

— Laisse-moi tranquille, il est encore trop tôt. Tu ne dors jamais, toi ?

— Une grosse journée nous attend.

Evelyn roula sur le côté et entrouvrit les yeux.

— Comment ça, une « grosse journée » ?

— Je pensais t'emmener visiter New York.

Après une telle annonce, elle se trouva parfaitement réveillée.

— C'est vrai ?

— Oui, je pensais prendre un jour de congé avant de quitter la ville pour la prochaine course.

Assise dans le lit, elle posa les pieds par terre.

— Excellente idée.

— Tu y es déjà allée ?

Elle secoua la tête. Elle avait toujours eu envie d'aller à New York.

— Alors c'est parti.

La jeune femme rentra rapidement à l'hôtel pour faire son sac et prendre une douche. Gray avait réservé un jet privé pour leur voyage, car, après tout, ils n'avaient qu'une journée. Une voiture les accueillit à l'aéroport pour les mener directement à Manhattan.

Evelyn n'eut aucune honte à garder le nez collé à la vitre comme une touriste aux portes de la « grosse pomme ». Bouche bée en face de l'incroyable paysage urbain, elle repéra le gratte-ciel du Chrysler Building et l'Empire State Building. Ses yeux se posèrent ensuite sur la statue de la Liberté, et elle laissa échapper un cri de joie. Elle avait toujours rêvé de prendre une semaine de vacances à New York et s'était depuis longtemps préparé une liste des monuments à visiter, mais son emploi du temps ne l'avait jamais permis.

— Je sais, on n'aura pas le temps de tout voir, déplora Gray. Mais je peux te donner un aperçu.

La voiture les laissa devant Times Square.

— Et nos bagages ? demanda Evelyn en regardant la voiture partir.

— Le chauffeur s'en occupe.

Elle haussa les épaules, faisant confiance à Gray, et se laissa éblouir par tout ce qui l'entourait : les immenses panneaux lumineux, la foule qui se pressait sur les trottoirs et réclamait un peu de place au milieu du trafic encombré et des Klaxons de chauffeurs excédés. Les touristes traversaient Times Square avec la même expression de béatitude.

Elle se tourna vers le sportif.

— Je connais tout ça à travers les films, mais le fait d'y être est magique.

Il lui prit la main, le sourire aux lèvres.

— Viens.

Comme ils se promenaient dans les rues, Evelyn gravait chaque image et chaque odeur dans sa mémoire. Les marchands ambulants scandaient les slogans de leurs « affaires exceptionnelles » : bretzels, hot-dogs, vêtements et autres bijoux. La police était présente à chaque coin de rue, à pied ou à cheval, ce qui procurait un étrange sentiment de sécurité dans une ville pourtant immense avec ses millions d'habitants.

Gray s'arrêta à un stand de vente de billets pour le tour de la ville en bus.

— Un bus touristique ? Tu es sérieux ? s'exclama-t-elle, surprise par cette idée, surtout venant de lui.

Elle-même aurait eu ce réflexe tout de suite, afin de tout voir et aussi vite que possible.

— Ça va te plaire, tu verras. Je l'ai déjà fait.

Étonnée, elle s'arrêta pour lui lancer un regard circonspect.

— Toi ? Le riche pilote de course ? Tu es déjà monté dans un bus touristique ?

— Pour moi, c'est le meilleur moyen de visiter Manhattan. On peut monter ou descendre à l'arrêt qu'on veut. On empruntera leurs deux lignes pour être sûrs de ne rien manquer.

— Je suis stupéfaite.

Il éclata de rire.

— Allez, viens. On va faire la queue.

Après avoir pris une bouteille d'eau, ils se placèrent dans la file d'attente pour les bus rouges à deux étages. Quand ils eurent acheté leurs billets au guichet, ils montèrent à l'étage pour une meilleure vue. Evelyn enroula son bras autour de celui de Gray et posa la tête sur son épaule.

— Je suis tellement excitée par tout ça que c'en est ridicule, balbutia-t-elle au moment où le bus démarrait.

À côté d'un Gray très calme, elle était bavarde et ne manquait aucune occasion de commenter ce qu'elle voyait, depuis l'Union Square jusqu'à Chinatown en passant par Flatiron Building. L'architecture était époustouflante, et elle sortit son téléphone pour prendre des photos de ses façades préférées, en particulier celles des vieilles églises.

En parcourant la carte, elle s'exclama :

— On arrive au musée ! Oh, ça ne te dérange pas si on s'y arrête ?

— On va partout où tu veux.

Ils quittèrent le bus et pénétrèrent dans le Metropolitan Museum of Art. L'endroit était immense. Grâce à un plan des lieux, ils parvinrent à s'orienter vers les expositions qui les intéressaient.

— Il faudrait une journée entière, voire deux ou trois, pour faire le tour de ce musée. Il y a plus de deux millions d'œuvres exposées ici, s'enthousiasma Evelyn en lisant les informations sur son plan. C'est incroyable.

— Oui, mais ça vaut le coup, observa Gray.

— Tu es déjà venu ?

Il hocha la tête.

— Plus d'une fois.

— Qu'est-ce que tu as préféré ?

— L'art gréco-romain.

Il la guida vers sa section favorite et lui montra les œuvres qui l'avaient marqué.

— Celui-ci, je pourrais le contempler pendant des heures, avoua-t-il en lui montrant un sarcophage en marbre.

La complexité de ses gravures était époustouflante. Evelyn prit Gray par la main, posa la tête sur son épaule et admira l'objet d'art avec lui, appréciant chacun des détails, qui avait dû demander des semaines de travail. Ils continuèrent leur promenade dans les galeries en s'arrêtant sur chaque pièce rare. La jeune femme se surprit à observer Gray, sa manière d'incliner la tête et le temps qu'il passait devant chaque œuvre.

Qui aurait pu deviner son intérêt pour l'art ? Pour cela, il fallait prendre le temps de partager cette curiosité avec lui. Elle aimait qu'il soit un homme complexe et plein de surprises.

En sortant de l'exposition, il se tourna vers Evelyn.

— À ton tour. Montre-moi ce que tu aimes.

— OK, acquiesça-t-elle en souriant.

Elle examina le plan du musée puis le guida à travers les couloirs. Son pouls s'accélérait à l'idée de voir ces toiles.

En arrivant dans la bonne section, ils durent emprunter quelques virages. Ces pièces constituaient un véritable labyrinthe. Heureusement que Gray était là, elle serait perdue sans lui. Dès qu'elle trouva l'aile dédiée à l'impressionnisme, elle s'arrêta devant le premier Renoir qu'elle croisa.

Gray s'approcha et passa un bras autour de ses épaules.

— C'est magnifique.

— J'ai du mal à croire que je suis aussi proche d'une de ces œuvres.

Elle avait envie de toucher la toile. C'était interdit, bien sûr, mais elles étaient si belles. Ils marchèrent lentement, et Evelyn contempla chacune d'elles, mais ses préférées restaient les Renoir et les Monet. La présence des sièges couverts de coussins au milieu des pièces prenait soudain tout son sens. Les gens pouvaient s'asseoir et admirer les tableaux pendant des heures entières.

L'art était une chose incroyable. Evelyn ne savait pas peindre, mais elle appréciait à sa juste valeur le talent des créateurs de ces toiles, qui la touchaient droit au cœur.

Tandis qu'ils quittaient la galerie, elle mêla ses doigts à ceux de Gray.

— Un jour, je reviendrai à New York et passerai une semaine entière à m'asseoir et à réfléchir devant ces merveilles.

— C'est apaisant, ici. On se débarrasse de tous nos soucis.

Ils sortirent du musée, et Gray décida qu'ils continueraient dans la rue jusqu'au prochain marchand ambulant. Là, il acheta deux hot-dogs et des boissons.

— Tu ne fais l'expérience du vrai New York que si tu achètes un hot-dog chez le marchand ambulant.

Elle se mit à rire.

— Dans ce cas, il faut respecter la tradition.

Ils continuèrent de flâner dans la rue et s'assirent sur un banc à l'ombre d'un arbre afin de savourer leur en-cas pendant que les gens se pressaient à vive allure vers des destinations inconnues. Le hot-dog était divin, et il faisait si chaud qu'ils furent heureux de ce coin ombragé. Puisque Evelyn aimait observer les gens, Gray suggéra de marcher jusqu'au prochain arrêt du bus touristique à travers Central Park, ce qu'elle accepta volontiers.

Ils reprirent le bus qui les mena vers d'autres lieux incontournables, puis Gray l'invita à déjeuner dans un bistrot hors normes. Evelyn y dégusta une délicieuse salade grecque aux feuilles de vigne farcies, aux olives de Kalamata et au fromage de feta, le tout agrémenté d'une vinaigrette divine qui lui donnait presque envie de la goûter directement à la petite cuillère. En terrasse, elle pouvait à la fois profiter de son repas et des passants qu'elle observait à loisir : un régal. Gray et elle s'amusèrent à imaginer où ces gens allaient et ce qu'ils faisaient dans la vie.

L'attention d'Evelyn fut captivée par la paire de chaussures d'une des passantes. Les New-Yorkaises avaient bon goût en matière de mode. Elle-même avait l'impression de venir de la campagne avec son corsaire et ses chaussures en toile. Mais l'avantage avec cette tenue, c'est qu'elle était à l'aise.

Ils reprirent le bus et descendirent là où ils l'avaient emprunté la première fois. Evelyn était ravie d'avoir pu voir tant de choses, mais la journée avait été longue, et la fatigue se faisait sentir. Gray appela un taxi. La route fut mouvementée avec son lot de virages et de freinages brusques, mais c'était le prix à payer pour connaître la vraie vie new-yorkaise. À force de lever la tête pour admirer les gratte-ciel, elle en avait mal au cou jusqu'à en avoir la nausée, et la conduite dangereuse du chauffeur de taxi qui évitait les piétons de justesse n'arrangeait rien à l'affaire. Des Klaxons résonnaient partout, et leur chauffeur s'emportait après les autres voitures et les touristes imprudents.

C'était de la folie.

— Intéressant, observa Evelyn tandis qu'ils quittaient le taxi, le laissant disparaître au milieu du trafic encombré.

Gray en riait.

— Ouais, bienvenue à New York.

La jeune femme mit plusieurs secondes avant de prendre conscience qu'ils étaient devant le *Plaza Hotel*.

— Je ne suis pas assez bien habillée pour boire un verre ici, fit-elle remarquer.

— Je n'ai pas l'intention de t'offrir un verre.

Ils entrèrent, et elle fut surprise de le voir se renseigner auprès de la réception. Le maître d'hôtel informa Gray que leur suite était prête et qu'ils y trouveraient leurs bagages.

Elle n'avait jamais vu d'hôtel aussi luxueux. La décoration était élaborée dans un mélange d'Ancien Monde et de modernité. En entrant dans la suite, Evelyn se figea sur place, stupéfaite par tant de beauté. Tout était aménagé à la façon d'une résidence de campagne : deux étages, avec un salon, une salle à manger, une chambre en mezzanine et une salle de bains au carrelage marbré, dont elle ne sortirait sans doute plus jamais, le tout à la limite de l'indécence tant c'était somptueux.

Une terrasse donnait sur tout Central Park.

La première chose qu'elle fit en pénétrant dans la suite, ce fut de sortir sur le balcon. Gray la suivit.

— La vue est magnifique, observa-t-elle avant de se tourner vers lui. Merci de m'avoir amenée ici.

— Je t'en prie. J'ai pensé qu'une nuit dans cet hôtel te ferait plaisir.

— Une nuit ? Je serais même prête à emménager. Il faudra me tirer par la peau du cou pour me faire sortir d'ici, et je serai coriace.

— Dès que j'en ai l'occasion, je m'enfuis de ma caravane.

Elle rit doucement.

— Oui, je comprends. Ici, c'est tellement… vaste.

Et coûteux, devinait-elle. En admirant la vue sur le parc et l'horizon urbain, elle fut prise de jalousie pour tous les gens qui avaient la chance de vivre ici.

— J'emménagerais, si je le pouvais.

— Où ça ? Au *Plaza* ou à Manhattan ?

— À Manhattan, bien sûr ! s'exclama-t-elle avec un rire. Enfin, ce serait de la folie d'imaginer vivre dans cette suite.

— J'en conclus que ça te plaît.

— Comment pourrais-je ne pas aimer ? On peut se rendre partout à pied, et tout est très bien desservi. Les monuments sont superbes, on a le choix entre des centaines de restaurants, l'atmosphère est incroyable, tout va à cent à l'heure.

— Oui, c'est chouette ici. Mais je préfère ma maison au bord de la plage. Le calme qui y règne n'existe nulle part ailleurs.

Elle se pencha contre lui.

— Je trouve que la ville a aussi son charme. Ce qui est bien, c'est que tu peux te permettre d'acheter plusieurs maisons, si tu veux.

— C'est vrai. Toi, tu aimes la vie trépidante de Washington, pas vrai ?

— Oui, mais surtout pour le travail. Washington n'a pas la beauté de New York ni le calme de la plage de Daytona.

— Tu devrais te marier à un homme assez riche pour t'offrir une maison dans toutes les régions que tu préfères. Comme ça, lorsque tu feras une pause dans ton règne politique mondial, tu auras un pied-à-terre partout pour passer tes vacances.

Elle éclata de rire.

— Ouais ! Dans une utopie, pourquoi pas ?

Il l'embrassa dans le cou.

— Autorise-toi à rêver, ma princesse. On ne sait jamais ce qui peut arriver.

En tournant les talons, il retourna à l'intérieur, et Evelyn le regarda s'éloigner, en réfléchissant à ce qu'il venait juste de lui dire.

Gray voulait offrir à Evelyn la soirée parfaite. Après avoir pris une douche, ils s'étaient habillés. Evelyn était superbe dans sa robe crème qui lui moulait le haut du corps et s'ouvrait en une fente sexy sur le côté de la cuisse. Sans parler de ces talons qui lui faisaient des jambes interminables.

— Oh, tu avais prévu de rester dans la chambre ce soir ? lui demanda-t-il en la rejoignant au pied de l'escalier.

Elle fronça les sourcils.

— Au contraire, je pensais sortir. Pourquoi ? Tu n'aimes pas ma robe ?

Il lui prit la main pour y déposer un gracieux baiser.

— Tu es belle à tomber par terre, mais je ne suis pas sûr de pouvoir sortir avec un tel canon à mon bras.

Le compliment l'amusa.

— Merci. Je ne sais toujours pas où on va.

— Tu verras.

Accrochant la main d'Evelyn au creux de son bras, il l'accompagna à l'ascenseur, puis jusqu'à la voiture qui les attendait dehors.

— J'ai la désagréable sensation de faire partie du beau monde, murmura Evelyn en grimpant à l'arrière de la voiture avec chauffeur.

— Vraiment ? Tant mieux. C'est agréable de quitter les circuits boueux et de se mêler un peu aux riches, non ?

— Gray, tu es riche.

Il leva un sourcil.

— Ah bon ?

Le chauffeur les mena au restaurant, où un portier les accueillit.

— Bienvenue au *Daniel*.

— Oh, j'ai entendu parler de ce restaurant ! C'est l'une des adresses les plus prestigieuses de Manhattan, s'exclama Evelyn en entrant dans la salle. Il paraît que c'est même trop prisé. Est-ce que tu as réservé ? On dit qu'il faut un mois d'attente pour avoir une table.

— Hum ! fit Gray après avoir donné son nom à une serveuse qui les guida jusqu'à leur table. Disons que j'ai des contacts.

— Tu es sérieux ? Je suis impressionnée.

Ils parcoururent la carte des vins.

— De quoi as-tu envie ? lui demanda-t-il.

— J'adore le vin. Tous les vins. Que penses-tu d'un rouge plutôt doux ?

Il hocha la tête et attendit que le sommelier leur donne une liste de suggestions avant de faire son choix.

— Cet endroit est charmant, Gray. Merci de m'avoir emmenée ici.

— Je suis heureux que ça te plaise.

— Tu sais toujours me surprendre.

— Ah bon ? Comment ?

— Je ne sais pas. Dès que je crois te cerner, tu me fais découvrir un nouveau pan de ta personnalité que je ne connaissais pas.

Il haussa un sourcil.

— Tant mieux. Je n'aimerais pas être prévisible, on s'ennuierait.

— Fais-moi confiance, Gray. Avec toi, on ne s'ennuie jamais.

Après le repas, il paya l'addition. La voiture les attendait pour les emmener dans le quartier des théâtres. Après qu'elle les eut déposés devant l'une des enseignes, Gray regarda Evelyn qui avait les yeux grands ouverts.

— C'est une blague ?

Il sourit.

— Non, je me suis dit que tu apprécierais de profiter qu'on soit là pour voir un spectacle.

Elle lui serra la main.

— Absolument. C'est une comédie musicale, j'adore ça ! Tu le savais ?

— J'ai deviné, répondit-il avec un haussement d'épaules nonchalant.

Tandis qu'ils prenaient place parmi les premiers rangs devant la scène, Evelyn lui murmura :

— J'ai l'impression de vivre un conte de fées. Toi, tu es le prince qui réalise tous mes rêves. Merci.

Elle lui frôla les lèvres en un bref baiser.

Prenant une profonde inspiration, Gray essaya de garder le contrôle de ses émotions. Il se sentait démuni face à tous ces sentiments qui l'assaillaient dès qu'il était en présence d'Evelyn. Ces sentiments prenaient de plus en plus d'ampleur, il en venait à se demander comment serait la vie sans elle, une fois qu'elle en aurait terminé avec leur collaboration.

Il commença même à réfléchir au meilleur moyen de gérer la situation, d'adapter son mode de vie, pour faire en sorte de prolonger leur bout de chemin ensemble.

On plongea la salle dans l'obscurité, et le spectacle commença. Jusqu'aux dernières notes, Evelyn serra la main de Gray comme si sa vie en dépendait. Il trouva la comédie musicale amusante et distrayante. Ce qu'il préféra, ce furent les rires d'Evelyn à côté de lui, et il apprécia le spectacle à travers elle. Sur le chemin du retour, elle ne put se retenir d'en parler jusqu'à leur arrivée à l'hôtel.

— Je sais que j'en fais toute une histoire depuis qu'on est partis du théâtre, mais est-ce que ça t'a plu, au moins ? lui demanda-t-elle dans l'ascenseur.

— Oui, c'était amusant. J'ai beaucoup ri.

Le visage de la jeune femme s'illumina.

— Moi aussi. Et la musique était excellente. Les airs de chaque chanson me restaient dans la tête, et les acteurs avaient des voix magnifiques. Je les envie d'avoir un tel talent.

Il glissa la clé dans la serrure et ouvrit la porte de leur suite, puis alluma les lumières et jeta son portefeuille sur la table dans l'entrée. Il se tourna vers Evelyn.

— Tu as de nombreux talents.

— Peut-être, mais le chant n'en fait pas partie. J'ai toujours été jalouse des étudiants de l'association de la chorale, à l'université. J'avais envie de m'y inscrire, mais je n'avais pas de voix.

S'approchant d'elle, Gray l'emprisonna dans ses bras.

— Tu pourrais chanter pour moi. Sous la douche, par exemple. J'en jugerais par moi-même.

Elle gloussa.

— Chanter sous la douche ? Même pas en rêve !

— Tu me crois incapable de te juger avec objectivité ?

— Je ne voudrais pas te faire mal aux oreilles, expliqua Evelyn en posant les mains sur son torse.

— Tu es trop sévère avec toi-même.

— Et toi, on voit que tu ne m'as jamais entendue chanter, sous la douche comme ailleurs.

Avec un sourire, Gray rejoignit le minibar généreusement rempli, où il servit deux verres de liqueur. Ensuite, il mit un peu de musique et le R'n'B s'empara aussitôt du corps d'Evelyn.

— Que dirais-tu d'un verre sur la terrasse ?

— Bonne idée, acquiesça Evelyn en prenant le verre qu'il lui tendait avant de le suivre dehors.

La nuit était parfaite, et la chaleur de cette journée était enfin apaisée par les nuages et la brise légère. Accoudée à la rambarde, la jeune femme admira la vue sur la ville.

— C'est une belle soirée, observa-t-elle avant de se tourner vers Gray qui la rejoignait. Est-ce que je t'ai déjà remercié ?

— De nombreuses fois. Je savoure cette journée autant que toi, figure-toi.

Elle but une gorgée de sa boisson.

— C'est délicieux. Je suis vraiment gâtée.

Glissant la main au creux de ses reins, il se délecta de la douceur de sa peau.

— J'aime te couvrir de cadeaux. Le travail, toujours le travail. On passe nos journées entourés de gens et, le soir, on part se terrer dans la caravane. Ce n'est pas une manière de prendre soin de ma belle. Je tiens à te sortir de tout ça pour passer un bon moment seul à seul avec toi.

Evelyn peina à reprendre sa respiration. « Ma belle » ? Ce genre de paroles la consumait de désir. Comme si la journée entière n'avait pas suffi à lui couper le souffle. Avec ce type de commentaires, Gray la poussait à repenser entièrement leur relation.

Elle prit une profonde inspiration et se retourna pour poser les mains sur la rambarde.

— C'était bien plus qu'un simple « bon moment », Gray. Quelle magnifique surprise ! Cette journée à New York était d'autant plus magique que je l'ai passée avec toi.

— Merci.

Elle lui prit son verre et le posa avec le sien sur une petite table avant de promener les mains sur son torse sous les pans de sa veste. Elle aimait sentir la fermeté de son corps sous ses doigts. Gray enroula un bras autour de sa taille pour l'attirer tout contre lui et, de sa main libre, épousa la forme de sa nuque, son souffle chaud contre la bouche de la jeune femme. Puis il la surprit en lui prenant la main, marchant gracieusement avec elle à travers la terrasse.

— Tu me fais danser ? demanda-t-elle, surprise.

— Tout à fait. Belle comme tu es, tu devrais danser.

Evelyn rejeta la tête en arrière, comblée par cet homme qui savait réaliser chacun de ses rêves.

— Est-ce que tu as conscience que je suis sur la terrasse d'un hôtel somptueux en compagnie d'un homme sexy et charmant qui m'invite à danser ? Ma vie ne pourrait pas être plus belle.

Lui décochant un sourire satisfait, Gray continua de la faire valser avec maîtrise.

— Il y a mieux : tu pourrais être sénatrice. Ou présidente. Alors, ta vie serait parfaite.

Elle pouffa de rire.

— Ma vie n'est pas trop mal, je n'ai pas à me plaindre.

— Moi non plus. Et puis il faut dire que je n'apprécierais pas de voir les services secrets débouler dans notre vie privée. J'aime la sensation de t'avoir pour moi tout seul.

Il la fit basculer en arrière et déposa un baiser langoureux sur ses lèvres avant de la redresser. Profondément bouleversée, Evelyn lui sourit.

— Moi aussi, j'aime notre intimité. Je ne suis pas encore prête pour être présidente. Si j'étais à la

Maison-Blanche, je devrais réfléchir à mes moindres faits et gestes, et je ne pourrais donc pas me servir de toi.

La chanson touchait à sa fin. Evelyn poussa Gray jusqu'à le plaquer contre le mur, dans un coin sombre de la terrasse.

Il la regarda avec surprise.

— Te servir de moi en faisant quoi ?

Avec un sourire diabolique, elle glissa les doigts sous sa chemise pour savourer la douceur de ses abdominaux parfaitement dessinés.

— En te touchant. Dehors, là où personne ne peut nous voir. Une présidente ne pourrait jamais faire une chose pareille.

Elle posa la main contre l'entrejambe du sportif et se pressa contre lui de tout son corps.

— Non, c'est vrai, susurra-t-il. Mais il paraît que les services secrets sont très discrets.

— Je tiens à mon intimité, renchérit Evelyn. Mon travail me suffit, il me laisse la liberté de passer des soirées comme celle-ci.

Elle serra ses parties à travers le pantalon et se félicita de la respiration de plus en plus saccadée de Gray à mesure qu'elle le massait.

En une seconde, il la fit se retourner pour la mettre à son tour dos au mur. Cette fois, c'était elle qui se trouvait protégée dans le coin sombre.

— Je doute que ça te suffise. Tu devrais pouvoir faire tout ce que tu veux, quand tu veux.

Sa voix était à présent rauque et éraillée, d'une sensualité qui donna aussitôt des frissons à Evelyn.

— Tout ce que je veux ?

— Oui.

En croisant son regard, elle s'attaqua à la braguette de son pantalon.

— Ce que je veux, c'est toi. Ici et maintenant.

Gray lui caressa doucement la gorge et contempla les mouvements lancinants de la robe en soie qui moulait son corps mince. Il glissa une main le long de sa jambe et dans la fente de sa robe, cette longue ouverture qui l'avait tourmenté toute la soirée en laissant entrevoir l'arrondi de sa cuisse.

Il se figea et la regarda droit dans les yeux.

— C'est un porte-jarretelles, observa-t-il dans un souffle.

Elle sourit tout en lui dénouant sa cravate.

— Peut-être bien.

La main paresseuse posée sur la cuisse de la jeune femme, Gray tira doucement l'élastique et le fit claquer.

— Je te veux nue, et vite.

Elle leva la jambe et la reposa sur la hanche du pilote.

— Et moi, je veux que tu me prennes ici, pour que je profite de la vue sur New York pendant que tu me fais l'amour.

Il reprit son souffle, le sexe dur, et se mit à genoux devant la belle afin de caresser doucement ses chevilles. Puis il releva la tête pour voir le regard d'Evelyn posé sur lui. Ce soir, tout l'excitait chez elle, depuis ses escarpins jusqu'à son porte-jarretelles, cette robe fendue, son rire franc au théâtre et son invitation sensuelle, à peine une minute plus tôt.

Elle ne l'excitait pas seulement ce soir d'ailleurs, mais tous les soirs, qu'elle soit en jean et tee-shirt ou en robe de soirée. Elle tenait une place désormais immense dans sa vie, si bien que chaque regard et chaque caresse le rendaient fou de désir.

Il avait envie d'elle tout le temps, où qu'ils soient.

En particulier ce soir, contre le mur de cette terrasse, avec ses jambes recouvertes de bas sexy qu'il aimait parcourir du bout des doigts. Lorsqu'il les glissa sous la robe, il sentit Evelyn frissonner. Tout doucement, il lui retira sa culotte. La jeune femme garda l'équilibre en se tenant aux épaules de Gray tandis qu'il dérobait le sous-vêtement pour le fourrer dans la poche de son pantalon.

— Tu la gardes en souvenir ?

— Peut-être.

Elle le regarda lui saisir la jambe pour la poser sur son épaule, puis il se fraya un chemin entre ses cuisses, retroussa sa robe et fit courir ses doigts sur le porte-jarretelles.

— C'est tellement sexy, susurra-t-il. Je veux que tu le gardes.

— Pourquoi crois-tu que je l'ai mis ? rétorqua-t-elle avec un sourire malicieux.

Il se pencha sur elle et lui frôla la cuisse d'un baiser, puis la taquina en s'approchant de son sexe.

— Gray, murmura-t-elle en attrapant une touffe de ses cheveux. Lèche-moi. Fais-moi jouir.

Sa manière de réclamer du plaisir le rendait fou, il était ravi d'observer que ses réticences du début de leur relation s'étaient peu à peu estompées. Elle pouvait à présent avoir un orgasme n'importe où et dans n'importe quelle position.

Par exemple ici, sur une terrasse. Gray inspira profondément et posa la langue sur son sexe. Aussitôt, elle laissa échapper un soupir. Personne ne pourrait l'entendre. C'était justement la raison pour laquelle il avait choisi cette suite : elle leur offrait l'intimité la plus totale. Il avait envie de l'entendre hurler sur les toits de New York.

Il fit entrer ses doigts en elle. Brûlante, frémissante, elle se cambra contre sa bouche, contre ses doigts, et gémit :

— Je vais jouir. Tu vas me faire jouir si fort, Gray.

C'était ce qu'il voulait. Il voulait qu'elle s'effondre sous les impulsions de sa langue. Tandis qu'il soupirait contre elle, elle se dressa sur la pointe des pieds et se frotta sans retenue contre son visage, poussant un cri de jouissance. Gray la tenait fermement par les hanches, déterminé à lui offrir jusqu'à la dernière seconde d'extase.

Quand il sentit que ses jambes se dérobaient, il se releva et attira Evelyn contre lui, volant sa bouche en un baiser passionnel qui trahissait plus que tout son désir à lui. Il avait besoin de la toucher, de glisser les doigts dans ses cheveux soyeux et de dévorer ses lèvres gourmandes.

Evelyn était aussi fébrile que lui, ses mains se promenaient rapidement sur son torse, ses bras, ses épaules, pour s'agripper à lui de toutes ses forces. Gray sentit son sexe durcir comme la pierre tandis que la jeune femme se frottait contre son corps, provoquant un mélange de plaisir et de douleur.

Il la souleva juste assez pour qu'elle enroule ses jambes autour de sa taille et la porta dans la suite sans cesser de l'embrasser – ce qui l'empêchait de voir où il allait pour monter les escaliers jusqu'à la chambre, mais il ne voulait pas quitter ses lèvres délicieuses. Quand ils furent arrivés en haut, il l'allongea sur le lit.

Les cheveux en bataille, la robe retroussée au-dessus des hanches et les jambes exposées, elle était voluptueuse et particulièrement… baisable.

Gray enleva sa cravate et déboutonna sa chemise tout en la contemplant à loisir.

— Tu es la plus belle femme que j'aie jamais vue.

Elle lui rendit son regard vorace.

— Je suis surtout très chanceuse.

Elle se redressa à genoux et lui tourna le dos.

— Ouvre la fermeture Éclair.

Il tira sur la languette de la robe et s'arrêta à mi-chemin pour déposer un baiser dans son dos.

Evelyn laissa le vêtement glisser sur ses épaules pour dévoiler un soutien-gorge couleur crème qui contenait difficilement sa poitrine.

Et puis il y avait le porte-jarretelles.

Lorsqu'il eut quitté tous ses vêtements, Gray vint promener la main sur ses jambes douces. Ces derniers mois, sous la chaleur écrasante du soleil, la plupart des femmes portaient des shorts ou des jupes courtes. En fait, il n'avait remarqué les collants d'Evelyn que lorsque sa robe fendue lui avait laissé entrevoir son porte-jarretelles.

Il trouvait cela particulièrement sexy, une étape oubliée dans l'art de la séduction. Sous ses doigts, la soie de ses bas provoquait une réaction instantanée entre ses jambes.

Il l'allongea de tout son long sur le lit et lui fit écarter les jambes en lui caressant l'entrecuisse.

— Ces bas font de toi une tentatrice de premier ordre.

Elle tendit les bras vers son sexe.

— Approche et laisse-moi te sucer.

Pris d'un frisson, Gray eut pour la première fois la sensation d'être passif dans l'art de la séduction. Il attira Evelyn au bord du lit et la laissa parcourir son corps de ses mains douces comme une cascade d'eau fraîche. Elle taquina d'abord le bout de son membre avec sa langue, puis l'empoigna fermement et leva les yeux.

— T'ai-je déjà dit que j'aimais ton sexe ? Le seul fait de le toucher m'électrise.

Il prit une profonde inspiration et se retint de lui dire combien ce qu'elle lui disait le déstabilisait. Elle ne devait pas le savoir.

— J'aime t'entendre dire ce genre de choses. Prends-moi dans ta bouche, Evelyn. Je veux te voir me sucer.

La tête d'Evelyn était en partie au-dessus du vide, et ses cheveux flottaient jusqu'au sol. Passant une main sous sa nuque, Gray la guida pour qu'elle le prenne entre ses lèvres entrouvertes. Au premier contact de sa langue, il frissonna. Quel délice de pouvoir la contempler, cette femme allongée sur le dos, étendue tel un ange déchu.

Elle le prit volontiers dans sa bouche, centimètre par centimètre, s'aidant de ses doigts de fée. En la regardant, il prit soin de ne pas la brusquer, mais son désir infernal menaçait de faire céder sa patience et de le faire jouir entre ses lèvres sans prévenir.

Du bout des doigts, il joua avec son soutien-gorge, dont il repoussa les bonnets pour découvrir sa poitrine. Ses tétons pointaient fièrement vers lui.

— Est-ce que ça t'excite de me sucer ?

Evelyn croisa son regard en resserrant sa prise, à la fois avec sa bouche et ses doigts, autour de son sexe. Les yeux clos, il joua avec ses seins, frôlant puis pinçant doucement les pointes érigées. S'il avait pu changer de position, il les lui aurait caressés avec la langue, ce qu'il ferait plus tard. Pour l'instant, il ne pouvait rien faire d'autre que de tenir bon, car l'orgasme ne tarderait pas à arriver.

Il se tendit, tenant le visage d'Evelyn entre ses mains, et garda les yeux rivés sur ce qu'elle lui faisait.

— Je vais jouir dans ta bouche, grogna-t-il en cédant peu à peu à l'extase.

Evelyn riva son regard dans le sien tandis qu'il se laissait emporter, saisi par des vagues d'adrénaline successives. Pour garder le rythme et l'équilibre, la jeune femme s'agrippa aux cuisses de Gray et suivit la cadence qu'il lui imposait, alors qu'il était secoué par la puissance de son orgasme.

À bout de souffle, il s'appuya sur le lit tandis qu'Evelyn se redressait. Dès qu'il en eut la force, il la retourna sur le lit pour que ses jambes pendent au bord du matelas et lui sourit.

— Tu m'as tué.

Elle lui décocha un sourire en coin.

— Tant mieux. Pour une fois, je peux te rendre la pareille.

Avant de la prendre par la taille, Gray lui vola un baiser fébrile. Elle poussa un soupir et enroula les jambes autour de lui. Sa manière de se cambrer devant lui avec ses bas en soie réveillait déjà ses pulsions à peine rassasiées.

Il se laissa tomber sur elle, tout en prenant soin de ne pas l'écraser de son poids, même s'il avait profondément besoin de sentir son corps tout contre le sien, de sentir son intimité enfermer son membre durci. Il s'empara d'un préservatif qu'il enfila précipitamment et entra en elle, volant son gémissement par un baiser.

Puis Gray se redressa. Il voulait la regarder respirer, il voulait observer sa poitrine qui se gonflait tandis qu'ils ondulaient des hanches au même rythme. Il voulait la toucher, caresser son point le plus sensible tout en la prenant avec une passion violente. Il voulait voir son regard assombri par l'annonce d'un nouvel orgasme.

Dès qu'elle l'emprisonna encore de ses jambes, qu'elle crispa ses muscles intimes autour de lui, et quand il fut certain qu'elle s'apprêtait à lâcher prise, Gray la prit avec plus d'ardeur, frottant son torse contre ses seins et ses hanches contre les siennes.

Le cri qu'elle poussa ressemblait à la plus douce des musiques, parce qu'il déclencha une ivresse à laquelle Gray s'abandonna. Il hurla son propre plaisir en empoignant les fesses d'Evelyn pour la rapprocher toujours plus près de lui jusqu'à ce qu'ils éprouvent les derniers soubresauts de leur orgasme et finissent haletants.

— Je suis paralysée, murmura Evelyn quelques minutes plus tard.

Le sourire aux lèvres, il chassa une mèche de son visage angélique.

— Heureusement pour toi, ce n'est pas encore l'heure de quitter la chambre.

— Tant mieux, fit-elle en riant. Je crois que je vais rester coincée comme ça quelques heures.

— Peut-être, mais j'ai faim.

Elle roula sur le côté.

— Qu'est-ce que vous avez, vous les hommes, à toujours avoir faim après l'amour ?

— C'est pour combler le manque de protéines. Après s'être vidé, il faut refaire le plein, tu comprends.

Elle leva les yeux au ciel.

— Si tu veux mon avis, ce n'est qu'une excuse pour t'accorder un hamburger.

— Possible. Tu as envie de quoi ?

Elle se leva et, sur le chemin de la salle de bains, s'arrêta pour se retourner en souriant.

— Moi ? D'un hamburger, évidemment.

Chapitre 24

Evelyn était folle d'excitation à son arrivée à Atlanta. Pas seulement pour la course, mais également pour le congrès qui s'y tiendrait. Les deux prochaines semaines s'annonçaient exaltantes.

Gray avait accepté de se rendre à ce congrès aux côtés de son père. Il était en congé pendant la semaine qui lui était consacrée, ce qui n'aurait pas pu mieux tomber.

La campagne médiatique par les réseaux sociaux s'était déroulée comme prévu. Gray y avait même participé en écrivant lui-même certains commentaires sur ses pages Facebook et Twitter, ce qui non seulement permettait de présenter le sénateur à ses supporteurs, mais resserrait également les liens entre les fans et leur sportif préféré. Le pilote avait évoqué les avancées de son père dans la campagne, sa plate-forme électorale, et ce qu'il saurait apporter à la nation. Gray mélangeait subtilement tout cela aux informations concernant ses derniers scores sur le circuit, ce qu'il en avait tiré et ce qu'il pensait de la course à venir. Ainsi, il tenait ses fans au courant, tant du côté sportif que politique.

De nouveaux curieux suivaient ses pages chaque jour, et avec un peu de chance, songeait Evelyn, Gray finirait par comprendre l'intérêt d'une telle présence sur la Toile. C'était gagnant-gagnant.

Depuis quelque temps, elle cherchait à le convaincre de faire un discours lors du congrès, maintenant que le sénateur était officiellement présent sur la liste de Cameron. Jusqu'à présent, Gray avait refusé, mais Evelyn sentait à travers le langage corporel du sportif que rien n'était définitif. Elle comprenait qu'il soit réticent. La politique n'avait jamais été son fort, et le seul fait de se rendre au congrès pour rejoindre son père lui demandait un gros effort. Avec un discours, la collaboration entre père et fils serait gravée dans la pierre, et la jeune femme savait que cela rapporterait de nombreux votes.

Il fallait être patient. Elle faisait les cent pas dans la caravane. La patience serait la pièce maîtresse de ce jeu, et tout rentrerait dans l'ordre. Mais ce n'était pas facile de rester là à attendre alors que tous ses collègues s'affairaient autour du sénateur pour faire avancer la campagne depuis l'hôtel du Centre des congrès. Pendant ce temps, elle restait là, à user le tapis de sol de cette caravane et à ne s'arrêter que pour se ronger les derniers bouts d'ongles qui lui restaient, ou pour envoyer des mails, vérifier les sondages, lire les derniers articles de blogs et les statistiques.

En conclusion, elle ne faisait rien alors que la campagne atteignait son paroxysme, ce qui la rendait folle. Elle voulait rejoindre les premières lignes.

Mais elle voulait aussi rester auprès de Gray. Cette course signifiait beaucoup pour lui. Il n'avait pas fait de beaux scores dans le Michigan et à Bristol, et avait perdu quelques points au classement. Désormais deuxième, il misait tout sur Atlanta. Elle devait rester avec lui.

En fait, c'était faux. Sa présence ne changerait rien aux prouesses du pilote sur le circuit. Elle devrait écouter son propre conseil, celui qu'elle avait donné à Stacie : Donny n'avait pas besoin qu'elle lui tienne la main. Cela valait pour Gray.

Pourtant, elle voulait être là et le soutenir. Se mordillant l'ongle, elle examina les derniers scrutins qui défilaient sur l'écran de son ordinateur.

— Tu ne devrais pas rester là.

Elle fit volte-face. Gray l'observait depuis les marches, et elle comprit avec horreur qu'elle avait perdu la notion du temps.

— Oh non ! J'ai manqué l'échauffement ?

Il esquissa un sourire et posa sa combinaison sur une chaise.

— Ce n'était que l'échauffement, Evelyn. Rien à voir avec une vraie course.

Mince !

— Désolée. Je suis revenue pour vérifier les dernières statistiques et répondre à des mails, mais j'aurais pu le faire depuis mon téléphone portable. Et puis j'ai été prise par la lecture de quelques blogs politiques et autres flashs d'informations. Ensuite, j'ai passé des coups de téléphone…

Gray l'interrompit par une étreinte et l'embrassa fougueusement, ce qui avait toujours le don de calmer le flot d'adrénaline dont elle pouvait parfois souffrir. Dès qu'il recula d'un pas, elle se retrouva à se languir de lui. Mais son sentiment de culpabilité ne l'avait pas quittée.

— Désolée d'avoir manqué l'échauffement.

— Tu sais, je ne m'attends pas à te voir vissée sur une chaise pour observer mes moindres faits et gestes sur le circuit. Tu as ton propre travail, et le moment crucial approche. Tu devrais déjà être au Centre des congrès. Fais ton sac et vas-y.

Elle secoua la tête.

— Non, je veux rester avec toi. Aujourd'hui, c'est toi, mon travail.

Il chassa une mèche derrière son oreille.

— Tu as atteint ton but, c'est terminé : j'ai accepté de te rejoindre là-bas. Maintenant, repars travailler pour mon père. Je pense être capable de faire cette course sans toi.

— Je sais, mais je refuse. J'aurai tout le temps de me rendre au congrès ce week-end après ta course.

Avec un rire, Gray la prit par la taille.

— Tu es une femme têtue, Evelyn.

— Je préfère dire « obstinée ».

Les qualifications s'étaient révélées difficiles sous ce soleil brûlant, et aussi frustrantes qu'une course à proprement parler. Sans compter les résultats qui n'arrivaient pas à la hauteur des espoirs de Gray.

Sa sixième position ne lui permettrait pas la liberté d'action qu'il espérait. Pourtant, il pensait avoir bien roulé, mais ça n'avait pas suffi. Pire encore : Donny s'était retrouvé dans le décor pendant les qualifications, ce qui signifiait qu'il commencerait parmi les derniers.

Après une série interminable d'interviews sur la Preston Racing en chute libre ces dernières semaines, alors que Gray ne percevait pas du tout les choses sous cet angle, il se sentit fatigué par la chaleur et par cette longue journée. Vivement qu'il retrouve le visage rassurant d'Evelyn ! En balayant du regard les stands à sa recherche, il fut abasourdi d'apercevoir son père.

Que fichait Mitchell Preston ici ? Gray savait qu'il n'avait jamais assisté à une seule de ses courses. Comme par hasard, il choisissait la semaine avant le congrès pour montrer le bout de son nez pendant les qualifications. Bien sûr, il était tout sourires en face des caméras braquées sur lui. Gray devinait le sujet de son discours.

Lui-même. Sa campagne. Sa pêche aux votes. Il expliquait aux Américains l'importance de leur vote en sa faveur. Peut-être glissait-il un mot sur l'investissement de Gray à ses côtés.

Un tissu de mensonges.

Le coup de grâce pour une journée minable. Il se dirigea tout droit vers son père encerclé par les objectifs. Evelyn l'aperçut et sourit, puis s'approcha pour le rejoindre à mi-chemin. Elle le prit par le bras et l'arrêta dans sa lancée.

— Alors, surpris ?

Le regard de Gray quitta son père.

— Hein ?

— De le voir ici ?

Avec peine, le pilote chercha à se remettre les idées en place.

— De quoi tu parles ? C'est toi qui as organisé ça ?

Ce fut au tour d'Evelyn d'être surprise.

— Moi ? Bien sûr que non ! Je ne savais pas qu'il viendrait. J'ai été très étonnée lorsqu'il m'a appelée pour me prévenir. Je suis vite partie le récupérer à l'entrée. Heureusement que Ian était là, il nous a permis de venir jusqu'ici. Il est arrivé au début des qualifications et a regardé chaque voiture, Gray.

Bien sûr. Tout ce temps au milieu de la foule, c'était du pain bénit.

— Oui, j'en suis sûr.

Elle fronça les sourcils.

— Ça ne te fait pas plaisir ? Il parle aux journalistes.

— Ce n'est pas étonnant. C'est d'ailleurs pour ça qu'il est venu.

Retour en enfance : son père n'était dans les gradins que pour récolter des voix. Il était là pour lui, pas pour son fils.

Jamais pour son fils.

Il se fraya un chemin parmi la foule de photographes et autres journalistes, et tira son père par la manche.

— Gray ! dit Mitchell, le sourire aux lèvres. Tu as été fantastique. Je ne savais pas que tu étais aussi doué. Je suis fier de toi.

Évidemment qu'il ne savait pas, puisqu'il n'était jamais venu. Gray refusait qu'il fasse ça ici, aujourd'hui, devant tous ces journalistes. C'était hors de question.

Il sourit aux objectifs, mais se tourna ensuite vers son père pour que lui seul puisse l'entendre.

— Je ne te laisserai pas me manipuler. Fous le camp de mon sport.

Sur ce, il tourna les talons et s'éloigna sans regarder en arrière pour voir la réaction de son père.

Il se fichait de savoir ce que ressentait Mitchell Preston.

Bon sang ! Il n'aurait jamais dû accepter de se mêler à ce cirque ridicule. Depuis le début, il savait que c'était une erreur, un bordel sans nom.

De voir son père dans son milieu à lui, au cœur d'une tempête médiatique, le mettait hors de lui.

La course devait être au centre de tout, pas la politique. Dès le départ, Gray avait eu raison.

Il aurait dû refuser. Au diable le chantage affectif de sa mère ! Il aurait dû dire non.

À présent, il retournait en enfance, à huit ans, et retrouvait ce nœud à l'estomac caractéristique des nombreuses fois où son père l'avait laissé tomber.

Les années avaient beau passer, cet affreux sentiment n'était pas près de le lâcher.

Chapitre 25

Evelyn laissa le sénateur entre les mains de ses conseillers, à qui elle demanda de mettre fin aux interviews et de conduire M. Preston jusqu'à la sortie. Il n'y aurait pas d'interview groupée de Gray et de Mitchell Preston aujourd'hui, elle s'excusa en prétextant d'autres obligations du pilote et leur proposa de retenter leur chance un autre jour.

Elle savait où trouver Gray : dans sa caravane, où personne ne viendrait le déranger.

À la surprise d'Evelyn, il ne s'était pas enfermé à clé. Elle referma la porte derrière elle et le trouva en train de siroter une bière, la combinaison ouverte et seulement retenue par ses hanches.

— Qu'est-ce qui t'a pris ?

Il haussa les épaules et préféra l'ignorer en buvant sa canette tranquillement.

Evelyn avança dans la pièce, les bras croisés.

— Ton père est venu pour assister aux qualifications, tu sais !

Gray esquissa un sourire.

— Mon père est venu s'attirer des votes et se montrer en public.

— Hum… faux ! La seule chose qu'il ait répétée aux caméras, c'est combien il est fier de toi et de tes talents de pilote.

Pouffant de rire, Gray jeta la canette dans la poubelle et s'en servit une autre avant de reprendre sa place sur la banquette.

Evelyn s'appuya sur l'accoudoir du fauteuil en face de lui, clairement agacée.

— Pourquoi est-ce que c'est si difficile à croire ?

— Parce qu'il n'est pas venu assister à un seul match quand j'étais petit, rétorqua-t-il sans même la regarder. Ni au lycée ni à la fac. Il était toujours trop occupé par sa carrière politique, chose plus importante à ses yeux que son propre gamin. Excepté une fois où il est venu. Bon sang ! J'étais fou de joie, et puis j'ai pris conscience que c'était en période électorale. Il n'avait rien vu du match. Au lieu de cela, il avait serré la main des parents dans les gradins en cherchant à s'attirer leurs votes. Si j'étais sorti du terrain, il ne s'en serait pas aperçu. Il ne savait même pas que j'étais là.

— Je suis désolée, Gray. Ce devait être difficile.

Il haussa les épaules.

— On s'y fait. Je me suis habitué à son indifférence.

— Comment s'y habituer ? Mais Gray, ce n'est pas le Mitchell Preston que je connais. Celui que je connais est généreux et avenant.

Gray posa un regard lourd de sens sur Evelyn.

— Ouais, comme avec toutes les jolies femmes qui l'entourent.

Elle leva les yeux au ciel.

— Je te l'affirme : il n'a jamais été comme ça avec moi.

— C'est ce que tu dis.

— Arrête de m'insulter sous prétexte que tu es en colère contre ton père. Je vaux mieux que ça, Gray.

— Tu en es sûre ? Je trouve que tu le défends beaucoup.

Confronté à ses blessures profondes, Gray s'en prenait à elle parce qu'il ne pouvait pas déverser toute sa haine sur son père, Evelyn en était parfaitement conscience, même si ce qu'il lui disait la touchait douloureusement.

— Si je le défends, c'est parce que c'est un homme honnête qui défend une cause juste. Ce n'est pas l'homme que tu décris. Crois-moi, je connais son passé. Je n'allais pas travailler pour quelqu'un dont je ne savais rien. J'ai fait des recherches et je sais qu'il a changé après sa crise cardiaque.

Gray fronça les sourcils.

— Quelle crise cardiaque ? Mon père n'a jamais eu de crise cardiaque.

— Hum… si, Gray ! Il en a eu une.

— Quand ?

— Il y a huit ans. Elle a failli le tuer, et il a eu la peur de sa vie. Cette épreuve l'a transformé.

Depuis, son opinion sur la politique, ses relations professionnelles, sa vie personnelle et sa relation avec sa femme a changé. Il a ensuite essayé de te joindre, mais tu n'as jamais répondu à ses messages.

Gray secoua la tête, refusant d'admettre la vérité. Huit ans plus tôt, que faisait-il ? Des courses. Il croquait la vie à pleines dents et se lançait dans sa carrière.

Il ne se rappelait pas que son père ait essayé de le contacter. Plus tard, ils avaient eu quelques échanges mais de loin, et juste après la mort de son grand-père. C'était l'époque où Gray avait perçu son héritage. Il se rappelait que son père l'avait appelé, qu'il voulait le voir. Mais Gray pensait qu'il cherchait seulement à le convaincre de reprendre ses études à Harvard, or le pilote ne voulait plus en entendre parler et avait préféré ignorer ses appels.

Oh non !

— C'est impossible.

— Si, c'est possible.

Il sortit son téléphone et appela sa mère.

— Où es-tu ? lui demanda Gray.

— À l'hôtel du Centre des congrès.

— Ne bouge pas, j'arrive.

— D'accord.

Il se tourna vers Evelyn.

— Je viens avec toi, dit-elle.

Il hocha brièvement la tête et partit se changer dans sa chambre, puis reparut quelques minutes plus tard, les clés à la main. Le trajet jusqu'à l'hôtel ne fut pas long. Gray resta silencieux jusqu'au bout, et Evelyn eut l'intelligence d'en faire autant. Il n'y avait rien à dire.

En silence, il repensa à toutes ces années.

Sa mère lui ouvrit la porte de sa chambre.

— Il n'est pas là, l'informa-t-elle en les faisant entrer. Il est en réunion.

— Tu ne m'as jamais parlé de la crise cardiaque de papa.

Loretta regarda Evelyn, puis alla s'asseoir sur l'un des canapés.

— Ton père ne voulait pas que tu le saches. Il ne voulait pas que tu te sentes obligé d'être à ses côtés pour la seule raison qu'il était tombé malade. Votre relation devait retrouver un équilibre basé sur une entente sincère, sur un respect mutuel. Il ne voulait pas que sa santé te force la main.

Gray prit une profonde inspiration.

— Les journalistes ne sont pas au courant.

— Non. Il s'est entièrement remis. Depuis, son mode de vie a changé, son régime alimentaire aussi. Il a arrêté l'alcool et s'est mis au sport. Cette épreuve l'a transformé, Gray. Ce n'est plus le même homme.

— Et il m'a appelé ?

— Plusieurs fois, oui, jusqu'à ce que tu lui fasses clairement comprendre que tu ne voulais plus reprendre contact avec lui. Il nous a fait promettre, à Carolina et à moi, de ne rien te dire. Une promesse que nous avons tenue. Il pensait que tu finirais par revenir de toi-même.

Mais Gray n'était pas revenu, parce qu'il était persuadé que son père n'avait jamais changé.

— Tu crois vraiment que ce n'est plus le même qu'avant ?

Sa mère lui sourit.

— Si je ne le croyais pas, je ne serais plus avec lui aujourd'hui.

Tapotant la place libre sur le canapé près d'elle, Loretta l'invita à la rejoindre.

— Je vais nous chercher à boire, leur dit Evelyn. Je vous laisse discuter, tous les deux.

— Merci, lança la mère.

Dès que la jeune femme eut quitté la pièce, Loretta prit les mains de son fils dans les siennes.

— Je sais que pendant toutes ces années tu me croyais aveugle face aux erreurs de ton père, mais c'est faux. J'ai toléré un grand nombre de choses, mais ce n'était pas fait pour durer. Nous nous disputions souvent, et je lui ai dit que c'était terminé. Après sa crise cardiaque, il a pleuré pour la première fois depuis des années et m'a dit qu'en frôlant la mort il s'était aperçu qu'il n'avait été qu'un idiot gonflé de fierté. Il m'a dit qu'il avait une vie et une famille merveilleuses, et qu'il n'avait jamais su apprécier cette chance. Sa carrière était toujours passée avant, et il s'était persuadé que je le suivrais où qu'il aille sans poser de questions. Il s'est excusé et m'a demandé de lui pardonner, car il était à présent conscient de ce qu'il m'avait fait subir. Je lui ai répondu que je restais sous une condition : nous devions suivre une thérapie de couple. Il a accepté sans rechigner.

— C'est surprenant. Si les médias l'avaient appris, sa carrière aurait été terminée.

Sa mère hocha la tête.

— Moi aussi, j'ai été surprise, car l'image publique de ton père était toujours restée sa priorité jusque-là. Mais il m'a dit qu'il s'en fichait. Il m'a promis que dorénavant je passerais avant tout le reste. Depuis, pas une fois il n'a rompu cette promesse. Nous partons ensemble pour ses voyages de campagne, et il laisse son téléphone et son adresse mail à ma disposition pour ne rien me cacher. C'est comme si notre couple avait une deuxième chance. Ma confiance n'a pas été facile à regagner, mais il peut à présent compter sur moi quoi qu'il arrive.

— Connaissant son passé trouble, comment a-t-il pu atteindre le poste de candidat à la vice-présidence ?

Elle lui sourit.

— « Son passé » ? Il ne m'a jamais trompée, Gray. Pas une seule fois. C'était un bourreau de travail et un gros buveur, c'était aussi un homme arrogant et égocentrique, mais il ne m'a jamais trompée. C'est vrai, il aimait draguer les jeunes filles, et ça ne me plaisait pas du tout.

Gray lui lança un regard suspicieux auquel elle répondit par de gros yeux.

— Est-ce que j'ai l'air d'une idiote, mon fils ?

— Non, maman. Pas du tout.

— Alors tu peux me faire confiance : je sais ce que je dis. Mitchell m'a avoué qu'il aimait se sentir jeune en faisant de l'œil aux jeunes filles, mais il n'aurait jamais osé franchir le pas. S'il l'avait fait, crois-moi, cela se saurait : lorsqu'un homme grimpe les échelons en politique, on passe son histoire au crible.

— Cameron est au courant de sa crise cardiaque ?

Loretta opina.

— Bien sûr. Nous ne lui avons rien caché. Cameron appréciait l'honnêteté de ton père. Quand je dis que ton père a changé, ce n'est pas une blague. Sa santé est excellente aujourd'hui, il se porte mieux que tous les autres politiciens de son entourage.

Voilà la raison pour laquelle il lui avait paru changé lorsque Gray l'avait revu au ranch.

— Cameron lui fait confiance ?

— Oui, acquiesça-t-elle. Il croit aux convictions de Mitchell, à ses démarches et à ses objectifs pour l'avenir.

— Tu ne penses pas que cette histoire pourrait ressortir pendant la campagne ?

Loretta haussa les épaules.

— Si ça arrive, on fera en sorte de gérer la situation. Je ne pense pas que ça ait la moindre importance. Ce qui compte, c'est l'homme qu'il est devenu et pas celui qu'il a été. Cameron lui fait confiance, et moi aussi.

C'est un homme exceptionnel, Gray. Il est prévenant, généreux, et aime sa famille par-dessus tout.

Une partie de sa famille, en tout cas. Gray était profondément confus.

— Je ne comprends pas ce gouffre qui s'est creusé entre nous et qui fait la taille du Grand Canyon.

Sa mère esquissa un sourire.

— Il a essayé, Grayson. Tu l'as sans arrêt repoussé. Réfléchis une minute : tout ce que tu lui as demandé, il l'a accepté. Par exemple, tu as pu utiliser le chalet du country club avec tes amis, idem pour le jet privé. Pendant des années, il a cherché à instaurer le dialogue entre vous. C'est toi qui mettais un frein à toutes ses tentatives de réconciliation.

Gray se laissa aller dans le canapé. Sa mère avait raison. En partie. La communication entre son père et lui avait toujours été laborieuse, et il fallait bien admettre que Gray avait toujours porté des œillères concernant son père, il avait toujours vu le mal en lui. Peut-être avait-il simplement refusé de considérer la perche qu'il lui tendait depuis toutes ces années.

En le voyant au milieu de ses supporteurs et des journalistes aujourd'hui, il avait aussitôt imaginé le pire, car la scène avait fait remonter de douloureux souvenirs de son enfance.

Il regarda sa mère.

— Et maintenant ?

Elle lui serra la main.

— Maintenant, la balle est dans ton camp.

Gray retrouva son père à la sortie d'une réunion, accompagné d'autres sénateurs. En voyant son fils, Mitchell marqua une pause, prêt à faire face à une nouvelle confrontation.

Il s'excusa auprès de ses collègues et regarda Gray approcher.

— Tu aurais une minute à m'accorder ?

— Pour toi, toujours.

Gray inspira profondément.

— Allons discuter dans un endroit plus calme.

— Bien sûr.

Ils descendirent le couloir, où une jolie brune de vingt et quelques années, parmi ses conseillers, interpella le sénateur.

— Megan, je vous présente mon fils, Gray. Gray, voici Megan Alberts, ma conseillère.

Ils échangèrent une poignée de main.

— Enchanté.

— Pareillement, monsieur Preston, répondit la jeune femme avant de se tourner vers Mitchell. Sénateur, le gouverneur a appelé et souhaite s'entretenir avec vous le plus tôt possible. Il dit que c'est important.

Il opina.

— Dites-lui que je suis avec mon fils et que je lui ferai savoir lorsque je serai disponible. Ma famille est une priorité.

— Oui, monsieur.

Elle salua Gray d'un hochement de tête et disparut.

— Je sais que tu es très occupé, s'excusa Gray.

— Toute ma vie, j'ai été occupé. Toi et moi, il faut qu'on parle.

Ouvrant une porte avec une clé magnétique, il invita son fils à entrer dans la suite et alluma les lumières.

— Tu veux boire quelque chose ?

— Non merci, papa.

— D'accord. Je vais me servir un verre d'eau, si ça ne te dérange pas. Tous ces discours me donnent soif.

En attendant que son père se serve un verre d'eau avec des glaçons depuis le minibar généreusement rempli, Gray regarda par la fenêtre et contempla le Centre des congrès et la ville qui s'étendait à perte de vue.

— Tu es très doué dans ce que tu fais, Gray. Je regrette de ne pas m'en être aperçu plus tôt.

Gray se tourna vers Mitchell et grommela :

— Oui, tu étais occupé.

— J'en ai assez d'être occupé.

Gray esquissa un sourire en coin.

— Mais, si Cameron et toi remportez cette élection, tu n'auras plus une minute à toi.

La remarque amusa son père.

— Tu as sans doute raison. On est dans de beaux draps, pas vrai ?

— Oui, je suppose, fit le pilote en s'appuyant contre le rebord de la fenêtre. Je ne savais pas que tu avais eu une crise cardiaque, et je n'ai pas répondu à tes appels à cette période. Est-ce que tu vas bien ?

— Mieux que jamais, grâce à une équipe de médecins formidables et à ta mère qui est constamment sur mon dos à s'assurer que je mange équilibré et que je fais de l'exercice.

— Elle a raison. Et moi, je suis désolé.

— C'est moi qui suis désolé. Je n'ai pas été là pour toi à l'époque où tu en avais besoin. Les seules fois où j'ai rempli mon rôle, j'ai été un mauvais père. Impossible de rattraper le temps perdu, mon fils. J'ai tout fait de travers.

Gray sentit sa gorge se nouer, saisi par l'émotion et par toutes ces choses qu'il avait toujours voulu dire à son père alors qu'il n'en avait jamais eu l'occasion.

— Vas-y, l'encouragea Mitchell. Dis-moi ce que tu as sur le cœur.

— Je t'ai détesté parce que tu faisais passer la politique avant moi, je me sentais profondément blessé de ne jamais te voir dans les gradins pendant les matchs.

Son père hocha la tête.

— Je sais, j'ai tout fait de travers. Tu es un excellent pilote. Ce que tu sais faire derrière un volant est indescriptible, Gray. Tu es magnifique à regarder sur un circuit.

Sa fierté gênée s'entendait dans sa voix, à la fois sincère et douloureuse.

— Merci, papa.

— Ta place est là, tu as toujours été fait pour ça. Je refusais de l'entendre à l'époque, mais je le pense aujourd'hui. Pardon pour ce que je t'ai dit et la façon dont je te l'ai dit, on ne change pas le passé. Tu as fait le bon choix : en politique, tu n'aurais pas été exceptionnel, mais, au volant d'un bolide, rien ne te résiste. La vie est trop courte pour la gâcher à faire une chose qu'on n'aime pas. Garde ça en tête : fais ce que tu aimes.

Gray hocha la tête.

— C'est ce que je fais, papa.

— Alors tu es heureux ?

— Plus heureux que jamais.

— Et ce bonheur inclut Evelyn ?

Il leva un sourcil.

— Evelyn ?

Son père retira ses lunettes et but une gorgée d'eau avant de se lever de son siège.

— Tu sais, mon travail implique d'être bon observateur, et j'ai pu remarquer la façon dont vous vous regardez, tous les deux. Cela me rappelle ta mère et moi à l'époque où nous sommes tombés amoureux la première fois, et ensuite lorsque nous sommes retombés amoureux, ajouta-t-il en souriant. Bref… Toi et Evelyn ?

Rien ne l'avait préparé à une telle conversation avec son père.

— Je… je ne sais pas. On vit sur deux planètes différentes. Elle veut faire carrière dans la politique.

— Et tu l'en empêcherais ?

— Bien sûr que non ! s'indigna Gray. Elle mérite de faire ce qu'elle veut.

Son père lui sourit.

— Tant mieux. Je partage cet avis. C'est une jeune femme intelligente qui a beaucoup de talent et d'ambition, mais qui est également adorable et charmante. Ta mère l'adore, et ta sœur aussi. Je vous verrais bien ensemble.

C'était la discussion la plus étrange qu'il ait jamais eue avec son père.

— Je ne sais pas comment faire pour que ça marche entre nous.

— Tu as toujours été malin, Grayson. Et tu as toujours obtenu ce que tu voulais. Si vous êtes faits l'un pour l'autre, je suis sûr que tu trouveras un moyen.

Chapitre 26

Gray rejoignit Evelyn dans la suite de ses parents. Elle était assise auprès de Loretta sur le canapé, mais se leva d'un bond en le voyant entrer.

— Oui, j'ai parlé à mon père, la devança Gray. On ne s'est pas pris dans les bras, mais je pense que les choses iront mieux.

Le visage de sa mère trahit son soulagement.

— Je suis heureuse pour vous deux, dit-elle d'une petite voix.

Il la serra contre lui.

— Moi aussi, maman.

Ils discutèrent un moment, puis Evelyn et lui repartirent pour le circuit. L'esprit fatigué, Gray ne pensait qu'à une chose : aller se coucher, fermer les yeux et se vider la tête.

Comme d'habitude, Evelyn comprit ce qu'il ressentait, car elle ne chercha pas à le faire parler de sa conversation avec son père. Elle se mit simplement au lit avec lui et laissa reposer la joue sur son torse.

Mais Gray n'arrivait pas à s'endormir à cause des milliers de choses qui se bousculaient dans sa tête. N'y tenant plus, il s'assit et ralluma la lumière.

Evelyn se redressa à son tour et ramena les genoux sous son menton.

— Tu veux en parler ?

Après avoir réfléchi une minute, il répondit finalement :

— Il y a beaucoup de choses que je comprends mieux, maintenant. La notion de pardon, tout ça. Mais comment se défaire d'une amertume nourrie pendant des années ?

— Tu ne t'en débarrasseras pas facilement, Gray. Pas encore.

— Non, c'est vrai.

— Cela prendra du temps. Allez-y progressivement, tous les deux. Tu n'es pas obligé d'être proche de ton père demain à la première heure. N'est-ce pas déjà suffisant de connaître la vérité sur ce qui s'est vraiment passé ? Il veut réparer les pots cassés et cherche à se faire pardonner. Maintenant, il ne reste plus qu'à avancer pas à pas.

— Tu dois avoir raison.

— Tu ne t'es pas encore débarrassé de ta colère contre lui. Un simple « pardon » ne suffira pas à tout effacer, pas vrai ?

Gray la regarda un moment.

— Merci. Je crois que c'est justement ce qui me tracasse. J'ai l'impression que ses excuses auraient dû tout effacer alors que je ne suis toujours pas certain de lui avoir pardonné.

— Ce n'est pas si facile. Des années d'indifférence ne disparaissent pas en un claquement de doigts. Ton père a beaucoup à faire pour se rattraper.

— Quelque part, je pensais que tu serais de son côté.

Evelyn se mit à rire.

— Ah non ! Moi, je suis la Suisse dans cette histoire.

— Une remarque parfaite pour une femme politique. Tu finiras peut-être secrétaire d'État.

Elle grimpa à califourchon sur Gray.

— Même pas en rêve. C'est la Maison-Blanche ou rien du tout.

En l'attrapant par les hanches, le pilote enfouit le visage dans son cou et joua du bout des doigts avec son débardeur.

— Les femmes ambitieuses, ça m'excite.

— Hmm, je vois ça ! observa-t-elle en se frottant contre son érection.

Il posa les mains sur sa poitrine et promena les pouces sur ses tétons en les regardant pointer à travers le vêtement.

— L'idée de devenir présidente ne te laisse pas indifférente non plus, à ce que je vois.

— Ce sont tes caresses qui me font frissonner. La politique n'a rien de sexuel pour moi.

— C'est bon à savoir.

Après lui avoir retiré son débardeur, Gray prit le temps de contempler ses seins à l'arrondi parfait, puis il l'attira contre lui et emprisonna l'une des pointes entre ses lèvres. Les gémissements qu'elle poussait sous l'effet de ses caresses lui donnaient envie de la prendre là, tout de suite, tout en continuant de lui taquiner la poitrine.

Evelyn se redressa pour retirer sa culotte pendant qu'il se débarrassait de son caleçon, puis elle se tourna vers le tiroir où il rangeait ses préservatifs et revint lui en enfiler un avec une dextérité remarquable. Lorsqu'il s'enfonça en elle, ils poussèrent tous les deux un soupir, comme toujours depuis leur première fois ensemble. Tout en la soulevant puis en l'abaissant sur son membre raide, Gray admira sa cambrure et sa longue chevelure qui tombait dans son dos alors qu'elle rejetait la tête en arrière, et il se demanda comment faire pour que ça marche. Pour lui comme pour elle.

À présent, il savait qu'il était amoureux d'elle, ça ne faisait plus aucun doute. Dès que le congrès serait terminé, dès qu'il aurait rempli sa part du marché et elle la sienne, Gray voulait que cette femme fasse partie de sa vie.

Les cuisses d'Evelyn se refermèrent autour de lui avec la même possessivité que celle avec laquelle elle avait saisi son cœur. Il n'était pas le genre d'hommes à tomber dans l'effusion sentimentale, mais il était fou d'Evelyn. Il posa la main sur sa nuque et l'attira brusquement à lui pour l'embrasser fébrilement, pour ne faire qu'un avec elle tandis qu'il continuait d'aller et venir dans son intimité. Dès lors qu'elle poussa des gémissements, qu'elle enfonça les ongles dans la chair de ses épaules, elle mena Gray aux portes d'un orgasme aussi puissant que le sien, et il sentit son plaisir se déverser dans ce corps mince. Au cœur de son orgasme, il la serra fort dans ses bras, la dévora de baisers et lui fit comprendre par autant de moyens silencieux ce qu'il ressentait pour elle en se demandant si elle le percevait.

Quand la tempête sexuelle fut passée, Evelyn resta allongée sur lui et forma avec son index de petits cercles sur son torse.

— Je ne sais pas si ça a permis de régler tes problèmes, souffla-t-elle. En tout cas, c'était délicieux.

Il lui sourit. Non, ses problèmes restaient bel et bien intacts, mais il allait toujours mieux après lui avoir fait l'amour. Grâce à elle, il se sentait moins seul ici-bas, et ce, depuis le premier jour de leur rencontre.

Même s'il ne savait toujours pas comment s'y prendre pour la garder à ses côtés, une chose était sûre : il remuerait ciel et terre pour y parvenir.

— Evelyn.

Elle se redressa.

— Oui ?

— Est-ce que tu as déjà réfléchi à ce qui nous attend après le congrès ?

Le regard neutre qu'elle lui lança ne laissa rien paraître de ses sentiments.

— Pas vraiment, non. Les journées sont bien remplies, je suis obligée de vivre au jour le jour. Je suppose que je retournerai à Washington pour commencer une campagne présidentielle. Entre aujourd'hui et novembre, notre équipe a encore énormément de travail.

— Oui, tu as sûrement raison.

L'idée que leurs chemins se séparent n'avait pas l'air de l'attrister.

Ses sentiments n'étaient-ils pas réciproques ? Lui qui pensait vivre quelque chose d'unique avec elle, il comprit que ce pouvait n'être qu'une illusion. Peut-être qu'aux yeux d'Evelyn leur relation n'était rien de plus qu'une amourette dont elle se déferait sans regret.

Evelyn n'était pas seulement une rêveuse, son objectif ne se limitait pas à vivre dans une grande maison avec un immense jardin et une balançoire en pneu. C'était également une femme réaliste. Elle savait qu'ils vivaient aux antipodes l'un de l'autre.

Était-elle la seule à regarder la vérité en face, et lui celui qui se laissait envahir par ses sentiments ?

Gray n'avait jamais été un lâche. Il aimait Evelyn. Hors de question de la laisser tourner les talons. Il suffisait de trouver un moyen pour qu'ils obtiennent tous les deux ce qu'ils voulaient.

Evelyn marqua une pause, dans l'attente du moindre indice qui confirmerait les sentiments de Gray à son égard.

Elle était amoureuse de lui. Folle amoureuse de ce sportif sexy qui ne laissait voir que la partie émergée de l'iceberg. Sous la surface, c'était un homme sensible et romantique, voire vulnérable, et le fait qu'il se soit ainsi dévoilé devant elle, qu'il lui ait fait confiance, représentait énormément aux yeux de la jeune femme.

Lorsqu'il lui demanda ce qu'elle pensait pour la suite, elle se dit qu'il leur offrait une ouverture sur une conversation sérieuse au sujet de leur relation, de leur avenir ensemble.

Elle avait profondément envie d'un avenir avec lui. Mais c'était impossible. Lui et sa carrière de pilote qui le menait aux quatre coins du pays, et elle, fermement ancrée à Washington une fois que le gouverneur Cameron et le sénateur auraient remporté les suffrages. Car ils gagneraient l'élection, il ne pouvait en être autrement. Elle ferait tout ce qui était en son pouvoir pour que cela arrive.

Elle ne pouvait pas voyager d'une ville à l'autre avec Gray. Le sénateur aurait besoin d'elle pour devenir président. Mais il était également le père de Gray. Ils trouveraient bien un moyen pour que ça marche.

Si Gray en avait envie.

Là encore, peut-être avait-il soulevé le sujet pour commencer à évoquer la rupture tout en douceur ? Il pouvait avoir envie de s'échapper de leur histoire sans pertes ni fracas. Après tout, il ne lui avait jamais rien promis. Ils avaient passé de très bons moments ensemble, mais n'avaient jamais évoqué un quelconque avenir à deux. Étant donné le gouffre qui séparait leurs modes de vie, n'importe quel idiot s'apercevrait que leur couple ne fonctionnerait jamais.

Tous les deux, ils n'étaient pas stupides, et elle avait toujours été réaliste. Un avenir ensemble ? C'était ridicule. Ils n'arriveraient jamais à se voir. Cela finirait avant même d'avoir commencé. Le plus raisonnable, c'était de mettre un terme à cette histoire le plus tôt possible et de rester en bons termes, car elle avait la ferme intention de faire plus ou moins partie de sa vie pendant les huit prochaines années – pour deux mandats au minimum. Ils seraient amenés à se croiser souvent ou en tout cas chaque fois que Gray viendrait rendre visite à son père à Washington. S'ils se quittaient en mauvais termes, les choses risquaient de se corser. Or, elle avait travaillé dur pour en arriver là.

Non, il valait mieux en rester là et garder une relation amicale, se souvenir du bon temps sans animosité.

Après tout, sa carrière était toujours passée avant tout le reste.

Un jour, elle parviendrait à tout concilier, mais elle ne pouvait pas tout avoir avec Gray. C'était impossible.

— Tu es fatiguée ? lui demanda-t-il en lui caressant les cheveux.

Elle hocha la tête.

— Oui, un peu.

— Tu as l'air tracassée. Si tu veux retourner au congrès, je ne t'en voudrai pas, tu sais.

— Tu essaies de te débarrasser de moi ? s'enquit Evelyn avec un sourire en coin, mais dans l'espoir qu'il ne la repousserait pas trop souvent, même si c'était à présent inévitable.

— Non. J'essaie seulement de rendre les choses plus faciles pour toi.

Une question brûlait les lèvres d'Evelyn : parlait-il du congrès ou de leur rupture imminente ? Elle n'eut pas le courage de prononcer ces mots. En bien des aspects, elle n'avait pas froid aux yeux, dans sa vie comme dans sa carrière, mais en face de Gray elle se sentait faible.

— Je ne veux pas que les choses soient faciles.

— Dans ce cas, c'est toi qui vois. Si tu veux rester pour voir la course de demain, c'est avec grand plaisir. Mais je ne le prendrai pas mal si tu ressens le besoin de retourner au travail.

En d'autres termes, il la laissait partir et lui facilitait les choses pour qu'elle soit la première à tourner les talons. Plutôt mourir !

— Je veux assister à ta course demain.

— OK.

Il l'attira tout contre lui dans le lit et éteignit la lumière. Allongée dans le noir, Evelyn se demanda par quels moyens ils parviendraient à franchir le gouffre silencieux qui s'annonçait autour de leur séparation imminente.

Et ça faisait mal. Affreusement mal.

Chapitre 27

La journée s'annonçait ensoleillée et d'une chaleur étouffante, juste comme Gray les aimait lorsqu'il avait une course à remporter.

Donny et lui seraient au top de leur forme. Il le sentait.

La présence d'Evelyn dans la cabine de communication représentait énormément pour lui. Il l'avait réveillée en lui faisant l'amour, une manière sensuelle et silencieuse d'entamer la journée du bon pied. En la retournant sur le dos, il s'était doucement enfoncé en elle avant même qu'elle soit pleinement réveillée. Evelyn avait alors fait courir le bout de ses doigts sur son corps échauffé et l'avait embrassé avec une passion muette qui l'avait déstabilisé.

Gray avait ressenti son geste comme un adieu, et cette impression ne lui plaisait pas du tout.

Comme prévu, il avançait dans son programme, mais il sentait qu'il devait parler à Evelyn avant de tirer ses propres conclusions. C'était décidé : ils auraient une conversation après la course, juste avant qu'elle rejoigne le congrès, car, ensuite, elle n'aurait plus autant de temps à lui consacrer à cause de son père et de toutes leurs histoires de politique.

Il était temps de lui avouer ses sentiments : Gray voulait lui déclarer sa flamme avant de passer à l'étape supérieure pour être certain qu'elle partageait son envie.

Jusque-là, ils avaient gardé leur relation secrète, c'est pourquoi il profita de l'intimité de la caravane pour l'embrasser. Ensuite, il rejoignit les journalistes pour une interview avant la course. De son côté, Evelyn était rentrée à l'hôtel, où elle avait fait sa valise et réglé sa facture, avant de reprendre le chemin du circuit.

En s'installant derrière son volant, Gray l'aperçut dans la cabine. Elle lui souriait. Après un bref clin d'œil à sa belle, il adopta l'esprit du pilote : ceinture de sécurité bouclée, il approcha de sa position parmi les autres voitures sur la ligne de départ.

La course s'annonçait épuisante.

Il avait hâte de mettre les gaz.

Assise dans la cabine, Evelyn se sentit frustrée, elle qui avait envie de se lever pour faire les cent pas. Peut-être qu'en montant dans l'une de ces voitures elle pourrait écraser la pédale d'accélération et voir où la mènerait ce trop-plein d'angoisse qui la tourmentait depuis plusieurs jours.

Les quatre cent quatre-vingts kilomètres qu'avaient déjà englouti les moteurs dans un vrombissement assourdissant n'arrangeaient rien à sa nervosité. Elle se rongeait les ongles : Gray était en dixième position, et elle savait qu'il n'en était pas fier. Après un retard au stand puis les caprices de sa voiture, qui ne répondait pas comme il voulait, Gray devait être particulièrement frustré.

Mais il avait encore le temps de se frayer un chemin jusqu'aux premières places et de remporter une victoire profondément désirée. Elle se balança sur sa chaise, et Ian lui lança encore un regard en coin. Elle ne tenait pas en place, et cela devait le rendre fou, mais étant donné son agitation elle ne pouvait rien y faire. Trop de pensées se bousculaient dans sa tête : la course, le congrès, ce que représenterait une victoire du sénateur Preston pour sa carrière et, le plus important de tout, sa relation avec Gray.

Il allait tellement lui manquer. Pas une fois elle n'avait envisagé que sa carrière puisse s'immiscer entre un homme et elle. Son travail avait toujours été sa priorité, et elle n'aurait jamais pensé que cela pouvait changer.

À présent, elle se surprenait à réfléchir au meilleur moyen de concilier sa vie professionnelle et son amour pour lui, et se demandait quelle serait la réaction de Gray en apprenant qu'elle envisageait un avenir pour leur histoire.

Ne sachant quoi faire, elle se passa la main dans les cheveux pour la énième fois. Et si après lui avoir avoué ses sentiments elle apprenait que son amour n'était pas réciproque ? Elle n'avait encore jamais essuyé de rejet. Cela lui briserait le cœur.

Et si elle ne lui disait rien ? Leurs chemins se sépareraient sans qu'il sache ce qu'elle éprouvait vraiment pour lui. Ils pouvaient être promis à un avenir heureux ensemble. Était-elle prête à faire une croix sur ce bonheur pour la seule raison qu'elle avait peur d'être rejetée ?

Non, elle se savait parfaitement capable de voir la vérité en face.

Après la course, elle lui avouerait ses sentiments. Et s'ils n'étaient pas réciproques ? Tant pis, elle tournerait la page. Au moins, elle serait fixée. Il fallait jouer cartes sur table.

— Putain de merde ! s'exclama Ian en se levant brusquement du fauteuil.

Elle n'avait même pas vu l'accident. Sur l'écran, on ne voyait que de la fumée. Le cœur serré, elle se mit à parcourir frénétiquement les numéros des autres voitures, espérant que le cinquante-trois n'était pas dans le nuage de fumée noire et les débris, qui constituaient le pire accident auquel elle ait assisté.

Elle retint sa respiration en observant chaque voiture une à une tandis qu'elles ralentissaient à l'approche du carnage. Le nombre de bolides impliqués n'était pas facile à identifier, mais elles semblaient toutes complètement détruites.

Parmi les rescapées, elle reconnut le numéro de Donny et laissa échapper un soupir de soulagement, mais il n'y avait aucun cinquante-trois à l'horizon.

Oh, mon Dieu!

En se tournant vers Ian, Evelyn remarqua qu'il se mordait les lèvres. Il parla dans son casque, puis le retira d'un geste vif et quitta la cabine au pas de course. Il y avait un très gros problème.

En descendant l'échelle à son tour, elle regarda autour d'elle à la recherche d'informations, mais ne perçut que des bribes de phrases : on parlait d'ambulance, de l'hôpital aussitôt alerté et d'un transport par les voies aériennes.

Enfin, Evelyn parvint à intercepter un membre de l'équipe.

— Gray est blessé ?

L'autre hocha la tête.

Son estomac se serra.

— C'est grave ?

— On ne sait pas. Ils doivent d'abord l'extraire de la voiture, et un hélicoptère l'emmènera à l'hôpital le plus proche.

Prise de vertiges, Evelyn s'agrippa à ce qui lui tombait sous la main.

« L'extraire de la voiture » ? *Oh, mon Dieu!* Elle sortit son téléphone de sa poche et composa le numéro des parents de Gray.

Evelyn avait attendu que Gray passe différents scanners. Ses parents s'étaient ensuite entretenus avec les médecins. Dans la salle d'attente, Donny et Stacie lui tenaient compagnie, ainsi que Ian. Heureusement, elle n'était pas seule.

Les journalistes étaient maintenus à l'extérieur de l'hôpital, et l'organisateur de la course se chargeait de les tenir informés.

Tout ce qu'Evelyn pouvait faire, c'était attendre et prier pour qu'il se remette vite. La télévision la rendait malade : la chaîne sportive repassait l'accident en boucle depuis plusieurs heures.

Elle n'avait regardé la scène qu'une seule fois : Gray avait été heurté par l'arrière, avait glissé sur une longue distance, puis, après un tonneau dans le décor, avait décollé du sol et atterri contre le mur. En réaction en chaîne, les voitures s'étaient crashées sur lui les unes après les autres.

L'accident avait été violent, affreusement brutal. Il avait beaucoup de chance d'être encore en vie, et Evelyn remercia en silence les équipements de sécurité imposés par l'organisateur dans la voiture et en dehors. Les pilotes se plaignaient des nombreuses normes, mais Gray était en vie grâce à elles.

Lorsque le sénateur apparut dans l'escalier, Evelyn se leva, les jambes flageolantes.

Il s'approcha d'elle et lui prit les deux mains.

— Il a une commotion cérébrale, une jambe cassée et deux ou trois côtes fêlées. Mais il va s'en sortir.

Les larmes aux yeux, elle prit le sénateur dans ses bras.

— Merci de nous tenir au courant, sénateur. Comment va Loretta ?

— Elle me surprend par sa force. Elle a appelé Carolina et lui a dit de faire sa valise, elle ne va pas tarder à nous rejoindre.

— Bien, fit Evelyn en reniflant, avant d'esquisser un sourire. Je peux le voir ?

— Je vous accompagne.

Elle présenta d'abord Mitchell à Ian. Le sénateur discuta un moment avec lui, puis emmena Evelyn à l'unité des soins intensifs par l'ascenseur.

— Il s'en sortira, Evelyn.

— Oui, monsieur.

— Vous l'aimez ?

Elle n'hésita pas un seul instant.

— Oui, monsieur.

— Il vous aime aussi, vous savez.

Les larmes coulèrent sur ses joues.

— J'ai eu peur qu'il ne meure. Je ne sais pas ce que je deviendrais sans lui.

Il lui prit la main.

— Vous n'aurez pas à vous poser la question. Mais sachez qu'il sera en colère à cause de cet accident.

Un rire échappa à Evelyn entre deux sanglots.

— Bien sûr qu'il sera en colère !

En arrivant à l'unité des soins intensifs, elle prit Loretta dans ses bras.

— Il faut être fou pour faire un sport si dangereux, murmura la mère de Gray.

— Mais il est doué, Loretta, le défendit Evelyn. Il reprendra le volant dès qu'il sera sur pied, et vous le savez.

Loretta poussa un soupir en prenant ses mains dans les siennes.

— Oui, je sais.

— Gray est toujours sous l'effet des médicaments, l'avertit Mitchell. Il se pourrait qu'il dorme encore.

— Je ne serai pas longue. Merci de me laisser le voir.

Elle entra dans la chambre et resta près de la porte, le souffle coupé par ce qu'elle voyait.

Gray, son héros puissant et invulnérable, était branché à des machines et à des perfusions, recouvert d'hématomes et de bandages. Son corps semblait détruit. En ravalant ses larmes, la jeune femme s'approcha du lit.

Il dormait. Elle s'assit sur la chaise près de lui et lui prit la main.

— Prends le temps de guérir, Gray. Ne te précipite pas pour retourner sur le circuit. (Face à son pilote immobile, Evelyn écouta un instant le ronronnement des machines.) Profite de cette occasion pour ralentir le rythme, suggéra-t-elle en caressant doucement le dos de sa main.

— Seulement si tu le fais aussi.

Elle posa son regard sur le sien. Il avait les paupières entrouvertes.

— Tu es réveillé !

— J'ai affreusement mal au crâne.

Evelyn manqua de défaillir de soulagement.

— Tu m'étonnes ! Tu nous as offert du grand spectacle.

— Ouais, un spectacle inachevé. Je ne suis pas allé jusqu'au bout, il n'y a rien de pire. Ma position dans le classement va en prendre une sacrée claque.

Il avait donc réfléchi à son classement.

— C'est le cadet de tes soucis, Gray.

— Je suis foutu pour cette saison, ma belle. Ce n'est pas bon du tout.

— Excuse-moi, murmura-t-elle en lui caressant la main. Je sais que tu n'étais pas loin du sans-faute, ça te tient à cœur, mais pour l'instant il faut se concentrer sur ta guérison. Ta priorité est là.

Il déglutit.

— Je reprendrai le volant en un rien de temps.

— Oui, c'est sûr.

Cette pensée la terrifiait.

Ce travail représentait tout pour lui. C'était sa passion, sa raison de vivre, et elle devait l'accepter parce qu'elle l'aimait. D'ailleurs, elle allait le lui dire, mais pas maintenant. Ce n'était pas le bon moment.

Les paupières de Gray se firent lourdes.

— Tu devrais rejoindre mon père pour l'aider à devenir vice-président. Il n'y a plus de courses au programme.

Ces derniers mots sortirent de sa bouche avec à peine plus de force qu'un souffle.

— Je reviendrai te voir.

— Non, ne t'inquiète pas pour moi. Va travailler, Evelyn. Va devenir présidente. Je ne me mettrai pas en travers de ton chemin.

Voilà qu'il se mettait à divaguer. Evelyn se leva et l'embrassa sur le front avant de quitter la chambre, car elle savait que Loretta voudrait revenir voir son fils.

— Il s'est réveillé quelques minutes, on a même discuté. Maintenant, il s'est rendormi, informa-t-elle ses parents dans le couloir.

— Dans ce cas, j'y retourne, répondit la mère.

— Je te rejoins tout de suite, lui dit Mitchell avant de se tourner vers Evelyn. Ne vous inquiétez pas, il est entre de bonnes mains.

— Oui, je sais. Je vais retourner à l'hôtel et prendre les rênes du congrès pour que vous puissiez rester ici ce soir.

— Merci, soupira-t-il. Il n'y a pas si longtemps, j'aurais laissé Loretta s'occuper de lui. La politique serait passée avant le reste. Bien sûr, c'est un moment important pour ma carrière, mais…

Elle l'interrompit en lui prenant le bras.

— Vous avez quelques jours devant vous avant que la campagne passe à la vitesse supérieure. Pour l'instant, votre place est auprès de votre fils. Profitez-en pour rattraper le temps perdu.

— Il vous en a parlé.

— Oui.

Il esquissa un sourire.

— Ce que j'aime particulièrement chez vous, Evelyn, c'est votre franchise.

— Je ne suis pas là pour vous juger, sénateur. Mais vous avez effectivement beaucoup de travail pour reconstruire une relation de confiance avec Gray.

— Il m'en veut toujours.

— Ce n'est pas à moi de vous le dire, mais il a besoin de vous. Ce n'est que mon avis, mais je suis persuadée qu'il serait heureux de vous savoir à ses côtés.

— Je suis inquiet pour mon fils, il n'y a rien qui puisse me faire quitter cet hôpital.

— Tant mieux. De mon côté, je m'occupe de la campagne. S'il y a quoi que ce soit, je vous appelle.

— Merci.

Elle s'en alla à contrecœur.

En grimpant dans sa voiture, elle leva les yeux vers les fenêtres des chambres de l'hôpital.

C'était la première fois qu'elle n'était pas heureuse de son travail.

Elle voulait rester auprès de Gray, mais son travail se mettait en travers de son chemin.

Chapitre 28

Il n'y a rien de pire que des béquilles.

Sans parler des gardes du corps et de tous ces idiots qui restaient dans ses pattes de peur qu'il ne s'écroule à tout instant. Mais c'était un ordre du médecin – et de ses parents – s'il voulait assister au congrès.

Le sujet avait d'abord déclenché une dispute avec son père, qui avait juré que sa présence n'était pas nécessaire et qu'il devait se reposer avant toute chose.

Gray avait été surpris de voir Mitchell à son chevet ces derniers jours alors que le moment le plus important de sa carrière professionnelle se déroulait sans lui, mais l'accident avait terrifié le sénateur. Il avait suffisamment perdu de temps avec la politique au détriment de son propre fils. Un fils, avait-il ajouté, qu'il avait failli perdre sur le circuit. Au diable la campagne !

Ce dernier commentaire avait fait rire Gray, bien que ses côtes le lui aient aussitôt reproché.

Le jeune homme constatait qu'il avait nié la main que lui avait tendue son père toutes ces années.

Pour lui, il était impossible que Mitchell Preston laisse quoi que ce soit empiéter sur son projet de nomination à la vice-présidence des États-Unis, pas même l'accident de Gray.

Certes, l'élection n'était pas pour demain, mais cette période était primordiale pour la campagne : il fallait faire bonne figure devant les objectifs des journalistes et auprès des représentants.

Pourtant, son père restait bien présent. Les privilèges d'un poste de nominé à la vice-présidence lui permirent de libérer une suite confortable à l'hôtel du congrès pour son fils lorsque ce dernier reçut l'autorisation de quitter l'hôpital deux jours après le crash, une réservation de dernière minute alors que l'hôtel était complet depuis un an pour l'événement politique.

Mitchell engagea un médecin et une infirmière assignés à Gray, qui trouvait cela parfaitement inutile. Il ressentait une légère migraine due à sa commotion cérébrale, et il marchait avec des béquilles, une jambe dans une attelle. Mais ses côtes cassées, voilà la dernière vraie douleur qui persistait.

Ses côtes et sa fierté. En perdant le championnat cette année, il prenait un mauvais coup au moral, hanté par l'idée qu'il avait abandonné ses coéquipiers. Pourtant, Ian était venu plusieurs fois lui rendre visite dans sa chambre d'hôpital pour lui répéter que l'équipe était soulagée qu'il ne soit pas mort dans cet accident, point final. Un accident uniquement dû aux conditions sur le circuit. Les voitures étaient au coude à coude, l'accrochage était inévitable. Sans compter les jeunes pilotes imprudents qui n'avaient pas ralenti à temps. Il ne pouvait même pas en vouloir à Cal McClusky qui avait pris part au carambolage alors qu'il était encore loin au moment de l'accident.

Le crash avait eu un effet bénéfique sur Cal : il était resté sobre depuis ce jour-là. Pendant la course, son temps de réaction avait été considérablement allongé à la suite d'une soirée trop arrosée la veille. Il aurait pu éviter les voitures. Cal avait alors admis être alcoolique et avait terminé la saison prématurément pour entrer en cure de désintoxication.

C'était la meilleure décision à prendre. Gray lui souhaitait de se remettre rapidement pour reprendre le volant dès la saison prochaine. Cal était un rival à sa hauteur, et il souhaitait vivement le retrouver en forme l'année suivante.

Quant à lui-même, Gray pensait avoir été au mauvais endroit au mauvais moment, c'était tombé sur lui par manque de chance. Une malchance aux conséquences dramatiques, puisque cela avait valu à son équipe de passer à côté du championnat. Heureusement, un autre pilote était prêt à endosser le numéro cinquante-trois au pied levé pour terminer la saison. Bien sûr, la course manquait à Gray, et cela le démangeait de vite reprendre du service, mais il ne pouvait rien y faire. Finalement, cette semaine de congé tombait bien, car elle permettait à Ian de préparer Alex Reed et de l'aider à trouver ses marques dans la voiture de Gray.

Ils avaient beaucoup de chance qu'Alex ait du temps à leur consacrer pour le reste de la saison.

En revanche, dès l'année suivante, Gray serait plus en forme que jamais, prêt à battre tous les scores.

Cette pause dans sa carrière était l'occasion de s'imprégner de l'ambiance du congrès.

Un événement impressionnant avec des discours à n'en plus finir. Gray n'en était d'ailleurs pas un grand amateur, mais, puisqu'il était coincé dans cet hôtel, autant en profiter pour observer Evelyn en pleine action. Il ne l'avait pas informée de son retour. Ils ne s'étaient pas revus depuis l'hôpital, où il lui avait clairement donné congé.

À présent, son travail lui prenait beaucoup de temps, et Gray ne voulait pas être dans ses pattes, c'est pourquoi il avait demandé à sa mère de faire croire à Evelyn qu'il était rentré chez lui à Daytona, qu'il était fatigué et qu'ils reprendraient contact après le congrès.

En réalité, il voulait lui faire une surprise. Elle aurait peut-être deux ou trois minutes à lui accorder. Il l'embrasserait, la prendrait dans ses bras, et ils auraient enfin la conversation qu'il avait prévue pour le dimanche après sa course. Sauf que la course en question avait mal tourné, rien ne s'était passé comme prévu.

Gray connaissait l'emploi du temps d'Evelyn pendant le congrès puisque sa place était aux côtés de Mitchell. Elle passait son temps à courir, d'un rendez-vous à l'autre entre représentants et journalistes, sans parler de ce projet de réseaux sociaux qu'elle avait mené de front avec succès. Gray profita donc de cette période d'agitation pour se reposer et garder un œil sur la jeune femme tout en peaufinant quelques surprises qu'il lui réservait pour la fin de ses obligations politiques.

Son père venait le voir plusieurs fois par jour pour s'assurer qu'il allait bien. Gray avait toujours du mal à y croire. Leur relation n'était pas encore digne de la proximité qu'on peut attendre entre un père et son fils, mais Mitchell s'était attaché à faire de lui sa priorité, et cela suffisait à toucher Gray, d'autant plus que le sénateur n'attendait pas de Gray qu'il fasse une apparition au congrès. Bien au contraire, il le lui avait formellement interdit, ce qui amusa le sportif, car il avait passé l'âge de se faire remonter les bretelles par son père. Il irait, un point c'est tout.

Et puis il avait plusieurs choses prévues.

À commencer par ce soir.

Evelyn parcourait le Centre des congrès en long, en large et en travers, la tête remplie de nombreuses choses à faire. Heureusement qu'elle avait un agenda dans son téléphone, car son cerveau aurait fini par court-circuiter à force de gérer trop d'informations.

Elle était excitée, épuisée, enthousiaste et terrifiée, mais surtout réjouie par l'avancée du sénateur Mitchell dans son programme. Le moment attendu pendant toutes ces années était enfin arrivé.

Au cours de la semaine, elle avait suivi chacun de ses discours avec une joie exaltée, un peu plus impatiente chaque jour d'en arriver aux élections. En l'écoutant s'adresser à la foule, elle était fière de constater leurs progrès.

Evelyn profita du discours d'un représentant d'Atlanta pour répondre à quelques mails laissés de côté pendant la journée, faute de temps pour s'y consacrer. Elle repensa à Gray et prit conscience qu'elle plongeait dans le travail la tête la première pour justement cesser de penser à lui.

Il lui manquait terriblement. Malgré la tornade politique, elle aurait tout donné pour partir à Daytona et prendre soin de lui, même s'il était sans doute très bien entouré, avec Loretta et Carolina. Evelyn n'avait pas de souci à se faire pour lui, mais elle ne pouvait pas s'en empêcher. Elle se sentait à la fois coupable et vexée de ne pas avoir revu Gray depuis leur dernière entrevue à l'hôpital. C'était ainsi, non seulement à cause de son travail mais également parce qu'il le voulait bien.

Pas un seul coup de téléphone depuis. Elle s'était efforcée de ne pas culpabiliser, ni d'y lire le signe d'une suite défavorable à leur relation. Il s'était blessé, tous ses efforts étaient à juste titre concentrés sur son rétablissement. Il ne pensait pas à elle, et c'était bien normal.

Pourtant son cœur en souffrait, et elle ne pouvait rien y changer si ce n'est en gardant l'esprit occupé par son travail.

À partir d'aujourd'hui, les choses resteraient comme elles étaient : leur idylle était terminée. Il avait sa vie, elle avait la sienne, et sa carrière politique poursuivrait son ascension dans les mois à venir. Elle n'avait pas de temps à accorder à une relation amoureuse, à cette histoire entre elle et Gray, qu'elle ne parvenait même pas à qualifier.

Il était temps de rompre le lien.

— Et maintenant je suis fier de vous présenter celui qui sort à peine d'un grave accident survenu lors d'une course automobile ici même à Atlanta la semaine dernière : le fils du sénateur Mitchell Preston. Grayson Preston !

Elle leva brusquement la tête.

Gray était ici ?

En boitant sur ses béquilles, Gray grimpa laborieusement sur scène. Evelyn fut prise d'une envie furieuse d'accourir pour l'aider. Mais il avait le sourire aux lèvres devant les représentants et parvint tant bien que mal à monter sur le podium sous les applaudissements chaleureux du public.

Il avait mal. En s'approchant de la scène, elle aperçut la sueur qui perlait au-dessus de sa lèvre et sut qu'il souffrait.

Les applaudissements se turent pour le laisser parler. Il balaya la foule du regard.

— Je ne suis pas un grand orateur, ma voiture a toujours parlé à ma place, admit Gray en baissant les yeux sur ses béquilles. Mais, parfois, mes qualités de pilote me font aussi défaut.

Rires parmi la foule.

— S'il y a une chose dont je peux vous parler, c'est du gouverneur Cameron et de mon père, le sénateur Mitchell Preston. Je peux vous parler de ce qu'ils ont à apporter à notre pays.

Son discours fut éloquent, ponctué d'une ferveur et d'un amour familial irréprochables d'un point de vue politique. Il parlait avec son cœur, cela ne faisait aucun doute, et son discours n'avait pas été répété ni écrit par un autre. S'il avait été écrit par une autre personne, ç'aurait été par elle, songea-t-elle.

Mais elle ne savait même pas qu'il serait là aujourd'hui.

— ... C'est pourquoi je suis fier de passer le micro à mon père, le sénateur Mitchell Preston.

Dans l'euphorie de la foule, le père de Gray apparut, clairement soutenu par son public. Evelyn fut ravie : Mitchell échangea une poignée de main avec son fils, puis une brève accolade. Leurs regards étaient sincèrement empreints d'affection.

L'instant était magique, et les journalistes n'en perdirent pas une goutte. Mais c'était bien plus que cela, car Evelyn percevait le lien fort qui unissait le père et le fils, et cela n'avait pas de prix.

Elle se leva et écouta le discours de Mitchell sur lequel ils avaient travaillé à quatre mains. Toutefois, son regard s'attarda sur Gray tandis qu'il quittait le podium. Elle avait envie de le rejoindre, de lui parler, mais son travail l'obligeait à rester là, auprès du sénateur. Elle écouta donc patiemment les besoins du pays énoncés par Mitchell et ses propositions pour y répondre. La fierté d'Evelyn n'avait pas de limites : dès qu'il eut terminé, la foule approuva ses idées dans un vacarme d'applaudissements enthousiastes.

Prise dans le feu de l'action, la jeune femme profita pleinement de cet instant de gloire.

Ce ne fut que quelques heures plus tard, une fois les conférences de presse terminées, qu'elle trouva l'occasion de s'entretenir avec le sénateur au sujet de l'apparition de son fils ce soir.

— Je ne savais pas qu'il viendrait, lui avoua-t-il. Je le lui avais interdit.

— Je croyais qu'il était à Daytona.

Mitchell sourit.

— Non, je lui ai réservé une suite à l'hôtel.

Elle écarquilla les yeux.

— Quoi ? Il était là depuis le début ?

— Oui. Il ne voulait pas que vous le sachiez.

Ce fut comme un coup de poing dans l'estomac.

— Et pourquoi ça ?

— Il voulait que vous vous concentriez sur votre rôle ici, pas sur lui. Votre travail est votre priorité, m'a-t-il dit.

— Je vois.

Quelle douce attention de prendre ainsi une décision à sa place et de la croire incapable de jongler avec plusieurs choses à la fois ! Ce n'était pas la première fois qu'elle entendait ce vieux refrain.

— Est-ce qu'il est encore là ?

— Bien sûr.

Il lui donna le numéro de la chambre de Gray, et, lorsqu'elle fut certaine que le sénateur n'avait plus besoin d'elle, elle s'y rendit.

Elle ne se disputerait pas avec un homme en béquilles, ce ne serait pas juste pour lui, mais, après tout, n'avait-il pas été suffisamment en forme pour monter sur un podium ?

Lorsqu'elle eut frappé à la porte, une jeune femme particulièrement séduisante lui ouvrit. Elle portait un pantalon de tailleur et arborait un air professionnel. Quelle beauté avec ses cheveux bruns ramenés en queue-de-cheval et son regard exotique et sexy !

Mince !

Evelyn leva un sourcil.

— Puis-je vous aider ? demanda la femme.

— Oui, j'aimerais voir Gray.

— Il ne reçoit pas de visite.

— Il me recevra, moi.

Elle lui passa devant, ce qui contraria l'autre, mais Evelyn s'en fichait.

— J'ai essayé de la retenir, Gray, lança-t-elle.

Le sportif était étendu sur le canapé, l'attelle enfermant son pied posée sur une banquette.

— Salut, fit-il en souriant à son invitée. Tout va bien, Cathy. C'est Evelyn, une conseillère de mon père. C'est une amie. Evelyn, je te présente Cathy, mon infirmière.

« Conseillère de son père », voilà comment il la présentait ? Oui, aucun doute, cette Cathy avait tout de l'infirmière.

Ça ne se passerait pas comme ça.

Evelyn la salua d'un bref hochement de tête.

— Cathy, vous pouvez rentrer chez vous. Je n'aurai plus besoin de vous ce soir.

— Vous êtes sûr ?

— Oui, j'appellerai s'il y a quelque chose.

— Bon, très bien. Bonsoir.

Cathy emporta son sac à main et s'en alla.

— Assieds-toi. Tu veux boire quelque chose ?

— Non. Je veux savoir pourquoi tu ne m'as pas dit que tu étais ici.

Gray s'empara de la télécommande et éteignit la télévision avant de lui décocher un sourire qui la fit frissonner, mais elle s'efforça d'ignorer les pulsions qu'il lui inspirait déjà.

— Parce que je ne voulais pas que tu te fasses du souci pour moi ou que tu perdes ton temps à venir voir si tout allait bien. Cette semaine était suffisamment chargée pour toi. Tu attends cela depuis trop longtemps. Toute ta concentration devait se porter sur ton travail, pas sur moi.

Elle croisa les bras.

— Je vois. Tu me crois trop idiote pour mener plusieurs choses à la fois, c'est ça ?

— Hum ! Ce n'est pas ce que j'ai dit, murmura-t-il. (Il l'examina un moment.) Est-ce que tu es en colère contre moi ?

— Tout juste, je suis même furieuse. Tu n'as pas la moindre idée du souci que je me faisais. Bon sang, Gray ! Cet accident était atroce, j'y ai pensé toute la semaine, je m'inquiétais, je me demandais comment tu allais.

— Exactement, alors que tu devais profiter de ta semaine de gloire. Tu ne devais pas penser à moi.

Elle leva les yeux au ciel.

— Ne me traite pas comme si j'étais une idiote ! J'aurais parfaitement su organiser l'apparition publique de ton père au congrès tout en prenant soin de toi. Arrête de réfléchir à ma place et de prendre des décisions pour moi. Je croyais que tu étais différent de ces gens qui me croient incapable de vivre une vie de femme tout en menant une carrière politique.

— C'est vraiment ce que tu crois ?

— Pour l'instant, tout ce que je peux te dire, c'est que je suis folle de rage parce que tu as disparu de ma vie en croyant bien faire pour m'épargner d'avoir trop de projets sur le feu. Je croyais que tu valais mieux que ça. Apparemment, j'ai eu tort.

— Attends.

Gray essaya de se relever et fit la grimace en se prenant les côtes.

Sa position de faiblesse donnait l'avantage à Evelyn, car les béquilles étaient à l'autre bout de la pièce.

— Reste où tu es.

— Non, je veux te parler… face à face.

— Pour ce qu'on a à se dire, tu n'es pas obligé de te lever.

L'effort lui coupa le souffle, et il retomba sur le canapé.

— Et maintenant qui est-ce qui réfléchit à la place de l'autre ? la provoqua-t-il.

En prenant conscience qu'ils se disputaient pour une broutille, Evelyn eut un pincement au cœur.

— Tout ça est stupide. Nous savions d'avance que notre relation ne mènerait nulle part, qu'une fois la campagne terminée notre histoire le serait aussi.

Le visage de Gray se figea en une expression glaciale.

— Oh, vraiment ? « Nous » le savions ? Ou est-ce toi qui as pris cette décision toute seule ?

Elle releva le menton.

— Regarde la réalité en face, Gray. Comment aurait-on pu continuer ? Je retourne à Washington.

Ma vie, mon avenir, tout est là-bas. Alors que toi… (Elle fit un geste vague.) tu es partout sur les routes, sauf à Washington.

— Tu as donc supposé qu'on ne pourrait jamais vivre une histoire ensemble. Là encore, Evelyn, tu as pris une décision pour nous deux.

Non, ce n'était pas juste, elle ne le laisserait pas prendre cette direction.

— Ça n'a aucun sens. On finirait tous les deux par avoir le cœur brisé à long terme.

— Ouais, autant couper les ponts tout de suite, pas vrai ? Un fin stratège politique sait reconnaître le moment où il faut se retirer de la course s'il veut limiter les dégâts. C'est bien ça ?

— Oui, exactement.

Il reprit la télécommande.

— Dans ce cas, nous n'avons plus rien à nous dire, Evelyn.

Le regard de la jeune femme s'attarda sur lui. Il lui manquait déjà. Elle avait tant envie de se blottir dans ses bras une dernière fois.

Mais il avait raison. Il était temps de couper les ponts.

— Non, en effet, Gray.

Elle tourna les talons et prit le chemin de la porte, puis s'arrêta une seconde pour un dernier regard et lui lança :

— Tu devrais appeler ton infirmière pour t'aider à te lever de ce canapé.

Elle referma la porte de la suite derrière elle et attendit de rejoindre sa chambre pour laisser les larmes couler librement sur ses joues.

Sans même allumer les lumières, elle se laissa tomber sur le lit et observa le plafond.

Entre eux, c'était terminé.

Ce devrait être un soulagement. À présent, elle pouvait se consacrer entièrement à la campagne de son futur vice-président sans que les sentiments soient un obstacle à son objectif.

Le travail et uniquement le travail. Comme elle l'avait toujours fait.

Souriant dans l'obscurité, elle prit conscience de l'idiotie de cette pensée.

Elle venait de fuir l'homme qu'elle aimait sans même lui avoir déclaré ses sentiments.

Cela pouvait bien être « pour le mieux », puisque c'était là son principal argument, mais c'était faux.

Ce n'était pas « pour le mieux ». Pas pour elle, en tout cas.

Elle roula sur le côté et ferma les yeux. Pour l'instant, elle avait besoin de tout oublier, ne serait-ce que quelques minutes.

Demain, elle redeviendrait l'ancienne Evelyn.

Non, elle ne pourrait jamais retrouver l'ancienne Evelyn, car Gray l'avait changée à jamais.

Les vannes étaient ouvertes : la jeune femme laissa les larmes quitter son corps en un flot continu jusqu'à ce que la douleur saisisse son cœur et l'empêche presque de respirer.

Elle l'avait perdu. Elle aimait Gray, n'avait jamais demandé à le quitter et pourtant elle l'avait laissé s'éloigner.

Cette course ne connaissait aucun vainqueur.

Gray jeta la télécommande à l'autre bout de la pièce.

Merde! Putain de merde!

Ce n'était pas ce qu'il avait prévu.

Il se passa la main dans les cheveux, rongé par la frustration. Il voulait sauter de ce foutu canapé et courir après Evelyn, la prendre dans ses bras, la couvrir de baisers jusqu'à oublier l'incompréhension qui le dévorait.

Il avait pourtant été si heureux de la revoir ce soir.

Pourquoi ne l'avait-elle pas été aussi ?

Ce devait être une surprise, et voilà que ça l'avait mise en colère.

Avait-il vraiment réfléchi à sa place ? Il détestait les types qui faisaient cela. En se laissant tomber dans le canapé, il observa longuement le ventilateur au plafond. La chambre était plongée dans un silence seulement rompu par le doux ronronnement de ses pales.

Gray était un mec. Les mecs ne se laissaient pas submerger par des histoires sentimentales. Les femmes se croyaient les seuls êtres multitâches. Parmi elles, Evelyn était une experte.

Il cligna des yeux. Elle avait raison. Au lieu de lui dire où il était vraiment, il avait préféré prendre une décision pour elle. Cette semaine, il aurait adoré la voir un peu plus, ne serait-ce que quelques minutes par-ci par-là. Elle aurait été là pour lui remonter le moral dans ses moments de déprime, c'est-à-dire tous les jours depuis ce fichu accident.

Alors pourquoi ne l'avait-il pas laissée venir ? Parce qu'il croyait savoir ce qui était bon pour elle ?

Depuis quand savait-il ce genre de choses ? Evelyn était une femme indépendante et parfaitement capable d'exceller en politique tout en vivant une relation amoureuse avec un homme.

Son crash, et par conséquent la fin anticipée de la saison, l'avait sans doute plus vexé qu'il ne voulait bien l'admettre, et, à cause de cela, il avait mis un frein à sa relation avec Evelyn. Il n'y avait pas de meilleur moyen pour tout ficher en l'air que de prendre les rênes, et c'était ce qu'il avait fait. Il avait sauté sur l'occasion de mener la danse alors que tout le reste lui échappait.

Sauf qu'il s'agissait d'une illusion. Il n'avait pas été davantage aux manettes de son histoire avec elle qu'il ne l'avait été pendant que la voiture numéro cinquante-trois se retournait dans les airs. Là encore il n'avait rien gagné, et tout perdu.

Qu'allait-il faire à présent ? La femme qu'il aimait venait de claquer la porte sur lui, sur eux deux, et par ce geste elle avait clairement mis fin à leur histoire.

Comment allait-il faire pour tout réparer ? En avait-il même la possibilité ?

Il s'empara de son téléphone et composa un numéro. Il avait besoin d'aide, et vite.

Chapitre 29

— Waouh, tu es drôlement doué pour tout ficher en l'air !

Une semaine était passée depuis le congrès, et Gray était sur sa terrasse, chez lui à Daytona. Au moins, il n'était pas seul. Garrett, son meilleur ami, profitait d'un jour de congé et d'un match à Tampa Bay pour passer la journée avec lui, accompagné de sa fiancée, Alicia.

— Merci de ton soutien, mon pote.

Garrett éclata de rire.

— Eh, si tu veux que je te défende, tu peux rêver ! Je suis honnête avec toi : tu as tout foutu en l'air. Tu n'es pas d'accord, Alicia ?

Elle fit la grimace.

— J'aurais préféré que tu ne me mêles pas à tout ça, mais oui. Il a raison, Gray. Tu ne peux pas dire à une femme qu'elle n'arrivera jamais à tout concilier. En plus, tu lui as menti en lui faisant croire que tu avais quitté Atlanta alors que tu étais blessé. Une femme qui tient à toi voudra forcément s'assurer que tu vas bien. À quoi pensais-tu, franchement ?

Gray poussa un soupir.

— Je croyais bien faire, mais je me suis trompé. C'est bon, j'ai compris.

— Tu admets que tu t'es comporté comme un crétin, c'est bien, voilà une première étape franchie, déclara Garrett avant de boire une gorgée de bière. Que comptes-tu faire, maintenant ?

— Je n'en sais rien. Elle est retournée à Washington, la campagne présidentielle occupe toutes ses journées.

— Et alors ? fit Alicia. Si tu veux cette fille, va la chercher.

Gray toqua sur son attelle.

— Je veux bien, mais je risque d'être ralenti.

— Oh, le pauvre petit millionnaire ! se moqua Garrett. Tu n'y peux rien, c'est ça ? Arrête ton cinéma. Depuis toujours, tu es celui qui trouve la solution à tout. On peut tout faire en se donnant les moyens, attelle ou non, et épargne-moi ton discours sur tes côtes cassées. À croire que le Gray que je connais s'est ramolli.

Le regard du pilote se perdit vers l'océan.

— Je ne veux pas la blesser une seconde fois.

— Mon gars, l'amour rend complètement niais.

Alicia fit semblant d'être offensée.

— Je ne parlais pas de moi mais de Gray, se défendit son futur mari.

Elle se mit à rire et se tourna vers son ami.

— Alors, qu'est-ce que tu vas faire ? J'espère que tu n'as pas l'intention de la manipuler encore une fois ?

— Je pensais avoir un plan, mais j'ai peur de la mettre encore plus en colère si je recommence à préparer quelque chose dans son dos. Notre relation est compliquée, on doit franchir des tas d'obstacles avant de pouvoir enfin être ensemble.

Compatissante, Alicia se pencha et posa une main sur la sienne.

— Gray, quelles que soient les circonstances, l'amour n'est jamais facile. Crois-moi : si elle en vaut la peine, tu trouveras un moyen pour que ça marche entre vous.

Evelyn lui manquait tellement.

Ces périodes de détente dans sa maison en bord de plage lui avaient toujours fait beaucoup de bien. Dans l'immédiat, il était frustré de ne pas pouvoir retourner sur le circuit avant de retrouver sa mobilité, mais ses pensées se focalisaient plus sur Evelyn que sur la course. C'était bien la première fois qu'une femme prenait la tête dans sa liste de priorités. Pour lui, le symbole était fort.

Cela signifiait qu'elle valait la peine de se battre pour elle.

Et il se battrait.

— J'ai une ou deux idées que j'aimerais vous soumettre.

Alicia ne put retenir un sourire.

— Tu sais que je t'aiderai avec plaisir. Je ne veux que ton bonheur.

— Pour ma part, je me fiche que tu sois heureux ou non, rétorqua Garrett. Mais puisque j'adore la vue depuis ta terrasse je veux bien rester un peu plus longtemps. Je suis tout ouïe.

— Garrett ! lui reprocha sa fiancée.

Gray éclata de rire, parfaitement conscient que son ami d'enfance était prêt à tout pour l'aider.

— Je savais que je pouvais compter sur toi, Alicia. Et toi, Garrett, tu es de corvée de bière.

— J'y cours. Bière pour Alicia et moi, et limonade avec antalgique pour toi.

— Très drôle, Garrett.

— Bon, soyons sérieux une minute, reprit celui-ci. Compte sur moi pour t'écouter, je ferai tout ce que je peux pour t'aider à faire triompher l'amour.

Il lança un bref regard à Alicia qui lui retourna un sourire.

Ces gestes romantiques faisaient envie à Gray. Il donnerait tout pour qu'Evelyn le regarde avec la même expression qu'Alicia réservait à Garrett.

— Je suis content que vous soyez ensemble, tous les deux. La dernière fois que j'ai vu Garrett, il avait un sale caractère.

— Il a toujours un sale caractère, rétorqua Alicia avec un sourire. Mais il a aussi ses bons côtés.

— Tu parles ! L'amour la rend aveugle, pouffa Garrett. Elle ne voit pas mes défauts.

— Je ne suis pas aveugle, mon vieux. Rappelle-toi que je t'ai vu dans les pires moments.

— Exact. C'est justement là que j'ai compris que je devais te garder.

Leur échange amusa Gray.

— Ouais, tu as vu Garrett aux pires moments et tu l'aimes quand même ? Tu mérites une médaille, Alicia.

La jeune femme sourit d'un air victorieux.

— Je n'ai pas besoin de médaille, c'est lui que je voulais, et je l'ai eu.

Son compagnon prit sa main, qu'il embrassa.

— Moi aussi, je t'aime.

— Les copains, arrêtez ça tout de suite, sinon je récupère mes béquilles et je vous laisse un moment d'intimité. On peut en revenir à Evelyn et à moi, maintenant ?

— Bien sûr, fit Garrett. Trouvons le meilleur moyen de vous mijoter une fin heureuse.

Chapitre 30

Evelyn avait à peine le temps de respirer.

Ils étaient rentrés à Washington directement après le congrès. Une fois chez elle, Evelyn vida sa valise, envoya ses affaires au pressing et retrouva à peine ses marques dans son appartement. Déjà, la campagne la renvoyait sur les routes.

Elle avait l'habitude des voyages, bien sûr. Mais le contexte politique rendait l'événement exceptionnel. Elle avait longtemps attendu ce moment.

Mitchell était exceptionnel, et tout se déroulait à merveille avec l'équipe du gouverneur Cameron. Tous nourrissaient de grands espoirs pour novembre : le gouverneur deviendrait président, c'était presque sûr. L'équipe Mitchell/Cameron montait dans les sondages.

Pendant la tournée, ils marquèrent un arrêt en Floride. En arrivant à Fort Lauderdale, Evelyn prit conscience que Daytona Beach n'était qu'à quelques kilomètres. Elle ne put s'empêcher de penser à Gray.

De toute manière, elle pensait à lui tous les jours.

Une fois la campagne terminée, se persuadait-elle, il serait plus facile de l'oublier. Elle finirait par s'occuper en attendant que son cœur brisé s'en remette.

Non, cela ne risquait pas d'arriver.

Impossible de l'oublier, il lui manquait beaucoup trop. Son corps, ses caresses, tout chez lui manquait à Evelyn. Elle voulait dormir à ses côtés, échanger des idées, débattre de tout et de rien sous le soleil de Daytona. Le rire de Gray, et ce sourire qui la faisait frémir à coup sûr…

Même la course lui manquait, et Evelyn se surprit à se renseigner sur les derniers résultats de l'écurie de la Preston Racing.

Alex Reed, actuellement au volant de la voiture cinquante-trois, s'était fait remarquer en prenant la quinzième position à la dernière course. Un excellent score pour un pilote qui apprenait tout juste à maîtriser une nouvelle voiture. Donny, quant à lui, était cinquième, ce qui rapportait des points à l'équipe de Gray. Elle était heureuse pour lui, mais il devait être frustré de ne pas conduire, de ne pas se rendre sur le circuit.

Evelyn se remémora avec nostalgie la vision de son athlète en combinaison. Il était beau comme un dieu grec dans cette tenue, et plus encore lorsqu'il la retirait.

Son corps réagit aussitôt à ses fantasmes, et elle s'empressa de penser à autre chose.

Il était grand temps de se ressaisir. Avec Gray, c'était terminé. Un jour, elle serait elle-même candidate pour la Maison-Blanche et rencontrerait un représentant, un sénateur ou un avocat, qui aurait une carrière similaire à Washington. Ce serait tellement plus simple.

Mais quel ennui !

En poussant un soupir, elle replongea dans son travail pour la campagne en Floride.

Son téléphone se mit à sonner, et elle sourit en voyant apparaître le nom de Carolina.

— Salut !

— Salut ! lança Carolina. Alors comme ça tu es à Fort Lauderdale ?

— Exactement. Et toi, où es-tu ?

— Justement, je suis à Washington. Tu rentres ce soir ?

— Oui, je prends l'avion tout à l'heure. La Floride était notre dernière destination.

— On peut manger un morceau ensemble à ton retour ?

— Attends, je vérifie mon emploi du temps, fit Evelyn. (Elle parcourut son planning, en se disant qu'en modifiant deux ou trois choses…) Oui, c'est bon, on peut se voir.

— Parfait ! Demain, 13 heures ?

— C'est noté.

Elles échangèrent une adresse.

Cela lui ferait du bien de revoir Carolina. Elle avait besoin de décompresser, ne serait-ce qu'une heure ou deux.

Peut-être que son amie pourrait lui donner des nouvelles de Gray. Le sénateur était occupé, Evelyn ne voulait pas sans arrêt lui parler de son fils. C'était terminé, autant arrêter d'y penser.

Le jour suivant, sa matinée fut chargée pour rattraper le temps perdu au bureau. Elle dut presque courir pour arriver au restaurant à l'heure. Comme d'habitude, Carolina était pimpante dans sa jolie robe à fourreau claire assortie d'un élégant foulard.

— Tu es magnifique, la complimenta Evelyn en l'embrassant sur la joue.

— Et toi, tu aurais besoin d'une bonne sieste.

Elles s'installèrent en terrasse du café de Georgetown et sirotèrent du thé glacé avec leurs salades. Carolina raconta où en étaient ses projets de mode, mais la conversation tourna surtout autour du sénateur et de l'élection qui approchait.

— Tu es très occupée, observa Carolina entre deux bouchées de salade.

— C'est peu dire. Je n'ai pas dormi depuis des jours.

— Mais c'est ce que tu voulais.

— Oui. Je n'ai pas à me plaindre.

— Tu as revu Gray ?

Evelyn prit une profonde inspiration.

— Non. Malheureusement, c'est terminé.

— Ah bon ? Pourquoi ?

— On vit dans des univers opposés, marmonna-t-elle en haussant les épaules.

Carolina éclata de rire.

— Quelle excuse minable ! Tu as essayé, au moins ? Je parie que tu t'es dégonflée.

— C'est plus compliqué que ça. Et puis qu'est-ce qui te fait dire que c'est à cause de moi qu'on a rompu ?

— Je te connais, c'est tout. Tu chercherais n'importe quelle excuse : « Mince, c'est un avocat, ça ne fonctionnera jamais entre nous ! » « Mince, ce n'est pas un avocat, ça ne fonctionnera jamais entre nous ! » « Mince, on vient de deux mondes différents, ça ne fonctionnera jamais entre nous ! »

Elle colla le dos de sa main à son front pour accentuer le côté dramatique.

— Je ne suis pas comme ça ! se défendit Evelyn avant de marquer une pause, puis d'incliner la tête sur le côté. Si, tu crois ?

— Ce que je crois, c'est que tu te cherches des excuses pour ne pas tomber amoureuse. Tu as peur que l'amour n'empiète sur ta carrière, et, crois-moi, tu as raison, parce que l'amour demande des compromis.

Evelyn posa sa fourchette.

— C'est faux, je ne me cherche pas d'excuses. Enfin… tu crois ?

Son amie haussa les épaules.

— Gray est mon frère et le pire casse-pieds que je connaisse, je suis forcément subjective. Mais je l'aime, et je crois que toi aussi. Maintenant dis-moi : qu'est-ce qu'il a fait de si terrible ?

— Tu savais qu'il était à l'hôtel depuis le début du congrès ?

— Oui. Il ne te l'a pas dit pour que tu ne t'inquiètes pas de sa santé alors que c'était une semaine importante pour toi, affirma Carolina, avant d'écarquiller les yeux. Attends une minute : c'est à cause de ça que tu as rompu ?

De la bouche de Carolina, cela semblait terriblement égoïste.

— J'aurais pu tout gérer, tu sais.

— Tu aurais surtout été une pile électrique. D'ailleurs, avec ou sans Gray, tu en es une. Il le savait et il voulait te préserver, mais tu l'as jeté comme un malpropre.

Evelyn fit tourner le verre de thé dans la paume de ses mains.

— À t'entendre, je ne suis qu'une salope égoïste.

— Mais pas du tout, rétorqua Carolina en riant. Ma puce, excuse-moi. Tu as seulement peur de t'engager et de compromettre ton avenir professionnel. Allez, prends un risque une fois dans ta vie. Mon frère est un type bien, tu sais.

Evelyn leva brusquement la tête.

— Évidemment que je le sais. As-tu la moindre idée de ce que je ressens pour lui ?

— En réalité, non, je n'en sais rien. La vraie question c'est : est-ce que lui sait ce que tu ressens pour lui ?

Les larmes lui mouillèrent les yeux.

— Oh, tu m'énerves ! Regarde dans quel état tu me mets.

Elle sortit un mouchoir de sa poche pendant que Carolina lui souriait.

— Oh, mon Dieu, tu fonds ! Quel monde cruel !

— Arrête de te moquer de moi.

— Lâche du lest, Evelyn. Tu es amoureuse. Tente ta chance avec mon frère et vois ce qui se passe.

Evelyn soupira.

— Tu as raison. Je dois jeter l'éponge. En ce moment, je vis dans un tel chaos que je ne sais pas par quel miracle j'arrive à mettre ma culotte à l'endroit tous les matins. Pourtant, je n'arrive pas à sortir Gray de ma tête. Ni de mon cœur.

— Arrête, c'est moi qui vais pleurer, maugréa Carolina.

Elle tendit la main, et Evelyn lui donna un mouchoir.

Elle a raison, songea celle-ci. En dressant une barrière autour de ses sentiments, elle cherchait volontairement à se préserver de l'amour, alors qu'il était inévitable.

Maintenant, elle devait y faire face, lui faire face, et agir une bonne fois pour toutes.

Chapitre 31

Chercher une femme travaillant pour un sénateur en pleine campagne électorale, c'était un peu comme de chercher une aiguille dans une botte de foin.

Ils étaient en mouvement constant, passant d'une ville à l'autre pour conquérir un large territoire.

Heureusement, Gray avait des contacts au sein de l'équipe : il appela son père et apprit qu'ils étaient à Washington pour la journée mais qu'ils repartiraient dans le Colorado dès le lendemain après-midi.

Le voyage fut compliqué, mais il avait enfin le droit de marcher sans béquilles ni attelle, c'était déjà ça. Ses côtes s'étaient suffisamment remises pour lui épargner le sentiment de se faire transpercer par dix lames de couteau dès qu'il inspirait.

D'après son père, il trouverait Evelyn soit au quartier général de la campagne, soit chez elle, où elle pouvait travailler au calme. Puisqu'il tenait à lui faire la surprise, Gray opta pour la première solution. L'après-midi touchait à sa fin, et il pensait la trouver au bureau, mais un employé l'informa qu'elle avait préféré travailler depuis son appartement pour la journée. Gray retrouva alors sa voiture avec chauffeur et se rendit à l'adresse indiquée.

Prenant une profonde inspiration – en tout cas, aussi profonde que le lui permettaient ses fichues côtes endolories – il appuya sur la sonnette.

— Oui ? fit-elle dans l'Interphone.

— Salut !

— Gray ?

— Ouais.

— Oh, mon Dieu ! Entre. Tu as besoin d'aide ?

— Ouvre-moi seulement la porte, Evelyn.

Au fond de lui, il était tout de même rassuré qu'elle habite au premier étage plutôt qu'au troisième.

Dès qu'il entendit le bip, il poussa la porte d'entrée. Elle était déjà descendue pour lui prêter main-forte.

— Qu'est-ce que tu fais là ?

Elle portait un tailleur, bien qu'elle ait quitté la veste, ce qui la laissait simplement en jupe crayon et chemisier de soie, une tenue semblable à celle qu'elle portait le premier jour de leur rencontre. Avec les cheveux relevés, elle était à la fois magnifique et professionnelle.

— J'avais envie de passer te voir. J'espère que ça ne te dérange pas.

— Au contraire, entre. Assieds-toi.

Elle referma la porte derrière eux, et, une fois dans le salon, il se dirigea vers un fauteuil qui lui paraissait particulièrement confortable.

— Tu n'as plus de béquilles ?

— Non, ces trucs me tapaient sur les nerfs, souffla Gray en installant sa jambe sur le siège inclinable. J'ai harcelé les médecins pour qu'ils m'en débarrassent.

— Tu as bien fait. Je te sers quelque chose à boire ?

— De l'eau, merci.

Evelyn s'empressa de lui remplir un verre à la cuisine. Elle semblait nerveuse, ce qui le rassura, puisqu'il était lui-même rongé par l'angoisse.

Lorsqu'elle revint, il but l'eau d'une traite. Bon sang, il avait la gorge sèche ! C'était comme de revivre son tout premier rendez-vous galant. Il posa le verre sur la table près de son fauteuil.

— Tu as été occupée, ces derniers temps ? lui demanda-t-il.

— Oui, ça n'a pas arrêté. Et toi ?

— Pas du tout.

Elle esquissa un petit sourire.

— C'est vrai, excuse-moi. Je sais que ce doit être frustrant pour toi.

Haussement d'épaules qu'il voulut nonchalant.

— Je m'y fais. Alex est un excellent pilote, heureusement. Il représentera correctement le numéro cinquante-trois jusqu'à la fin de la saison, et je pourrai reprendre le volant pour la course de Daytona en février prochain.

— Tu guéris vite ?

— Les médecins disent que je m'en sors bien, mais je ne fais rien d'autre qu'attendre de guérir. J'en ai assez.

— C'est important que tu ne forces pas trop.

Il éclata de rire.

— Forcer ? C'est ce que je fais de mieux. Je ne suis pas du genre à poser mes fesses quelque part. Quoique je sois longtemps resté chez moi à Daytona, ces derniers temps.

— Ce devait être apaisant.

— Oui, mais ça l'aurait été encore plus avec toi.

Evelyn fronça les sourcils.

— Ce n'était pas possible. Tu le sais très bien.

— Non, c'est vrai. Tu as du travail.

Il se redressa, et Evelyn se leva à son tour.

— Tu t'en vas ? murmura-t-elle.

— En fait, j'aimerais que tu m'accompagnes quelque part, avec ma voiture, si tu as un peu de temps à m'accorder.

— Pour aller où ?

Il la regarda droit dans les yeux.

— Tu me fais confiance ?

Elle hésita.

— Bon, d'accord. Attends, je vais chercher mon sac à main.

Dehors, la voiture attendait. Il ouvrit la portière à Evelyn.

— Tu as déjà l'adresse, Tom.

— Oui, monsieur.

Elle lança un regard en coin au pilote.

— Tu attises ma curiosité.

— Ce n'est pas très loin.

Pourvu qu'elle ne se mette pas en colère lorsqu'elle découvrirait sa surprise, pourvu qu'elle comprenne son intention.

Quand ils se garèrent dans une rue, la perplexité d'Evelyn augmenta.

— Je ne comprends pas.

— Tu comprendras lorsque je t'aurai expliqué. Viens, je vais te montrer.

En sortant de la voiture, Evelyn observa la magnifique demeure devant laquelle ils s'étaient arrêtés. Dès qu'ils étaient arrivés dans la rue, elle avait remarqué qu'elle était à vendre. Cette maison devait coûter une fortune, étant donné son emplacement idéal dans Georgetown.

— Tous ces arbres, c'est incroyable. C'est une piscine, derrière ?

— Oui, il y a aussi un terrain de tennis. Entrons pour jeter un coup d'œil.

Une femme qui se tenait devant l'entrée leur ouvrit la porte en souriant.

L'intérieur était époustouflant. Les parquets en bois massif et les poutres apparentes créaient une atmosphère à la fois rustique et accueillante. Les pièces étaient spacieuses avec de hauts plafonds et de grandes fenêtres, des escaliers en colimaçon, une magnifique cuisine et des salles de bains comme

Evelyn n'en avait jamais vu. De toute évidence, il s'agissait d'une ferme restaurée. Entre les nombreuses chambres et la salle de jeu, la jeune femme en avait oublié de compter le nombre de pièces.

Il y avait même un petit porche menant à un immense terrain, où la pelouse était plantée de grands arbres arrivés à maturité. Après son retour décevant dans son minuscule appartement, Evelyn tombait sous le charme de cette demeure.

— Waouh ! fit-elle à la fin de la visite. C'était génial. À qui appartient cette maison ?

Gray hocha la tête en direction de l'agent immobilier qui les laissa seuls dans la cuisine.

— Ce pourrait être la nôtre.

Son cœur manqua un battement.

— Pardon ?

— La nôtre. La tienne et la mienne.

D'un pas chancelant, il s'approcha d'elle et lui prit les mains.

— Je veux qu'on soit ensemble, Evelyn. Ce ne sera pas facile, je sais bien, mais rien n'est simple dans la vie, surtout pour les choses qui se méritent. Cette leçon, je l'ai apprise il y a longtemps. Quand on veut quelque chose, on doit se battre pour l'avoir. C'est toi que je veux, Evelyn.

Elle peina à reprendre son souffle.

— Gray !

— Je t'aime, Evelyn. J'ai été maladroit et je m'en excuse. Bien sûr que tu es capable de tout concilier, mais tu n'as pas à le faire seule. Fais-le avec moi. Épouse-moi, Evelyn.

C'en était trop, les larmes se mirent à couler sur ses jours.

— Gray, moi aussi, je t'aime. Mes craintes m'ont empêchée de te le dire, mais je t'aime. D'ailleurs, c'est moi qui suis désolée. Tu essayais simplement de m'aider, de t'effacer pour me laisser faire mon travail, et, au lieu de t'en être reconnaissante, je suis partie en colère. S'il te plaît, pardonne-moi, parce que sans toi je n'étais que l'ombre de moi-même.

Ils s'enlacèrent, lèvres contre lèvres, et elle respira avec un bonheur sans retenue le soupir de soulagement que poussa Gray contre sa bouche. Soudain, ce qui lui avait semblé affreusement illogique retrouvait tout son sens, et elle en eut des vertiges. Elle s'agrippa à lui comme pour ne plus jamais le laisser repartir.

Et elle ne le laisserait jamais repartir.

Quand ils rompirent leur baiser, Evelyn caressa doucement la joue de Gray, ses lèvres et sa mâchoire saillante.

— Tu as acheté cette maison ?

— Je l'ai réservée. Si elle ne te plaît pas, on en cherchera une autre. Mais j'ai repéré les arbres, et certains sont assez solides pour supporter une balançoire en pneu.

— Oh, mon Dieu ! Oui. J'adore cette maison, Gray. Elle sera parfaite pour toi, pour moi et pour nos enfants, affirma-t-elle avec un nouveau baiser, surprise qu'il se soit souvenu de la balançoire en pneu. Mais qu'adviendra-t-il de ta maison à Daytona ? Ne la vends pas, s'il te plaît.

— Détrompe-toi, je n'ai pas l'intention de la vendre, Evelyn. Je pensais même qu'on pourrait se trouver un autre pied-à-terre, par exemple à New York. La ville t'a beaucoup plu, il me semble.

Elle poussa un long soupir.

— Gray, tu es vraiment adorable avec moi.

— Je peux en dire autant de toi. On va dire que c'est réciproque.

En sortant de la maison, il informa la femme de l'agence qu'il signerait définitivement la promesse de vente le lendemain. Avec Evelyn à son bras, il remonta en voiture.

— Ce ne sera pas facile, j'en suis conscient, avoua Gray à la jeune femme. Nos carrières sont très différentes, et il y aura sans doute des périodes où on ne se verra pas. Mais les amoureux savent aménager leur emploi du temps. Après tout, j'ai un jour de congé après chaque course. Je te promets, Evelyn, que lorsque je ne serai pas occupé sur le circuit, je courrai à la maison pour te retrouver. Et pour retrouver nos enfants.

Evelyn posa la tête contre son épaule.

— Je veux me marier avec toi et avoir des enfants le plus vite possible.

Il lui sourit.

— Ça peut s'arranger.

Le chauffeur les déposa au pied de l'immeuble d'Evelyn. Ils entrèrent dans l'appartement, et, à peine la porte refermée derrière eux, Gray plaqua la jeune femme contre le mur.

— On devrait consommer nos fiançailles.

— Je suis parfaitement d'accord, acquiesça-t-elle en l'embrassant. Tu… hum… tu peux ?

Gray prit sa main et la posa directement sur son entrejambe, où il était dur comme la pierre.

— Ma belle, il n'y a aucun problème. Tu m'as vraiment manqué.

— Dans ce cas, mets-toi à l'aise et déshabille-moi vite. Je veux te sentir en moi tout de suite.

Elle l'attira sur le grand fauteuil que Gray avait occupé plus tôt dans la journée. Dès qu'il fut installé, elle monta sur lui à califourchon pour lui défaire sa ceinture. Le regard de braise qu'il lui lança la fit fondre de désir. Elle promena ses ongles sur le jean à l'endroit de son érection pour l'aguicher.

— Dépêche-toi, grommela-t-il en soulevant les hanches sous sa main tandis qu'elle ouvrait sa braguette.

Elle défit son jean et libéra son membre durci. Il était brûlant et lourd dans sa main, et elle commença à le caresser, excitée par les grognements que Gray laissait échapper.

D'un coup de pied, Evelyn quitta ses chaussures et tira sur la languette de la fermeture Éclair de sa jupe, qu'elle laissa glisser au sol. Le regard du sportif s'obscurcit lorsqu'elle ouvrit les boutons de son chemisier et qu'elle dévoila le soutien-gorge rose assorti à sa culotte.

— Tu es tellement sexy, Evelyn ! susurra-t-il, les mains posées sur les accoudoirs.

Un bras dans le dos, elle dégrafa le sous-vêtement et enleva sa culotte avant de venir se blottir contre lui, le corps embrasé de désir. Elle pressa la bouche contre la sienne, et Gray, non sans fébrilité, promena les mains sur sa poitrine.

Se saisissant de son sexe, elle l'enfonça en elle avec langueur. Chaque centimètre qu'elle prenait lui rappelait combien leurs corps s'emboîtaient à la perfection, et, dès qu'il fut arrivé à la garde, elle se figea et plongea le regard dans le sien.

— Je t'aime, murmura-t-elle, avant d'entamer un mouvement de va-et-vient.

D'un geste précis, Gray défit la pince qui emprisonnait sa queue-de-cheval et glissa la main dans ses longs cheveux soyeux.

— Moi aussi, je t'aime.

Sur ces mots, il l'attira contre lui et la dévora d'un long baiser passionnel, qui donna à Evelyn des frissons jusqu'au bout des orteils. Elle sut à cet instant qu'elle pourrait aimer cet homme jusqu'à la fin de ses jours.

Gray mêla les doigts aux siens et roula des hanches dans un rythme qu'elle adopta aussitôt, le corps et le cœur remplis de son amour. Le lien qui les unissait avait une telle force qu'Evelyn ne put s'empêcher de crier son impatience.

— J'y suis presque, Gray. Jouis avec moi.

— Je n'attends que ça, Evelyn.

Les mots eurent à peine le temps de sortir de sa bouche. Déjà, la jeune femme laissait un feu extatique envahir tous ses sens. Elle se cambra, les ongles enfoncés dans son dos, et Gray accéléra brusquement la cadence avant de pousser un cri rauque.

L'instant fut intense, et Evelyn n'était pas près de l'oublier, tout comme elle se souviendrait de ce baiser enivré, qui les scella dans la seconde qui suivit leur jouissance. Tandis qu'ils redescendaient tous les deux de leur petit nuage, Gray la serra dans ses bras, lui caressa tendrement le dos et lui murmura son amour à l'oreille.

C'était parfait, et pour toujours.

— Je crois que tu prends du retard dans ton travail, lui fit-il remarquer lorsque plusieurs minutes se furent écoulées.

— Je crois que je suis en train d'écraser tes côtes cassées, renchérit Evelyn, loin de penser au travail.

— Tu as achevé mes côtes il y a une heure.

Elle éclata de rire et se redressa avant de l'aider à se relever. Ils gagnèrent ensemble la salle de bains puis se glissèrent dans le lit.

— Sérieusement, Evelyn, tu ne devrais pas travailler ?

— Si, mais j'ai décidé de prendre mon après-midi.

— Ça me va, s'accommoda-t-il en l'attirant tout contre son torse. Je vais devoir te trouver une alliance. On l'achètera ensemble. Ma mère serait choquée si je lui annonçais nos fiançailles alors que tu n'as pas de bague.

— Mmh ! fut tout ce qu'Evelyn put lui répondre, tout en dessinant des cercles sur son ventre.

— Qu'est-ce que tu as prévu ce soir ?

Elle releva le menton.

— Rien, pourquoi ?

— Je ferai apporter des alliances, et tu choisiras celle qui te plaira.

— Quoi ? Déjà ? s'exclama Evelyn en clignant des yeux.

— Eh bien, oui ! Je veux crier au monde qu'on est fiancés. Il ne faudrait pas qu'un vieux politicien mielleux profite de mon état de faiblesse pour te dérober sous mon nez.

Elle leva les yeux au ciel.

— Avec ou sans alliance, le monde saura que je suis folle amoureuse de toi et qu'on sera ensemble pour toujours.

— J'aime te l'entendre dire. Mais je dois quand même passer un coup de téléphone. Ce soir, tu auras une bague au doigt.

Une chose était certaine au sujet de Gray Preston : quand il avait décidé quelque chose, rien ne pouvait plus l'arrêter.

— D'accord. Une bague au doigt ce soir. Compris.

Il la serra fort contre lui.

— Tu vois ? Rien n'est impossible si on le fait ensemble. Attends de voir notre efficacité lorsqu'on voudra faire des enfants.

Evelyn lui décocha un grand sourire. Elle avait hâte d'entamer cette étape.

Découvrez aussi chez Milady Romance :

CE MOIS-CI

- **Rowan Speedwell**, *Illumination*

Le 28 août 2015

- **Heidi Cullinan & Marie Sexton**, Tucker Springs, *Seulement pour lui*

CE MOIS-CI

- **Camille Adler**, *Le Scénario parfait*

Le 28 août 2015

- **Jane Graves**, *Smoking & Layette*

The Fell Types are digitally reproduced by Igino Marini.
www.iginomarini.com

Achevé d'imprimer en juin 2015
Par CPI Brodard & Taupin - La Flèche (France)
N° d'impression : 3011586
Dépôt légal : juillet 2015
Imprimé en France
81121549-1